KNAUR

Im Knaur Taschenbuch Verlag sind bereits folgende Bücher der Autorin erschienen:
Giftspur
Das Leben drehen
Wie Sonne und Mond

Über die Autorin:
Nicole Walter hat Sprachen in München studiert und dann als Werbetexterin und freie Journalistin gearbeitet. Seit 1994 schreibt sie überaus erfolgreich Drehbücher für Fernsehserien und -filme und zählt heute zu den erfolgreichsten und gefragtesten Drehbuchautorinnen Deutschlands.
Ihr erster Roman *Das Leben drehen* war ein Bestseller.

Nicole Walter

Regenbogentänzer

Roman

KNAUR

Besuchen Sie uns im Internet:
www.knaur.de

FSC
www.fsc.org
MIX
Papier aus verantwortungsvollen Quellen
FSC® C083411

Originalausgabe November 2015
Knaur Taschenbuch

Ein Imprint der Verlagsgruppe
Droemer Knaur GmbH & Co. KG, München

Redaktion: Regine Weisbrod
Umschlaggestaltung: bürosüd°, München
Umschlagabbildung: www.buerosued.de
Satz: Adobe InDesign im Verlag
Druck und Bindung: CPI books GmbH, Leck
ISBN 978-3-426-51550-1

2 4 5 3 1

Ich lobe den Tanz (…)

O Mensch, lerne tanzen,
sonst wissen die Engel im Himmel
mit dir nichts anzufangen.

Augustinus Aurelius (354–430), Bischof von Hippo,
Philosoph, Kirchenvater und Heiliger

Gibt es etwas, wofür es sich zu träumen lohnt?

Prolog

Sie legte ihn frei. Den Mann mit dem Kaktus, den niemand anfassen durfte. Ein Mal nur hatte sie ihn berührt, und er hatte nicht mehr damit aufgehört … dieses Schreien … diese Angst, diese tiefe, tiefe Verzweiflung.

Jetzt stand sie vor ihm, und er bat ausgerechnet sie, ihm das Haar zu schneiden und den Bart abzunehmen. Mit beidem hatte er sich zuwachsen lassen, bis nichts mehr von ihm übrig geblieben war – außer Augen. Diese Augen. Zunächst dumpf und ausdruckslos, waren sie über die Wochen, die sie ihn inzwischen kannte, lebendig geworden. Ganz allmählich. So wie der Kaktus, den er stets bei sich trug. Die Königin der Nacht. Nur ein Mal würde sie erblühen und dann für immer vergehen. Nicht Freude, Liebe, Lachen oder irgendeine andere Form von guter Energie, sondern Medikamente hatten seine Augen zum Leuchten gebracht. Normalität gab es für ihn nur auf Rezept. Doch anfassen durfte man ihn noch immer nicht.

»Nur die da«, er hatte mit dem Finger auf sie gezeigt, »die Tänzerin darf mir die Haare und den Bart wegmachen.«

»Warum?«, wollte Phil Friedmann wissen. Er war Arzt und für ihn zuständig.

»Sie kann mit den Ohren sehen und mit den Augen hören … und ihr Körper ist Musik, auch wenn es ganz still ist.«

Friedmann nickte Milena zu. Milena zögerte, nahm aber doch die Schere. Sie wusste inzwischen, was der Kaktusmann getan hatte, ehe er an diesen Ort gekommen war. In das Regenbogenhaus mit seinen Regenbogenmenschen. Und das ängstigte sie. Ängstigte sie noch immer. Obwohl sie schon so viel mehr über ihn und alle anderen wusste. Friedmann nickte erneut. Sie atmete tief ein, setzte mit dem Rasiermesser an, peinlich darauf bedacht, ihn nicht mit der Hand zu berühren. So begann sie, ihn freizulegen. Millimeter um Millimeter. Sie tauschte mit Friedmann einen Blick. Und für den Bruchteil einer Sekunde waren sie verbunden in dem Erstaunen über das, was sie sahen und – beide – nicht erwartet hatten. Diese feinen Züge, so sensibel, sie stürmten auf Milena ein. Alles andere um sie herum verblasste, auch Phil. Sie starrte Christopher an und ahnte, nein, sie wusste noch im selben Augenblick, dass sie diesem Mann nicht mehr würde entkommen können. Auf eine ihr noch unbekannte Art und Weise würde er zu ihrem Schicksal werden. Vielleicht ihrem Leben sogar wieder einen Sinn geben. Endlich. Wieder. Einen Sinn.

»Wie konnte es nur so weit mit dir kommen, Christopher?« Sie musste es wissen.

»Weil ihnen jemand gesagt hat, dass ich mich für Gott halte.« Er lächelte, und der Sommerhimmel draußen vor dem Regenbogenhaus wurde weit. »Sie mögen es nicht, wenn sich jemand für Gott hält, weil sie sich selbst für Gott halten.«

Während er das sagte, sah er Phil Friedmann an.

Phil Friedmann hielt seinem Blick stand. Er wusste – auch er war gemeint.

1

Milena, hast du die Hausaufgaben fertig?«
»Milena, Tisch abräumen!«
»Milena, hör auf, durch die Wohnung zu tanzen, tu endlich was! Was Vernünftiges!«
»Milena … !!!!«
Sie lief so schnell sich ihre Beine bewegen konnten. Fort vom öden Alltag hin zu ihrem Traum. Sie fühlte sich geborgen in ihm, sicher. Wie in dem alten Fahrstuhl des Mietshauses, in dem sie mit ihrer Familie wohnte. Manchmal, wenn sie einen Ort ganz für sich haben wollte, stellte Milena den Schalter auf Stopp, hockte sich auf den Boden des Fahrstuhls und redete mit ihm wie mit einem guten Freund. Der Fahrstuhl hörte zu. Er war der Einzige, der ihr wirklich zuhörte und sie verstand. Wenn sie dann genug erzählt und er ihr lang genug zugehört hatte, stellte sie den Schalter wieder auf Go, und er fuhr sie hinauf an den Ort, an dem sie ihrem Traum ganz nahe kam. War der Fahrstuhl allerdings kaputt, musste sie die Treppe nehmen. Lief Stufe um Stufe bis hinauf in den achten Stock und blieb vor der schweren Eisentür stehen.
Die Eisentür. Ihr Tor zur Freiheit. Milena stemmte sich gegen die Tür, sie hatte noch wenig Kraft und die Tür ließ sich nur schwer öffnen, und dann war er da – ihr Traum. Und der Himmel.

Milenas Herz klopfte bis zum Hals. Sie wollte hineinspringen in das endlose Blau. Sich tragen lassen und dann die Arme ausbreiten und – fliegen.
Weit über die Dächer der grauen Hochhaussiedlung, diesem Ring aus Beton, in dem nicht nur Blätter, sondern gelegentlich auch Müllbeutel in den wenigen Bäumen hingen. Sie wollte raus, raus aus der Wohnung, die sie mit dem Vater, der Mutter und dem jüngeren Bruder Maxi teilte. Aus ihrer Wohnung, in der nie etwas Neues gekauft wurde, solange das Alte nicht kaputt war, raus aus diesem Leben, das so kleinkariert war wie ihr Mathematikheft, in dem nur selten eine Rechnung aufging.
Wozu brauchte sie Noten? Sie hatte die Klangbilder im Kopf. Immer. Auch wenn es um sie herum vollkommen still war.
»Milena aufräumen, hast du die Hausaufgaben fertig? Deck den Tisch!« Nein! Nicht jetzt. Nicht in diesem Augenblick.
Ihr Puls schlug den Takt. Ihr Körper begann zu musizieren. Sehnen, Muskeln, Gelenke wurden zum inneren Orchester. Zuerst die Streicher, zart. Die Füße begannen zu wippen. Die Fenster der Hochhauswaben gegenüber nahmen ihre Logenplätze ein. Jetzt der Paukenschlag. Mit Schwung hob sie das rechte Bein, die auf den winzigen Balkons zum Trocknen aufgehängten Wäschereihen flatterten ihr begeistert entgegen. Die vielen Parabolantennen verneigten sich. *Brava, Milena Müller, brava!* Sie schwang das Bein über den rostigen Rahmen eines achtlos dahingeworfenen Liegestuhls mit voller Kraft senkrecht nach oben. Drehte eine Pirouette, hielt sich an der Lehne eines alten Holzstuhls fest, verfing sich fast in dem Schlabberpulli, in dem ihr magerer Körper unterzugehen drohte. Drehte noch eine Pirouette, noch eine, immer weiter auf den Rand des Daches zu. Doch das war ihr gleichgültig. Sie war elf und wollte tanzen. Mit und über den Wolken. Tanzen. Nichts als tanzen. Immer nur tanzen …

»Frau Müller?«
»Ja?«
»Ich habe Sie gerade nach Ihrer Ausbildung gefragt.«
»Stage School Hamburg.«
Ihr seid Puppen. Die Fäden gehen durch die Wirbelsäule und sind an Ellbogen und Knien befestigt. Das hatte ihnen Tom, Lehrer für Jazzdance, schon am ersten Tag mit auf den Weg gegeben.
»Stage School Hamburg.« Die Frau von der Arbeitsagentur sah sie an. Ihre Augen verrieten die Resignation, ihre ganze Haltung strahlte das aus. »Ich meine, haben Sie noch etwas anderes gelernt, Frau Müller, außer … nur … tanzen und singen?«
Nur tanzen und singen.
Starlight Express, *Grease*, *Westside Story*, *Phantom of the Opera* – sie hatte alles getanzt, was es im Musicalsektor zu tanzen gab. Und jetzt saß sie da, an diesem Ort, an dem Milena nie hatte sein, vor einem Menschen, mit dem sie nie etwas hatte zu tun haben wollen, fand sich in einer Rolle, die sie nie hatte spielen wollen. Frustrierte Arbeitssuchende im Jobcenter. Sie fühlte sich fremd. War herausgerutscht, nicht nur aus dem ihr so vertrauten Leben, sondern auch aus sich selbst. So saß sie da, neben sich, die Tänzerin und ihr Schatten. *Ihr seid Puppen. Die Fäden gehen durch die Wirbelsäule und sind an Ellbogen und Knien befestigt.* Die Puppe und die Puppenspielerin; sie zog an den Fäden und sorgte dafür, dass Milena reagierte und antwortete: »Nein, ich habe nichts anderes gelernt. Nichts …«
»Um Himmels willen, mach was Richtiges, Kind!« Mit aller Kraft hatten sich die Eltern gegen ihren großen Traum gestemmt. »Eine Ausbildung. Etwas Sicheres.«
»Mama, Papa, ich will, ich muss tanzen!«
»Es gibt Tänzer, die sitzen mit dreißig im Rollstuhl.«
»Bitte, Mama, ich muss …«

Milena liebte ihre Mutter. Die feinen Bewegungen, mit denen sie immer alles exakt zurechtrückte, weil alles seinen Platz hatte. Jedes Ding und jeder Mensch. Fand der Mensch seinen Platz nicht, wurde er unglücklich, davon war ihre Mutter zutiefst überzeugt.
Sie hatte ihren Platz gefunden, neben dem Vater, einem Fachangestellten im Öffentlichen Dienst. Sie war etwas größer als er und trug deshalb nie hohe Absätze, obwohl sie mit glänzenden Augen vor jedem Schuhladen stehen blieb.
»Kauf sie dir doch, Mama!«
»Dein Vater mag nicht, wenn ich größer bin als er.«
»Du liebst Schuhe mit hohen Absätzen.«
»Ich liebe deinen Vater.«
Milena hatte nie verstanden, dass man für einen anderen auf etwas verzichtete, das man haben wollte. Ihre Mutter aber ging weiter. Aufrecht. Wie eine Königin. Sie musste sich ihre Haltung nicht hart an der Stange erarbeiten, ihre Haltung war angeboren. Sie arbeitete für einen ambulanten Pflegedienst, blieb meist länger bei ihren Patienten, als es der Minutentakt vorschrieb. Den Ärger, den sie deshalb mit der Pflegedienstleitung bekam, nahm sie in Kauf.
Von dem, was ihre Tochter wollte, hatte sie allerdings wenig Ahnung. Davon war Milena überzeugt – bis zu jenem Abend Ende November, an dem das Dach endlich den Teppich vor ihr ausrollte, der ihr gebührte; nicht rot, sondern weiß.
Der erste Schnee. Milena betrat das Dach und sank ein. Andere wären entsetzt vor der Nässe zurückgewichen, die durch das Tuch ihrer Ballerinas kroch und jeden Millimeter ihrer Haut bis zu den Knöcheln benetzte. In Milena jedoch löste sie wohliges Schaudern aus. Der Verkehrslärm drang gedämpft zu ihr herauf, die Lichter hinter den Fenstern wurden zu Scheinwer-

fern, hundertfach, das Grau der Hochhäuser in ein dunkles Nichts zurückdrängend. Es war kalt, es schneite, an den Dachrinnen hingen Stalaktiten aus Eis, und all das formte sich in Milena zu einer einzigartigen Melodie, wie alles zur Melodie wurde, was sie sah, hörte, empfand.

»Milena, mach die Musik leiser. Milena, musst du immer tanzen, kannst du nicht gehen wie ein normaler Mensch?«

Sie fühlte den Rhythmus, wurde zur Solistin inmitten einer Schar von Gruppentänzern im Flockenkostüm. Sie spürte weder ihre nassen Füße noch den Schweiß auf ihrer mittlerweile klamm gewordenen Haut. Der Atem mit seinen Sprechblasen war ein weiterer Teil der Inszenierung, und der Schnee zeichnete die Choreographie ihrer neu erdachten Schrittfolgen auf. Und dann sah sie ihre Mutter. Sie stand einfach da, ohne Jacke, ohne Mantel in einem viel zu dünnen Kleid, Gänsehaut, und die Arme trotzdem nicht wärmend um den Leib geschlungen. Sie hingen einfach so da, fast hilflos von ihren Schultern. Viel später hatte Milena ihre Mutter gefragt, was sie in diesem Moment empfunden hatte, und ihre Mutter hatte geantwortet: »Ich hab einfach nur gewusst, wer du wirklich bist und wohin du gehörst.«

Warum ihre Mutter ihr ausgerechnet an diesem Tag aufs Dach gefolgt war, Milena hatte sie nie danach gefragt. Vielleicht hatte sie angenommen, ihre Tochter treffe sich dort mit Jungs, rauche heimlich oder treibe sonst etwas, das man mit elf möglicherweise so trieb. Aber sie sah Milena tanzen.

Ihre Eltern redeten die ganze Nacht. Am Morgen, als Wind und noch mehr Schnee längst alle Tanzschritte bedeckt und verweht hatten, erlaubte ihr der Vater, die Ballettschule zu besuchen. Die Mutter ging putzen, um das nötige Geld dafür aufzutreiben, ihr Bruder Maxi war sauer, weil er kein neues Fahrrad bekam, und der Vater saß bei ihrem ersten Auftritt sogar in der

ersten Reihe. Nur – mit elf Jahren war es für das klassische Ballett trotz Milenas Talent zu spät. Nicht aber für das Musical.
Nur tanzen und singen?
Egal, was ihr später mal macht, bei uns lernt ihr fürs Leben. Zum Beispiel, wie man Stimme und Körper einsetzt, um vor anderen entschlossen aufzutreten und sein Ziel zu erreichen.
Nicht aufgeben. Sie konnten ihr alles nehmen. Den Auftritt, den Applaus, die Orientierung, aber nicht, was sie war und wer sie für immer sein würde. Eine Tänzerin.
Milena straffte sich. Die Musik in ihr war wieder da. Stimme und Körper nahmen Haltung an.
»Wann waren Sie ...« Sie versuchte, sich an den Namen der Arbeitsvermittlerin zu erinnern. Er stand an der Tür, vor der Milena so endlos lange gewartet hatte. Mit all den anderen Namenlosen, die nach dem Ziehen einer Nummer selbst zur Nummer geworden waren. Sie war Nummer siebenundzwanzig in dieser neuen Welt. Nur wenige Schritte über das Kopfsteinpflaster. Noch einmal an der Zigarette ziehen, als wäre es der letzte Zug. Alle Tänzer rauchten, die Kippe in die Ritze treten, Bibliothek links, Glasfront geradeaus, und dann wieder hinein in das riesige Gebäude mit seinem Flurlabyrinth. Jetzt erinnerte sich Milena: Adamczik. Die Frau hieß Adamczik.
»Wann waren Sie das letzte Mal in einem Musical oder im Ballett, Frau Adamczik?«
Ein Augenblick der Überraschung, dann war die Resignation wie weggeblasen. Die Augen von Frau Adamczik begannen zu tanzen. Sogar in die durch viel Haarspray erstarrte Von-der-Leyen-Frisur geriet ein Hauch von Bewegung. »*Mamma mia*. Ich liebe Abba. Ein wunderschöner Abend. Nur viel zu lange her.«
Milena beugte sich leicht vor. »Warum, Frau Adamczik, hätte ich dann jemals etwas anderes lernen sollen?«

Für einen ganz kurzen Moment waren sie nicht mehr die auf der einen und die auf der anderen Seite des Schreibtischs. Sie waren wie durch unsichtbare Fäden miteinander verbunden – Tänzerin und Publikum.

Frau Adamcziks Stimme klang milder, als sie fortfuhr: »Und weshalb haben Sie aufgehört? Ich denke, gerade beim Musical, Sie sind doch erst …«, kurzer Blick auf Milenas Unterlagen, »… doch schon … fünfunddreißig?«

»Dazu Rücken- und Gelenkprobleme.«

Bei einer Hebung war Milena so unglücklich gestürzt, dass sie sich einen Rückenwirbel verletzt hatte. Operation. Reha und danach – das endgültige Aus.

»Oh.« Pause. Die Augen tanzten nicht, und auch der Mund lächelte nicht mehr. Frau Adamczik fiel zurück in die Resignation. »Es wird nicht leicht werden, Frau Müller, Ihnen etwas zu vermitteln. Alles andere als leicht. Wirklich nicht einfach.«

Vorsorge treffen. Das Plakat des Diakonischen Hilfswerks, das gegenüber der Arbeitsagentur an einer Mauer klebte, zeigte zwei Frauen mit Kopftuch, die irgendwo, Afghanistan oder Türkei, im gleißenden Sonnenlicht ein Feld bepflanzten.

Vorsorge treffen und sich damit schon Sorgen machen, wenn alles noch gut ist. Sich Sorgen machen auch in jenen kostbaren Augenblicken, in denen das, was man sich ersehnt, eins wird mit dem, was man tut, kein Lärm von außen die innere Stimme überdeckt. Man ist ganz bei sich. Warum, zum Teufel, also an später denken und sich damit alles verderben?

Milena hatte nicht einmal daran gedacht, Vorsorge zu treffen, auch wenn sie hätte wissen müssen, wie schnell alles vorbeiging. Wie der Frühling. Gerade noch hatte er im pastellfarbenen Kostüm vor einem tiefblauen Himmel sehnsucht- und traumverloren Spitze getanzt. Bis sein angenehm warmes Licht erlosch, seine Melodie verklang, der Frühling trat leise ab, ohne dass es jemand bemerkt hätte. Er hatte sich die Nacht ausgesucht, die Zeit, in der alles schlief. Dann, noch im Morgengrauen, das Solo kleiner Trommeln und Flöten, dann das Einsetzen des gesamten Orchesters, dieser gewaltige Sprung. Der Sommer war da. Prall, elektrisierend, leidenschaftlich, und es würde Monate dauern, bis er sich vom vielen Leben erschöpft zurückzog und die Bühne nach dem sich vornehm zurückhaltenden Herbst dem kalten Winter überließ.

Vorsorge treffen. Sie hatte sich nicht gesorgt und damit Zeit verschwendet. Sie hatte getanzt, bis ihr Körper durch und durch erhitzt war von Rausch, Glücksgefühl und Applaus. *Brava, Milena Müller, brava!* So weit hatte sie es nie geschafft, aber sie hatte vergessen, wie kalt Kälte sein konnte. Jetzt war es Sommer, und sie fror.

Der letzte Auftritt. Die letzte Verneigung. Der letzte Applaus. Der Vorhang fiel, und es war, als habe es sie nie gegeben, als habe nie auch nur ein Fuß den Boden einer Bühne berührt. Vorhang zu. Scheinwerfer aus. Und dann war man einfach für immer – weg.

Vorsorge treffen. Sie hätte zumindest irgendwann dazwischen an das Später denken sollen. Wie das Kind, das gebeten worden war, nach dem Stern zu greifen, und den Boden berührt hatte. Sie hatte den Boden ignoriert. Damit war sie jedoch nicht allein.

»Hast du wieder mal was von Carmen gehört, von Christine oder Oskar?« Oder von all den anderen, die irgendwann von der Bühne verschwunden waren, wie aufgesogen vom Erdensumpf. »Keine Ahnung, was sie jetzt machen.« Es zu wissen – oder sich auch nur nach ihnen zu erkundigen – hätte bedeutet, ein Danach zu akzeptieren. Doch sie wollte an das Danach nicht einmal denken. Kein Tänzer dachte daran. Er tanzte.

Vorsorge treffen? Nicht einmal dann, wenn die Schmerzen im Rücken unerträglich wurden. »Dreh dich, weiter und weiter, steh niemals still, sonst verlierst du den Tanz.«
Sie hatte nicht nur den Tanz verloren. Ohne ihn hatte sie auch keine Identität. Sie war nichts mehr. Hatte keinen Status, keine Aufenthaltsgenehmigung für das normale Leben. Sie hatte noch weniger als all die Namenlosen vor dem Zimmer von Frau Adamczik, die zumindest hofften, in den Beruf zurückkehren zu können, den sie erlernt hatten.
»Irgendwas werde ich schon finden.«
»Wer arbeiten will, kriegt Arbeit.«
»Es geht immer irgendwie weiter.«

Milena entschied sich für ein anderes Mantra. »Ich bin ein Geldmagnet!« Sie überquerte die Straße. »Geld fließt mir aus unsichtbaren Kanälen zu.« Reifen quietschten. Wildes Hupen. Der Mercedesfahrer stoppte so knapp vor ihr, dass sie erschrocken einen Schritt zurücktrat und dann wie angewurzelt stehen blieb. Das Hupen hörte auf, das Seitenfenster wurde heruntergekurbelt. Der Fahrer, ein durchaus ansehnlicher Mann mittleren Alters, steckte den Kopf heraus und fluchte: »Kreuzkruzefix … dumme Henna, saudumme.« Das in München selten gewordene Exemplar eines Bayern, nicht in Lederhosen, sondern im geschäftlichen Tarnanzug mit Krawatte, spöttelte Milenas innere Stimme. Gleichzeitig gab sie das Kommando: Herzschlag runterfahren. Im Schritttempo weitermachen.
Milena trat an das geöffnete Seitenfenster und hauchte dem Mercedesfahrer entgegen: »Tut mir leid.« Sein hochroter Kopf verlor etwas an Farbe, der Augenausdruck wurde milder: »Na, geht doch!« Da fuhr sie jedoch schon fort: »Dass Sie noch immer keine Frau von einem Huhn unterscheiden können.«

Hatte er bisher noch im Stand-by-Modus gewütet, so legte er jetzt richtig los. *»Du gwambada Uhu du! Oide Scheißhausfliagn«* waren noch die harmloseren Varianten der bayerischen Schimpfkanonade. Nun hätte Milena sich einfach umdrehen und gehen können, aber da blitzte erneut der innere Kobold auf, der sich in den letzten Monaten gekränkt und verunsichert in eine Ecke gekauert hatte. Der Autofahrer fluchte und schimpfte, Milena lupfte mit zauberhaftem Lächeln den bunten Rock, den sie auf dem *Tollwood*, einem großen, farbenfrohen Basar, erstanden hatte, wirbelte die Endlosbeine zum Cancan, zwei-, dreimal, drehte sich blitzschnell um, gab auch noch die Rückseite ihres Höschens zum Besten, Applaus, Applaus, nicht vom Autofahrer, sondern von einigen Passanten, ging mit einer tiefen Verbeugung in die Knie und gab die Straße wieder frei. Einen Moment der Verblüffung, dann preschte der Autofahrer mit Kavaliersstart davon.

Milena sah ihm nach, überquerte die Straße und setzte dabei das Mantra fort, mit dem sie das Universum sanft darauf hinweisen wollte, dass sie seine Unterstützung diesmal wirklich nötig hatte. Normalerweise glaubte Milena im Gegensatz zu Betty, einer Ex-Kollegin, weder an die Kraft des Universums noch an Mantras. Doch wenn man nicht mehr an sich selbst glaubte, konnte man genauso gut an alles glauben. Auch daran, dass die Bank es zur Abwechslung einmal gut mit ihr meinte.

»Ich bin ein Geldmagnet, Geld fließt mir aus unsichtbaren Kanälen zu.« Sie bebte dem Sachbearbeiter förmlich entgegen, der jetzt das Büro betrat. Seit zehn Minuten wartete sie schon auf ihn. Er reichte ihr die Hand und setzte sich ihr gegenüber auf die andere Seite des Schreibtisches.

»Ich habe mich in der Zwischenzeit schon einmal informiert, Frau Müller.«

Milena lächelte vorsichtig. Ihr Lächeln blieb allein.

Der Bankbeamte fuhr fort: »Bei Ihrem Scoring ist die Erhöhung Ihres Überziehungskredits …« *Fouetté.* Seine Stimme erinnerte sie an die rasche, peitschenhiebartige Bewegung eines Beins innerhalb einer Drehung. »Tut mir leid, da haben wir ein Problem.«

»Scoring?«

»Das Scoring ist ein Zahlenwert auf der Basis einer statistischen Analyse, das die Kreditwürdigkeit einer Person aufgrund kreditrelevanter Merkmale repräsentiert.«

»Kreditrelevante Merkmale …« Dafür, was sie gerade empfand, gab es keinen beim Tanz spezifischen Ausdruck. Höchstens das *Tendu.* Das langsame Herausschleifen der Fußspitze aus einer Grundposition. Sie veränderte ihre Stellung. Saß wieder gerade, die Knie aneinandergepresst.

»Sie haben Ihren Überziehungskredit schon mehrmals bis zum Äußersten in Anspruch genommen.«

»Dafür ist so ein Überziehungskredit doch da? Und die Bank verdient an meinen Zinsen?« Sie versuchte zu verstehen. Zumindest irgendetwas in dieser ihr so fremden Welt.

»Schon, aber für Ihre Rating-Stufe ist das nicht gut.«

»Rating-Stufe?«

»So eine Art Note. Die Beurteilung Ihrer Bonität.«

»Also Sie gewähren mir einen Überziehungskredit, an dem Sie gut verdienen, und wenn ich ihn nütze, dann krieg ich eine Sechs?«

»Sechs wäre gut.« Zum ersten Mal zeigte sein Gesichtsausdruck Bedauern. »Sie haben im Moment eine Dreizehn. Ganz schlecht. Und jetzt sind Sie auch noch arbeitslos.«

Es wurde Zeit für den *Contretemps*, Verbindungsschritt mit Richtungswechsel. »Der Leistungsantrag ist gestellt, und der

Antrag auf einen Vorschuss …« Dieser Hauch von Langeweile im Gesicht des Bankbeamten. Sie atmete tief durch. »Was kann ich tun?«

Endlich waren sie am Punkt. Auch er atmete auf. »Bis zum nächsten Ersten Ihre Überziehung zurückzahlen.«

Tour en l'air. Sprung mit Drehung um die eigene Achse in der Luft und nie wieder auf den Boden zurückkommen …

Milena überlegte nicht. Zog ihr Portemonnaie aus der Handtasche, öffnete es und stülpte es blitzschnell um. Alles, was sie noch an Münzen und Scheinen hatte, rollte und flatterte auf den Schreibtisch des Bankbeamten.

»Der Rest kommt dann irgendwann.«

Er war verblüfft.

Sie triumphierte.

Setzte ihr Mantra fort.

Ich bin ein Magnet.

Ich zieh die Scheiße an.

Milena verließ die Schalterhalle. Ihr war übel. Wo um Himmels willen sollte sie die dreitausend Euro auftreiben, die sie von ihr haben wollten. Womit Miete, Essen und überhaupt alles bezahlen? Zu ihren Eltern konnte sie nicht gehen. Auch nicht zu ihrem Bruder. Ihr kleiner Bruder Max. Sie hatte ihn gewickelt. Er hatte sie zur Weißglut gebracht. Indianer auf Kriegspfad, Indianer, die gemeinsam die Friedenspfeife rauchten. Als Kinder waren sie beides gewesen, und jetzt hatten sie einander schon so viele Jahre nicht mehr gesehen.

Das letzte Mal an jenem Abend in Paris vor fast sechzehn Jahren. Sie hatte das Phantom der Oper getanzt. Das Musical um den geheimnisvollen Mann im schwarzen Cape mit der weißen Maske, der in den alten Gemäuern der Oper auftaucht. Nachts. *Leise, innig wird Musik erklingen. Hör sie, fühl sie, lass sie dich durchdringen.*

Lös dich von der Welt, die dein Herz gefangen hält. Widerstrebe nicht der unbekannten Macht, der Dunkelheit und der Musik der Nacht.
Die Melodie war noch in ihrem Kopf gewesen, ebenso wie die Worte. Der tosende Applaus – und danach Stille. Absolute Stille. Diese hatte sie gesucht, nachdem die anderen gegangen waren. In dem Sessel aus rotem Samt hatte sie vor dem wandbreiten Spiegel gesessen. Schminkte sich ab. Entfernte nach und nach das Make-up, das sie auf der Bühne zur Diva gemacht hatte. Die großen ausdrucksstarken, braunen Augen mit ihrem goldgrünen Funkenspiel schrumpften zur Normalgröße. Der Mund, gerade noch durch die tiefrote Farbe hocherotisch, war jetzt blass, und man sah ihm an, wie gut sich Milena mit dem Unglücklichsein auskannte. Es gab Zeiten, da hatte das Unglücklichsein ebenso zu ihr gehört wie ihre langen Beine. Lange Beine, ewiges Unglücklichsein, selten Affären, und bahnte sich zwischendurch so etwas wie eine Beziehung an, kam sie sich darin vor wie ein ungebetener Gast. Sie bürstete ihr dichtes, braunes Haar – ihre Mutter hatte es Rosshaar genannt – energisch gegen den Strich, ohne Rücksicht auf die winzigen Knoten, verursacht von zu viel Haarspray, es ziepte, sie presste die Lippen noch fester zusammen.
Sich lösen von der Welt, die ihr Herz gefangen hält … Dafür brauchte sie nach jeder Vorstellung ihre Zeit.
Ein Spaziergang durch Paris im Licht der aufgehenden Sonne. Café au lait in ihrem kleinen Café an der Seine. Erst dann war sie bereit gewesen, in das winzige Zimmer zurückzukehren, in dem sie mit einer anderen Tänzerin untergebracht worden war. Max hatte schon auf sie gewartet. Kein Kuss wie sonst. Keine Umarmung wie sonst. Nur ein knappes »Sie lassen sich scheiden«.
»Wer … wer lässt sich scheiden?« Wenn er sie schon nicht umarmte, dann wollte wenigstens sie ihn umarmen. »Wie geht es dir?«

Er wich aus. »Deinetwegen. Sie lassen sich deinetwegen scheiden.«
»Unsere Eltern?« Niemals. Nicht ihre Eltern. Sie kauften nichts Neues, solange das Alte noch funktionierte. Und sie hatten immer funktioniert. Immer! »Du spinnst.«
»Ich spinne? Du bist es doch mit deinem verdammten Tunnelblick.« Sie hatte Max noch nie so wütend, so hilflos gesehen, bis auf das eine Mal, als er grundlos auf dem Schulhof verprügelt worden war. »Deinem komplett durchgeknallten Rumhopsgehirn. Kapierst du es nicht? Du bist schuld, dass sich unsere Eltern getrennt haben! Du! Sie werden einfach nicht damit fertig, dass du … Ich will nichts mehr mit dir zu tun haben.«

Kleine Fingerchen, die sich an ihrem Blusenkragen festklammern. Weg damit, weg, *geh auf Reisen in eine andere Wirklichkeit … geh, geh, geh …* tanz!

Das falsche Bild. Die falsche Erinnerung. Nicht jetzt nach dem unerfreulichen Gespräch mit der Bank. Sie brauchte ihre Kraft. Irgendwie musste es ja weitergehen.
Vorsicht Rutschgefahr. Das Putzteam hatte den Aufsteller vermutlich vergessen. Aus dem Schlund des Geldautomaten schoben sich Scheine in die offene Hand einer Frau. Mit welcher Selbstverständlichkeit die Frau das Geld entgegennahm und in ihr Portemonnaie steckte, fast empfand Milena so etwas wie Neid. Dabei war sie nie ein neidischer Mensch gewesen. Die Glastür fiel hinter ihr zu. Und es war, als sei auch das vorbei – für immer. Würde ihr Leben von nun an wie ein Haus sein mit vor ihr verschlossenen Türen?
Nein, eine Tür gab es noch. Eine Tür, die sich sogar aufsperren ließ, weil sie den Schlüssel hatte. Nur, wie lange noch, wenn

sie schon bald die Miete nicht mehr zahlen konnte? Das andere ließ sich verdrängen. Das hatte sie auch schon lang genug geübt. Die Realität, so, wie sie jetzt war, leider nicht.

Ihre Wohnung. Fünfunddreißig Quadratmeter mit Kochnische und Blick auf eine Garage.

»Wir haben sie mit Efeu bepflanzt«, hatte ihr die alte, stets ganz in Schwarz gekleidete Vermieterin Frau Lipowsky erklärt, wie immer etwas außer Atem und auf ihren Gehstock gestützt. »Damit es etwas freundlicher ist.«

Das farbige Wechselspiel der Jahreszeiten auf einer Garagenwand – würde das alles sein, was die Zukunft noch für sie bereithielt? Vom Bett aus, in dem sie sich verkriechen würde, vielleicht für immer, und in einem Körper, der allmählich schrumpfte – auch innere Lähmung baut Muskeln ab. Der Kopf würde dann den Rest besorgen, schwer geworden mit all den Gedanken und Erinnerungen. Irgendwann würde der Hals ihn nicht mehr tragen können, *Kopf hoch, en face, hoch, hoch*, der Kopf würde abfallen und vielleicht unters Bett rollen. Die alte Vermieterin würde auf sie aufmerksam werden, weil der Briefkasten irgendwann überquoll. Keine Briefe. Nur Werbung. Und weil auf ihrem Konto keine Miete mehr eingehen würde. »Irgendwas stimmt da nicht.«

Man würde die einzige Tür öffnen, zu der Milena noch den Schlüssel hatte, das wenige entrümpeln, das sich in der Wohnung befand, bisher Durchgangsstation zwischen zwei Engagements, zwei Umzugskisten waren noch nicht einmal ausgepackt, man würde den Kopf unter dem Bett finden – »So eine Sauerei!« – und nicht wissen, was man mit ihm anfangen sollte, ebenso wenig wie mit dem Rest. Dem Rest, der von einem großen Traum geblieben war.

2

»Du saublöde Kuh, du!« Eine Amsel flatterte erschrocken auf. Zentimeterknapp preschte der Radfahrer an Milena vorbei, als handle es sich nicht um einen Spazierweg, sondern um eine Formel-1-Strecke. Er trug Anzug, Fahrradhelm, und die Aktenmappe hing schief im Gepäckträger. Stressabbau nach dem Büro.

»Und Sie«, schrie Milena ihm hinterher, »können Sie nicht aufpassen? Sie unterbelichteter Drahteselschumi!«

Statt einer Antwort drehte sich Drahteselschumi nach ihr um und drohte ihr mit der Faust. Geballte Aggression. Milenas Herz schlug bis zum Hals und beruhigte sich erst, als sie die Großhesseloher Brücke erreicht hatte. Majestätisch spannte sich die Brücke zwischen Fachwerkrahmen doppelstöckig über die auf Kies gebettete Isar. Im ersten Stock ein Rad- und Fußgängerweg, über die Gleise im zweiten Stock donnerten die Züge der Oberland- und der S-Bahn.

Vorhängeschlösser als ein Zeichen für immerwährende Liebe hingen vor sich hin. Nicht tausendfach wie an der einen römischen Laterne, die unter der Liebeslast eingeknickt war, sie hingen vereinzelt, klein, bunt, im Sonnenlicht blinkend an den Gittern, die angebracht worden waren, um Lebensmüde vom Springen abzuhalten. Doch Lebensmüde waren einfallsreich. Sie kamen dahin, wohin sie wollten, wenn sie es wirklich wollten. Ein Grablicht jedenfalls lag im Gras, vermutlich

umgeworfen von spielenden Hunden. Sein Feuer erloschen, dafür setzte die Sonne dem roten Glas Lichtpunkte auf.
»Bis zum Mond und zurück …« Eine kleine grauhaarige Frau mit Rucksack stand vor den Liebesschlössern und las ihrem Begleiter vor, was in die Schlösser eingraviert worden war.
»Alles vergeht, nur die Liebe besteht.«
»So ein Schmarrn, den Schlüssel in die Isar zu schmeißen!«
»Typisch Mannsbild. Schwören einem ewige Treue und denken schon an eine andere.«
»Reg dich nicht auf, ich bin jetzt schon fast fünfzig Jahre freiwillig bei dir.«
»Weil ich für dich putz und koch …«
Sie entfernten sich streitend, im Gleichschritt marsch!
Irgendwann wurden sie langsamer, noch immer im Gleichschritt: Der Mann nahm die Hand seiner Frau, die Frau lehnte den Kopf kurz an seine Schulter. Sie brauchten keine Liebesschwüre, nur diese kleinen Gesten.
Alles war gut. Für sie beide war alles gut.
Pas de bourrée. Milena machte einige kleine Schritte aus der Grundstellung heraus. Sie hatte Musical getanzt, das Ballett jedoch nie verloren. Wie gern würde sie sich jetzt hineintanzen in den Wind, diesen streunenden Gesellen, hinein in die Anmut der Luft, mit dem Flammenfluss Isar, tief unter der Brücke, dem ewig goldenen Strom Abendlicht, aus dem sich jetzt etwas löste. Milena wusste nicht sofort, was es war. Ein tänzelndes, silbriges Etwas mit festem Körper, die Flügel nur ein Hauch. Wie ein feinstoffliches Wesen aus einer anderen Dimension. Das Wesen segelte vorwärts, kehrte exakt am Scheitelpunkt um, schwang sich einen Herzschlag lang in einer Rückwärtsbewegung, leicht, elegant grazil, und dann – Milena hielt den Atem an – stürzte es kopfüber in die Isar, die sofort nach ihm schnappte wie ein Kro-

kodil nach seiner Beute und es davontrug, vielleicht an den geheimen Ort, an dem die Isar all die Schlüssel aufbewahrte, damit man sie irgendwann vielleicht doch wieder aufsperren konnte, die Vorhängeschlösser und die Herzen.
Milena träumte sich einen Moment hinein in den Fluss, so, wie sie sich als Kind vor dem Einschlafen in den Tanz geträumt hatte. Der Fluss, der immer in eine Richtung fließt. Bis hin zum Meer, wo er ein Teil der unendlichen Weite wird.
»Auch unser Leben ist wie ein Fluss«, hatte die Mutter zu ihr gesagt. »Natürlich kannst du gegen die Strömung ankämpfen, und vielleicht hast du damit auch Erfolg, für einen Augenblick, aber dann wirst du an Kraft verlieren, müde werden, und der Fluss wird dich dahin tragen, wohin du gehörst.« Die Mutter hatte gelächelt: »Lass das Leben fließen, Milena. Lass es einfach zu.«
»Sie fliegen nur in geschlossenen Räumen.« Die Stimme holte sie aus ihren Gedanken zurück. Aber es war nicht nur die Stimme, es war der kleine Mann, der sie auf Anhieb faszinierte. Im schwarzen Gehrock stand er sehr aufrecht vor ihr. Blütenweißes Hemd, schwarze Fliege, und er wirkte fast wie das abgestürzte und in der Isar versunkene Lichtwesen, herbeigesegelt aus einer anderen Welt. »Nur ein Luftzug, und sie stürzen ab.«
»Aber wenn Sie das vorher schon wussten, Herr …«
»Alphonse.« Der kleine Mann verneigte sich so tief, dass es den Anschein hatte, sein Kopf berühre den Boden. »Alphonse Pénaud. Erfinder des Saal…« Was er dann sagte, schien ihm äußerst wichtig zu sein. Seine Augenlider flatterten vor Aufregung. »Nicht Sal wie die kleinere der Kapverdischen Inseln am nordöstlichen Rand des Archipels, und auch nicht Sall wie der zwanzig Kilometer lange Fluss in Baden Württemberg, sondern …«

»Saal wie der Saal …«
Die Lider senkten sich sanft wie ein Schmetterling, der seine Flügel ablegt, hoben sich wieder, und Alphonse' tiefblaue Augen blickten sie erleichtert an. »Genau … wie der Saal … Ich habe das Saaaalflugzeug erfunden.«
»Und jetzt ist es abgestürzt.« Ein leises Bedauern lag nun auch in Milenas Stimme.
»Weil es nur in geschlossenen Räumen fliegen kann, draußen stürzen sie immer ab. Immer …«
Milena hätte den seltsamen kleinen Mann mit der Fliege gern gefragt, weshalb er sein Saaaalflugzeug von der Isarbrücke abheben ließ, wenn er schon vorher wusste, dass es nicht gutgehen würde. Doch er hatte jetzt etwas von der fast körperlosen Gestalt aus der Geschichte von der traurigen Traurigkeit. Auch er war durch und durch traurige Traurigkeit, verloren am staubigen Wegrand, gemieden von den Menschen, die sie mit Sätzen aus ihrem Leben verbannen wollten wie: »Das Leben ist heiter. Nur Schwächlinge weinen.« Die Traurigkeit hatte keinen Platz in einer Welt, in der nur Schwächlinge weinten und die aufgestauten Tränen fast die Köpfe sprengten. »Nur wer die Trauer zulässt und all die ungeweinten Tränen weint, kann seine Wunden wirklich heilen.« Auch das hatte die Mutter immer wieder zu ihr gesagt.
Der kleine Fliegefliegermann, Milena gab Menschen gern Namen, die zu ihnen passten, stand noch immer vor ihr. Bewegungslos. Über die plötzlich so starke Sehnsucht nach ihrer Mutter hatte sie ihn beinahe vergessen.
»Sie sehen traurig aus.« Er sprach aus, was sie zu ihm hatte sagen wollen.
»Das bin ich auch. Traurig und …«, sie wusste nicht, weshalb sie es ihm anvertraute, »… leer.«

»So als wäre alles aus Ihnen herausgesickert, wie Benzin aus einem lecken Flugzeugtank?« Zum ersten Mal kam Bewegung in ihn. Aber es war nur der Kopf, der sich leicht nach rechts neigte wie ein Vögelchen, das zwitschernd auf sich aufmerksam machte.

Milena nickte. »Ich habe das Gefühl, irgendwann stürze ich auch ab.«

»Was leer ist, muss man wieder füllen. Aber nicht mit Stroh.«

Alphonse neigte den Kopf jetzt nach links, ließ sie nicht aus den Augen. Es war, als musterte er sie nicht nur von vorn, sondern von allen Seiten. Wie etwas, das er kaufen wollte, allerdings unbeschädigt und nicht zum halben Preis. Sie fühlte sich von ihm durchschaut.

»Natürlich nicht mit Stroh«, antwortete Milena. Merkwürdiger kleiner Mann. Er redete Unsinn, und er durchschaute sie auch nicht.

Sie wollte sich von ihm abwenden, doch da war etwas in seiner Stimme, die so freundlich war, die Stimme eines Freundes, was sie innehalten ließ. »Sie müssen halt suchen.«

Jetzt war er es, der sich von ihr abwandte.

Ihre Stimme klang jedoch nicht freundlich, sie war viel zu kühl. »Was soll ich suchen?«

Alphonse sah sie ratlos an: »Wieso reden Sie so mit mir?«

»Ich rede ganz normal mit Ihnen.«

»Nein, Sie reden wie viel zu lange eingefroren. Wenn Sie nicht aufpassen, tauen Sie nicht mehr auf.«

Wieder dieser Vögelchenblick. So harmlos. Er war nicht harmlos. Er konnte, wenn er wollte, ganz schön kräftig zupicken. Wie Jockl, der Wellensittich, den sie als Kind gehabt hatte. Einmal hatte sie sogar geblutet. Sie wollte nicht bluten. Außerdem war dieser Mann verrückt. Sie wandte sich erneut ab.

»Suchen Sie nach Gedanken! Überall, wo Sie nur können. Kennen Sie den Gedankenflohmarkt?«
Er hatte es erneut geschafft. Sie ging nicht, fühlte etwas in sich, das sie seit Wochen nicht mehr gefühlt hatte. Etwas, das stärker war als das Unbehagen, das verrückte Menschen in ihr auslösten. Zum ersten Mal interessierte sie etwas anderes als der Unmut darüber, dass das Tanzen vorbei und sie der unglücklichste Mensch der Welt war. »Gedankenflohmarkt?«
»Da sind die Gedanken noch ganz billig.« Alphonse' Lider flatterten wieder. »Sie kosten wirklich nicht viel. Weil ein anderer sie schon mal gedacht hat und benutzt.«
»Benutzt.«
Alphonse nickte. »Neue Gedanken sind heute kaum noch zu kriegen, und sie sind teuer. Aber das macht nichts. Gedanken, die schon einmal gedacht worden sind, stürzen nicht ab.«
»Weil man schon ausprobiert hat, ob sie nur in geschlossenen Räumen fliegen können oder auch draußen.«
»Sehen Sie …« Alphonse strahlte, sogar seine exakt sitzende Fliege lachte sie an. »Sie denken meine Gedanken, und ich gebe sie Ihnen sogar umsonst.«
Was für eine eigenartige Situation. Nachdem sie sowohl beim Arbeitsamt als auch bei der Bank abgeblitzt war, stand sie auf Münchens sogenannter Selbstmordbrücke. Hinter ihr rasende Fahrradfahrer, neben ihr dahinschlendernde Fußgänger, über ihr donnernde Züge, unter ihr die gemächlich dahinfließende Isar und vor ihr Alphonse Pénaud, wobei sie bezweifelte, dass der jemals auch nur irgendetwas erfunden hatte. Der kleine Mann tickte nicht richtig, und allmählich steckte er sie damit an. Sie fühlte wieder etwas außer Angst und Hilflosigkeit. Das innere Vergnügen taute im Licht der Abendsonne auf. Gedankenflohmarkt! Sie fing tatsächlich schon an zu denken wie er.

Egal. Denn endlich empfand sie wieder einen Hauch von Lebensfreude.

»Die Gefühle allerdings können Sie nicht auf dem Gedankenflohmarkt kaufen.« Natürlich, sie hatte seine Gedanken benutzt, deshalb konnte er sie auch lesen. »Ihre Gefühle müssen Sie schon selbst fühlen. Da kann ich Ihnen leider nicht helfen.« Für den Bruchteil einer Sekunde hatte Milena den Eindruck, dass sich die Fliege mit seinen Mundwinkeln an beiden Enden nach unten neigte.

»Das müssen Sie auch nicht.«

»Gut.« Alphonse schien erleichtert. »Sehr gut. Und wenn Sie noch ganz viel Neues erleben, dann sind Sie innen drin wieder voll.«

Jetzt wollte sie es wissen. »Ich soll also die Gedanken von anderen Menschen denken, nach neuen Gefühlen und nach neuen Erlebnissen suchen, aber dann, lieber Alphonse, bin ich doch nicht mehr ich?«

»Sie sind ein neues Ich.« Er lächelte nachsichtig. »Das nennt man Veränderung.«

»Und alles, was vorher war?«

»Das ist«, er klopfte sich leicht auf den Hinterkopf, »die Erinnerung.«

»Danke, Alphonse.« Es wurde allmählich dunkel. »Ich muss nach Hause.«

»Ich habe kein Zuhause.« Er war wieder ganz traurige Traurigkeit.

»Wieso haben Sie kein Zuhause?«

»Sie schmeißen mich raus.« Tränen standen jetzt in seinen Augen. »Ich hab's ja versucht. Ich hab gedacht, wenn es mein Flugzeug schafft, draußen zu fliegen, dann schaffe ich es auch.« Das umgeworfene Grablicht, erloschen, die Gitter, die niemanden davon abhalten konnten, der wirklich springen wollte. Be-

sonderer Augenblick an den Gittern, für immer eingraviert in einem einfachen Vorhängeschloss. Liebe unter Verschluss. Zusperren, absperren, das Glück einsperren, damit es einem nie wieder entkommt, und den Schlüssel in die Tiefe werfen, fort mit ihm in die Isar. Die Isar, die ihn mitnimmt an diesen güldenen Ort der weggeworfenen Schlüssel und eingesperrten Herzen.
Eingesperrtes Herz. Sie wollte gehen, aber sie durfte Alphonse nicht allein lassen. Das fühlte Milena in diesem Moment sehr deutlich. Vielleicht, weil sie tatsächlich seine Gedanken dachte und ahnte, dass er nicht nur des Flugversuchs wegen auf der Brücke stand. »Warum wollen sie Sie rauswerfen, Alphonse?«
»Die sagen, ich bin jetzt so weit.«
»Wer sagt das?«
»Die Leute aus dem Regenbogenhaus.«
»Regenbogenhaus?«
Offenbar sah sie gerade ein bisschen dämlich aus, denn Alphonse lächelte milde. »Ist nicht das, was Sie denken.« Er setzte sich in Bewegung. Er lief die Brücke entlang wie ein *Walker*, der unbedingt das Münchner Marathon-Walking gewinnen wollte. Milena beeilte sich, ihn einzuholen. Er war verdammt schnell. Sie legte zwischen dem Gehen ein paar Joggingschritte ein.
»Was denke ich denn?« Sie blieb stehen.
Alphonse jedoch ging weiter, und seine Stimme nahm einen leicht überheblichen Ton an: »Das Regenbogenhaus ist kein Haus im Regenbogen, natürlich nicht … Weil's so was gar nicht gibt.«
Milena setzte sich wieder in Gang. Die Isarbrücke hatten sie längst hinter sich gelassen, tauchten jetzt, umgeben von Abendlicht, in den von hohen Bäumen beschatteten Fußgängerweg ein. Obwohl es ihr eigentlich gleichgültig sein konnte,

was Alphonse über sie dachte, war Milena erleichtert, dass er nicht einmal ahnte, was tatsächlich in ihr vorging. Ihr Leben gehörte von nun an dem Schicksal. Ihre Gedanken aber sollten gefälligst bei ihr bleiben.

»Man kann in einem Regenbogen kein Haus bauen«, fuhr Alphonse fort, wobei seine Stimme denselben Tonfall annahm wie die ihres Physiklehrers vor wer weiß wie vielen Jahren. Wie im Halbschlaf ratterte er herunter: »Der Regenbogen ist ein atmosphärisch-optisches Phänomen, das als kreisbogenförmiges, farbiges Lichtband in einer von der Sonne beschienenen Regenwand oder Regenwolke wahrgenommen wird. Sein radialer Farbverlauf zeigt Ähnlichkeiten mit den Spektralfarben. Jeder der annähernd kugelförmigen Regentropfen bricht das Sonnenlicht beim Ein- und beim Austritt und reflektiert es innen an seiner Rückwand …«

Milena ließ Alphonse dozieren und lief weiter, immer exakt einen Schritt hinter ihm her. Sie hatten die Menterschwaige erreicht. Münchens Liebling am Isarhochufer. Der Geruch von Hendl, Steckerlfisch und Grillfleisch. Ein zweites Wohnzimmer unter riesigen Kastanien. Bierbank-Feeling und ein fröhliches Prost vom und zum Nachbarn. Kindergeschrei und Erwachsenenlachen. Milena wäre gern dabei gewesen, doch sie war völlig mittellos und offenbar dazu bestimmt, einem heimatlosen Saalflugzeugerfinder, der Wikipedia auswendig aufsagen konnte, hinterherzudackeln.

Bisher hatte Alphonse kaum Luft geholt. Jetzt atmete er tief durch. »Nun ist Ihnen hoffentlich klar, warum man im Regenbogen kein Haus bauen kann.«

Milenas Blick ging hilfesuchend zum Himmel. »Für mich war der Regenbogen immer ein Band aus Licht und Farben«, antwortete sie schließlich, »mit dem der liebe Gott den Himmel schön eingepackt hat wie ein Geschenk …«

Alphonse lachte. Noch nie hatte Milena einen Menschen so herzlich lachen hören. »Der Himmel ein Geschenk, verpackt in den Regenbogen. So ein Blödsinn.«

War Milena knapp davor gewesen, mitzulachen, wurde sie jetzt wütend. Alphonse war derjenige, der Unsinn redete, und dennoch hatte sie nicht über ihn gelacht. Sie hatte Respekt vor Menschen. »Andererseits«, er wurde wieder ernst, »ist der Himmel ein Geschenk. Denn ohne Himmel … Das wäre wie ohne Dach über dem Kopf und wie …« Er brach ab, sah zum Himmel und verlor sich offenbar für einen Augenblick in die Vorstellung, wie die Welt ohne Himmel aussehen würde. Er kam zu einem Entschluss. »… wie ohne Ende in Sicht.«

Den Eindruck hatte Milena auch. Wenn sie und Alphonse so weitermachten, war auch kein Ende in Sicht. Sie sah sich schon unter der Isarbrücke schlafen, was in naher Zukunft ja durchaus der Fall sein konnte.

»Gehen wir?«, forderte sie Alphonse sanft auf.

»Wohin?«

»Nach Hause.«

»Das Regenbogenhaus ist doch kein Zuhause!« Er sah sie empört an.

Milena war ratlos, wollte ihn aber verstehen. Auch um ihn nicht bei der Polizei abliefern zu müssen. »Was ist es dann? Eine Illusion?«

Alphonse sah sie an, und seine Augen waren mit einem Mal seltsam klar. »Genau, das ist es. Eine Illusion, in der man drin wohnen kann, bis man rausgeschmissen wird.«

Mit diesen Worten waren sie wieder am Anfang.

Gingen aber Schritt für Schritt weiter.

Alphonse im Walking-Wackelgang.

Milena im gelegentlichen Joggingschritt.

3

Das Regenbogenhaus. Es war kein Haus, errichtet in den sanften Farben des Regenbogens, entstanden aus Träumen, wie ein Gedicht behauptete. Natürlich war es das nicht, aber es war auch keine Illusion, keine Fata Morgana im Niemandsland. Es stand aufrecht und durchaus beeindruckend am Rand eines Parks, der in der Dunkelheit aussah wie ein schwarzes, zufällig vom Himmel gefallenes Tuch. Die Wirkung, die das Haus auf Milena hatte, war das Besondere an ihm.

Vielleicht lag es an den wie zufällig dahingestreuten Laternen, die den Weg zum Regenbogenhaus säumten, an den vielen hell erleuchteten Fenstern, wie Wegweiser durch die Nacht, oder nur an diesem klaren, aus sich heraus strahlenden, so vollkommen gerundeten Mond. Es war Vollmond. Und Milena wäre nicht erstaunt gewesen, hätte sich jetzt die Silhouette eines heulenden Wolfes vor den Mond geschoben.

»Das Haus ist wie das Glaskugelhaus. Kennen Sie das Glaskugelhaus?«

Milena zögerte. Viel wusste sie noch nicht von Alphonse, außer, dass er eine Frage nie einfach so stellte. Im Gegensatz zu anderen schien er sich etwas dabei zu denken. »Nein, tut mir leid …«

»Sie wissen nicht, was das ist?« Alphonse sah sie mitfühlend an. »Dieses kleine Haus in einer Glaskugel? Dreht man sie um, dann schneit es?«

»Das kenne ich schon. Natürlich. Ich hab so was mal zu Weihnachten gekriegt. Kein Haus, aber einen kleinen Engel.«
Tiefe Erleichterung. Alphonse atmete durch. Offensichtlich gehörte Milena doch nicht zu den verlorenen Wesen, die ohne das Wissen um Glaskugelhäuser und Glaskugelengel durchs Leben gehen mussten. Was allerdings grundsätzlich hinter seiner Frage steckte, war Milena nicht klar. »Und was hat das Regenbogenhaus mit dem Glaskugelhaus zu tun?«
»Man kann es nicht umdrehen. Wir sind nicht stark genug dafür.« Alphonse warf Milena einen Blick zu, als sei sie allein für zumindest diese menschliche Schwäche verantwortlich.
»Und wenn man es umdrehen könnte?«
»Dann wären alle, die darin wohnen, nicht falsch, sondern richtig herum.«
Milena verstand Alphonse immer weniger, beließ es aber dabei. Sie war müde, wollte in ihre Wohnung und nur sichergehen, dass Alphonse in dieser Nacht keine Dummheiten mehr machte. Damit allerdings war die Sache für sie erledigt. Sie hatte andere Sorgen.
»Komm!« Während Milena noch darüber grübelte, wann und vor allem *wie* sie sich dieser seltsamen Situation entziehen konnte, nahm Alphonse sie einfach an die Hand. Alphonse, der Saalflugzeugerbauer, Fliegenträger, Wikipediaauswendiglerner, Gedankenleser und verhinderter Weltumdreher. Milena ließ es zu. Hand in Hand näherten sie sich dem Regenbogenhaus, dessen Wirkung mit jedem Schritt stärker wurde. Es zog sie in seinen Bann.
Am Ende des Regenbogens liegt das Niemandsland. Das alte Kindergedicht fiel ihr wieder ein. *Ein Land, in dem niemals Krieg stattfand. Ein Land, in dem sich alle lieben. Das ist seit Millionen Jahren so geblieben. Dorthin wandern alle Seelen, die sich auf der*

Erde quälen. Dort finden alle Seelen Ruh. An der Stelle wusste sie nicht mehr weiter. Erst wieder: *Lächelnde Paare, die im Gras liegen. Alte Frauen, die Babys im Arm wiegen.* Babys im Arm. Wiegen … Das Bild fraß sich in ihr fest … wiegen … wiegen … *Keiner ist hier mehr allein* … Nicht mehr allein. Nie mehr allein … Kleine Fingerchen, die sich an ihrem Blusenkragen festklammern. Weg damit, weg, *geh auf Reisen in eine andere Wirklichkeit … geh, geh, geh …* tanz!
Ihre Kehle wurde eng. Atemnot. Was war heute nur mit ihr los? Sie zerrte an Alphonse' Hand. Das hier war falsch. Sie musste sich umdrehen, damit es wieder richtig war. Sie wollte weg. Alphonse' Hand aber entwickelte eine enorme Kraft. Sie kam nicht los. »Sie sind auf einmal so weiß!« Alphonse sah sie besorgt an. »Wie der Schnee … nicht so schmutzig wie in der Stadt, sondern weiß wie frisch gefallen im Wald.«
Sein warmer Blick, seine Hand, so fest und seltsam vertraut, Milena wusste nicht, was sie beruhigte. Doch ihr Herzschlag wurde ruhig. In diesem Moment hätte sie sich hineinschmiegen können in diesen eigenartigen kleinen Mann.
Sie gingen weiter. Hand in Hand kamen sie vor dem Regenbogenhaus an. Im Grunde war es eine Villa im Jugendstil, mit Pippi-Langstrumpf-Veranda, nur der »kleine Onkel« fehlte, Pippis Pferd, nicht aber der Schaukelstuhl, in dem eine grauhaarige Frau saß und mit flinken, sehr flinken Fingern und vielen Stricknadeln strickte.
»Hallo, Alphonse.« Sie lächelte Alphonse an, wobei Milena bemerkte, dass ihr oben rechts ein Zahn fehlte.
»Lisa, hallo.« Alphonse lächelte nicht. Schob Milena an der grauhaarigen Frau vorbei.
»Ich war heute mit meiner Tochter und meinen Enkeln spazieren, Alphonse.« Lisa lächelte weiter.

»Schön!« Sie hatten die Terrassentür fast erreicht. Milena warf einen Blick in den großen Raum hinter der Tür. Er hatte etwas von einem Speisesaal. Ein großer schwerer Lüster an der Decke, fünf Tische, ein Regal mit unzähligen Fächern.
»Ich glaube, wir wurden beschattet«, fuhr Lisa lächelnd, mit den klappernden Stricknadeln vor sich hin strickend, fort.
Alphonse verdrehte die Augen. »Von einem Sonnenschirm, unter dem ihr dann Kaffee getrunken habt?«
»Natürlich nicht.« Die Frau lächelte wieder und strickte weiter. »Von einem Mann. Er hat jedes Mal anders ausgesehen.«
Milena sah Alphonse verblüfft an. Alphonse winkte ab, das alles kannte er offenbar schon, hielt Milena die Tür auf, und – Milena stand vor einem Kaktus, der sich mitten im Speisesaal vor ihr aufbaute. Allerdings war es ein Kaktus auf zwei Beinen. Jetzt schob sich der Kaktus ein wenig zur Seite, und ein Männergesicht kam zum Vorschein. Eine sehr gerade römische Nase, dunkle Augen unter schön geschwungenen Brauen. Das restliche Gesicht war überwuchert von etwas, das sich zurechtgestutzt wohl Bart genannt hätte. Der Mann drückte den Kaktus fest an sich, sah Milena an, wobei die Augen völlig ausdruckslos blieben.
»Dass ich nicht abkratze«, begann er, ohne Milena aus den Augen zu lassen. »Offiziell halt, daraus habe ich Unterstellungen entwickelt, dass ich einfach … so viel, ja, das ist so Ballast, dass ich … also keinen freien Schritt habe …«
Milena klammerte sich unwillkürlich an Alphonse' Hand. Alphonse drückte sie kurz und lächelte: »Christopher nimmt wieder mal seine Medikamente nicht.«
Er schob Milena wie selbstverständlich weiter, und Christopher sah ihnen nach. Mit Kaktus, alter Jogginghose, die zu tief in seinen Hüften hing, und Christuslatschen. Milena hatte

sich noch nicht erholt – von der strickenden Lisa, die beschattet wurde, jedes Mal von einem anderen Mann, gelegentlich auch einer Frau, und Christopher, der keinen freien Schritt hatte –, als noch ein Mann vor ihr stand.
Er trug Jeans, ein Sweatshirt, das dunkle, leicht krause und mit grauen Strähnen durchzogene Haar zu einem Pferdeschwanz gebunden. Am auffälligsten waren seine Augen. Ganz klare, tiefblaue Augen, die sich unverwandt auf sie richteten, während er mit Alphonse sprach.
»Du kannst nicht einfach Leute mit herschleppen, die eine Bleibe brauchen, Alphonse.« Milena mochte Männer mit tiefen Stimmen und blauen Augen. »Du weißt, das muss übers Amt gehen, und wir sind voll.«
»Ich brauche keine Bleibe«, versicherte Milena ihm hastig.
»Dann sind Sie gut untergebracht?«
»Wie kommen Sie darauf, dass ich untergebracht werden muss?«
»Ich habe Sie heute vor der Arbeitsagentur Cancan tanzen sehen.«

Milena saß im Bus und fuhr durch die Münchner Nacht. Sie fuhr selten Bus. Liebte aber diesen Moment, wenn sie im Licht saß und um sie herum alles dunkel war. Sie war gern im Licht. Ein Bühnenmensch. Der sich alles vom Leben nahm, auch auf Kosten anderer, es sich nehmen musste, um dahin zu kommen, wohin er wollte. Allerdings nicht ungestraft. Denn offenbar holte sich das Leben irgendwann alles wieder zurück.
Was für ein Tag. Keine Arbeit. Kein Geld. Und als Krönung – eine therapeutische Wohngemeinschaft für psychisch erkrankte Menschen.
»Wenn wir stark genug wären, könnten wir das Haus auf den Kopf stellen, und alles, was darin falsch ist, wäre richtig her-

um.« Milena hatte verstanden, was Alphonse ihr damit hatte sagen wollen.

Das Regenbogenhaus war eine Inselwelt mit Menschen, die dünnhäutiger waren als andere, feinfühliger, das zumindest hatte ihr Phil Friedmann erklärt, der Mann, der sie sofort als Inselmenschen eingeordnet hatte, nur weil sie mitten am Tag auf der Straße Cancan getanzt hatte.

Schublade auf. Schublade zu. Und das von einem, der es eigentlich besser wissen müsste.

Schattenhäuser zogen an ihr vorbei.

Oder sie an ihnen?

War die Wirklichkeit vielleicht tatsächlich eine noch viel größere Illusion als der Traum? Seltsame Gedanken in einer so wunderschön lauen Sommernacht, in der alle Menschen tanzen sollten. Barfuß. Die Augen geschlossen. Nach der Musik, die sie tief in sich hörten.

Vermutlich kamen die Gedanken auch vom Gedankenflohmarkt. Milena sah den Marktschreier förmlich vor sich, den Gedanken-Rudi eingeklemmt zwischen dem Nudel-Kiri und dem Aal-Hinnerk. Er schrie sich die Seele aus dem Leib: »Ein Pfund Gedanken gnadenlos billig! Alle schon mal gedacht, aber trotzdem praktisch wie neu! Greifen Sie zu!« Und dann warf er die bis zum Rand mit Gedanken gefüllten Plastiktüten in die Menge, kassierte für jede zehn Euro. Manchmal war der Inhalt nur Schrott, manchmal hatte man Glück und es war ein wirklich guter Gedanke dabei.

Milena lachte. Sie war allein im Bus. Der Kopf des Busfahrers wandte sich besorgt zu ihr um: »Alles okay?«

»Ich hab nur gelacht.« Sie giftete ihn an. »Ist das jetzt auch schon verboten?«

»Sorry, Lady, ich hab ja nur gefragt.«

Der Busfahrer konzentrierte sich wieder auf die Straße.
Wie Alphonse sich bemüht hatte, sofort richtigzustellen, dass Milena nicht in dieses Haus gehörte und Phil Friedmann nicht verrückt, sondern Arzt war. Er war ihr Psychiater, der, so Alphonse stolz, sogar nachts mit dem Fahrrad durch München fuhr, um verlorene Schäfchen wieder nach Hause zu holen. Aber auch sie hatte Phil Friedmann einiges erklärt. Dass Fahrradfahren nicht unbedingt genügte, sondern dass er sich, wollte er seinen Job richtig machen, lieber um Autofahrer kümmern sollte, die Jagd auf arbeitsuchende Frauen machten, vermutlich auch ein Trick der Politiker, um die Höhe der Arbeitslosenzahlen zu senken.
»Sie sind ihm vors Auto gelaufen«, berichtigte Friedmann ihre Aussage.
»Ist ja auch nicht einfach«, gab Milena heftig zurück, »wenn einem die Arbeitsagentur verklickert, dass man für den Arbeitsmarkt unbrauchbar ist.«
»Sie sind auch unbrauchbar?« Alphonse sah sie mit großen Augen an und beruhigte sie: »Das ist nicht schlimm. Einer, der brauchbar ist, der ist wie eine gepflegte Straße. Man kann gut auf ihr gehen, aber es wachsen keine Blumen drauf.«
»Und dass Sie Alphonse, der draußen ebenso wenig überlebensfähig ist wie seine Flugzeuge, einfach auf die Straße setzen wollen, ist … ist …«
»Niemand will Alfons auf die Straße setzen.«
»Da hat er mir aber etwas anderes erzählt.«
Friedmann warf Alphonse einen Blick zu. Alphonse versenkte den Kopf wie ein Vögelchen im Federkleid, wenn es schlafen wollte – und flog davon.
»Er glaubt nur, wenn es sein Saalflugzeug draußen kann, dann kann er es auch …«

»Fliegen?«
»Wieder allein draußen leben.«
Milena sah Lisa stricken, sah Christopher mit seinem Kaktus auf und ab gehen, ihr Herz wurde schwer. »Da erfindet einer das Saalflugzeug und schnappt über ...«
Friedmanns Blick wurde nachsichtig, als habe sie auch nicht alle Sinne beisammen: »Das Saalflugzeug hat nicht unser Alfons erfunden, sondern Alphonse Pénaud.«
»Alphonse ist doch Alphonse Pénaud.«
»Alphonse Pénaud war ein französischer Luftfahrttechniker und hat von 1850 bis 1880 gelebt. Alfons heißt Alfons Bauer und ist Konditor.«
Milena kam sich auf einmal sehr dumm vor.
Friedmanns Gesicht wurde milde. »Er gehört nicht gerade zu unserer Allgemeinbildung.«
Offenbar konnte auch er Gedanken lesen. Das Regenbogenhaus war alles andere als ein romantischer, es war ein gefährlicher Ort.
Milena sammelte sich wieder: »Dieser Alphonse Pénaud ist aber sehr jung gestorben.«
»Suizid. Seine Leidenschaft für Flugzeuge hat ihn umgebracht.«
Einen Augenblick war es still zwischen ihnen. Sehr still. Dann sammelte sich Milena erneut: »Ich habe Alfons auf einer Brücke gefunden. Passen Sie gut auf ihn auf.«
Sie drehte sich um. Stand vor Christopher, dem Kaktusmann. Er sah sie an. »Ihr wollt, dass ich verschwinde von der Szene, nur weil ihr euren eigenen Anblick vergessen wollt.«
Er wich ihr nicht aus.
Sie wich aus.
Floh aus diesem Haus und schwor sich: »Ich werde es nie wieder betreten.«

Der Bus hielt. Zwei Fahrgäste stiegen ein. Eine Frau und ein Mann. Milena nannte diese Art von Menschen insgeheim Menschen ohne Gesicht. Man sah sie, vergaß sie, und sollte man sie später einmal beschreiben, konnte man sich nicht daran erinnern, dass sie jemals da gewesen waren. Der Bus fuhr an, schaukelte weiter im Rhythmus der dunklen Stadt, in der die Dunkelheit mehr war als nur die Abwesenheit von Sonnenlicht. Sie war auch brennende Sehnsucht, der unbedingte Wunsch, nicht ins Bett zu gehen, ehe vielleicht doch noch etwas Unerwartetes geschah. Warten auf den Kick, das Verlangen, immer noch ein bisschen mehr Leben spüren …

Milena erwartete nichts mehr von diesem Tag. Sie kam sich vor, als habe ihr jemand einen Kübel mit eiskaltem Wasser verpasst, das Feuer erloschen, sie war müde und leer und sollte gleichzeitig ihr neues Leben planen. Wie sollte das gehen? Gar nicht, antwortete die Stimme in ihr, und du warst für die kalte Dusche selbst verantwortlich. Kein anderer.

Dieser ständige Schmerz. Dieser ständige Kampf gegen den eigenen Körper. Der Schmerz zeigte die Grenze auf, aber erst hinter der Grenze fing das Tanzen an.

»Dein Körper muss immer bereit sein, du musst ihn fordern, fordern, fordern. Du beherrschst die Technik, aber das nützt dir nichts, solange sie nicht zu fließen beginnt. Erst wenn sie fließt, bist du frei, um auszudrücken, was du ausdrücken willst. Dann ist es da, dein Bühnenabenteuer, dann bremst dich nichts mehr aus.«

Sie war frei gewesen, frei wie der Wind. Nichts hatte sie ausgebremst, und sie hatte sich von nichts ausbremsen lassen, von gar nichts, bis die inneren Blockaden kamen, sie den Schmerz nicht mehr wegtanzen und wegmeditieren konnte. An diesem einen Tag hatte sie weder essen können noch auf die Toilette gehen, und da war ihr schlagartig klargeworden: »Es muss jetzt sein – *jetzt!*«

Statt ihr Trainingsoutfit zu packen und dann zum Exercise anzutreten, hatte sie mit zitternden Knien vor Bill, ihrem Choreographen, gestanden: »Ich kann nicht mehr.«

»Du willst kündigen?«

»Ja!«, hatte sie geantwortet und das Gefühl gehabt, mit diesem *Ja* den Kopf aufs Schafott zu legen. Birne ab, Träume weg, frei sein von Schmerz. Doch irgendwie war alles geblieben, der Kopf, die Träume, und zum körperlichen Schmerz war der seelische hinzugekommen. Ein Ruck, der Boden unter ihren Füßen zog sich zurück, und – sie fiel und fiel und fiel …

Mit diesen Erinnerungen und einem langen, anstrengenden Tag, den man nicht zum Glücklichsein braucht, stieg sie wenig später an der Haltestelle aus, die einen Straßenzug von ihrer Wohnung entfernt war. Die Frau ohne Gesicht stieg ebenfalls aus und blieb nur wenige Schritte hinter ihr. Klack, klack. Das Geräusch ihrer Absätze auf dem Asphalt. Klack, klack. Tagsüber wurde es vom Rauschen des Verkehrs, von Vogelgezwitscher und Stimmen überlagert. Jetzt gab es nur dieses Klack, klack, und ganz allmählich baute es sich in der nächtlichen Stille zum inneren Psychothriller auf. Klack … klack … klack …

Milena liebte Psychothriller, dieses Gänsehaut-Feeling, wenn ein Serienkiller Jagd auf seine Beute, vorzugsweise Frauen, machte, klack, klack, während sie sich in ihrem Bett oder auf der Couch mit einer Tüte Chips und einem Glas Wein so wunderbar sicher fühlte. Klack … klack … klack … Suspense in Moll. Blut konnte Milena sehen, aber wenn die Musik spannungsgeladen wurde, hielt sie sich die Ohren zu.

Ein unauffälliger Blick über die Schulter, um sich zu versichern, dass alles okay war. Es war nur die Frau. Milena wurde langsamer, gab der Frau damit die Gelegenheit, sie einzuholen. Zu zweit war es weniger einsam. Doch die Frau fiel im Tempo zurück. Jetzt war Milena irritiert. Warum tat sie das? Weshalb kam sie nicht auf gleiche Höhe? Klack, klack … Sie blieb weiter an ihren Fersen haften. Überholte sie nicht. Die Straße leer, kein Mensch weit und breit, jetzt flackerte auch noch das Licht der Straßenlampe. Milenas Kehle war plötzlich trocken. Der Player in ihrem Kopf begann die Thriller-DVD abzuspielen, die sie erst vor ein paar Tagen gesehen hatte. Mann springt aus dem Lieferwagen, betäubt Frau, und als sie wieder zu sich kommt, findet sie sich in einem sterilen Raum wieder, vor ihr der Mann, vielleicht sogar maskiert, damit das Ganze noch barbarischer wirkt; jedenfalls mit Messer und Skalpell in der Hand, bereit für sie …
Kein Mann. Nur eine Frau. Kein Mann. Nur eine Frau. Das Klack, klack fiel zurück. Milena wurde etwas ruhiger.

Es war nicht die beste Gegend, in der Milena wohnte. Ramersdorf galt noch immer als Münchens Armenviertel, trotz des vielen Grüns zwischen den Häusern, von denen der Putz blätterte, die Briefkästen allesamt etwas schief und verbeult, die Namen an den Klingeln oft fremd, Hoxha, Ivinac, Badallaj oder Herr Manan, ein kleiner Inder mit grauen Schläfen und stets mit Anzug und Krawatte. Auf seinem Klingelschild stand noch ein stolzes Dipl.-Ing., wie um zu beweisen, dass er nicht in dieses Haus gehörte. Nicht nur die Namen, auch die Wortfetzen waren fremd, albanisch, türkisch, thailändisch, dazu fremdartige Geruchsschwaden, die unter den schmalen Schlitzen der Wohnungstüren in den Hausflur krochen, mit seiner knarrenden Holztreppe, dem Putz, der von den Wänden blätterte, und dem Geländer, das längst hätte frisch gestrichen werden müssen … Die Autos, die links und rechts am Rand der engen Straße parkten und an denen Milena jetzt entlanglief, waren jedoch vor allem deutsche Marken. Alle waren sie groß, gepflegt und die meisten von ihnen neu.

Klack, klack. Die Frau kam wieder näher. Kopfkino. Auch Frauen waren gefährlich. Und es gab so viele Verrückte. Gerade heute hatte Milena einige von ihnen kennengelernt.
Sie hatte auf der Bühne jeden Schritt berechnet, berechnen müssen, Haltung, Disziplin, nicht selbst denken, gehorchen, das war ihre Welt. Die andere Welt, die Welt, die man nicht berechnen konnte, verunsicherte sie.
Milena ging schneller. Täuschte sie sich? Nein, auch die Frau erhöhte ihr Tempo. Ein unauffälliger Blick zurück. Tanzendes Laternenlicht, tanzende Schatten, Schweißperlen auf der Stirn trotz des kühlenden Windes. Das Herz pochte wie wild gegen die Brust.
Sie will nur nach Hause. Wie du! Aber wieso verringert sie dann den Abstand, so dass sie nur noch einen Schritt hinter dir ist? Bleib stehen, frag sie, ob sie Hilfe braucht, oder schrei sie an, dass sie dich in Ruhe lassen soll. Tu was! Tu einfach irgendwas!
Milena versuchte, sich zu kontrollieren. Sich nur nichts anmerken lassen. Verrückten soll man nicht ins Gesicht schauen, inzwischen war sie sicher, dass die Frau hinter ihr – klack, klack – nicht ganz dicht war.
Stand ja nicht gerade selten in der Zeitung, dass Menschen Stimmen hörten, die ihnen befahlen, dem Nächstbesten ein Messer zwischen die Rippen zu jagen. Und da man Autoritäten gehorchte, taten sie das dann auch. Sie musste an Liesel mit ihrem Verfolgungswahn denken, an Alfons, der sich für

einen anderen hielt und seine Zeit damit verplemperte, Saalflugzeuge zu bauen, und an den seltsamen Kaktusmann: »Ihr wollt, dass ich verschwinde von der Szene, nur weil ihr euren eigenen Anblick vergessen wollt.« Oh, Gott, wie viele Verrückte waren nicht wie im Regenbogenhaus unter Kontrolle, wie viele liefen, sich selbst überlassen, draußen frei herum?
Milena ging noch schneller. Die Frau jetzt auch. Nicht mehr Phantasie, auch kein Kopfkino, da war nur noch die pure Angst. Diese Frau war, warum auch immer, hinter ihr her. Sie war nicht zufällig aus dem Bus gestiegen. Diese Frau wollte sie! Klack, kam näher, klack, klack, Milena hielt den Atem an, jetzt, jetzt war sie mit ihr auf gleicher Höhe. Nicht Hinschauen. Ignorieren. Ruhig weiteratmen. In Luft auflösen. Wo war das Loch, in dem sie verschwinden konnte? Und in diesem Moment – lief die Frau auch schon an ihr vorbei, rannte förmlich auf das Haus zu, in dem auch Milena wohnte, steckte den Schlüssel ins Schloss, sperrte die Tür auf, wollte Milena die Tür schon vor der Nase zuknallen, doch Milena war schneller, fing die Tür auf, bevor sie ins Schloss fiel.
Die Frau fauchte sie an: »Verschwinden Sie!«
»Ich wohne hier.«
»Ich hab Sie hier noch nie gesehen, hauen Sie ab!«
»Sind Sie übergeschnappt?«
»Sie ticken doch nicht ganz richtig.«
»Sie kleben mir die ganze Zeit an den Fersen, und dann tick ich nicht ganz richtig? Warum sind Sie nicht einfach an mir vorbeigelaufen.«
»An jemandem mit Verfolgungswahn?«
»Verfolgungswahn?«
»Ja, ständig diese verstohlenen Blicke nach hinten, dann rennen Sie auf einmal los, werden wieder langsamer, einmal hab

ich gedacht, Sie springen gleich hinter einen Busch und gehen von dort aus auf mich los!«

Milena konnte nicht anders. Sie musste lachen. »Ich hab Verfolgungswahn, und Sie hören Stimmen, die Ihnen befehlen, mich zu erstechen.«

»Bitte?«

Statt einer Antwort streckte Milena die Hand aus: »Da haben wir uns beide gegenseitig ganz schön Angst eingejagt. Ich hab Sie für 'ne Psychopathin gehalten, die Jagd auf Frauen macht und sie dann mit dem Skalpell zerlegt.«

»Sie haben ja 'ne merkwürdige Phantasie.«

»Sie nicht?«

Die Frau nahm ihre Hand, lachte ebenfalls, bekam damit auch ein Gesicht. Ein hübsches Gesicht.

»Seit wann wohnen Sie hier?«

»Seit zehn Jahren. Anna Engel, dritter Stock.« Die Frau ließ ihre Hand wieder los. »Und Sie sind zu Besuch?«

»Milena Müller!« Milena deutete auf ihre Wohnungstür. Offenbar war sie für Anna Engel auch eine Frau ohne Gesicht gewesen.

»Die Tänzerin, die nie da ist.«

Sie hatte ein Gesicht. Sie war nur nie da … gewesen. Etwas in Milena atmete auf. »Von jetzt an werde ich sehr viel da sein.«

»Ja dann.« Anna Engel fragte nicht nach, ahnte nicht, was dieser Satz für Milena bedeutete, lief die ersten drei Stufen die Treppe hinauf, blieb stehen, drehte sich um. »Wenn du willst, trinken wir mal 'nen Kaffee zusammen.« Sie lief weiter, jetzt zwei Stufen auf einmal nehmend.

Das Licht im Hausflur erlosch, Milena sperrte ihre Wohnung auf, ließ das Rollo herunter, so dass sie nichts mehr vom Efeu und damit von der Welt sah. Ging ins Bett. Morgen war ein anderer Tag.

Hoffentlich war er das.

Ein völlig anderer Tag.

Sie machte den Fernseher an, um zumindest die Illusion zu haben, nicht ganz allein zu sein, schlüpfte in ihren Schlafanzug, schminkte sich ab, putzte die Zähne, verkroch sich in ihrem Bett, zappte noch ein wenig durchs Programm und blieb auf Arte an einer Sendung über Schmetterlinge hängen. Sie seien es gewesen, so der Erzähler, die wahre Schönheit in die Welt gebracht hätten, denn auf ihren Flügeln reisten die Träume aller Lebewesen. Die Metamorphose des Schmetterlings, Symbol für Verwandlung, Auferstehung und Wiedergeburt, und die alten Griechen hatten ihm daher den Namen gegeben »Psyche«, Lebenshauch, Seele … Milena machte den Fernseher aus, setzte sich ihre Schlafmaske auf, stopfte sich die Ohrstöpsel ins Ohr, stellte sich vor, wie Schmetterlinge die Schönheit in die Welt brachten … tanzende Schmetterlinge im Sonnenlicht, mit jener Magie, die das Geheimnis des Lebens offenbart. Aus einem Wesen wird ein anderes, es steigt auf, um Tausende und Abertausende Träume hinauszutragen in die Welt.

Darüber schlief Milena ein.

Und dann legte sich ihr die Schlinge um den Hals!

4

Jemand läutete Sturm. Milena schoss aus dem Tiefschlaf, und ihr erster Gedanke galt nicht denjenigen, die vor der Tür standen und offenbar ganz dringend zu ihr wollten. Nein, es war dieses Bild. So viele Jahre hatte es sie nicht mehr gequält. Die Schlinge um ihren Hals, sie kam wie aus dem Nichts und überließ es ihr, ob sie zuzog oder nicht.

Das Läuten hörte auf. Gut so. Decke über den Kopf. Nichts sehen, nichts hören, nichts fühlen müssen. Doch das Fühlen blieb, und dazu kam die Erinnerung.

Am Tag danach war die Schlinge zum ersten Mal aufgetaucht. Der Tag nach diesen vielen Stunden, in denen sie endgültig die Entscheidung traf, die außer ihr keiner verstand. Quälende Stunden. Operation am offenen Herzen, ohne betäubt worden zu sein. Doch für alles gab es die richtige Zeit. *Geh, geh tanzen* … Und alles andere wäre nicht sie selbst gewesen, sondern das, was die anderen von ihr erwarteten.

»Ihr alle habt in mir drin so viel Raum eingenommen, dass für mich selbst kein Platz mehr übrig ist.« Sie war siebzehn gewesen, als die Mutter das nicht einfach nur gesagt, sondern dem Vater förmlich entgegengeschleudert hatte. Milena wusste bis heute nicht, warum sie so verzweifelt gewesen war, ihre Eltern hatten immer einen glücklichen Eindruck gemacht, jedenfalls hatte sie sich damals geschworen, niemals zuzulassen, dass ein anderer den Platz besetzte, der allein für sie bestimmt war.

»Tu's nicht, Milena!« Die Mutter hatte sie angefleht.
»Es ist mein Leben, Mama!«
»Jetzt nicht mehr!«
Milena hatte ihre Mutter angesehen und plötzlich das Bild eines alten Fotos vor sich gehabt, das allmählich verblasste. So als sei es für die abgebildeten Personen Zeit, endgültig aus dem Leben der nachfolgenden Generationen zu verschwinden und damit zuzulassen, dass sie ihre eigenen Fehler machten. Fehler, die sich auf Kinder und Kindeskinder übertrugen, zum Ballast und damit so schwer wurden, dass sich die Jüngsten in einer Familie kaum noch vorwärts bewegen konnten. Manche schafften es, die Last abzuwerfen, andere nicht. Neue Fotos wurden gemacht, nur sie verblassten nicht mehr. Heutzutage waren die Fotos digital.
Wie auch immer, für die Mutter war es ohnehin viel zu früh, um allmählich zu verschwinden. Milena und ihr Bruder waren noch da. Als die Mutter wieder einmal – und schon lange nicht mehr mit der stolzen Haltung einer Königin, irgendwie schien sie in den letzten Monaten kleiner geworden zu sein – an einem Schuhgeschäft vorbeigelaufen war, hatte Milena die Frage gestellt: »Wo bist du, Mama, wo ist die, die du einmal warst?«
Die Mutter hatte sie angesehen, und dann hatten sich ihre Augen mit Tränen gefüllt.
»Du fehlst mir, Mama!«
»Ich fehl mir auch!«
Es war ein Augenblick gewesen, den Milena nicht noch einmal erleben wollte. Nicht bei anderen und vor allem nicht bei sich selbst.

Milena lag unter der Decke, mit ihrer Schlafbrille über den Augen und den Oropax in den Ohren, die nichts gegen das Sturmläuten ausrichten konnten, das jetzt wieder losging, und begriff in diesem Moment eins: Die Eltern hatten sich nicht ihretwegen scheiden lassen, wie ihr Bruder behauptet hatte. Als die Mutter von einem Tag zum anderen gegangen war, war es nur die Konsequenz jahrelanger Selbstaufgabe gewesen. Sie hatte einfach nur sich selbst zurückhaben wollen.

Aber ihr hatten sie es in die Schuhe geschoben. Der Bruder, der damals auch schon fast erwachsen gewesen war, und vor allem ihr Vater, der seitdem kein Wort mehr mit ihr geredet hatte. Was ihr aber vor allem weh getan hatte, war, dass Nikola sie nicht verstanden hatte.

Nikola, sein von Natur aus schöner, von der Sonne gebräunter, immer warmer Körper. Und in ihren besonderen gemeinsamen Stunden heiß, so heiß. Unter seinem festen und gleichzeitig köstlichen Griff, mit dem er sie an den Handgelenken packend zurück in die Kissen drückte, hatte sie sich gewunden wie ein waidwundes Reh, erlegt durch seine Leidenschaft, die vom Tanzen durchtrainierten Schenkel um seinen muskulösen Rücken schlingend. Dabei hatte sie alles aus sich herausgeschrien, den Ballast, den sie sich selbst aufgebürdet hatte, weil sie so besessen war vom Tanzen. Lustvoll schrie sie heraus, dass es keinen Tag gab ohne Schmerzen. Disziplin vom Sonnenaufgang bis zum Sonnenuntergang, das Nie-mit-sich-zufrieden-Sein. Urschreie, die Nikolas Leidenschaft noch anfeuerten und ihr die Möglichkeit gaben, die Schwere einfach aus dem Fenster zu werfen und damit ganz leicht zu werden. So dass Nikola sie mit einem festen Ruck einfach hochheben und mit ihr durch die kleine Wohnung wirbeln konnte, bis ihr schwindlig wurde.

Nikola hatte ihrem geschundenen, ins Tanzkorsett eingeschnürten Körper gezeigt, was Freiheit ist. Eine für das Tanzen gefährliche Freiheit. Gemeinsam waren sie explodiert. Er in ihr und sie mit ihm. Durch ihn hatte sie begriffen, dass es noch etwas anderes gab, sobald sie Bühne oder Studio verließ. Mit seiner Lebenslust hatte er die strenge Struktur – Probe, Training, Auftritt – durchbrochen, und sie hatte nur noch eins haben wollen. *Ihn*. Mit einer Gier, die ebenfalls an Besessenheit grenzte.

»Du willst frei sein?« Christine, ihre einzige wahre Freundin beim Ballett, fünfzehn Jahre älter als sie, hatte sich in ihrer unnachahmlichen Art eine Zigarette angesteckt. Ruhig, als habe sie alle Zeit der Welt. »Vollkommen frei?«

»Ja.«

»Auch von Sonne, Licht, Kälte, Hunger, von Zeit und Raum?«

»Davon ist niemand frei.«

»Eben, die Freiheit, nach der du suchst, Milena, diese Freiheit gibt es nicht, also mach was aus dem Rest.«

Das hatte sie getan. Sie konnte nicht anders und bestätigte damit Christines Theorie, dass es keine Freiheit gab, zumindest nicht das, was die meisten Menschen darunter verstanden. Aber seine braune Haut, sein wundervoller Körper – kein durchtrainierter Tänzerkörper, er war von Natur aus schön. All das konnte sie nicht einfach so loslassen. Auch nicht sein Lachen, hinter dem sie die Sehnsucht derer spürte, die sie auf allen Bahnhöfen dieser Welt getroffen hatte. Sie standen immer ein wenig erhöht, mit dem immer gleichen Blick, schauten auf die Gleise, die dorthin führten, wo sie jetzt gern wären. Bei Nikola war es die Familie und das Meer.

Irgendwann würde er fortgehen, das hatte sie gespürt.

Was wirklich das Besondere an ihm war, hatte Milena nie ergründen können. Er tat nichts Außergewöhnliches, war Kellner gewesen in einem Biergarten, und erzogen, dass die Frauen dazu da waren, um den Männern das Leben zu verschönern, nicht umgekehrt.

Vielleicht war es einfach nur die Tatsache, dass er in jeder Sekunde der war, der er war. Nichts vorspielte, einem nichts vormachte, alles, was er tat, war authentisch und intensiv. Seine Lust am Spiel. Er trank nichts oder viel zu viel. Ging es ihm gut, zog er alle mit seiner Lebendigkeit und seiner Lebensfreude in den Bann, ging es ihm schlecht, hörte er auf zu essen, und man musste aufpassen, dass man mit ihm nicht in das tiefe Loch fiel, aus dem er sich längst wieder herausgezogen hatte – in dem man aber selbst noch saß –, um mit neuer, ungeheurer Energie wieder durchzustarten. Manchmal blaffte er sie an: »Du verstehst nicht …« Und sie tat es wirklich nicht, begriff nicht seine so völlig andere Mentalität.
Den Namen seiner Tochter hatte er links über die Brust tätowiert: Kaja.
Kaja, der Name wie ein Lockruf in ihrem Ohr. *Kaja, Kaja*, ein fernes Echo, *Kaja, Kaja*, ihm zu folgen war noch immer wie eine Reise ohne Wiederkehr ins Tal der Finsternis. *Kaja, Kaja* … Sie hielt sich trotz der Stöpsel die Ohren zu. *Ka*… Presste noch mehr. Ein erneuter Versuch. *K*… Die innere Stimme verklang.
Es war nie wieder so gewesen wie mit Nikola.
Es würde nie wieder so sein wie mit ihm.
Wie oft hatte sie nur für ihn getanzt. In seiner kleinen Zweizimmerwohnung unter dem Dach, nur mit dem Nötigsten, dafür aber sehr geschmackvoll eingerichtet, oder in der Diskothek, manchmal sogar wie Tom Cruise in *Cocktail* auf der Bar. Sie waren jung gewesen und wild und sie, nach all der jahrelangen Disziplin an der Stange, so hungrig. Sie war aus dem Ensemble geflogen. Christine hatte sich eine Zigarette angesteckt und sich dabei verbrannt. Sie war wütend auf Milena gewesen. »Du verschleuderst dein Talent wegen eines Mannes!«

Alles hatte seinen Preis.
In der allerletzten Sekunde, in der es noch möglich war, hatte sie sich von Nikola getrennt, hatte noch mehr gearbeitet als zuvor.
»Du kannst das Studio und das Theater verlassen, aber das Tanzen lass nie wieder hinter dir, es sei denn, du gehst ganz.«
Schon kurz danach war Christine »ganz« gegangen. War wie all die anderen ausrangierten Tänzer in die Anonymität abgetaucht. War einfach verschwunden. Niemand sollte wissen, wie es ihr ohne das Tanzen ging. Das Alter, ihre fünfunddreißig Jahre Lebenszeit, für andere eine natürliche Entwicklung, war zum grenzenlosen Versagen geworden. Kein Blick zurück auf den Traum, für den es keinen wirklichen Ersatz gab.
Milena hatte Christine bis heute nicht wiedergesehen. Nie wieder etwas von ihr oder über sie gehört. Jetzt wusste Milena, warum.
Damals nicht. Sie dachte nicht an die Zukunft, hatte noch mindestens fünfzehn endlose Jahre vor sich, war durch Nikola sogar noch besser geworden, weil sie praktisch erlebt hatte, was für sie vorher nur Theorie gewesen war, und dann …

Nicht daran denken, nicht daran denken … nicht an diese anderen Augen, die seinen so ähnlich waren, nicht an den zarten Duft, nicht an das Lächeln. Es war auf einmal da gewesen. Wie der erste Sonnenstrahl, der sich seinen Weg durch die Gewitterwolke bahnt. Nicht nur das Herz erwärmend. Alles in ihr war warm geworden und hell. *Geh nicht. Bitte geh nicht*, schien dieses Lächeln zu sagen. Aber woher war es so plötzlich gekommen? Von einer Sekunde zur anderen? Für Sonne und Gewitter gab es eine physikalische Erklärung, nicht aber für dieses Lächeln. Vorlächeln, Reflexlächeln, Engelslächeln, das geschenkte Lächeln. Ausgerechnet an diesem Tag. Es war ihr Abschiedsgeschenk gewesen.

Geh nicht, geh, geh, geh, tanz! Jetzt bloß nicht losheulen. Nicht nach so vielen Jahren, in denen sie offenbar zum ersten Mal zum Nachdenken kam. *Verdammtes Hirn, hör endlich damit auf. Und du, du blödes Herz, auch!*

Das Läuten vor der Tür fing wieder an. Himmel noch mal, sie war nicht mehr da, könnt ihr da draußen wenigstens das respektieren? Milena rollte sich auf den Bauch, presste die Stirn in das Kissen. Sturmläuten. Nichts hören, nichts fühlen, nicht denken, bitte nicht … bitte …

»Tu's nicht, Milena …«

»Ich kann nicht anders, Mama!«

»Tu's nicht! Ich kann nicht damit leben.«

»Aber ich kann es. Und es ist mein Leben, Mama! Mein Leben!«

Sie hatte es getan, die Schlinge kam aus dem Nichts und legte sich ihr um den Hals.

Das Läuten hörte nicht auf.

»Ja, ist ja schon gut, ja, ich komm schon …« Milena knurrte und rollte sich wieder auf den Rücken, schob die Schlafmaske von den Augen auf den Kopf, nahm die Ohrstöpsel raus, die sowieso nichts taugten und sie auch nicht retteten vor der Welt ihrer intensiven, verrückten Träume, die sie manchmal mehr verstörten als der Strick. Gelegentlich half ihr das Meditieren. Falls überhaupt möglich, wurde das Läuten noch intensiver.

Milena kroch aus den Federn, taumelte aus dem Bett in den Flur. Um diese Zeit! Ein Griff ins Badezimmer, sie schnappte nach dem Morgenmantel, warf ihn sich über und tappte mit zentnerschweren Lidern zur Tür, schaute durch das Guckloch. Anna strahlte sie an, während der Finger, den sie offenbar ver-

gessen hatte, weiterhin auf der Klingel klebte. Milena öffnete die Tür, auch kein einfaches Unterfangen, blinzelte Anna an.
»Oh, hab ich dich geweckt?« Anna nahm tatsächlich den Finger von der Klingel.
Nein, ich sehe immer so aus, hätte Milena Anna am liebsten angeknurrt, doch das Sprechen fiel ihr noch schwer, deshalb kam nur ein Nuscheln aus ihrem Mund. »Ichschäimrsoaus ...«
»Oh, tut mir leid, aber es ist schon elf durch. Ich hab nicht gedacht ...« Dass ein deutscher Staatsbürger im Land der Arbeit und Tugend um diese Zeit noch schläft? Verdammt, sie war arbeits- und lebensinhaltslos. Sie durfte im Bett bleiben, so lange sie wollte. Und selbst wenn sie für immer blieb, dann ging auch das niemanden etwas an. Außerdem gab es niemanden, den es etwas hätte angehen können.
»Es ist schon elf?« Sie versuchte trotzdem ein versöhnliches Lächeln. Vielleicht ging ihr ja mal der Zucker aus oder das Salz, oder sie wurde krank und brauchte jemanden, der für sie in die Apotheke lief oder ihr den Kopf hielt, wenn sie sich die Seele aus dem Leib kotzte. Nein, das war zu viel verlangt.
»Sogar schon nach elf.« Annas Lächeln war versöhnlich.
»Oh!«
Jetzt, da sie sich auf die Uhrzeit geeinigt hatten, standen sie einander gegenüber oder besser, Anna stand, und Milena hing am Türrahmen, noch zu müde, um aufrecht stehen zu können. Vor Sorgen nicht schlafen zu können, das machte platt.
»Kaffee?«
»Kaffee!« Das erste vernünftige Wort an diesem Vormittag, an dem Milena noch nicht genau wusste, was sie mit ihm anfangen sollte, außer mit Anna Kaffee zu trinken. Was sie überhaupt mit sich und all den anderen Morgen anfangen sollte, die da noch auf sie zukommen würden. Und zum ersten Mal

kam ihr der Gedanke, den sie, *oh, ich schwör es bei Gott, sämtlichen Engeln und der Heiligen Dreifaltigkeit*, den sie wirklich noch nie gedacht hatte. Sie dachte: *Vielleicht habe ich mich damals doch falsch entschieden.*
Das Talent hat seine Jahreszeiten wie seine Früchte ... das Lieblingszitat von Christine. Tänzer hatten nur den Frühling. Es war richtig gewesen.

Annas Wohnzimmer erinnerte an die Gemächer eines alten Schlosses. Holzjalousien dämpften das Morgenlicht, Luna, Annas Katze, strich um Milenas nackte Beine, ein üppiger Blumenstrauß neigte seine Blüten ausladend auf den langen Holztisch. Am auffallendsten war eine schokoladenbraun gestrichene Wand, davor eine helle Couch mit etwas zerschlissenem Überzug, darüber ein goldener Bilderrahmen. Und in dem Rahmen kein Gemälde, sondern Schnappschüsse von Anna und einem offenbar sehr viel jüngeren Mann. Im Grunde war es der immer gleiche Schnappschuss. Anna hielt lächelnd Hof, und der junge Mann, der sie um einen Kopf überragte, stand hinter ihr wie ein Schutzschild, stets die Arme um ihre Taille geschlungen. Nur die Kleidung wechselte und das Licht. Höhepunkt des Selfie-Mosaiks war Anna in einem weißen Sommerkleid, das einem Brautkleid ähnelte.
»Frank, mein Freund.« Anna hatte Milenas Blick bemerkt. »Er ist ein bisschen jünger als ich. Um ehrlich zu sein, er könnte fast mein Sohn sein.« Sie kicherte jetzt wie ein Teenager. »Eigentlich würde er viel besser zu meiner Tochter passen.« Tochter? Wo auf den Fotos war eine Tochter? »Paula ist zwölf. Frank zweiundzwanzig. Aber wo die Liebe halt hinfällt.«
Jetzt entdeckte Milena ein Foto der Tochter. Ein kleines gerahmtes Foto an der Wand neben der Tür. Paula war ein schö-

nes Mädchen mit langem, dunklem Haar und großen, dunklen Augen. »Ihr Vater ist Italiener, und irgendwann war er weg.« Anna gehörte zu den Menschen, die schon nach fünf Minuten alles über sich preisgaben.
»Marco, Paulas Vater, war im Im- und Export, irgendwann war da immer weniger Im und immer mehr Ex, Paula war drei, da war er ganz verschwunden. Jetzt hat er eine neue Familie, zahlt nicht, und ich muss sehen, wie ich allein klarkomme. Paula ist zwölf, vom Jugendamt krieg ich auch nichts mehr …« Sie fuhr fort, wie glücklich sie sei mit ihrem siebzehn Jahre jüngeren Freund, der immer für sie da sei, sie nicht einmal allein den Müll hinaustragen ließe. Sie gingen auch da Hand in Hand.
Milenas Blick wanderte unwillkürlich wieder zu dem Foto der Tochter. Paula war jetzt nicht mehr einfach nur bildhübsch, sie wirkte traurig. Die Augen irgendwie verloren, als wüssten sie nicht genau, wo ihr Platz war in dieser Welt. Milenas Herz zog sich zusammen. Der Strick schwebte von oben auf sie herunter … Nicht dieses Gefühl, nicht jetzt, bitte, sie hielt ja einiges aus, aber das war zu viel.
Anna reichte ihr einen Teller mit Keksen.
Sie lehnte ab, obwohl ihr schwindlig war. Sie hatte seit gestern früh nichts mehr gegessen. Sie wollte nichts essen. Auch wenn es jetzt nicht mehr nötig war, sich für das Tanzen zurechtzuhungern. Sie wollte einfach nur gehen.
Doch Menschen, die schon nach fünf Minuten alles über sich preisgaben, waren so mit sich beschäftigt, dass sie gar nicht in der Lage waren, die Körpersignale des Gegenübers zu lesen. Oder sie ignorierten sie einfach. Anna jedenfalls redete gnadenlos weiter. Milena blieb sitzen und erfuhr jetzt auch noch die schier unglaubliche Geschichte, wie Anna und ihr Freund sich kennengelernt hatten.

»Er hat mich vor einem Vogel gerettet.«
»Vor einer Krähe, die ihr Nest verteidigt, oder einem Adler?«
»Es war ein kleiner Vogel, eine Amsel, glaube ich.«
Milena warf ihr einen ungläubigen Blick zu.
»Andere haben Flugangst, ich hab wahnsinnige Angst vor Vögeln.« Anna lächelte verlegen. »Und eines Morgens, ich wollte zur Arbeit, flattert so ein Ding vor meiner Wohnungstür herum. Ich hab mich nicht rausgetraut.«
»Und dann?«
»Kam Frank. Er war bei einem Freund hier im Haus zu Besuch.«
»Und hat dich vor einer Amsel gerettet.« Milena sah Anna ungläubig an. Sie liebte Vögel. Wenn sie im Park saß und ihrem Jubilieren zuhörte, wurde sie ruhig, kam sie ganz zu sich. Auf dem Balkon ihrer Eltern hatte einmal ein Amselpärchen sein Nest gebaut. Ihre ganze Familie hatte den Balkon während der Brutzeit nicht mehr betreten aus Angst, die Vogeleltern zu verschrecken, so dass sie nicht wiederkamen und ihre Jungvögel allein ließen.
Schlangen, ja. Spinnen, klar. Aber Vögel?
»Ich weiß, es klingt verrückt«, fuhr Anna fort, »aber ich hatte eine Tante. Sie trug gern Hüte, und einmal, das hat mir meine Mutter erzählt, hat sie sich über den Kinderwagen gebeugt, in dem ich lag. Und sie trug diesen riesigen Hut, an dem Vogelfedern steckten, ich hab gebrüllt wie am Spieß, und meine Mutter musste von da an jeden Vogel, der sich mir genähert hat, in die Flucht schlagen …«
Für alle Neurosen auf dieser Welt gab es wohl eine Erklärung. Milena unterdrückte den Impuls, das Foto der Tochter zu nehmen, es zu den Fotos von Anna mit ihrem Freund zu hängen und damit den gerahmten Liebesaltar etwas aufzumischen, damit nicht noch mehr Neurosen entstanden.

Aber was ging das sie an?
Nichts!
Hauptsache, Luna – offenbar nicht nur Katze, sondern auch Beschützerin vor der Urgewalt Vogel – fraß nicht sämtliches Federvieh auf. Milena liebte Vögel.
Gleichzeitig wurde aus Anna immer weniger eine Frau ohne Gesicht. Sie bekam Kontur. Hatte ein süßes Lächeln, läutete Sturm, trug ihr Herz auf der Zunge, hatte eine Wohnung, die Milena an das Pariser Etablissement einer Primaballerina erinnerte. Stellte ihre neue Liebe in einem goldenen Bilderrahmen aus, hängte allerdings ihre Tochter ins Abseits.
Wenn Milena sich den Charakter Anna hätte ertanzen müssen, hätte sie einen braunen Bühnenvorhang gewählt, durchwirkt mit feinen Goldfäden, die nur bei einer bestimmten Ausrichtung der Scheinwerfer sichtbar wurden. Vor dem Vorhang wäre sie stehen geblieben, hätte sich bei den ersten Takten Musik nicht tänzerisch, sondern mit uniformierten Nullachtfünfzehn-Schritten der Bühne genähert, und sie hätte eine Maske getragen. Dann hätte sie gewartet, bis es im Zuschauerraum ganz still wurde und das Publikum bereit war, sich auf sie einzulassen, genau hinzusehen. Erst dann hätte sie die Maske abgenommen, die Tanzschuhe ausgezogen und sich barfuß nach und nach immer mehr der Musik überlassen, bis sie mit ihr eins wurde, sich auflöste in ihrem Rhythmus … der Melodie.
Anna war noch weit weg davon, sie selbst zu sein. Aber ihre Sehnsucht nach dem Glück war in jeder ihrer Gesten zu spüren.
»Hörst du mir zu?« Annas Blick war fordernd, so als sei Milena nicht einfach nur zum Kaffee vorbeigekommen, sondern wäre damit auch die Verpflichtung eingegangen, ihr zuzuhören.

»Er hat dich vor dem Vogel gerettet, und seitdem seid ihr ein Paar.«

»Er hat für mich sogar einen Job angenommen.«

»Toll.«

»Er ist die Liebe meines Lebens.«

Die Liebe meines Lebens. Was für große Worte. Bis auf Nikola war sie nur mit Tänzern zusammen gewesen. On-and-off-Beziehungen, je nach Engagement. Tänzer mit ihren phantastischen Körpern, wunderbar ästhetische Mogelpackungen. Jeder durchtrainierte Muskel, jede Sehne, die Geschmeidigkeit jeder einzelnen Bewegung versprach Leidenschaft. Doch die Leidenschaft empfanden die meisten Tänzer in erster Linie für sich selbst. Sie liebten Körper, vor allem jedoch den eigenen, und nicht selten hatte Milena mit einem Tänzer im Bett gelegen, der sich benahm, als stünden um das Bett herum Spiegel, in denen er wie im Ballettsaal an der Stange kontrollieren konnte, ob seine Bewegungen auch korrekt ausgeführt wurden. Nicht alle waren so, aber alle, mit denen sie zusammen gewesen war, waren so gewesen.

Und wieder musste sie an Nikola denken, wie er sich in sie hineingewühlt, sich in ihr vergraben hatte. Dann wieder hatte er sie gepackt und sich genommen, was er gerade brauchte. Er hatte auch zurückgegeben, aber nur so viel, wie es ihm gerade in den Sinn kam.

»Und deine Tochter?« Sie hatte es ausgesprochen, ehe sie es verhindern konnte. Dabei hatte sie nicht fragen wollen. Auf keinen Fall hatte sie genau diese Frage stellen wollen.

»Schwierig. Pubertät.« Anna seufzte. »Für ein neues Smartphone tut sie alles, außer lernen.« Anna wollte offensichtlich weiterreden, doch Milena kam ihr zuvor.

»Ich muss dann wieder.«

»Natürlich. Du hast bestimmt viel zu tun.«
»Das habe ich.« Milena stand auf, reichte ihr die Hand.
»Wir können das ruhig öfter machen. Ich arbeite im Krankenhaus, Schichtdienst.«
»Können wir!« Milena wollte nur noch fort. Ein kurzes Lächeln, ein kurzes Nicken, und schon war sie bei der Tür, gerade in dem Augenblick, als sie aufgesperrt wurde.
Ein etwa dreizehnjähriges Mädchen betrat die Wohnung, nicht mehr ganz so hübsch wie auf dem Foto, sondern in der Phase, in der sich alles verschob – die Nase, der Mund und auch alle anderen Proportionen, die Arme zu lang, die Beine zu dünn –, um sich später wieder zurechtzuschieben. Und sie hatte ein paar Pickel, die sie bestimmt fast um den Verstand brachten. Sie ignorierte Milena, drückte sich an ihr vorbei.
»Kannst du nicht hallo sagen?« Annas Stimme klang barsch.
»Schon gut!« Milena wusste nicht, woher das Bedürfnis kam, das Mädchen in Schutz zu nehmen.
Für den Bruchteil blitzte etwas in den noch kindlichen Augen auf, etwas, das den finsteren Blick heller machte, dann verschwand Paula wortlos in ihrem Zimmer.
»Sie ist unmöglich.« Unzufrieden blickte Anna auf die geschlossene Tür.
Milena hätte darauf einiges zu sagen vermocht. Sie schwieg. Es ging sie nichts an. Sie verabschiedete sich von Anna, sperrte gleich darauf ihre Tür auf und legte sich mit Ohrstöpseln und Schlafmaske wieder ins Bett.

5

Haben Sie schon einen Job für mich?« Seit dem Kaffee mit Anna war eine Woche vergangen, und es war an der Zeit, sich mit der Arbeitsagentur in Verbindung zu setzen, wenn Frau Adamczik schon nicht von selbst auf die Idee kam, dass Milena allmählich eine Vollzeitbeschäftigung brauchte.
»Frau … äh … hm … Müller?« Frau Adamcziks Stimme klang irgendwie … ahnungslos.
»Die Tänzerin.« Okay, dann half sie der guten Frau auf die Sprünge.
»Tut mir leid.« Frau Adamczik raubte ihr auch diese Illusion. »Wir haben viele Tänzerinnen in unserem Computer … wenn Sie mir vielleicht …«
»Moment …« Milena verschwand vom Telefon – viele Tänzerinnen im Computer –, kramte unter den Papieren, die sich alle achtlos neben und unter dem Bett versammelt hatten, tauchte wieder auf, nahm das Telefon: »243.K-92A764012.« Stille. »Hallo?« Sie hatte das Telefon mit Frau Adamczik einfach beiseitegelegt, vielleicht … »Hallo, Frau Adamczik, sind Sie noch da?« Keine Antwort. Nur das Klappern der PC-Tastatur. Menschen von der Arbeitsagentur ließen sich offenbar nicht gern beiseitelegen. Und sie hatten offenbar Zeit. Viel Zeit.
Dann endlich: »243.K-92A764012?«
243.K-92A764012, was hatte sie auch anderes erwarten können. Neues Leben. Neuer Name. Vielleicht ein bisschen un-

praktisch, aber in einer Welt mit IBAN und SWIFT war es möglicherweise ganz normal, von nun an statt Milena Müller 243.K-92A764012 zu heißen.

»Milena Müller.« Bingo. Frau Adamczik hatte sie in ihrer Kundendatei gefunden. Milena atmete auf. Auch, weil sie offenbar doch noch mit ihrem Geburtsnamen angesprochen werden sollte. Frau Adamczik fuhr fort: »Was kann ich für Sie tun?«

Eine durchaus interessante Frage von einer Mitarbeiterin der Arbeitsagentur, die einen obendrein in der Kundenkartei hatte. Nun ja, dann würde sie Frau Adamczik ein wenig auf die Sprünge helfen. »Wie ich Ihnen schon sagte, ich brauche dringend einen Job. Nichts im Sitzen. Das halte ich nicht aus. Ich muss mich bewegen, sonst werde ich verrückt ...«

Schweigen. Ein irgendwie gefährliches Schweigen, so als sei es von Milena völlig absurd, in dieser Hinsicht auch noch einen Wunsch zu äußern. Jedoch nicht Frau Adamczik, sie selbst hatte den unverzeihlichen Fehler begangen, einen Beruf zu wählen, in dem sie mit fünfunddreißig Jahren schon so früh nicht mehr gebraucht wurde und damit für die Allgemeinheit zur Last zu werden drohte.

Frau Adamczik konnte geholfen werden. Milena legte in ihre Stimme alle Zuversicht, zu der sie fähig war. »Vielleicht haben Sie ja was in einer Tanzschule?«

»Frau Müller ...« Milena hatte nicht einmal geahnt, mit welch leidender Stimme man ihren Namen aussprechen konnte. Und es wurde nicht besser, als Frau Adamczik fortfuhr: »Ich habe Ihnen doch schon bei unserem Erstgespräch gesagt, dass es schwer wird.« Und wenn eine ohnehin schon leidende Stimme noch leidender klingen konnte, war es die von Frau Adamczik: »Sehr schwer!«

Eigentlich hatte Frau Adamczik bei ihrem Erstgespräch einen netten Eindruck gemacht. Es musste schlimmer um sie und ihre berufliche Zukunft stehen, als Milena gedacht hatte. »Ich will keinen Druck auf Sie ausüben, Frau Adamczik.« Milena beeilte sich, die arme Frau seelisch zu entlasten. Immerhin brauchte sie Frau Adamczik noch. Und wie hieß es so schön: Nur sehr, sehr selten kommt was Besseres nach. »Wirklich nicht, Frau Adamczik, auf gar keinen Fall. Nur die Miete ist bald fällig, und was zu essen brauch ich gelegentlich auch …«

»Frau Müller, ich kann nicht zaubern, nur mein Bestes tun.«

»Und«, Milena gab sich alle Mühe, weiterhin freundlich zu bleiben, »was ist Ihr Bestes, nur, damit ich ungefähr weiß, womit ich rechnen kann?«

»Sie hören von uns!« Frau Adamczik gab sich keine Mühe mehr, freundlich zu bleiben. Sie legte einfach auf.

Milena starrte auf das Telefon. Revidierte die innere Aussage, Frau Adamczik sei zu irgendeinem Zeitpunkt nett gewesen, und stand wenig später vor Annas Tür, um eine Tasse Kaffee und um etwas zu essen abzustauben.

»Sie werden was für dich finden.« Anna sprach ihr Mut zu – es war an diesem Vormittag schon die dritte Tasse Kaffee, die Milena zu sich nahm. Aber wenigstens kein Schnaps, Anna bot ihr auch keinen an. »Man hört doch ständig, dass es im Moment genug Jobs gibt. Bei uns im Krankenhaus zum Beispiel, in der Küche …«

»Ich kann nicht kochen.«

»Musst du auch nicht. Nur spülen.«

»Anna!«

»War ja nur eine Idee … Umschulung?«

»Ich hab eine Ausbildung.«

»Warum gehst du nicht mal zu einer Leihfirma, die suchen immer Leute.«
»Zeitarbeit. Spinnst du? Die nützen einen nur aus, und wenn sie mit einem fertig sind, dann Fußtritt, und du sitzt wieder auf der Straße. Frau Adamczik ist Profi. Sie muss allein schon aus politischen Gründen die Arbeitslosenquote niedrig halten.« Milena gewann die alte Zuversicht zurück. »Sie wird etwas finden. Es bleibt ihr gar nichts anderes übrig, als etwas zu finden. Sie hat versprochen, ihr Bestes für mich zu tun.«

Das Warten auf das Läuten des Telefons ist wie eine Reise in die Stille. Nur – so erholsam Stille auch sein kann, irgendwann hält man sie nicht mehr aus. Und Milena hielt sie exakt vierundzwanzig Stunden aus, ehe sie sich wieder bei Frau Adamczik meldete. Und dann noch einmal vierundzwanzig Stunden und wieder vierundzwanzig Stunden …
»Frau Adamczik?«
»Ja?«
»Hier ist 243.K…?«
»Frau Müller.« Ein weiterer Hinweis für Arbeitssuchende. Rief man jeden Tag bei seinem Sachbearbeiter an, war man irgendwann keine Nummer mehr, dafür war der Tonfall des Sachbearbeiters nicht mehr nur leidend, sondern ziemlich genervt. »Frau Müller, es hat keinen Sinn, dass Sie mich jeden Tag anrufen. Ich hab Ihnen doch schon gesagt, dass ich mich melde.«
»Aber Sie melden sich nicht!«
»Weil ich bis jetzt nichts für Sie habe.«
»Sie rufen mich an, sobald Sie etwas haben?«
»Ich rufe Sie an, sobald ich etwas habe.«
»Ganz bestimmt?«
»Hundertprozentig.«

»Frau Adamczik.«
»Bitte ... Frau Müller, ich hab Ihnen doch gesagt ...«
»... nicht wegen eines Jobs«, beeilte sich Milena zu versichern. »Ich weiß ja, Sie rufen mich an, wenn Sie etwas haben, da muss ich nicht mehr anrufen ...« Milena sprach schnell, damit sie ihre Frage loswurde, bevor Frau Adamczik auflegte. »Es geht noch mal um das Arbeitslosengeld.«
»Das hab ich Ihnen doch auch schon mehrmals erklärt, Sie haben in den letzten beiden Jahren zu wenig gearbeitet.«
»Und ich hab Ihnen schon mehrmals gesagt ... dreihundertsechzig Tage, das schafft kein selbständiger Tänzer. Und deshalb muss es doch für unsere Berufsgruppe eine Ausnahmeregelung geben.« Der Ton zwischen ihnen war nicht mehr ganz so freundlich. Auf beiden Seiten schwang Unmut mit und Ungeduld. Milena hatte Hunger und Angst vor der Zukunft, was Frau Adamcziks Problem war, wusste sie nicht. Schließlich hatte sie ihr festes Gehalt, und es gab sicher keinen finanziellen Einbruch, wenn sie mit ihr sprach.
»Sie hätten sich zwischen den Engagements arbeitslos melden müssen. Warum haben Sie das nicht getan?«
Ja, warum hatte sie es nicht getan?
»Ich ruf wieder an!«
»Wir rufen wieder an!«

Willkommen in der Realität.
Willkommen im Labyrinth der leeren Tage. Milena hatte sich endgültig verlaufen. Wie auch nicht, wenn ein Tag wie der andere war. Leer. Und wenn sie sich doch zwischendurch aus dem Bett quälte, prallte sie nur an die nächste Wand. Kroch mit ein paar blauen Flecken mehr zurück unter die falsche Geborgenheit ihrer Bettdecke.

Den Efeublättern an der Mauer gegenüber hatte sie schon Namen gegeben. Namen von Tänzern, Boris, Helene, Jimmy, Caro … Das größte und schönste, das im Sonnenlicht so wunderbar von innen heraus leuchten konnte, war Christine. Wenn sie lange genug hinsah, nahmen die Efeublätter sogar Gestalt an, bekamen winzige Gesichter. Echte Gesichter, nicht durch Botox, Retinol und Fruchtsäure verfälscht, als habe sich ein schlechter Restaurator über ein gerade durch sein Alter wertvolles Bild hergemacht. Milena liebte Gesichter, in denen man noch das Leben sah, den Schmerz, die harte Arbeit, aber auch die Freude.

Wenn Milena in diesen Tagen redete, dann nicht mit sich selbst, sondern mit Efeublatt Boris, dem verwegenen Typen, ziemlich zerfleddert nach heftigem Kampf gegen Wind und Regen. Helene war ein sehr regelmäßiges Efeublatt. Sie war für Milena diejenige unter den Efeublättern, die für Ordnung sorgte und dafür, dass Regeln eingehalten wurden, welche auch immer es in der Efeuwelt geben mochte. Jimmy war noch klein, die Jugendform des Efeus, mit vier dreieckigen, ganzrandigen Blattlappen. Er wirkte frech, so als wisse er noch nichts über die Welt und sei daher bereit, sie rückhaltlos anzunehmen. Caro dagegen war zwar schon im blühfähigen Alter, sieben Zentimeter lang, eiförmig und nicht gelappt, aber dennoch war sie die Zarte, Verträumte, diejenige, die wohl am ehesten im Sturm loslassen und sich davonwirbeln lassen würde, doch Efeublätter hielten fest. Oft vierhundertfünfzig Jahre lang. Milena hatte es gegoogelt, sie wollte Bescheid wissen über die einzigen Freunde, die sie noch hatte.

Am liebsten unterhielt sie sich mit Christine, die Blattoberseite glänzend dunkelgrün, helle Blattnerven und auch mit helle-

rer Blattunterseite. Wenn Milena die Augen schloss, sah sie Christine tanzen, bis das innere Orchester vom Klappern der Briefkästen, von Hundegebell, dem Geschrei spielender Kinder abgelöst wurde.
Außenwelt gegen innere Welt.
Aber auch für Efeublatt Christine und all die anderen würde die Musik verklingen, der Spätsommer würde kommen und die Blätter gelblich verfärben, im Winter würden sie alle purpurn getönt sein und wieder wunderschön aussehen. Das war der Unterschied. Der riesengroße Unterschied. Auch, dass es für sie nach den anderen Jahreszeiten wieder einen Frühling gab.
Milena bekam Angst.
Angst vor dem Winter.
Wie würde er sein?
Wo würde sie sein?
Und mit wem?
Mit Anna trank sie weiterhin jeden Tag Kaffee, hörte ihr zu, egal, welchen Unsinn Anna manchmal von sich gab, nur um ein Stück Kuchen oder um ein paar Kekse zu bekommen. Manchmal die einzige Mahlzeit für einen ganzen Tag. Sie prostituierte ihr Ohr gegen etwas zu essen. Aus ihr war eine Hure geworden, die Anna mittlerweile für eine einfühlsame Freundin hielt.

Kein Anruf von der Arbeitsagentur, dafür aber ein Brief. Ihr Herz schlug bis zum Hals. Ein Jobangebot? Sie war froh, sich diesmal sofort nach dem Klappern der Briefkästen aus dem Bett geschält zu haben, noch im Morgenmantel im Hausflur stehend, riss sie den Brief auf. Doch es war nur ein Termin, um ihre Arbeitssituation zu besprechen.

Sie hatte keine Arbeitssituation! Sie hatte nichts außer Schiss vor der Zukunft, vor dem Leben und überhaupt. Der Termin war für den nächsten Monat anberaumt und, verdammt noch mal, was sollte sie bis dahin tun?
Sich weiterhin so unendlich traurig fühlen? Ausgelaugt von etwas, das außerhalb ihrer Kontrolle war. Sie war so unsicher geworden, vertraute weder ihren Gedanken noch ihren Gefühlen. Sie war nicht nur allein, und sie war auch nicht nur einsam. Was sie fühlte, ging tiefer. Sie war ohne jeden Halt, ohne jeden Trost. Nichts als dieses verdammte schwarze Loch. Milena zog sich trotzdem an, lief hinein in diesen üppigen Sommertag mit seinem heißen, weiten Himmel, orientierungslos, ohne Ziel, und alle, die sie nach dem Weg fragte, zuckten entweder nur die Schultern, deuteten in die falsche Richtung, manchmal auch in die richtige, die sich wiederum für Milena als die falsche erwies. Irgendwann verlor sie sich ganz – bis sie auf der Brücke stand. Wie von unsichtbaren Fäden gezogen. Sie sehnte es sich herbei, das tänzelnde, silbrige Etwas mit einem Hauch von Flügeln. Wünschte sich, dass es flog und flog, weit über die Isar hinaus, bis hinauf in die Wolken.
Sie wünschte sich Alphonse herbei. In seiner Nähe hatte sie sich für einen Moment wieder lebendig gefühlt.
»Sie fliegen nur in geschlossenen Räumen, bekommen sie nur einen einzigen Luftzug, dann stürzen sie ab.«
Milena wirbelte herum. Doch kein Alphonse, Pardon, Alfons, stand hinter ihr. Nur ein Baum, der gerade von einem kleinen Hündchen begossen wurde, das sich alle Mühe gab, den Strahl so weit oben wie nur möglich anzusetzen, um den anderen Hunden eine Größe vorzugaukeln, die es nicht aufzuweisen hatte. Offenbar taten sich auch Hunde schwer, sich mit Tatsachen abzufinden.

Das Frauchen pfiff. Das Hündchen raste davon. Milena lächelte zum ersten Mal an diesem Tag.
»Suchen Sie nach Gedanken. Überall, wo Sie nur können. Kennen Sie den Gedankenflohmarkt?« Da war wieder Alfons' Stimme. Sie sah sich erneut um, nichts, sie halluzinierte. Offenbar veränderte Hunger das Gehirn. »Und denken Sie lieber keine zu schweren Gedanken, schwere Gedanken fallen nur runter.«
»Aber dann sind sie doch kaputt, und das ist gut.«
»Nur die leichten, schönen Gedanken zerbrechen, wenn man nicht gut auf sie aufpasst. Schwere Gedanken gehen nie kaputt, die sind unkaputtbar.«

Milena lächelte bei der Erinnerung an den seltsamen kleinen Mann mit der schiefen Fliege, doch als sie an die Fliege um seinen Kragen dachte, war auch die Schlinge auf einmal wieder da. Legte sich ihr um den Hals. Milena wurde schwindlig, sie bekam keine Luft mehr, das Herz raste, unerbittlich zog sich die Schlinge zu.
»Atmen, ruhig atmen … Alles in Ordnung. Es passiert Ihnen nichts.«
Es passierte ihr nichts? Sie starb!
Leises Summen an ihrem Ohr. Eine Melodie. »Atmen Sie …« Die Melodie kam ihr bekannt vor, die Männerstimme auch, aber beides konnte sie nicht zuordnen. »Atmen …« Jetzt legte sich auch noch eine Hand beruhigend auf ihren Bauch. Eine Männerhand. »Ganz ruhig … atmen Sie ein und wieder aus … ein und aus …« Sie mochte nicht, dass fremde Männer die Hand auf ihren Bauch legten, war aber zu schwach, sich dagegen zu wehren, und es war, ja, es war durchaus angenehm. »Gut so … Sie machen das ganz wunderbar.« Und wieder dieses Summen, jetzt etwas weiter von ihrem Ohr entfernt.

Milenas Atem begann der Melodie zu folgen, Atem, Lebenshauch, tanzender Schmetterling im Sommerwind, so dicht über ihrem Gesicht, dass sie die Fühler erkennen konnte. Du himmelblauer Bote jener Magie, die das Geheimnis des Lebens offenbart. Steig auf mit deiner kunstvollen Zeichnung unter dem Himmelblau, trag die Tausenden und Abertausenden Träume von uns Menschen hinaus in die Welt. Jetzt erkannte sie auch das Kinderlied, das der Mann vor sich hin summte. *Alle Vöglein sind schon da* … Wie albern! Offenbar war das die Brücke der seltsamen Männer. Denn welcher Mann summte einer Frau, die unter ihm im Gras lag, vor, dass alle Vöglein schon da waren … Sie hatte da plötzlich eine ganz bestimmte Vorstellung. Sie kicherte und fühlte etwas Rauhes, Wolliges unter dem Kopf … Es roch nach Tabak. Auch ihr Vater hatte nach Tabak gerochen. Sie kuschelte sich noch etwas tiefer in das Wollige, Rauhe.
»Gut, sehr gut, lenken Sie weiter die Aufmerksamkeit von innen nach außen. Was sehen Sie?«
Wer war das, der hier das Kommando übernahm? Sie wollte sich schon verärgert aufrichten, als sie etwas Feuchtes spürte. Wasser. Der Mann setzte ihr einen Becher mit Wasser aus einer Thermoskanne an die Lippen. Tränen schossen ihr in die Augen. Sie konnte sich nicht erinnern, wann jemand zuletzt so fürsorglich gewesen war. »Trinken Sie. Langsam. Schluck für Schluck.«
Sie trank und kuschelte sich hinein in diese Fürsorge. Sie fühlte sich geborgen.
»Gut, Sie sind wieder da.«
Sie war wieder da? Wo war sie gewesen? Sie wollte nicht wieder da sein. Sie wollte bleiben. Bitte noch einen Augenblick. In der Wärme dieser tiefen Stimme, der Wärme seiner Hand,

den Kopf vergraben in dem rauhen, nach Tabak riechenden Wolligen, ebenso wie die Gedanken. Sie einfach nur ablegen, dann irgendwann aufstehen, ohne die Gedankenschwere leicht werden wie der Schmetterling, der längst weitergeflogen war … Nur einmal wieder die Flügel ausbreiten …

»Hallo?« Jemand tätschelte ihre Wange. Bitte damit aufhören. Schmetterlinge sind zarte Wesen. »Aufwachen!« Sie wollte nicht aufwachen. »Hallooooo!« Das Tätscheln wurde kräftiger, und da sie eine Ohrfeige vermeiden wollte, schlug sie nun doch die Augen auf.

Tiefblaue Augen.

Blitzend weiße Zähne.

Und ein Lächeln, das ihr so noch nicht aufgefallen war.

Der Rest allerdings war bedauerlicherweise ziemlicher Durchschnitt und gehörte zu Dr. Philipp Friedmann, dem Psychiater aus dem Regenbogenhaus, den Alfons ihr vorgestellt hatte und der sie des Cancans wegen ohnehin für durchgeknallt hielt. Sie dagegen hielt ihn für viel zu mager. Nichts in den Muskeln, alles nur im Kopf.

»Was war das gerade mit mir?«

»Nur eine Panikattacke. Weiter nichts.«

Weiter nichts. Na klar, gegen bilaterale Störungen, Psychosen und Schizophrenie verhielt sich für ihn eine Panikattacke vermutlich so wie ein Schnupfen gegen eine Lungenentzündung.

»Ich hab gedacht, ich sterbe.«

»So schnell stirbt man nicht.«

»Schade.«

»Sie haben Suizidgedanken?« Aus Lächeln wurde Ernst, Besorgnis. Das machte seine Züge weich. Die tiefen Falten um Mund und Augen waren nicht mehr ganz so tief. Jetzt gefiel er ihr besser. »Waren Sie deshalb auf der Brücke?«

Na bravo, wenn sie so weitermachte, würde er sie schneller ins Regenbogenhaus einliefern, als sie bis drei zählen konnte. Andererseits – warum nicht. Ein wenig verrückt, dann blieb dem Staat nichts anderes übrig, als sich um einen zu kümmern, und man war alle Sorgen los. Sie richtete sich noch etwas mehr auf. »Danke!«
»Keine Ursache.«
»Kann ich Sie zu einem Kaffee einladen?« Ohne Geld, was redete sie da. Wahrnehmungsstörungen nannte man das wohl in seiner Welt, oder Probleme mit der Realität.
»Danke nein.« Er schwang sich auf sein Fahrrad. »Und machen Sie sich keine Sorgen, Sie haben nur ein hyperaktives Nervensystem und reagieren auf Reize intensiver als andere …« Er trat in die Pedale, drehte sich noch einmal um und rief ihr zu: »Und hören Sie auf, perfekt sein zu wollen, lassen Sie los.« Mit diesen Worten radelte er, nein flatterte er endgültig los. Mit einem kurzen Tritt gegen das seitliche Schutzblech, das bei jeder Umdrehung des Rades klapperte. Das Haar flatterte ebenso wie die viel zu weite Wolljacke, die er unter ihrem Kopf hervorgezogen hatte, die Hosen flatterten nicht, die hatte er mit zwei Fahrradklammern bezwungen, und dann stoppte er so plötzlich, dass er fast kopfüber vom Rad fiel. Drehte sich zu ihr um. »Sie sind Tänzerin?«
»Ja?«
»Und Sie haben gesagt, Sie sind arbeitslos?«
»Ja?«
Weder schob Phil Friedmann sein Rad zu ihr, noch trat sie einen Schritt auf ihn zu.
»Dann kommen Sie morgen zu uns. Vielleicht hab ich da etwas für Sie.«
Sprach's, trat gegen das Schutzblech, stieg auf das Fahrrad und flatterte erneut mit geklammerten Hosenbeinen davon.

Milena sah ihm nach, bis er aus ihrem Blick verschwunden war. Dann erst begriff sie.
Ganz allmählich.
Begriff, was Friedmann ihr eben angeboten hatte. Einen Job. Sie musste nur ja sagen, dann hatte sie einen Job, vermutlich als Tanztherapeutin. Ganz einfach war er vom Himmel direkt in ihre Arme gefallen. Wie Alfons' Saalflugzeug. Oder sie hatte ihn herbeigeatmet, während Angst und Panik langsam unter seiner Anleitung aus ihrem Körper wichen und der himmelblaue Schmetterling über ihrem Gesicht seine Kreise zog. Glück, dieser seltsame Schicksalsaugenblick. Gibt es etwas Schöneres, als an einem heißen Sommertag am Meer zu liegen, der Körper durchdrungen von Schweiß, der sogar wie Tropfen zwischen den Wimpern hängt, und dann kommt ganz leise der Wind auf. Streift den Körper, trocknet den Schweiß, sein Streicheln so zart wie ein Versprechen, das einen glauben lässt, er nehme einen mit, wohin auch immer, jedoch ganz sicher an einen Ort, an dem alles ganz leicht ist, so wie der Schmetterling. Man beginnt zu träumen … und dann von einer Sekunde zur nächsten ist er fort, der Wind, lässt einen zurück inmitten von Hitze und Schweiß, und man wartet und betet, dass er wiederkommt und einen das nächste Mal auch wirklich mitnimmt. Und genauso verhielt es sich für Milena mit dem Glück.
Man musste schnell sein, um es zumindest für den Augenblick festzuhalten, den man benötigte, um etwas zu verändern. Deshalb hatte sie so schnell genickt, obwohl sie das Regenbogenhaus nie wieder hatte betreten wollen.
Aber durch dieses Ja hatte sie einen Job. Sie hätte in diesem Moment tanzen können. Hatte geschafft, worin Frau Adamczik versagt hatte. Und damit war die beständige Demütigung,

allein schon durch den leidenden Tonfall von Frau Adamcziks Stimme, endgültig zu Ende.

Sie würde den Job bekommen.

Im Grunde hatte sie ihn schon.

Und es gab Schlimmeres als ein paar verrückte Menschen … Das hatte sie in den letzten Wochen nur allzu oft erfahren müssen.

6

Selenicereus grandiflorus! Sie heißt nicht Kaktus. Sie heißt Selenicereus grandiflorus.« Wie ein Bodyguard baute sich der Kaktusmann in Schlabberhosen, Christussandalen und schmutzigem T-Shirt neben seinem Kaktus auf, den er bei ihrer ersten Begegnung mit sich herumgeschleppt hatte. Jetzt schleppte er ihn nicht herum. Jetzt stand der Kaktus auf dem Fensterbrett, mit Luftwurzeln, die bis zum Boden reichten. »Se…le…ni…ce…reus … gran…di…flo…rus.«

Der Kaktusmann, seinen Namen hatte sie vergessen oder sich vielleicht auch nie gemerkt, machte ihr Angst, als er viel zu dicht vor ihr stand. Deshalb sagte sie lieber nichts. Wiederholte den Namen des Kaktus nicht, obwohl der Mann es offensichtlich von ihr erwartete.

Etwas Dunkles ging von ihm aus. Der Vollbart, der die Hälfte seines Gesichts überwucherte, die Augen, nein, sie waren nicht ausdruckslos, sie waren verstörend. Dieser Blick war für Milena neu. Eine Mischung aus verängstigt, hilflos, aber auch bedrohlich.

Und das ängstigte sie. Sie trat einen Schritt zurück, doch da rammte sich schon das Fensterbrett in ihren Rücken. Es gab kein Entkommen.

Nur jetzt keinen Fehler machen. Ihr Nacken verspannte sich. Das Schweigen zwischen ihnen dehnte sich aus, was Christopher noch mehr zu verunsichern schien. Seine Pupillen ver-

selbständigten sich, irrten umher, zumindest wirkte es auf Milena so. Dann eine schnelle Bewegung, und er hielt den Kaktus wie ein Schutzschild vor seinen Körper. Milena fiel die Bedeutung des Wortes Kaktus ein. »Ich behandle schlecht …« Ihre Biologielehrerin Frau Grabensee hätte sich gefreut, wäre sie nicht schon vor vielen Jahren verstorben, eingegangen in die Unendlichkeit des Universums.
Galgenhumor.
Half in diesem Fall nicht.
Milena wollte nur noch fort.
Aber an dem Kaktusmann und dem Kaktus kam sie nicht vorbei.
Dazu die eigenartige Stille in dem Haus. Milena sah sich um. Außer ihnen war kein Mensch im Eingangsbereich des Regenbogenhauses. Wie war sie nur in diese Situation geraten? Weshalb musste ausgerechnet der Kaktusmann öffnen, als sie geklingelt hatte? Ihr Herz klopfte bis zum Hals. Sie musste etwas sagen.
»Selbstverständlich …« Sie wusste nicht weiter, hatte etwas sagen wollen wie: *selbstverständlich heißt der Kaktus so*, kam sich dabei blöd vor, brach ab, doch Christopher schien interessiert.
»Selbstverständlich im Sinn von erwartungsgemäß, zweifellos, freiwillig, transparent, einverstanden, gern, ohne Bedenken?«
Der Kaktusmann roch nicht gut, aber selten hatte Milena so strahlend weiße Zähne gesehen, als er völlig unerwartet lächelte. Das Lächeln glich einem Sonnenstrahl, der ganz kurz hinter einer dunklen Wolke aufblitzt. Es war da und sofort auch wieder weg. Wie dieses Gefühl, dass es noch jemanden gab, hinter dem Bart, den schlechten Gerüchen, dem langen Haar, der schmuddligen Kleidung und der Krankheit, was auch immer es für eine Krankheit war. Diesen anderen, der sich zwar verkom-

men ließ, seine Zähne aber akribisch zu pflegen schien, als wolle er sich damit noch festbeißen an der Welt, um nicht ganz verschütt zu gehen. Blitzweiße Zähne als Symbol für Sehnsucht nach ein bisschen Glück. Nein, nicht Glück. Einfach nur auch ein kleines Stück von der Normalität der anderen. Was auch immer und wer auch immer normal war.
Draußen dachte man anders. Draußen wollte man nicht nur normal, da wollte man außergewöhnlich sein. Bloß kein langweiliger Durchschnitt. Wer normal ist, glitzert nicht, Normales postet man nicht, weder bei Facebook noch in einem anderen Social Club. Tut man es trotzdem, wird es nicht gelesen. Verrückt sein ist die Devise, ist einer aber wirklich verrückt, starren ihn alle an.
Christopher, jetzt fiel ihr sein Name wieder ein. Er hieß Christopher.
»… natürlich, bestimmt, ohne Widerspruch …« Christopher ratterte die Synonyme weiter herunter, als habe Milena bei ihm einen Knopf betätigt, der die Worte ganz schnell hintereinander ausspuckte. Sein Lächeln war zwar wieder verschwunden, die Ahnung aber blieb, dass es hinter dieser Persönlichkeit noch eine andere gab und vielleicht noch eine und noch eine, wenn sie nur lange genug danach grub. Doch schon als Kind hatte sie das Gefühl von Schmutz an den Händen verabscheut.
»Ohne Widerspruch!« Es war das einzige Wort unter der Aufzählung, an das sich Milena erinnern konnte.
Christopher blieb unbeeindruckt, fuhr fort: »Das Ausschließen also zweier oder mehrerer Aussagen im Sinne der Übereinstimmung oder …«
»Das Ausschließen … Ja, genau das meine ich … Ich schließe alles andere aus.« Was für ein Blödsinn. Sie schloss gar nichts

aus. Was sollte sie überhaupt ausschließen? Wovon redeten sie eigentlich?
»Ausschließen im Sinn von aussondern oder eher vernachlässigen, verhindern …«
»Christopher will es immer genau wissen.« Alfons, Pardon, Alphonse, stand so plötzlich vor ihr, als hätte er wie der erste Keimling gerade den winterlich harten Boden durchstoßen, bereit, zu wachsen und zu blühen und irgendwann vielleicht sogar seinen viel zu großen Anzug auszufüllen, den er auch jetzt trug.
Milena war froh, ihn zu sehen, unterdrückte aber den Impuls, seine wie schon bei ihrer letzten Begegnung schief sitzende Fliege zurechtzurücken. »Guten Tag, Alphonse.«
In Alphonse' blauen Augen blitzte es auf, doch er fuhr fort, ohne sie zu begrüßen: »Christopher duldet keine Sätze, die auf ein Minimum an Gedankenarbeit reduziert sind. Er akzeptiert keine Worthülsen, keine Phrasen, gehaltlos und inhaltsleer, nur damit irgendetwas gesagt wird.« Sein Blick kletterte über Christophers breite Brust nach oben, bis er Christophers Augen erreichte. Christopher nickte. Offenbar war er mit Alphonse' Ausführung zufrieden. »Ich frage mich …« Während sich Alphonse weiter fragte, weshalb heutzutage die Menschen überall dabei sein wollten, vor allem bei jedem Gespräch, selbst wenn sie nichts zu sagen hatten, stellte Milena sich vor, wie Alphonse in seinen Gehirnwindungen umherlief, nur um keine Sekunde lang bedeutungslos zu erscheinen. Er war wie ein Archivar zwischen den deckenhohen Regalen seines Gedankenarchivs, der ständig nach den exakten Gedanken suchte, die er anderen vermitteln wollte.
Milena lachte. Die Vorstellung des in seinen Gehirnwindungen umherirrenden Archivars Alphonse war zu amüsant. Bis sie Al-

phonse' Gesichtsausdruck sah. Er schien nicht einfach nur enttäuscht. Er wirkte wie jemand, der einem anderen ein sorgfältig ausgewähltes Geschenk überreichte und erkennen musste, dass der andere das Geschenk nicht zu schätzen wusste.

Milena wollte nicht, dass Alphonse sie in seinem Gehirnarchiv unter »vergebene Liebesmüh« einordnete. Unter »banales Geschwätz« oder »nichtssagender Mensch«. Sie wusste nicht, warum, doch sie hatte auf einmal den dringenden Wunsch, von ihm zu lernen.

»Es tut mir leid.«

Alphonse' Blick wurde streng. Es hatte ihr auch leidzutun. Dann nickte er leicht, sie entdeckte in seinen Augen so etwas wie Nachsicht und atmete auf. Alphonse war bereit, ihr noch eine Chance zu geben. Lange hatte sie nichts mehr so glücklich gemacht.

Christopher indessen griff nach reiflichem Überlegen Alphonse' Satz mit großer Ernsthaftigkeit auf. »An die Freiheit des menschlichen Willens glaube ich keineswegs, jeder handelt nicht nur unter äußerem Zwang, sondern auch gemäß der inneren Notwendigkeit.«

»Da hast du aber Schopenhauer perfekt auswendig gelernt.«

Alphonse sah Christopher missbilligend an, wandte sich an Milena. »Er ist nie er selbst.« Wandte sich wieder zu Christopher um. »Warum kannst du nie du sein?«

»Das Du ist ebenso wie das Ich«, ratterte Christopher herunter, »nur eine Ansammlung von Molekülen, oder vielleicht ist es auch Einbildung … ein nutzloses Gedankenspiel.«

In diesem Moment kam Milena ein Gedanke. Ein Gedanke, den sie noch nicht gedacht hatte und der ihr wertvoll erschien. Christopher und all die anderen gingen nicht einfach so verschütt. Sie wurden begraben. Von ihren Gedanken. Sie alle dachten offenbar zu viel nach. Und vielleicht war genau das ihre Krankheit. Ein Gehirn, das nie zur Ruhe kam, vom vielen Denken überfordert wurde. Zu viel denken konnte also krank machen. Zu wenig nachdenken bedeutete Stillstand. Mit dem Tanzen hatte sie dazwischen das richtige Maß gefunden. Sie musste wieder tanzen, das stoppte sinnloses Denken. Und nicht nur sie – Christopher, Alphonse, Liesel und all die anderen. Sie mussten tanzen …

»Tanzen und das richtige Maß halten«, sagte sie mehr zu sich als zu den anderen. »Bei allem, was man tut, kommt es darauf an, dass man immer schön in der Mitte bleibt. In der Mitte von allem, da ist man richtig.«

»Mitte wie Ausgleich, Kompromiss oder halber Teil?« In Christopher arbeitete es offensichtlich.

»Halber Teil?«, antwortete Milena verblüfft. »Die Mitte ist kein halber Teil. Die Mitte ist die Mitte und damit immer bei allem mittendrin.« Was für einen Unsinn redete sie da eigentlich? Alphonse jedoch nickte. Sie selbst verstand sich nicht, er schon.

»Gut, sehr gut.«

Milena blühte unter seinem Lob auf. Vielleicht war es doch kein Unsinn, was sie daherredete: »Die Work-Life-Balance der Gedanken.« Ihr Gesicht wurde hell.

Alphonse' dunkel: »Work-Life-Balance, Quatsch.«

So ging das auch wieder nicht. Alphonse war nicht der Richter über richtig oder falsch. Milena verteidigte ihren Gedanken: »Das ist kein Quatsch, Alfons.« Sie sprach seinen Namen bewusst bayerisch aus. Ein bisschen Boden unter den Füßen würde dem kleinen Mann nicht schaden. »Wir müssen eine Balance finden zwischen den arbeitenden Gedanken und denen, die einfach nur vor sich hin fließen.«

»Besser.« Alphonse nickte. »Viel besser.«
Milena lief zur Hochform auf. »Wenn Gedanken arbeiten, dann entstehen daraus Lösungen oder etwas Neues. Manchmal muss man sie aber auch nur fließen lassen und darf ihnen keine große Bedeutung zumessen. Einfach nur zuschauen, wie sie kommen, wieder gehen, weil das, was wir uns sonst alles ausdenken, ohnehin nur selten wirklich eintritt. Und wenn es eintritt, ist es meist nicht so schlimm, wie wir befürchtet haben.«
»Genau so.« Alphonse war jetzt ein Ausdruck vollkommener Zufriedenheit, und in Milena jubelte etwas vor Glück.
Es schien, als sei das die Lösung für ihr Problem. Sie musste in ihrem Gehirn ein Archiv anlegen wie Alphonse und darin ihre Gedanken sortieren, in »wert, darüber weiter nachzudenken«, in »einfach weiterziehen lassen« oder in »sofort verwerfen, damit sie keinen inneren Schaden anrichten«.
Christopher – wie verloren er dastand. So als sei nicht nur die Welt, als sei allein schon dieser Raum viel zu groß für ihn. Sie empfand das starke Bedürfnis, ihm Wärme zu geben, etwas Schutz, streckte den Arm aus, berührte ihn nur ganz leicht, und noch in derselben Sekunde riss sein Schrei die nachmittägliche Stille im Regenbogenhaus förmlich in Stücke. Christopher presste sich gegen die Wand, war nur noch ein zitterndes Bündel Mensch. Ganz und gar verschmolzen mit der Wand.
Falsch. Sie machte alles falsch.
Christopher schrie und schrie.
Noch nie hatte Milena jemanden so schreien hören.
Dann erinnerte sie sich.
Die noch sehr junge Tänzerin hatte genauso geschrien. Sie war nur kurz im Ensemble gewesen und hatte sich mit dem Messer

immer wieder die Haut weggeschabt, um die innere Wahrheit zu finden. Von Polizei und Sanitätern überwältigt, war sie mit Handschellen gefesselt, den Kopf nach unten gepresst, den Körper auf einer Trage festgeschnallt, in den Krankenwagen geschoben worden. Abtransport mit Blaulicht, und der Polizeiwagen war ganz dicht hinter ihnen geblieben.

Niemand hatte je wieder nach ihr gefragt. Warum auch. Ihre Seele war aus der Reihe getanzt. *Die guten ins Töpfchen, die schlechten ins Kröpfchen.* Wer aus der Reihe tanzt, fällt unliebsam auf.

Christopher schrie nicht mehr, stattdessen hing er wie ein schiefes Bild an der Wand. Nur, sie hätte ihn anfassen müssen, um ihn wieder zurechtzurücken, und davor hatte sie jetzt mehr Respekt als vor Frau Adamczik und ihrem Sachbearbeiter bei der Bank.

»Das ganze Theater, bloß weil er ständig seine Medikamente ausspuckt.« Alphonse, von Christophers Schreien unbeeindruckt, hatte sich ihr wieder zugewandt, aber nicht nur er, auch die anderen Bewohner des Regenbogenhauses waren aus ihren Zimmern gekommen. Die einen gingen schleppend, bei anderen war die Körperhaltung insgesamt seltsam, andere wiederum sahen völlig normal aus. Und alle starrten nicht Christopher an, sondern sie.

»Was ist passiert?« Jetzt kam auch noch Phil Friedmann dazu.

»Sie hat ihn angefasst.« Liesel war ganz aufgeregt. »Man darf ihn nicht anfassen. Niemand darf ihn anfassen.« Wieder fiel Milena auf, dass ihr oben links ein Zahn fehlte. Warum kümmerte sich niemand darum? Ging niemand mit ihr zum Zahnarzt, wenn sie es offensichtlich nicht allein schaffte?

Phil Friedmann musterte Milena, sein Blick blieb ausdruckslos. »Was suchen Sie überhaupt hier?«

Zu ihrer Überraschung klang seine Stimme ärgerlich, so als habe sie irgendein Stoppschild übersehen oder verbotenes Terrain betreten, und Milena antwortete entsprechend verunsichert. »Sie haben mir einen Job als Tanztherapeutin angeboten?«

»Haben Sie dafür eine Ausbildung?« Er wirkte noch immer sehr verärgert.

»Nein …«

»Dann habe ich Ihnen auch keinen Job als Therapeutin angeboten.« Er wandte sich von Milena ab und Christopher zu. Seine Stimme war auf einmal ganz sanft. »Ich geb dir was zur Beruhigung, okay?«

»Er nimmt nichts.« Nun schaltete sich auch Alphonse ein. »Das wissen Sie doch.«

»Ja, das weiß ich, Alfons.« Phil Friedmann redete weiter behutsam auf Christopher ein. »Kein Amisulprid und auch kein anderes Neuroleptikum. Nur was zur Beruhigung.« Christopher sah ihn an. Phil Friedmann hielt seinem Blick stand. »Ich verspreche es dir.«

»Versprochen und gehalten.«

»Versprochen und gehalten.«

Christopher zögerte, nickte, nahm seinen Kaktus und folgte Phil Friedmann mit gesenktem Kopf, die Luftwurzeln ebenso hinter sich herschleifend wie Liesel ihren Schal. Milena sah ihnen verblüfft nach. Christopher brauchte Medikamente, und Friedmann gab sie ihm nicht. Sie brauchte einen Job, Friedmann stellte ihn ihr in Aussicht, und jetzt wollte er nichts mehr davon wissen? Sie hatte ja schon davon gehört, dass die Leiden der psychiatrischen Patienten auf ihre Ärzte abfärben konnten. Aber so krass, nein, so hatte sie es sich nicht vorgestellt.

Ein Ruck ging durch ihren Körper.

So leicht kam Friedmann ihr nicht davon.
Milena zögerte nur den Bruchteil einer Sekunde, dann lief sie Friedmann, Christopher und seinen über den Boden schleifenden Luftwurzeln hinterher. »Ich hatte Sie so verstanden, dass Sie eine Tanzth… …lehrerin suchen.«
»Ich hatte Sie nur gefragt, ob Sie tanzen und ob Sie noch immer arbeitslos sind.« Friedmann drehte sich weder zu ihr um, noch machte er Anstalten, stehen zu bleiben. Er redete einfach in die Luft.
Aber nicht mit ihr. »Könnten Sie wenigstens so höflich sein und mir in die Augen sehen?« Friedmann stoppte so abrupt, dass Christopher fast in ihn und Milena wiederum fast in Christopher hineinlief. Gerade noch rechtzeitig gelang es ihr, millimeterknapp vor dem Kaktusmann stehen zu bleiben. Spürte seinen Atem, fühlte fast, wie sein Körper vor Aufregung und Angst vibrierte. *Fassen Sie ihn nicht an!* Wie panisch Liesel gewesen war. *Sie dürfen ihn nicht anfassen. Niemals.* Ihre Stimme hatte geklungen, als sei Christopher so etwas wie ein Selbstmordattentäter. Berührte man ihn, flog man gemeinsam mit ihm ins Nirwana. Milena trat einen Schritt zurück, erleichtert, dass sie den Mindestabstand zu Christopher gewahrt und keine weitere Katastrophe verursacht hatte.
Friedmanns Blick bohrte sich in ihre Augen. »Okay, ich habe tatsächlich kurz daran gedacht, Sie als Tanzlehrerin anzustellen.« Sein Blick bohrte sich noch tiefer. »Aber Sie scheinen nicht die nötige Sensibilität zu haben. In nur fünf Minuten haben Sie hier alles durcheinandergebracht. Schade, ich habe mich getäuscht. Ich täusche mich selten.«
Friedmann öffnete die Tür zu seinem Büro, Christopher und die Luftwurzeln traten ein. Milena wollte folgen, doch da knallte Friedmann ihr die Tür vor der Nase zu.

Milena blieb verblüfft stehen und war sich nun ganz sicher, dass Psychiater mit der Zeit die Leiden ihrer Patienten annahmen.
»Heute ist mein Saaaaalflugzeug siebzehn Mal abgestürzt.« Milena drehte sich um, Alphonse stand vor ihr. Klein, im viel zu großen Anzug und mit schiefer Fliege. »Und jedes Mal, wenn es abstürzt, bin ich traurig, also war ich heute siebzehn Mal traurig.«
Nur siebzehn Mal? Milena konnte überhaupt nicht mehr aufhören, traurig zu sein, und nicht erst, seit sie mit dem Tanzen aufgehört hatte. Wenn sie ehrlich war, konnte sie sich kaum noch daran erinnern, irgendwann nicht traurig gewesen zu sein.

»Du hast mich zum Weinen gebracht.« Sie hatte sich an Nikola geschmiegt. An seinen schönen warmen Körper, sein Herz im Gleichklang mit ihrem Herzen. Sein Atmen in demselben Rhythmus wie ihr Atem. Sie fühlte sich geborgen und heil.
»Ich bringe alle Frauen zum Weinen.« Nikola zog sie noch näher an sich, dabei waren ihre Tränen Glückstränen. »Meine Mutter war die erste Frau, die ich zum Weinen gebracht habe.«
»Sie war die Erste?« Sie entzog sich ihm, stützte sich auf die Ellbogen und sah ihn an. »Und warum hat sie geweint?«
»Weil ich nicht aus ihrem Bauch wollte.« Er lächelte – es war ein trauriges Lächeln. »Sie wollte mich rauspressen, aber ich hab dagegengepresst. Immer wieder, sagt sie. Ich wollte unbedingt drinbleiben. Ich hab halt damals schon gewusst, dass das Leben nichts für mich ist.«
»Was ist so schwer an deinem Leben?«
»Ich weiß nicht?«
Diese Melancholie, die von ihm ausging. Dieselbe Melancholie, die sie einmal bei einem Spaziergang an einem Moorsee

empfunden hatte. Faszinierend, geheimnisvoll, beängstigend zugleich. Sie hätte tief tauchen müssen, um hinter sein Geheimnis zu kommen, das des Moorsees und das hinter Nikolas lachenden Augen. Doch sie hatte Angst vor der Tiefe. Tiefenangst. Möglicherweise war es nur die andere Mentalität, die sie verunsicherte. Das Wilde in ihm, das Ungezügelte … Er hatte sie danach befriedigt wie kein anderer vor und nach ihm. War in sie hineingekrochen, so lange, bis sie zum Höhepunkt kam und auch darüber hinaus, bis sie nicht mehr konnte.

»Es ist gut, Nikola. Es ist gut.«

»Nichts ist gut.« Er hatte den Kopf auf ihren Bauch gelegt, Körper, Augen und Stimme, schwimmend in Sehnsucht: »Ich will einfach nur wieder da rein. Will endlich wieder da rein.«

Nikola, lieber, geliebter, so einsamer Nikola.

Es hatte nicht gutgehen können mit ihnen beiden.

Sie, die trotz ihrer Traurigkeit zielstrebig Besessene, er, der im fremden Land allmählich verlorenging.

Kaja! Kaja!

Bist du glücklich geworden mit ihr, Nikola?

Ist sie glücklich bei dir?

In ihrem Herzen aber gab es fortan eine Stelle. Was auch immer Milena pflanzte, es blühte nicht mehr. Die Schlinge legte sich wieder einen kurzen Moment um ihren Hals.

7

Milena saß auf der Pippi-Langstrumpf-Veranda vor dem Regenbogenhaus. Neben ihr hatte Alphonse ganz selbstverständlich Platz genommen. Die Schultern bis zu den Ohren hochgezogen. Wieder erinnerte er Milena an ein Vögelchen, Schnabel und Äuglein verborgen im aufgeplusterten Federkleid. Diesmal hatte es sich in einen gemütlichen Korbstuhl verirrt. Sie warteten. Milena auf Phil Friedmann. Worauf Alphonse wartete, wusste sie nicht. Vielleicht einfach auf die nächste Stunde oder auch nur auf die nächste Minute.

Wieder war da ein Gedanke, den sie noch nie gedacht hatte. Er tauchte auf, während das Nachmittagslicht in die Blätter der Bäume schlüpfte, sich unter die Zweige und kleinen Äste der Sträucher mischte, damit all die bunten Blüten auf den Beeten von innen heraus zum Leuchten brachte, in diesem großen, großen Garten, der Milena an ein Zimmer erinnerte, in dem jemand eine besondere Ordnung hielt.

Alles war fest verwurzelt, gepflanzt an Ort und Stelle, exakt da, wie es ein wohl begabter und phantasievoller Gärtner geplant hatte. Die Stauden, Gehölze, Rosen, der Heidegarten, es gab sogar einen kleinen Teich und einen Gartenpavillon, in dem eine junge, hübsche Frau saß und mit einem Pfleger Backgammon spielte. Ein Lachen wehte von irgendwoher, sonst war es still. Für die einzige Bewegung in dem Garten sorgten in dieser himmelblauen Stunde nur Licht, Schatten und Wind. Sie machten all das zu ihrer Bühne, und es erforderte von ihrem auf der Veranda sitzenden Publikum eine hohe Konzentration, um die kaum merklichen Veränderungen des Bühnenbilds wahrzunehmen, die ihr jeweiliger Auftritt mit sich brachte.

Als Milena so neben Alphonse auf der Veranda saß, vor sich das Naturtheater, kam ihr eben dieser neue Gedanke. Sie überlegte, wie das wohl war mit dem Warten, wenn man nichts mehr zu erwarten hatte? Lohnte es sich überhaupt noch – oder verlor man dadurch einfach nur Zeit? Andererseits – konnte man Zeit überhaupt verlieren? War sie nicht einfach da? So selbstverständlich wie Schatten, Himmel, Wind und Licht? Die Zeit, so stellte Milena sie sich gerade vor, strebte nach nichts, hing einfach so herum zwischen Ästen, Zweigen und Blättern, vielleicht sogar verkehrt herum wie eine Fledermaus im Dachstuhl einer Kirche. Möglicherweise, auch das überlegte Milena neben Alphonse, der hochkonzentriert vor sich hin schwieg, amüsierte sich die Zeit über all die Menschen, die sich ständig in den *stylischen* Büros der *Upper Jobs* von ihr getrieben fühlten, ohne zu bemerken, dass es nicht die Zeit war, die sie mit einer unsichtbaren Peitsche vor sich hertrieb, sondern einzig und allein sie selbst – und ihr Chef.

»Ein Menschenleben dauert nicht einmal hundert Jahre.« Alphonse beendete sein Schweigen. »Aber es birgt Sorgen für tausend Jahre.« Alphonse' Köpfchen kroch zwischen den Schultern hervor. »Das sind in einem Jahr«, er fuhr den Kopf wieder etwas ein, begann zu rechnen, »zehn Jahre Sorgen. Überlegt man nun weiter, dass das Jahr dreihundertfünfundsechzig Tage hat, dann sind das dreitausendfünfhundert und noch ein paar Sorgen in einem Jahr. Das muss man sich mal vorstellen, dreitausendfünfhundert und mehr Sorgen in nur einem Jahr, ich meine, wer soll das aushalten, an einem Tag wären das dann …« Er rechnete still vor sich hin. Die beiden Backgammonspieler lösten ihre Szene auf und verließen den Gartenpavillon Richtung Teich, ließen sich dort nieder, die Gesichter der Sonne zugewandt.

Milena wollte das Ergebnis von Alphonse' errechneter Jahresbilanz von Sorgen gar nicht wissen. Ihr reichten die Sorgen, die sie an einem einzigen Tag hatte. Jetzt tat ihr schon der Kopf weh vom vielen Denken, so, wie er ihr manchmal auch weh getan hatte, wenn sie gemeinsam mit Nikola nachts auf einer Wiese liegend den Sternenhimmel betrachtet und mit ihm über die Unendlichkeit des Universums diskutiert hatte. Auf manche Fragen gab es eben keine Antworten.

Sie wechselte das Thema: »Weshalb nimmt Christopher seine Medikamente nicht? Geht es ihm damit nicht besser?«

»Es geht ihm damit besser«, antwortete Alphonse. »In den Zeiten, in denen er sie regelmäßig nimmt, ist er wie wir alle. Ganz normal.«

Alphonse bezeichnete sich als ganz normal? Milena musste lächeln. Aber nur ganz leicht und in sich hinein. Andererseits, wer war schon normal? Anna mit ihrem Goldenen-Bilderrahmen-Freund? War es normal, für das Tanzen sein Restleben aufzugeben und dafür am Ende nichts zu bekommen außer täglichen Schmerzen? Sie fragte sich, ob derjenige normal war, der sich dafür hielt, oder ob es die anderen waren, die Normalität beurteilten. Nur, woher nahmen sie sich das Recht? Vielleicht schätzten sie sich ähnlich falsch ein wie Alphonse, der gewiss nicht normal war, zumindest entsprach er nicht der allgemeingültigen Norm. Aber wer entsprach schon dieser gültigen Norm? Und wenn er es tat, war er dann nicht total langweilig?

Verdammt noch mal! Schon wieder solche Fragen. Offenbar war das Regenbogenhaus keine therapeutische Wohngemeinschaft, sondern der Gedankenflohmarkt höchstselbst, von dem Alphonse gesprochen hatte. Kaum hatte man ihn betreten, hüpften die Gedankenflöhe schon auf einen zu, bis alles juckte, man wurde ganz verrückt und konnte innerlich nicht mehr mit dem Kratzen aufhören. Schnell sich wieder an so etwas Handfestes wie eine logische Frage klammern: »Und wieso nimmt Christopher seine Tabletten nicht?«

»Weil er nicht muss.« Alphonse' Augen verfolgten sehnsüchtig einen Vogel, der zwitschernd zwischen den Bäumen herumflog.

»Das sieht Doktor Friedmann dann aber ziemlich locker.« Ärger stieg in Milena auf. Wie konnte Friedmann so nachlässig mit einem Patienten umgehen? Wie auch immer. Es ging sie nichts an.

»Doktor Friedmann nimmt gar nichts locker.« Alphonse ließ von dem Vogel ab, sah sie scharf an. »Im Gegenteil. Wenn wir verlorengehen, sucht er den ganzen Tag und die ganze Nacht auf seinem Fahrrad nach uns.«

Hatte sich Milena einsam gefühlt, fühlte sie sich jetzt noch einsamer. Sie war verlorengegangen in Zeit, Raum, Gedanken, in ihrem gesamten verdammten Leben. Doch nach ihr suchte niemand. »Wieso zwingt er Christopher dann nicht, seine Medikamente zu nehmen?«

»Weil er nicht darf.«

»Weil er nicht darf? Wer sollte ihm so etwas Vernünftiges verbieten?«

»Das Gesetz.«

»Das Gesetz. Unsinn.« So viel zum Thema, wer normal war und wer nicht.

»Ja, es ist ein unsinniges Gesetz, den Menschen zu verbieten, anderen zu helfen.« Alphonse nickte bekräftigend.
»So ein Gesetz gibt es nicht.«
»Und ob es das gibt! Es kommt direkt vom Deutschen Bundestag.«
»Dem Deutschen Bundestag?« Ehe Milena noch etwas sagen konnte, schlug Alphonse die entsprechende Seite seines Gehirnlexikons auf.
»Am 17. Januar 2013«, ratterte er textsicher herunter, »hat der Deutsche Bundestag die Zwangsbehandlung von psychisch kranken Patienten neu geregelt. Eine Behandlung gegen den Willen eines Patienten darf nur unter engen Bestimmungen und nur mit Einwilligung eines Betreuers durchgeführt werden, die zusätzlich vom Gericht genehmigt werden muss.«
»Aber kapiert jemand wie Christopher überhaupt, dass er Medikamente braucht?«
»Leider nicht immer.« Phil Friedmann trat auf die Terrasse. »Mangelnde Krankheitseinsicht ist ein Symptom der Psychosen aus dem schizophrenen Formenkreis. Sobald er sich mit den Medikamenten gesund fühlt, setzt er sie wieder ab.«
Wieder dachte Milena, was für ein unscheinbarer Mann er doch war, blasses Gesicht, schwarze Bartstoppeln, das dunkle Haar etwas zu lang, das blaue Karohemd ungebügelt, abgetragene Jeans. Ein bisschen wie ein streunender Kater, der gern in allem herumwühlte. Nur die Augen, sie hatten etwas von der Ruhe und der Weite eines stillen Ozeans im Sonnenlicht. Kitschig? Nun, und wenn schon. Besondere Augen, in denen man sich verlieren konnte. Nur, solange es niemanden gab, der nach ihr suchte, war jedes Verlorengehen eine für sie höchst gefährliche Aktion. *Kaja! Kaja!* Geh weg. Raus aus meinem Hirn. Zu spät. Es gab Dinge, für die war es einfach zu spät.

Schnell zurück ins Jetzt, damit die Bilder, die sie so lange und erfolgreich verdrängt hatte, schnell wieder verschwanden.
»Und was ist, wenn Sie ihm die Medikamente heimlich geben, so dass er es gar nicht merkt?« Sie klammerte sich mit den Augen förmlich an Friedmann.
»Dann mache ich mich strafbar.«
»Sie werden bestraft, wenn Sie tun, was für Ihren Patienten am besten ist?«
»Erst kürzlich hatte ich einen Fall, da wurde eine Patientin unter Betreuung gestellt, weil sie suizidal war.«
»Und?«
»Die Patientin hat dagegen Einspruch erhoben, und die Betreuung wurde wieder aufgehoben.«
Milena wollte es verstehen. »Da wird jemand unter Betreuung gestellt, weil man davon ausgeht, dass er mit seinem Leben nicht mehr allein zurechtkommt …«
»… sie hat sich äußerlich vernachlässigt, war nicht mehr in der Lage, ihre Wohnung sauber zu halten, sich zu ernähren …«
Milena unterbrach ihn empört. »Trotzdem traut man ihr zu, selbst darüber urteilen zu können, ob sie eine Betreuung braucht oder nicht?« Friedmann nickte, Milena lag noch eine Frage auf den Lippen, doch sie wagte nicht, sie zu stellen. Friedmann beantwortete sie auch so. »Nein, sie hat sich nicht umgebracht. Wir hatten Glück. Bisher … hatten wir Glück.«
»Was ist das für ein Scheißspiel? Russisches Roulette? Oder ist es mittlerweile egal, was aus Menschen wird, die nicht mehr in unsere Leistungsgesellschaft passen?« Milena war fassungslos.
In Friedmanns Augen blitzte etwas auf, das Milena an den Moment erinnerte, als er ihr das Wasser an die Lippen gehalten hatte. Es war etwas Warmes, fast Sanftes. Etwas, wonach man

süchtig werden konnte. »Ich denke, sie haben einfach nur Angst.«

»Wovor?«

»Etwas falsch zu machen Die Autonomie eines Menschen ist ja nun mal ein hohes Gut. Keiner von uns will bevormundet oder gegen seinen Willen behandelt werden.«

»Aber sollte in so einem Fall nicht vor allem der gesunde Menschenverstand zählen?«

»Der hat das kleinste Zimmer.« Nun mischte sich auch Alphonse ein.

»Das kleinste Zimmer?«

»Unser Kopf ist eine große Wohnung mit ganz vielen Zimmern.« Alphonse fuhr fort. »Und in jedem Zimmer wohnt ein Gefühl. Der Menschenverstand wohnt im kleinsten, die Angst im größten …«

Milena warf Friedmann einen Blick zu. Friedmann nickte: »*Panta rhei.* Alles fließt, das hat schon der griechische Philosoph Heraklit gesagt. Auch das Leben. Wie der Fluss. Er entspringt in der Quelle und strömt bis zum Meer. Geboren werden und sterben. Und egal, wie viele Hindernisse die Angst aufbaut, um das Unaufhaltsame zu stoppen, das Leben wird sie umgehen, wie auch der Fluss immer neue Wege findet, um an sein Ziel zu kommen.«

»Sie sind ein Philosoph.« Milena sah Friedmann bewundernd an.

»Philosoph?« Alphonse schüttelte den Kopf. »Er sagt doch nur, dass es am Ende sowieso ist, wie es ist. Mit Angst und ohne Angst. Der Unterschied ist, ohne Angst landet man nicht so oft in der Psychiatrie.«

Friedmanns Gesichtsausdruck verriet nicht, ob er Alphonse beipflichtete. »Kommen Sie, ich zeige Ihnen, wer Christopher ist, wenn er seine Medikamente nimmt.«

Wenig später, Alphonse war auf der Terrasse zurückgeblieben, standen sie in einem Raum im ersten Stock des Regenbogenhauses. Der Raum war nicht groß. Etwa drei mal vier Meter und dennoch faszinierender als alles, das Milena jemals gesehen hatte. Es lag an den Wänden; sonst war der Raum leer. Bis zur Decke waren sie bemalt. Mit einem Sammelsurium an Formen, Farben und Motiven, das durch eine mosaikartige Gestaltung seltsam starr wirkte.

»Das ist, das ist …« Diese Wucht an Eindrücken und Emotionen … Was sie sah, war so intensiv, dass es Milena vorkam, als sei sie einmal rund um den Globus gejettet oder verlorengegangen im All.

»Es ist Outsiderkunst. Hochkarätig. Weltweit gibt es gerade mal eine Handvoll vergleichbarer Geschichten.« In Phil Friedmanns Stimme schwang unverhohlen Stolz mit. »Deshalb zeigen wir den Raum gelegentlich auch der Öffentlichkeit.«

»Damit sie psychische Erkrankungen besser versteht.«

»So weit würde ich nicht gehen. Was ich mir wünsche, ist Toleranz.«

Milena antwortete nicht, ließ den Blick über das gleiten, was Friedmann als Outsiderkunst bezeichnete. *Outsider.* Sie hörte förmlich, wie Christopher nach der exakten Definition suchte: Outsider, Außenseiter, Ausgeschlossener, seltsamer Vogel oder Individualist? Die ganze Wandfläche jedenfalls war eine Mischung aus Urzeit und Cyberwelt. Außer Drachen, Haustieren, Männer-, Kinder- und Frauengestalten aus fast allen Völkern und Zeiten hatte Christopher auch all das gemalt, was sich bewegte. Zeppelin, Pferdekutsche, Rakete, Fahrrad, Auto, Flugzeug und vor allem Schiffe. Nein, nicht unterschiedliche. Es war immer wieder dasselbe Schiff. Insgesamt war es ein Gemisch aus dem, was gewesen, was ist und was vielleicht sein wird, das eine vom anderen immer wieder übermalt, bis Vergangenheit, Gegenwart und Zukunft zur zeitlichen Einheit verschmolzen, örtlich begrenzt in diesem Raum.

»Ist das die Krankheit?« Milena wandte sich an Friedmann, der sie aufmerksam beobachtet hatte.

»Was meinen Sie damit?«

»Na ja, dass das Gehirn sämtliche Eindrücke und Erlebnisse ungefiltert in sich aufnimmt. Ich meine, wir sortieren doch aus. Nehmen wahr, was wir wahrnehmen wollen, klammern aus, wovon wir nichts wissen wollen … Aber das hier …« Sie zeigte auf die Malereien. »Das kommt mir vor, als gebe es bei Christopher diesen Filter nicht. Er scheint alles auf einmal wahrzunehmen und in sich hineinzustopfen. Selbst wenn in seinem Kopf kein Platz mehr für Eindrücke und Erlebnisse vorhanden ist, schmeißt er nichts raus, sondern stopft sich immer weiter damit voll. Und das offensichtlich mit allem, was die Welt zu bieten hat. Da muss doch jeder klare Gedanke ersticken. Kann es sein, dass Christopher in seiner eigenen Gedankenwelt untergeht? So wie das Schiff? Da«, sie deutete auf das Segelschiff, das ständig zwischen allen anderen Bildern auftauchte, »er hat es immer wieder gemalt.«

»Fällt Ihnen bei dem Schiff etwas auf?«

Milena antwortete mit einem sehr zögernden Nein. Gleich würde Friedmann sagen: »Danke, setzen, sechs.«

»Schauen Sie es sich noch mal in Ruhe an.«

»Es ist niemand an Bord. Die Schiffe sind … ohne Menschen.«

»Genau.«

Milena atmete auf. Test beim zweiten Anlauf bestanden. Wie ihre Führerscheinprüfung.

»Und genauso fühlt er sich«, fuhr Friedmann fort. »Wie ein Schiff ohne Steuermann.« Stille.

Friedmann sah sie an. Ein eigenartiger Blick. Bis tief auf den Grund ihrer Seele, als überlege er noch, ob er fortfahren solle oder nicht. Er fuhr fort: »Gleichgültig, welchen Tanz Sie auch immer lehren. An eines müssen Sie sich unbedingt halten. Sie dürfen Christopher nie berühren.«

»Bin ich verrückt?« Ihre Antwort kam spontan. »Ich habe sein Geschrei erlebt.«

»Gut.«

»Gut? Dann hab ich den Job?«

»Sie dürfen ihn nie berühren.« War seine Stimme ohnehin schon eindringlich gewesen, so war sie jetzt noch eindringlicher, als er sich trotz ihrer Antwort wiederholte. »Versprechen Sie mir das.«

»Aber warum …?«

»Versprechen Sie's mir!«

»Ja, ja, ja.« Sie hätte in diesem Moment jedem alles versprochen. Sie beruhigte sich wieder. »Es würde mir nur leichterfallen, wenn ich wüsste, warum.«

»Unterlassen Sie es einfach.«

Mit einer leichten Kopfbewegung forderte er Milena auf, den Raum zu verlassen, sperrte hinter ihr zu. Ging, ohne sich noch einmal umzusehen. Ein Mann, der sich nicht rasierte und offenbar nur selten zum Friseur ging. Er war zu blass, wirkte nicht, als triebe er Sport, außer wenn er auf dem Fahrrad nach seinen Zöglingen suchte. Sein Hemd war ungebügelt, und seine Jeans saßen schlecht. Ein streunender Mülltonnenkaterphilosoph. Vermutlich ohne Frau. Egal. Sie hatte einen Job. Und noch einmal zu versuchen, Christopher anzufassen? Niemals!

Sie hatte noch nicht zu Ende gedacht, da kam Christopher ihr entgegen. Den Kaktus fest im Arm, als sei es eine Puppe oder vielleicht sogar ein Kind, blieb er vor ihr stehen. Schlabberhosen, Christussandalen, schmutziges T-Shirt, struppiger Bart, schlechter Geruch, strahlend weiße Zähne. Er deutete auf seinen Kaktus. »Sie …«

»… die Selenicereus grandiflorus.« Puh, sie hatte sich den Namen des Kaktus gemerkt. Sie war stolz auf sich, und Christophers Gesicht wurde hell. Er schien etwas zu überlegen, machte einen großen Schritt auf sie zu, blieb dicht vor ihr stehen. Atmete aus. *Bitte nicht näher kommen!* Sie atmete ein. *Ich darf dich nicht berühren. Also berühr du auch mich nicht.* Er atmete aus, sie wieder ein. Eine eigenartig intime Situation, dieser stillschweigende Austausch von Atemluft. Sie nahm seinen Atem auf und er den ihren. Milena schüttelte sich leicht, wollte an ihm vorbeigehen, doch seine Stimme hielt sie auf.

»Sie blüht nur ein Mal.« Er hatte eine angenehme, eine schöne Stimme. Seltsam, dass ihr das erst jetzt auffiel. Das Unbehagen vor ihm hatte offenbar ihre Ohren versperrt. Wie Samt war sie und trotzdem tief und männlich. Tiefer, männlicher Samt. Etwas zum Hineinkuscheln. »Und wenn sie blüht«, fuhr er fort, »ich meine, jetzt ist sie stachlig, aber dieses eine Mal wird sie wunderschön sein und dann …« Seine Stimme wurde traurig. Nein, nicht nur traurig. Sie ging verloren …

»Und dann?«

»Wird sie vergehen.«

»Vergehen?«

Aus Samt wurde wieder Stahl. »Wir sind der einzige Planet, der physisches Leben generiert.« Er rückte auch körperlich von ihr ab.

»Was meinst …« Sie zögerte, wechselte bewusst zum Du. »Was meinst du mit Vergehen, Christopher?«

Christopher musterte Milena aus dem von ihm gewählten Abstand, als sei diesmal sie es, die unverständliches Zeug daherre-

dete. Sein Tonfall aber wechselte erneut. Wurde väterlich. »Die Normalform ist geistiges Leben. Der Traum ist die Hauptsphäre. Das Universum wird Maschinenraum genannt von den geistigen Stimmen.«
»Ich verstehe nicht, Christopher. Ich verstehe dich nicht.«
Er lächelte sie nachsichtig an, als sei genau das sein täglich Brot, nicht verstanden zu werden, klemmte den Kaktus fester unter den Arm und ging, die Luftwurzeln hinter sich herschleifend, davon. Dabei murmelte er vor sich hin. »Blühen und vergehen, blühen und vergehen.«
Einsamkeit, hätte sie sie tanzen müssen, hätte sie Christophers Art sich zu bewegen gewählt. Seine Haltung war gerade, fast königlich. Die Brust nach vorn gedrückt, wie ein Schild, um sich damit zu verteidigen. Schultern zurück. Bauch hatte er keinen. Es war ein sehr männlicher Gang, ähnlich seiner Stimme, geschmeidig und männlich zugleich. Kein Gramm Fett schien unter seinem T-Shirt zu sein. Im Gegenteil, als er sich jetzt bückte, um die Luftwurzeln zu ordnen wie einer Braut die Schleppe, rutschte sein viel zu weites T-Shirt nach oben und gab einen durchtrainierten Körper frei, die Haut weich, glatt und leicht gebräunt. Er richtete sich wieder auf. Ging weiter. Mit einem Blick, der nicht forsch war wie bei den Männern, die loszogen, um die Welt zu erobern. Sein Blick war irgendwie größer, weit über die Welt hinaus. So als sei sie viel zu unwichtig, um sich für sie auf nur einen einzigen Kampf einzulassen. Nicht einmal auf den, von anderen verstanden zu werden.
Nein, sie würde Christopher nicht anfassen. Aber nicht, weil sie noch Angst vor ihm hatte. »Blühen und vergehen!« Im Gegenteil, trotz seiner, ja, außergewöhnlichen Art fing sie an, ihn zu respektieren. Mehr noch. Etwas in ihr nahm ihn an,

genau so, wie er war. »Blühen und vergehen.« Sie hörte ihn noch, als sie ihn schon nicht mehr sehen konnte. »Blühen und vergehen ... blühen und verge...«

»Heute war der Nachtdienst vielleicht brutal.« Anna fing Milena ab, als sie den Hausflur ihres Wohnhauses betrat. Exotische Gerüche. Herr Manan hatte gekocht.
»Hey, ich habe einen Job.« Milena strahlte Anna an.
»Super, du kannst dir nicht vorstellen, was da los war.«
»Okay.« Milena seufzte und gab den Versuch auf, Anna auch einmal für jemand anderen zu interessieren außer für sich selbst. »Was war los?«
»Nichts als Psychos.«
»Psychos?«
»Eine, die sich umbringen wollte, zwei Alkis, eine, die sich ritzt ...«
Vor ein paar Tagen hatte Milena sich nicht viel bei Annas Ausdrucksweise gedacht. Psychos waren Psychos, Alkis Alkis, und warum sich jemand so lange Wunden zufügte, bis an den Armen keine Stelle mehr ohne Narben war, sie hatte nicht einmal darüber nachgedacht. Spinner halt, armselige Kreaturen, über die sich das Unheil aus dem Nichts wie eine schwarze Wolke gesenkt hatte. Etwas, das den Normalos nicht passieren konnte. Normalos waren sicher vor schwarzen Wolken! Hatte sie zumindest gedacht, bis zu ihrer Panikattacke.
Jetzt aber spürte sie den starken inneren Drang, Anna allein für dieses »Psychos« eine zu knallen. Seltsam, was wenige Stunden in einem verändern konnten. Wobei sie noch nicht einmal wusste, warum.
Doch so weit, Anna eine zu knallen, kam sie ohnehin nicht. Noch jemand hatte auf sie gewartet. Frau Lipowsky, ihre Ver-

mieterin, kam, gestützt auf ihren Krückstock, langsam die Treppe herunter. Klack, klack. Klack, klack.

»Sie sind drrrei Mieten im Rrrrückstand«, schmetterte sie Milena entgegen, wobei sie das R mit tiefer Stimme rollte, ähnlich einer alten Theaterschauspielerin.

»Ich muss dann!« Anna, ebenso wenig wie Milena auf eine Begegnung mit Frau Lipowsky erpicht, wischte durch die Haustür. Schöne Freundin!

»Tut mir leid, aber Sie bekommen … Ihrrre Kündigung.« Frau Lipowsky hatte die letzte Stufe erreicht und stieß mit dem Stock fest auf den Boden, als wolle sie ihren Worten zusätzlich Ausdruck verleihen.

Milena nahm die Kündigung nicht, begann stattdessen, nicht um ihr Leben, aber um ihr Zuhause zu reden. »Ich habe Arbeit, Frau Lipowsky. Sie bekommen Ihr Geld.«

»Wann?« Aufstampfen mit dem Krückstock. Bohrender Blick. Eine einfache Frage, die nicht so leicht zu beantworten war. Milena hatte mit Friedmann keine Details besprochen. Sie wusste weder, wie oft sie Tanzstunden geben sollte oder wie viel sie dafür bekommen würde, noch hatte sie einen Vertrag. Sie hatte nichts. Außer jetzt die Kündigung ihrer Wohnung in der Hand. Panik stieg in ihr auf.

»Nächste Woche.« Schon in dem Moment, in dem sie es aussprach, wusste sie, dass es ihr niemals gelingen würde, die drei Monatsmieten bis dahin aufzutreiben.

Schiff ohne Steuer. Sie fühlte erneut diese seltsame Verbindung zu Christopher. Auch sie trieb über den Ozean, hilflos, Wind, Wetter und Wellen ausgeliefert. Vielleicht war es das, was sie an Christopher so faszinierte.

Sie hätte ihn so gern berührt. Nur ganz leicht. Ihm vielleicht nur eine Ahnung davon vermittelt, was ihm entging, wenn er keine Nähe zuließ. Babys starben, wenn sie nicht in den Arm genommen wurden. Bei Christopher verhielt es sich anscheinend umgekehrt.

»Also gut, dann nächste Woche.« Frau Lipowsky entriss ihr nicht nur das Kündigungsschreiben, sondern auch ihre Gedanken. Mühsam, sich am Geländer festhaltend und auf ihren Stock gestützt, zog sich die alte Frau Stufe um Stufe die Treppe hinauf, zurück in ihre Wohnung. Zweihundert Quadratmeter unter dem Dach, wo sie über allem thronte wie in einem Adlerhorst. Und dabei das regelmäßig hohle Geräusch ihres Krückstocks, Stufe um Stufe, das sich in Milenas Kopf zum Duett mit ihren Gedanken verband: Zwangsräumung. Klack. Zwangsräumung. Klack, klack. Zwangsräumung. Klack, klack, klack.

Die Haustür fiel hinter Milena zu, und sie rannte zurück zur Bushaltestelle.

8

Phil Friedmann schob gerade sein Fahrrad vor dem Regenbogenhaus aus dem Fahrradständer, als Milena ihn entdeckte. Sie winkte und rief: »Herr Friedmann!« War aber offenbar noch zu weit von ihm entfernt, um von ihm gehört zu werden. Friedmann versetzte dem Schutzblech einen kräftigen Tritt und wollte aufs Rad steigen. Milena legte an Tempo zu, rief noch lauter: »Herr Friedmann, warten Sie! Bitte!« Friedmann reagierte wieder nicht, fuhr los. Milena blieb stehen, holte tief Luft und schrie nicht mehr, sie brüllte: »Friedmann! Verdammt noch mal, sind Sie taub?«

In ihrer Stimme lagen all die Angst und Panik, die sich in ihrem Bauch wie um einen runden Tisch versammelt hatten: *Hey, Angst, wie können wir Milena das Leben noch ein bisschen schwerer machen? Weißt du was, Panik, wir funken ihr Bilder in den Kopf. Wie sie zwangsgeräumt wird, unter der Brücke landet und sich im Winter dem Alkohol hingibt, damit sie wenigstens ein bisschen Wärme abbekommt. Du bist echt cool, Angst. Du auch, Panik!*

Das Leben fließen lassen? Angst baut nur Hindernisse auf, stresst alle und bewirkt doch nichts? Quatsch und Theorie. In der Praxis machte einem die Angst einfach nur Feuer unterm Hintern.

Milena rannte nicht, sie schoss los wie eine Rakete, schoss auf Friedmann zu, brüllte erneut: »Friedmann! Stopp!«

Friedmann bremste, allerdings so heftig, dass der Vorderreifen unter ihm wegrutschte. In allerletzter Sekunde fing er sich,

knallte aber mit voller Wucht auf die Fahrradstange. Kam irgendwie runter vom Rad, ging in die Hocke und presste beide Hände mit gequälter Miene auf den Hosenlatz.
Milena lief die letzten Schritte, blieb vor ihm stehen, sah ihn mit einer Mischung aus schlechtem Gewissen und Bedauern an. »Tut's sehr weh?«
»Nein, überhaupt nicht!« Bewundernswert, dass Friedmann in diesem lädierten Zustand überhaupt noch sprechen konnte.
»Das wollte ich nicht.« Sie wusste gar nicht, wohin mit ihrem Mitgefühl. Stand vor ihm mit Armen und Füßen, die sich nicht ruhighalten ließen.
»Sicher wollten Sie das nicht.«
»Tut mir wirklich leid.«
»Nicht nötig.« Stimme und Gesicht blieben schmerzverzerrt. »Ich steh drauf.«
Er stand drauf? Ein Tänzer hatte mal mit seiner neuen Freundin geprahlt, die von ihm verlangt hatte, dass er ihr den Hintern versohlte. »Mehr, mehr!« Sie hatte ihn förmlich angefleht, noch härter zuzuschlagen. Er hatte sich gewundert, denn er war ein großer, kräftiger Mann, doch er war frisch verliebt und bereit, seiner Liebsten jeden Wunsch von den Augen abzulesen. Außerdem war ihr Po durchaus sexy. Also tat er, was sie verlangte, bis er am nächsten Tag zu seinem Entsetzen feststellte, dass ihr Allerwertester nicht mehr sexy, sondern blauschwarz verfärbt war. Zwei Wochen hatte sie nicht mehr sitzen können. Ein Problem. Sie war Steuerprüferin, und sich nicht mehr zu bewegen, nachdem sie sich einmal in etwas festgekrallt hatte, war ihr Job. Als sie obendrein in einen Schrank gesperrt werden wollte, hatte der Tänzer sich wieder von ihr getrennt.
Gehörte Friedmann auch zu der Spezies Mensch, dem Schmerzen Lust bereiteten? Es hieß ja, ein Psychiater wurde nicht ein-

fach Psychiater. Er wurde Psychiater, weil er seine eigenen Probleme lösen wollte. Milena legte den Kopf etwas schief, und in seinen Augen blitzte es amüsiert auf. »Ich bin kein Masochist.«
Sie fühlte, wie sie rot wurde. Das Mitgefühl war weg. Stattdessen servierte sie ihm die Antwort hübsch garniert mit einem zuckersüßen Lächeln: »Selbst wenn … Hauptsache ist doch, dass noch alles funktioniert.«
Sie wollte sich schon abwenden, weder Moment noch Situation schienen ihr besonders geeignet, um über die Details ihres Vertrags zu verhandeln.
Doch Friedmann schaffte es zumindest, die rechte Hand von seinem empfindsamsten Körperteil zu lösen, und hielt sie am Arm fest. »Was soll funktionieren?«
War er so naiv? Oder brachte er sie absichtlich in Verlegenheit? Zumindest richtete er sich langsam auf, wobei er ihren Arm als Stütze benutzte.
Ignorieren oder antworten? Und, falls sie antwortete, wie sollte sie die Stelle bezeichnen, auf die er jetzt wieder beide Hände presste. Genitalien? Hodensack? Ziemlich viel Intimität für einen Fremden. Familienjuwel? So hatte ihre Großmutter des Mannes vermeintlich bestes Stück bezeichnet. Familienjuwel. Ihrem Großvater hatte der Ausdruck gefallen. Nicht die Großmutter, die unter Schmerzen gebar, sondern einzig und allein sein Juwel sorgte für den Fortbestand der Familie. Milena allerdings hatte sich in kindlicher Unschuld fast bis zur Pubertät auf ein glitzerndes Erbe gefreut. Großvaters Familienjuwel! Sie hauchte die Worte fast, wenn sie sich vorstellte, wie dieses Juwel wohl aussehen mochte. Niemand hatte es ihr bisher gezeigt. Und wenn sie danach fragte, hieß es entweder: »Dafür bist du noch zu klein.« Oder: »Geh spielen.« Manchmal grinsten alle auch nur verlegen.

Und so hatte sich Milena selbst hineingeträumt in das Familienjuwel. Hatte von einer Brillantkette geträumt oder einer mit Diamanten besetzten Krone, die sie beim Tanzen aufsetzen würde. Auch mit einem Ring wäre sie zufrieden gewesen. Dann jedoch hatte ihre Mutter sie in doppelter Hinsicht aufgeklärt. Milena war so enttäuscht gewesen über das, was mit dem Familienjuwel tatsächlich gemeint war, dass sie sich geschworen hatte, niemals und unter keinen Umständen mit einem Mann Sex zu haben. Es kam dabei offenbar nichts heraus. Außer einem riesengroßen Irrtum.

Sie entschied sich gegen eine Antwort, streifte nur mit den Augen die gewisse Stelle und meinte: »Sorry, geht mich nichts an.«

»Sorry? Warum entschuldigen Sie sich ständig? Warum stehen Sie nicht zu dem, was Sie tun oder sagen?«

»Und müssen Sie immer alles psychologisieren?« Der Mann hatte etwas an sich, das sie wütend machte.

Wieder dieser amüsierte Blick. »Und wenn Sie mir jetzt noch genau erklären, welche Funktion das Steißbein im Körper hat, außer dass eine Prellung höllisch weh tut?«

»Steißbein?«

»Die Stelle, an der viele Bänder und Muskeln des Beckens ansetzen?« Seine Augen blitzten.

»Ach so, Sie sind aufs Steißbein geknallt.« Sie wusste nicht, weshalb, aber sie war erleichtert.

Er sah sie verblüfft an. Begriff. »Ach, Sie dachten, ich hätte mir die Hoden gequetscht?« Ihr Irrtum bereitete ihm offensichtlich Vergnügen. »Und das ist es, was Ihnen Sorgen macht?« Er ballte die Hände und legte beide Fäuste, Daumen an Daumen, aneinander. »Also, wenn die Hoden so dagelegen hätten …«

»Danke, das genügt.« Milena verspürte nicht das geringste Bedürfnis, Genaueres über die Lage seiner Hoden zu erfahren.
»Probleme mit der Sexualität?«
»Nur mit langatmigen anatomischen Ausführungen.«
»Langer Atem ist etwas Positives. Aber ich sehe schon: Geduld ist nicht Ihre Stärke!«
»Hören Sie auf zu psychologisieren.« Jetzt war sie richtig wütend.
»Okay, dann frage ich auch nicht, weshalb Sie so hinter mir hergebrüllt haben.«
»Hätten Sie mich gleich gehört, hätte ich nicht brüllen müssen.«
»Wann ich höre und wann nicht, entscheide noch immer ich.« Er lächelte von oben auf sie herab, und zum ersten Mal wurde Milena bewusst, wie groß Friedmann war. Angenehm groß. Einladend groß. So richtig zum Anlehnen groß. Milena wurde warm, und nicht nur ums Herz. Stopp. Halt!
Seit sie kein Tänzer mehr an den Hüften packte und durch die Luft wirbelte, schien sie hinsichtlich männlicher Stärke regelrecht ausgehungert zu sein. Nur, Friedmann war nicht ihr Typ. Ihre Augen glitten über seinen Körper. Nein, da war nichts, aber auch gar nichts, das auch nur die geringste Sehnsucht in ihr auslöste.
»Brauchen Sie immer so lange, ehe Sie antworten?« Allein schon dieser Seelenklempnerschaufelbaggerblick. Grub sich bis auf den Grund ihres im Moment ziemlich desolaten Seelenlebens. Was wollte Friedmann? Die Wackersteine, die das Leben nach ihr geworfen hatte, alle auf einmal aus ihr herausholen? Da hatte er lang zu tun.
»Vertrag.« Sie unterbrach ihn, ehe er fortfuhr, sie wie eine Analphabetin zu behandeln. »Ich will … einen Vertrag!«

»Vertrag?« Er sah aus, als wüsste er nicht, wovon sie sprach. Als sei ihm dieses Wort völlig unbekannt.
»Das, was zwischen Arbeitgeber und Arbeitnehmer normalerweise geschlossen wird?« Das konnte sie auch! Ihn wie einen Minderbemittelten behandeln.
»Ah, Sie meinen einen Vertrag.«
»Richtig. Vertrag. Hab ich das nicht gesagt? Vertrag?«
Das Licht der untergehenden Sonne verwandelte das Regenbogenhaus in den passenden Hintergrund für das Schattenspiel der Bäume. Friedmann sah sie etwas ratlos an: »Ich dachte, wir machen das auf Vierhundertfünfzig-Euro-Basis?«
»Sind Sie verrückt?«
»Verrückt im Sinn von ungewöhnlich oder nicht fähig, klar zu denken, nervlich zu stark belastet, intensiv, verliebt oder geisteskrank?« Er schmunzelte.
»Okay, okay, schon kapiert. Nicht so gedankenlos mit Worten umgehen. Hat mir Alphonse schon beigebracht. Nur, ich habe keine Pseudo-, ich habe echte Probleme.«
»Sie gehören zu den Leuten, die glauben, psychisch Kranke bilden sich ihre Probleme nur ein? Also was, Milena, sind im Gegensatz zu den eingebildeten Ihre echten Probleme?«
Milena kam sich auf einmal klein vor. »Egal. Alles gut.«
Seine Stimme blieb ernst: »Was beunruhigt Sie so sehr, dass Sie unter Panikattacken leiden?«
»Das war nur ein Mal …«, stellte sie schnell richtig.
»Okay, dann anders. Was beunruhigt Sie so sehr, dass Sie diese eine Panikattacke hatten und jetzt so verzweifelt vor mir stehen?«
»Ich bin nicht verzweifelt.« Er sah sie nur an, und sie wusste, dass jeder weitere Widerspruch zwecklos war. Ihm konnte man nichts vormachen. »Also gut. Ich bin verzweifelt, ja, weil ich

von vierhundertfünfzig Euro meine Miete nicht bezahlen kann.« Er war so ein Idiot. Sie hatte souverän über den Vertrag verhandeln wollen, und dann zwei, drei Sätze von ihm, und sie stand da – wie nackt. Das war kein Job für sie. Sie war ein Bühnenmensch. Ihr Job war die Illusion. Nicht das Durchschautwerden. Lieber Küchenhilfe werden bei Anna im Krankenhaus. Sie wollte sich schon umdrehen und gehen, doch seine Augen hinderten sie daran. Sie waren warm und verständnisvoll, und ehe sie sich noch selbst davor bewahren konnte, brach es schon aus ihr heraus. »Wenn ich nicht zahlen kann, sitze ich demnächst auf der Straße.«

Schweigen. Er musste sie gar nicht erst durchschauen. Sie hatte sich ganz allein bloßgestellt.

Kein einziges Wort über ihre Notsituation verlierend, hob er mit Mühe sein Fahrrad auf. Sie unterdrückte den spontanen Wunsch, ihm zu helfen, freute sich stattdessen über den Schmerz, den er dabei erlitt. Ein schlechter Psychiater war er, der offenbar den Blick für die »normalen« Probleme verloren hatte.

Doch da hielt er ihr schon den Lenker seines Fahrrads hin und meinte: »Die nächste Seitenstraße rechts. Da ist ein Bioladen. Ich meine nicht den Supermarkt gegenüber, ich meine den Bioladen …«

»Den Bioladen, verstehe.« Sie verstand kein Wort. Bis sie sich daran erinnerte, was Alphonse ihr erzählt hatte. Dass Friedmann sogar nachts auf dem Fahrrad herumkurvte, um nach seinen verlorengegangenen Schäfchen zu suchen. Vermutlich war heute Abend jemand verlorengegangen, und jetzt spannte er sie, gewissermaßen als Wiedergutmachung, ein, an seiner statt nach demjenigen zu suchen.

»Ich kann das nicht.«

»Sie sind nicht fähig, zwei Packungen Nudeln und Tiefkühlerbsen zu kaufen?« Erstaunt, aber auch etwas besorgt sah er sie an.

»Ich soll einkaufen?«

»Das ist auch in Bioläden durchaus üblich, aber wenn Ihnen das Probleme macht …«

»Natürlich nicht. Für wen halten Sie mich?«

Diese Frage beantwortete er – vermutlich sicherheitshalber – nicht, sondern sagte nur: »Hildebrandtweg 7, dritter Stock. Ich setze das Wasser auf, und Sie kaufen ein.«

»Okay!«

Friedmann nickte, wollte schon gehen, da fiel Milena ein, dass sie noch ein klitzekleines Problem hatte, außer dem Unvermögen, mit Friedmann ein ganz normales Gespräch zu führen. »Nur – ich hab kein Geld.«

»Sie haben kein Geld?«

»Keinen einzigen Cent.«

»Und wie sind Sie hierhergekommen?«

»Mit dem Bus. Ich fahr schon seit Tagen schwarz.«

Er fragte nicht weiter, sondern reichte ihr ganz selbstverständlich sein Portemonnaie. Milena nahm es, schwang das rechte Bein über die Fahrradstange, fand den Bioladen, kaufte Nudeln und Erbsen, radelte zurück, fand den Hildebrandtweg und sich selbst gleich darauf in einer recht eigenwilligen Situation wieder.

9

Friedmann saß in seinem Wohnzimmer auf der Couch. Um ihn herum nichts als Bücher. Deckenhoch standen sie in Reih und Glied, nach Autoren geordnet, wie Milena mit einem kurzen Blick feststellte. Friedmann saß da und kühlte sein lädiertes Steißbein, nicht mit Eis, sondern – mit den tiefgefrorenen Erbsen.

»Ist besser als Eiswürfel. Erbsen schmiegen sich an.«

Milena stand in der zum Wohnbereich geöffneten Küche am Herd, gab Salz ins Nudelwasser und nickte: »Hauptsache, es hilft!«

»Olivenöl.«

»Olivenöl hilft auch?«

»Den Trick hat mir mal ein Italiener verraten.«

»Hat der sich auch seinen … sein Steißbein geprellt?«

»Er hat Nudeln gekocht.«

»Das meinen Sie, ach so. Olivenöl ins Wasser, damit die Nudeln nicht zusammenkleben. Das weiß ich doch.«

Mit ihren Kommunikationsproblemen würde sie vermutlich leben müssen. Natürlich nur in beruflicher Hinsicht. Friedmann war ein Mann, mit dem konnte sie nicht einmal befreundet sein.

Es ist eigenartig. Das Bild, das man sich von einem Menschen macht, vervollständigt sich erst, sobald man seine Wohnung kennenlernt.

»Die Wohnungseinrichtung ist genauso persönlich und wichtig wie Stimme oder Geruch.« Nach diesen Kriterien hatte ihre Tanzkollegin und Freundin Christine ihre Liebhaber ausgewählt. »Fühl ich mich in seiner Wohnung nicht wohl, hat er bei mir keine Chance.«
Friedmann wohnte in keinem Campingbus, obwohl Milena so etwas oder eine ähnliche Behausung erwartet hatte. Zumindest etwas Ungewöhnliches. Und wenn keinen Campingbus, dann zumindest ein altes, allein stehendes Haus mit viel Holz, Fenstern, die nicht isoliert waren, Dachschindeln und jeder Menge Chaos drumherum. Irgendetwas, das zu ihm passte. Doch Friedmann wohnte stinknormal in einem Mehrfamilienhaus. Dunkler Holzboden, viele Bücher, nur der Tisch mit einer großen Marmorplatte wirkte extravagant. Der Balkon bot die einzige Überraschung, denn er bestand nur aus einem Bassin für Kim und Mike, einem Entenpärchen, das Friedmann zugeflogen war und schon seit vielen Jahren bei ihm und mit ihm lebte.

Zu Milenas Überraschung wurde es ein schöner Abend. Nachdem sich Friedmann genug abgekühlt hatte und die Erbsen aufgetaut und kühltechnisch unbrauchbar geworden waren, zauberte er eine hervorragende Soße mit Ingwer und allerlei exotischen Gewürzen zu Milenas perfekten Al-dente-Nudeln auf die Teller.
Sie setzten sich einander gegenüber, wobei sich Friedmann, um durchzuhalten, einige Kissen unters Hinterteil schob.
»Tut's noch sehr weh?«
»Es geht. Die Erbsen haben geholfen.«
Sie lachten. Ihr erstes gemeinsames Lachen. Es tat gut. Verband. Anspannung, Stress und auch Angst fielen einen Au-

genblick von ihr ab, als habe das Zwerchfell all das kurz aus ihrer Seele bugsiert.

Friedmann holte eine Flasche italienischen Rotwein. »Er stammt aus biologischem Anbau im Süden. Ich fahre zweimal im Jahr runter …« Er fuhr mit dem Kapselschneider einmal rundherum, wischte den Flaschenhals mit einem sauberen Tuch sorgfältig ab und zog den Korken mit einem Korkenzieher vorsichtig aus der Flasche.

»Nur wegen Wein?«

»Wegen Wein und Leichtigkeit.« Er entfernte die Korkenreste behutsam mit dem Tuch vom Flaschenhals, schenkte sich zuerst ein, nahm einen Probeschluck, nickte, schenkte nun auch Milena ein. Und dann wussten beide nicht so recht weiter. Das heißt, Milena wusste nicht mehr weiter. Friedmann konzentrierte sich aufs Essen. Mehr noch. Er zelebrierte das Essen ebenso, wie er das Öffnen der Weinflasche zelebriert hatte. Während Milena schnell aß, nicht nur, weil sie immer glaubte, etwas Wichtiges zu versäumen. Irgendwo noch etwas erledigen, tun zu müssen. Früher waren es Proben, Training und Auftritte gewesen. Heute war es das Hamsterrad, das sich noch immer in ihrem Kopf drehte, obwohl man sie aus dem Rad selbst entfernt hatte. Ihr eigener Körper hatte sie im Stich gelassen. Sie hätte zur Ruhe kommen können, ja. Doch die Ruhe kam nicht zu ihr. Sie hatte keine Zeit. Sie hatte viel Zeit. Sie lief gedanklich ins Leere. Sie war leer.

Für Friedmann gab es offenbar in diesem Moment nichts anderes als die Tätigkeit des Essens. Wie er die Spaghetti auf die Gabel rollte. Die Gabel langsam in den Mund schob. Mit Genuss kaute. Nach langen Minuten, so zumindest kam es ihr vor, jeden Bissen sanft den Rachen hinuntergleiten ließ. Milena verfolgte in Gedanken förmlich den Weg durch die Speiseröhre bis in den Magen.

Auch das Trinken wurde bei ihm zu einem kleinen, sinnlichen Ritual. Wie er das Glas an die Lippen setzte, den Wein genoss, die Lippen mit der Serviette abtupfte, erneut die Spaghetti um die Gabel wickelte, mit Aufmerksamkeit, ja, mehr noch, mit Achtsamkeit.
Sonst war es still. Milena wurde nervös. Je langsamer Friedmann aß, umso nervöser wurde sie, aß schneller und schneller, und dann war ihr Teller – auf einmal, sie war darüber selbst überrascht – leer.
»Es hat Ihnen geschmeckt.« Er tupfte sich mit der Serviette den Mund ab und lächelte sie über seinen noch halbvollen Teller an.
»Ich esse immer so.«
»Dann hat es Ihnen nicht geschmeckt.«
»Schon.«
»Aber Sie tun sich schwer mit dem Genießen?«
Oh nein. Keine erneute Analyse ihrer Neurosen oder einfach nur Charaktereigenschaften. Themenwechsel. Und obwohl Milena Friedmann nicht erneut danach hatte fragen wollen, tat sie es doch.
»Warum darf man Christopher nicht berühren?«
Für den Bruchteil einer Sekunde glaubte sie, Friedmann werde wieder in Schweigen verfallen und weiteressen, doch er legte die Gabel beiseite. Trank einen Schluck. Tat all das so langsam, als habe er den Rest seines Lebens nichts anderes mehr vor, als mit ihr an einem Tisch zu sitzen. Sah sie an. Sah sie lange an, ehe er antwortete: »Neugeborene sterben, wenn sie keine Liebe bekommen.«
»Sie meinen den Hospitalismus bei Kindern.«
Friedmann nickte: »Erst wenn wir älter sind, lernen wir, ohne Liebe auszukommen. Aber ein Neugeborenes kann das nicht ertragen.« Der Gedanke kam unwillkürlich: *Hast du sie gehal-*

ten, Nikola? So lange und so oft es nötig war oder sie es brauchte? »Außerdem lieben Babys jeden Zentimeter ihres Körpers«, fuhr Friedmann fort, und ein weiterer Gedanke schloss sich an: *Bist du ihr ein guter Vater, Nikola?* »Babys wissen, dass sie einzigartig und ganz wunderbar sind.« Das war wieder Friedmann. »Irgendwann allerdings übertragen Eltern ihre eigene Unsicherheit auf ihre Kinder.« *Bist du ein Vater, der seine Probleme von seinem Kind fernhält?* Sie wollte sie loswerden, diese Gedanken, aber sie hatte keine Macht über sie. »Die Kinder fangen an, sich unzulänglich zu fühlen und Angst zu haben.« *Ist Kaja stark und ohne Angst?* »Und sie fangen an, ihre eigene Großartigkeit zu verleugnen. Aber diese Gedanken und Gefühle sind nicht die Wahrheit.« *Kajaaa!*

Bitte lieber Gott, keine Panikattacke. Nicht schon wieder. Nicht vor Friedmann. Atme, Milena, atme. Du bist doch so viele Jahre ohne diese Gedanken klargekommen. Sechzehn lange Jahre haben sie kaum eine Rolle gespielt. »Alles in Ordnung, Milena?« *Wieso waren sie auf einmal da.* »Milena! Alles okay?« *Offenbar zu viel Ruhe in dieser unruhigen Zeit. Zu viel Zeit, um nachzudenken und um zu fühlen.* »Milena!« Friedmanns Stimme. Nikolas Stimme. *Wo war sie. Wer war sie. Warum? Luft. Sie brauchte Luft.* Jemand schüttelte sie. Sie stieß ihn weg, stürzte auf den Balkon. Die Enten flatterten erschrocken auf. Landeten wieder und beobachteten aus sicherer Entfernung, wie sie weiter nach Atem rang.

»Was ist los mit Ihnen?« Friedmann war ihr gefolgt. »Warten Sie, ich gebe Ihnen ein Beruhigungsmittel.«

»Ich brauche nichts.« Sie stieß die Worte mit dem Atem aus. »Alles gut, alles gut!«

»Ein Glas Wasser.«

»Ja, ein Glas Wasser, das wäre fein. Danke.«

Friedmann hakte sie unter und führte sie behutsam zurück ins Wohnzimmer, so als sei sie gestolpert und hingefallen. Und irgendwie kam sie sich auch vor wie ein Käfer, der hilflos zappelnd auf dem Rücken lag.

Friedmann geleitete sie zum Tisch zurück, brachte sie sanft dazu, sich zu setzen. Sie fühlte sich wunderbar umsorgt, wie er jetzt das Wasser einschenkte, ihr das Glas reichte, wobei sich ihre Finger kurz berührten. In Filmen war das oft der Anfang vom Glück. Schade, dass er nicht ihr Typ war. Zum ersten Mal seit Nikola sehnte sie sich nach Liebe. Diesem Jahrtausendgefühl, das einen trunken machte und fünf Zentimeter über dem Boden schweben ließ.

»Ich muss dich lieben. Weißt du, warum?«

»Nein, Nikola, warum musst du es?«

»Weil ich sonst sterbe.«

»Quatsch.«

»Nein, nein, es ist wirklich so, Milena. Ich sterbe, weil dein Pfeil in meinem Herzen steckt. Niemand darf ihn herausziehen, sonst bin ich tot.«

Ach Nikola, lieber, liebster Nikola. Kommt sie nach dir oder nach mir?

»Sie sollten das Wasser trinken, nicht nur anschauen.«

»Natürlich.« Milena zwang sich zu einem Lächeln und leerte das Glas in einem Zug. Stellte es ab. Er hakte nicht nach. Sie war ihm dankbar dafür, schlug einen sachlichen Ton an: »Ich würde gern noch mal auf Christopher zurückkommen.«

»Warum wollen Sie unbedingt wissen, weshalb ihn niemand berühren darf?«

»Nun ja, es ist außergewöhnlich.« Schrecklich. Nie eine Umarmung. Nie halten, küssen, sich ineinander verkriechen. Sie sprach es nicht aus, sagte nur: »Oder ist das ein Merkmal der Schizophrenie?«

Friedmann warf ihr einen kurzen Blick zu. »Nicht unbedingt … Bei schizoiden Menschen kommt das häufiger vor. Sie meiden intime Nähe. Sie haben schon sehr früh in ihrer Kindheit durch irgendeinen Vorfall erfahren müssen, dass ihr Recht zu leben eingeschränkt ist.«

»Das verstehe ich nicht.«

»Möglicherweise hat sich Christopher in den ersten Lebensmonaten bedroht gefühlt. Es muss nur einmal etwas passiert sein, das durch eine Berührung ausgelöst worden ist. Jemand hat ihn an der Kehle gepackt … und danach hat er aus dem Nicht-berührt-werden-Wollen eine Überlebensstrategie entwickelt …« Phil stand auf, stellte die Teller auf ein Tablett, ging damit zur Geschirrspülmaschine in dem zum Wohnzimmer hin offenen Küchenbereich. Milena folgte ihm, beobachtete, wie akribisch er Teller, Besteck und Töpfe in die Maschine ordnete. Geschirrspülmaschine, Hoheitsgebiet des Mannes. Und jeder Mann hatte da sein ganz eigenes System.

»Und was ist mit ihm passiert?«

»Ich weiß es nicht.«

»Sie sind sein Psychologe.«

»Ich bin sein Psychiater, das ist ein Unterschied, und selbst wenn ich es wüsste, dürfte ich es Ihnen nicht sagen.«

»Sie wissen es nicht?«

»Gesprächstherapie ist keine Option bei Psychosen aus dem schizophrenen Formenkreis.«

»Aber wenn man die Ursache finden könnte, dann …«

»Bei dieser Krankheit handelt es sich nicht um ein psychologisches, sondern um ein physiologisches Problem. Es ist eine Stoffwechselstörung, die medikamentös behandelt wird. Das Gehirn entwickelt zu viel Dopamin, vor allem bei Stress …«

»Und Berührungen bereiten ihm Stress.« Sie zögerte. »Könnte es sein, dass …«, sie zögerte erneut, sprach es dann doch aus, »… dass Christopher missbraucht worden ist?«

»Keine Spekulationen.« Der Klang seiner Stimme war so scharf, dass sie zusammenzuckte, und der winzige Moment war vorbei, in dem sie mit der Überlegung gespielt hatte, sich in einen Mann zu verlieben, der nicht ihr Typ war.

»Ich spekuliere nicht, ich will nur verstehen«, gab sie ruhig zurück.

»Das will ich auch, dass Sie verstehen …« Sein Tonfall hatte nichts an Schärfe verloren, während er das Geschirr konzentriert umschichtete, um die optimale Auslastung des Geschirrspülers zu gewährleisten.

»Na also …«

»Keine Küchenpsychologie. Okay?« Er wechselte die kleinen Teller gegen große aus.

»Mein Gott, sind Sie empfindlich.«

»Wenn es um meine Menschen geht, ja, da bin ich sehr empfindlich.« Tassen tauschten mit Gläsern den Platz, und nun passte auch der Nudeltopf hinein. Zufrieden, als habe er einen wesentlichen Sieg errungen, sah er Milena an.

»Ob Sie es glauben oder nicht, Herr Doktor Friedmann, ich kann sehr genau unterscheiden, ob ich mit Ihnen rede oder mit Ihren Patienten. Und ich fühle mich weder dazu berufen, zu diagnostizieren noch zu therapieren. Ich habe Ihnen nur eine Frage gestellt. Wenn das schon zu viel ist, dann tut es mir leid. Nehmen Sie diese Entschuldigung als all inclusive für all den Unsinn, den ich Ihrer Meinung nach schon geredet habe und den ich noch reden werde.« Sie ging zum Tisch zurück.

»Danke für das Essen.« Sie nahm ihre Handtasche, wollte schon zur Tür, doch er war schneller, hielt sie zurück. Wieder diese Hand. Warm, feingliedrig und gleichzeitig zupackend. Sie mochte seine Hand.

»Setzen Sie sich.« Er wollte sie wieder sanft auf den Stuhl drücken, doch sie blieb stehen. Er wartete einen Augenblick, ob sie sich nicht doch noch setzte, sie tat es nicht. Er fuhr fort: »Okay, ich entschuldige mich auch. Aber nicht für das, was ich zu Ihnen gesagt habe, sondern *wie* ich es gesagt habe, okay?«

Sie legte den Kopf etwas schief, sah ihn prüfend an. »Es gibt da etwas, das mich wirklich an Ihnen interessiert.«

»Und das wäre?«

»Haben Sie nie Angst, etwas falsch zu machen? Fühlen Sie sich nie unzulänglich? Haben Sie nie Selbstzweifel?«

»Täglich.«

»Täglich was?«

»Selbstzweifel. Ich hab sie jeden Tag.« Er setzte sich, und jetzt setzte Milena sich auch.

»Und wie gehen Sie damit um?« Sie konnte es nicht verhindern. Wieder klang ihre Stimme etwas bissig.

Friedmann blieb gelassen. »Ich spreche jeden Morgen mit meinem Spiegelbild.«

»Und was erzählen Sie Ihrem Spiegelbild?« Ihre Stimme verlor die Schärfe.

»Dass ich mich liebe.«

»Das sage ich lieber zu jemand anderem.« Es gelang ihr wieder nicht, den Spott zu unterdrücken.

Friedmann ignorierte ihn. »Weil Sie es sich nicht wert sind?« Schenkte ihr Wein nach.

Sie zögerte. »Ich weiß schon, meine Eltern sind schuld. Sie haben mir das geringe Selbstwertgefühl eingebrockt, das ist doch so. Immer dieselbe Story.« Sie machte eine Pause, sah ihn etwas schräg von unten an. »Sind Sie immer so kompliziert? Ich meine, die ganzen vierundzwanzig Stunden lang, die ein Tag so an sich hat?«

»Ich bin nicht kompliziert, aber Tatsache ist, zuerst müssen Sie sich lieben, bevor Sie anfangen können, andere zu lieben.«

»Und wenn Ihre Selbstzweifel so groß sind, dass das Spiegelbild Ihnen nur noch die Zunge rausstreckt?«

»Dann setze ich mich in mir drin an einen Tisch, zünde eine Kerze an und atme. Auf vier ein und auf acht aus. Ich spende mir selbst Ruhe, Wärme, ein inneres Zuhause, während es draußen stürmt und schneit.«

»Auch im Sommer?«

»Auch im Sommer.«

»Abgefahren.«

Er lachte. Sein Lachen gefiel ihr immer besser. Er aber wechselte abrupt das Thema: »Ich kann Ihnen nur einen Minijob anbieten, Milena. Mehr ist nicht drin. Auch zeitlich nicht. Zwei Stunden Tanztherapie pro Woche, das reicht völlig. Wir haben ja auch noch die Maltherapie, das Gedächtnistraining, die Bastelstunden, das Töpfern, Schneidern und die kleine Zeitung, die wir herausgeben. Ich will meine Menschen nicht überfordern.«

Ein Gefühl drängte nach oben. Sie konnte es nicht beschreiben, hatte aber jetzt den Eindruck, dass es schon lange in ihr war, tief verborgen an einer Stelle, zu der sie keinen Zugang, mehr noch, die sie verrammelt hatte. Weil sie ihm nicht begegnen wollte. Diesem störenden Gefühl, das womöglich alles in Frage stellte, was sie bisher getan hatte. Sie sehnte sich auf einmal nach einer Schulter zum Anlehnen. Auch mit ihr sollte jemand so fürsorglich sein wie Phil Friedmann mit seinen »Menschen«, wie er seine Patienten so liebevoll nannte.

Wenn schon keinen Liebhaber, dann wollte sie zumindest einen Freund. Aber nicht ihn. Nein!
»Sie hatten nicht nur vorhin kein ...« Er begriff, ohne dass sie noch etwas dazu hätte sagen müssen. »Sie haben überhaupt kein Geld mehr. Auch nicht für die nächste Miete?« Seine Stimme. So warm. So warm.
»Schon für die letzten nicht.« Sie schob ihren leeren Teller weg.
»Wie viel?«
»Drei Monatsmieten.«
»Wie viel?« Kein Wimpernzucken. Nur erneute Frage.
»Fünfzehnhundert Euro.« Die letzten Buchstaben verschluckte sie fast, so sehr schämte sie sich.
Ohne zu zögern, stand Friedmann auf, ging zu seiner Jacke, holte das Portemonnaie heraus, reichte ihr seine EC-Karte. Verblüfft sah sie ihn an. »Das ... das geht nicht. Ich meine, ich kann nicht ...«
»Ich kann erst recht nicht ... Da unten wird schon alles blau ...«
»Trotz der Erbsen.« Sie schmunzelte.
Er schmunzelte ebenfalls: »Aufs Fahrrad kann ich mich also nicht setzen, und Auto habe ich keins.«
»Ich kann das von Ihnen nicht annehmen. Außerdem kriegt man am Automaten doch nicht mehr als tausend ...« Sie biss sich auf die Lippen. Das war unverschämt.
»Die Nummer ist 6729.« Friedmann blieb gelassen. »Können Sie sich das merken? 6729. Ich schreib's nicht so gern auf.« Er hielt ihr die Karte weiter hin. Sie starrte sie an. »Keine Sorge. Bei meiner Bank kriegt man bis zu zweitausend Euro.« Sie nahm sie noch immer nicht. »Es tut mir leid. Ich meine ...«
»Sie können auch gern bei mir einziehen, wenn die Sie auf die Straße setzen.« In seinen Augen blitzte es amüsiert auf.

»Das würde keinen Tag gutgehen.«
»Das sehe ich ähnlich.«
»Aber dieses Vertrauen …«
»Verdienen Sie es nicht?«
Milena zögerte, nahm die Karte, sah ihn direkt an und dachte erneut, was für wunderschöne blaue Augen er hatte. »Sie kriegen jeden Cent zurück, versprochen. Die Tanzstunden sind nur der Anfang, ich übernehme jeden Job.«
»Das«, er lächelte, »ist auch ein Anfang! Dass Sie jeden, na, sagen wir fast jeden Job übernehmen.«
Sie weinte nicht.
Stand eine Stunde später vor dem Geldautomaten, nachdem sie weiter getrunken und den köstlichen Nachtisch verspeist hatten, den Friedmann gezaubert hatte. Blätterteig mit Früchten und Mascarpone.
Diesmal spuckte der Geldautomat den Betrag tatsächlich aus, den sie eingegeben hatte.
Sie weinte. Den ganzen Weg zurück zu Phil Friedmann in den dritten Stock. Alles floss aus ihr heraus. Ihr ganzes verdammtes Leben, in dem sie irgendwie alles falsch gemacht zu haben schien. Vielleicht sollte es Menschen nicht erlaubt sein, sich ihre Wünsche zu erfüllen. Vielleicht sollten sie einfach nur die Aufgaben übernehmen, die ihnen, von wem auch immer, auf den Tisch geknallt wurden. Manche Ordner waren dicker, andere dünner. Es gut machen, das war vielleicht alles, was von oben verlangt wurde. Nicht die eigenen Wünsche erfüllen, es einfach nur gut machen. Kaja wäre ihre Aufgabe gewesen, dieses kleine, wunderbare Geschöpf in ihren Armen. Dieses Wunder, das sie neun Monate abgelehnt hatte. Wie sehr hatte sie ihren veränderten Körper gehasst. Diesen Walrosskörper. Nicht mehr schweben, sondern schwerfällig einen Fuß vor den ande-

ren setzen. Dieses Wesen, diese Fremde, die nicht zu ihr gehörte, die sie einfach irgendwann besetzt hatte, um ihr zu zeigen, dass alles seinen Preis hatte, auch Liebe und Leidenschaft. Nikola hatte sich auf dieses kleine Wesen gefreut. Milena nicht, bis auf diesen einen Augenblick, als es in ihren Armen lag. Da hatte sie gewusst, wenn sie es nicht sofort loswurde, schnappte die Falle zu. Dann würde sie nichts weiter als eine dieser verklärten Mütter sein, die in breiter Kinderwagenfront die Spielstraßen blockierten, die unentwegt Fotos ihrer Kleinen bei Facebook posteten und deren einziges Thema war, ob schon das erste Zähnchen klirrte und wie die Verdauung des Babys war. Also hatte sie Kaja samt der Erstausstattung, Windeln, Strampler, Spucktücher, Schnuller und Spieluhr Nikola in den Arm gedrückt. *Ich geh, geh tanzen. Ich geh, ich, ich …* Die Spieluhr war zauberhaft gewesen. Ein bunter Käfer, waschmaschinenfest, zog man ihn auf, spielte er *Der Mond ist aufgegangen*.

Friedmann war nicht mehr allein. Die Frau, die mit dem Pfleger im Gartenpavillon Backgammon gespielt hatte, war zu Besuch. Sie trug das schwarze Haar kurz geschnitten, und ihr Gesicht, wenn auch nicht ganz so hübsch, hatte Ähnlichkeit mit Audrey Hepburn. Milena fragte sich noch, ob sie Friedmanns Freundin war, eine sehr junge Freundin, da sah sie Milena auch schon an: »Sind Sie Ärztin? Ich muss ins Krankenhaus. Ich habe einen Schädelbasisbruch.«
»Einen Schädelbasisbruch?« Milena war etwas fassungslos.
Die junge Frau nickte. »Mir gehen zu viele Männer durch den Kopf.« War das ein Witz? Milena wusste nicht, wie sie reagieren sollte. Die junge Frau wirkte nicht, als habe sie einen Witz machen wollen. Im Gegenteil, sie sah besorgt aus. »Können Sie mir helfen? Die Männer wegmachen – irgendwie?«

»Ich weiß nicht genau, was Sie meinen?«
Friedmann mischte sich ein. Legte den Arm um die junge Frau, die sich ihm zuwandte und damit – sie trug ein rückenfreies Top – ein Tattoo freigab, das aus einem Zitat bestand. Es begann zwischen den Schulterblättern und verlief über ihre zart gebräunte Haut senkrecht nach unten: *Das Glück ist eine Reise, die mit einem Lächeln beginnt*. Das »…ginnt« wurde von ihrer orientalisch anmutenden Pluderhose verschluckt. »Lilly, das ist Milena. Sie ist keine Ärztin, sie ist Tänzerin. Milena, das ist Lilly, meine Schwester. Sie wohnt auch im Regenbogenhaus.«
Lilly strahlte: »Phil hat es sogar für mich gegründet, weil mich sonst niemand haben wollte.«

Phil Friedmann, wer bist du? Die Frage drängte sich Milena auf. Ein Mann, der gern Vorträge hielt, nicht schön war, mit dem Hang zur Wortklauberei und anatomischen Ausführungen und unsportlich. Einer, der nachts nach seinen Menschen suchte, einer Fremden spontan seine EC-Karte mit Nummer überließ und ihr drei Monatsmieten lieh, seiner Schwester ein Haus unter dem Regenbogen baute, ein Mann, der nervte, der sie durchschaute, sie auf die Palme brachte, aber mit seinen Kochkünsten auch in den kulinarischen Himmel.
Wie auch immer – Phil Friedmann war ein besonderer Mann.
Auf dem Balkon schnatterten seine Enten Kim und wie die andere auch immer hieß. Ah ja, Mike, Mike hieß sie.
Die Erbsen lagen aufgetaut in ihrer Packung herum.
Lilly fuhr sich durch das schwarze, kurze Haar.
Und Milena? Milena ging es so gut wie schon lange nicht mehr.

Das Glück ist eine Reise, die mit einem Lächeln beginnt.

Sie übergab Frau Lipowsky zweieinhalb Monatsmieten, weil sie noch ein wenig Geld fürs Essen und die Bank brauchte, und sagte ihrem Spiegelbild beim Zähneputzen, dass sie es liebte. Ihr Spiegelbild fand es zunächst peinlich, dann war es nur noch irgendwie verlegen, und irgendwann lachte es sie einfach aus. Ein schönes Gefühl, den Tag mit Lachen zu beginnen. Und vielleicht würde ihr Spiegelbild die Liebeserklärung eines Tages sogar annehmen, und irgendwann würde es möglicherweise sogar anfangen, ihr zu glauben.

10

»Ich liebe dich.« Auch an diesem Morgen versuchte Milena das, wozu Friedmann ihr geraten hatte. Sie lächelte ihr Spiegelbild nicht nur an. Sie lächelte sich in ihr Spiegelbild hinein.
Seit dem Abendessen mit Friedmann war eine Woche vergangen, und sie übte täglich. Auch weil sie das Gefühl hatte, Friedmann etwas schuldig zu sein außer den eintausendfünfhundert Euro, die sie ihm tatsächlich schuldete. Doch bisher hatte der Spiegel nicht geantwortet. Klar, er lächelte auch, aber gleichzeitig warf er ihr einen Blick zu, als frage er sich, ob sie noch ganz bei Sinnen sei oder das Regenbogenhaus auf irgendeine Weise schon auf sie abfärbte.
Es färbte auf sie ab. Denn an diesem Morgen antwortete der Spiegel ganz deutlich und klar: »Du brauchst keinen Spiegel, Süße, du brauchst nur mal wieder guten Sex.« Milena wirbelte herum und stand vor Anna, mit einem echten Lächeln, so breit, dass es sich wie Kaugummi von einem Ohr zum anderen zog.
»Mein Sexleben geht dich einen feuchten …« Milena reagierte spontan und wütend. »Wie kommst du überhaupt rein?«
»Die Tür war offen.« Annas Spiegelbildlächeln verschwand und ließ eine gekränkte Anna zurück. »Und sei nicht so empfindlich.«
»DHL war gerade da. Hab wieder mal was für die im zweiten Stock angenommen.« Milenas Tonfall kam einer Entschuldigung nahe.

»Gut, dass wir dich haben.« Auch Anna lenkte ein. »Unsere Postannahmestelle.«

»Nicht mehr lange. Heute geht's los.« Und an diesem Tag ging es tatsächlich los. Ihre erste Tanzstunde im Regenbogenhaus.

»Deshalb will ich dich ja fragen, ob du mit uns frühstückst, bevor du in dein Psychohaus gehst. Nervennahrung.«

»Regenbogenhaus. Es heißt Regenbogenhaus. Und die Leute dort sind anders … aber nett.«

»Nett!« Anna betonte jeden der vier Buchstaben, als habe Milena keine Ahnung, wovon sie sprach. »Nett.« Sie kaute auf dem Wort herum und spuckte es aus. »Ich hoffe, du hast 'ne Ahnung, was für Kräfte ein Durchgeknallter entwickeln kann. Legt er richtig los, können ihn nicht mal zwei Männer halten. Alles schon gehabt, bei uns in der Notaufnahme …«

»Oh Mann, Anna. Hör auf, mich runterzuziehen.«

»Nur bis auf den Boden der Tatsachen, meine Liebe. Dir muss klar sein, worauf du dich einlässt.« Anna lächelte wieder. »Also Frühstück, damit du zu Kräften kommst? Ja oder ja?«

Da Milena noch immer dankbar für jedes kulinarische Almosen war, saß sie fünf Minuten später an Annas liebevoll gedecktem Frühstückstisch, auf den nun auch Frank, ihr junger Freund, zuschlurfte. Noch in T-Shirt und Boxershorts gekleidet, kam er offenbar direkt aus dem Schlafzimmer.

»Morgen!« Zu mehr Kommunikation war er offenbar noch nicht fähig. Anna dagegen strahlte ihn an, als habe er ein eigens für sie komponiertes Gedicht vorgetragen.

»Morgen, Schatz, schön, dass du schon auf bist.« Sie küsste ihn, und Milena fragte sich unwillkürlich, ob er sich schon die Zähne geputzt hatte. Er sah nicht danach aus. »Student«, fuhr Anna fort, als erkläre das alles.

Milena wünschte ihm ebenfalls einen guten Morgen und konnte es kaum fassen, dass er sich tatsächlich in dem zerknitterten T-Shirt und den Boxershorts zu ihnen setzte. Er war nicht nur zu jung für Anna, er hatte auch keine Manieren. Anna schien das jedoch nicht zu stören. Sie wandte sich mit entschuldigendem Lächeln an Milena, das wohl so viel sagen sollte wie, na ja, so ist er eben, schenkte ihm eine Tasse Kaffee ein und rief:
»Paula, Su, Frühstücken!« Doch statt Tochter Paula und Übernachtungsfreundin Su, die gemeinsam die Schulferien genossen, sprang Katzendame Luna mit einem Satz auf Milenas Schoß. Kaffee schwappte aus der Tasse direkt auf Milenas weiße Hose, und Luna rückte mit ihrem Näschen ganz nah an Milenas Gesicht heran. Eine Geste großen Vertrauens, wie Anna Milena erklärt hatte.
»Sie mag dich.«
»Ihr Schnurrbart kitzelt.«
»Blas ihn nur nicht an. Luna ist da sehr empfindlich.«
»Und sie hat mir meine Hose versaut.«
»Es gibt Waschmaschinen, oder nicht?« Anna blieb gelassen, während Milena immer nervöser wurde. Frank schmierte sich ein Brötchen. Paula und Su quetschten sich zwischen Milena und Anna an den Tisch, wobei sie jedes überflüssige Wort vermieden, ohne ein guten Morgen auskamen und im weiterhin stillen Einvernehmen mit sich selbst und ihrem Smartphone ihre Selfies an den lieben Gott und die Welt posteten.
Su trompetete: »Boah, das ist aber ein Kackbild von dir!«
»Danke schön«, antwortete Paula geschmeichelt. »Ich finde auch, da seh ich super aus.«
Ein nicht ungewöhnliches Verhalten des Homo sapiens der Neuzeit mit einer Ausdrucksweise, in der »Kacke« offenbar für »hübsch« stand.

Ob aus Kaja auch ein Teenager geworden war, der Nikolas kroatisches Weltbild noch einmal richtig auf den Kopf stellte? Diese alles und jeden umarmende Gastfreundschaft, sein Laisser-faire, »was du heute kannst besorgen, das verschieb' getrost auf morgen.« Seine Vorliebe für schöne, leicht bekleidete Frauen. Ob er ihr treu gewesen war? Es war das erste Mal, dass sie darüber nachdachte. Egal. Heute war das alles egal.

Ob sie Kaja überhaupt erkennen würde, stünde sie auf einmal vor ihr? Milena hatte kein Foto von ihr. Sie hatte Nikola gebeten, weder Fotos zu schicken noch ihr zu schreiben. Nein, nicht nur gebeten. Sie hatte es verboten. Am Anfang hatte er noch versucht, den Kontakt zu halten, aber sie hatte seine Briefe zurückgeschickt. Es hatte zu weh getan.

Kein Kontakt.

Keine Briefe.

Keine Sehnsucht.

Keine Tränen.

Nichts bereuen. Kaja ging es bei ihm und in seiner Familie gut. Sie hatte nichts falsch gemacht. Warum? So lange war es ihr gelungen zu vergessen. Nein, sie hatte es offenbar nie vergessen. Diesen Duft von Vanille. Die Babyhaut, zart, so zart. Die winzige Hand, die ihren Zeigefinger umklammert. *Weg, weg, weg. Nehmt sie mir endlich weg. Dieses Bündel, einzig und allein aus Verführung bestehend. Die großen, dunklen Augen, die sich in mich hineinbrennen, dieser hormonelle Liebescocktail, der sich – gleichgültig, wie sehr ich dagegen ankämpfe – meiner Seele bemächtigt, meines Herzens, meines ganzen Seins, allein in den wenigen Minuten, in denen du in meinen Armen liegst. Weg, weg, weg, keine Augen, kein Duft, keine Berührung deiner Haut mehr. Weg, weg, weg von den Ketten, die sich durch dich um meine Füße und*

Hände legen. Mit Ketten kann ich nicht tanzen. Zum Tanzen muss ich frei sein! Das verstehst du doch, kleine Kaja, ich muss frei sein … Sie hatte nicht vergessen. Sie hatte nur verdrängt, und Kaja hatte wohl nur auf den richtigen Augenblick gewartet, um sich an ihr zu rächen. Dafür, dass sie keine Mutter war. Keine Mutter hatte sein wollen. *Kaja … ich hab dich nicht in mein Leben gebeten. Es war mein gutes Recht, dich wieder daraus zu entfernen. Dein Vater ist der Gastfreund, ich war es nie. Es ist gut, wie es ist.*

»Du tust nur so stark, Milena.« Annas Stimme kam von weit her und holte sie zurück. »In Wahrheit hast du ganz schön Bammel.«

Milena war irritiert, weil Anna so zufrieden schien mit dem, was sie sagte.

»Geht's dir damit besser? Ich meine, dass ich dir schwach und ängstlich vorkomme?«

»Natürlich nicht.« Anna wehrte empört ab. »Es ist nur … Milena, du bist doch für so was gar nicht ausgebildet.«

»Willst du die Beurteilung der Situation nicht lieber Doktor Friedmann überlassen?«

»Ich mache mir Sorgen um dich.«

Sorgen? Anna wollte recht behalten. Das war alles. Milena hätte ihr in diesem Moment eine scheuern können, doch stattdessen kraulte sie Luna, und das offenbar zu heftig. Mit einem verärgerten Aufschrei sprang Luna von ihrem Schoß, Kaffeefleck und jede Menge Haare hinterlassend, und verzog sich. Es war nur eine Katze, aber Milena fühlte sich mit einem Mal verlassen. Und wieder niemand, der sie in den Arm nahm und hielt. Hände schweißnass, rote Flecken am Hals. Sie hasste es, wenn sie unsicher war. Vor jedem Auftritt war sie unsicher gewesen. Lampenfieber oder einfach nur Panik vor dem ersten Arbeitstag? Und von Anna kam nichts, was ihr auf irgendeine Weise geholfen hätte.

Im Gegenteil. Sie bohrte und bohrte: »Mit solchen Menschen wirst du keinen Spaß haben, glaub mir.«

Solche Menschen! Wer waren »solche« Menschen? Und wer war das Gegenteil von »solchen« Menschen? Unsolche Menschen? Kids, die in ihr Smartphone kicherten. Frank, der so tat, als gehe ihn das alles nichts an. Anna, die irgendetwas bei Milena erreichen wollte, von dem Milena nicht wusste, was es war. »Sie sind anders als du und ich«, fuhr Anna eindringlich fort. »Sie denken anders, sie verhalten sich anders. Sie werden sich nicht mit dir diszipliniert im Kreis drehen, glaub mir.«

»Woher weißt du das? Hast du mit ihnen in der Notaufnahme getanzt?«

»Du hast ganz schöne Vorurteile, Mum.« Nun mischte sich auch Paula ein, während Frank sich über das nächste Brötchen hermachte, ihm das Messer mitten ins Herz bohrte und es auseinandersäbelte.

»Keine Vorurteile. Deine Mutter hat einfach nur Angst.«

»Angst? Spinnst du?« Anna warf Frank einen wütenden Blick zu. Milena jedenfalls lächelte ihn dankbar an, was Anna noch mehr aufbrachte. »Ich hab keine Angst. Im Gegensatz zu dir, Frank, habe ich allerdings Erfahrung. Und du …« Auch auf ihre Tochter war sie jetzt wütend. »Bring erst einmal Leistung in der Schule …«

»Womit wir wieder beim Thema ›faule Tochter und kleiner, dummer Bub‹ wären.« Frank blieb gelassen. Paula und Su warfen einander einen genervten Blick zu, standen auf und verzogen sich in Paulas Zimmer.

»Im Gegensatz zu dir weiß ich jedenfalls, wie gefährdet solche Menschen sind.« Anna kämpfte weiter um Franks Anerkennung. »Wie leicht man sie aus dem Gleichgewicht bringen kann.« Sie wandte sich wieder Milena zu. Blick und Stimme wurden eindringlich. »Diese Menschen sind störanfällig, Milena. Erwischt du sie auf dem falschen Fuß, fallen sie um.«

»Ach, deshalb landen sie in der Notaufnahme.« Frank grinste. »Wegen diverser Knochenbrüche.«

Anna schossen Tränen in die Augen. Sie tat Milena jetzt schon beinahe wieder leid. »Lass mich doch einfach mal machen, Anna, okay. Und wenn ich deinen Rat brauche, melde ich mich.«

»Das kann Anna nicht.« Frank biss von seinem Brötchen ab, sprach mit vollem Mund weiter. »Sie lässt einen nie einfach nur machen …« Schluckte den Bissen und lächelte Milena an. »Dabei ist das einzig Sichere im Leben der Wandel, und in dem steckst du offensichtlich gerade drin. Bravo. Ich finde das mit dem Tanzen gut.«

Trotz Boxershorts und ohne Manieren, Frank begann ihr zu gefallen. Anna dagegen klang richtiggehend hysterisch, obwohl sie sich ein Lächeln abrang: »Ich hab nichts gegen Wandel. Hauptsache, bei uns ändert sich nichts.«

Frank lächelte. »Auch das kann man nicht voraussagen.«

»Was willst du mir damit sagen?«

Oh, oh! Knapp vor der höchsten Alarmstufe. Milena stand auf. Das Ganze hier wurde unangenehm. Außerdem musste sie aufbrechen. »Ich muss los.«

Frank und Anna ignorierten sie. »Dass man nie weiß, wie lange man einander hat.«

»Na toll.« Nicht nur Annas Lächeln, ihr Körper verkrampfte sich. »Und wann hast du vor, mich zu verlassen?«

Frank antwortete nicht, kaute einfach nur weiter.

Anna wurde lauter. »Bist du morgen schon weg oder wie?«

»Hab ich das gesagt?« Franks Stimme wurde eine Spur schärfer, dann wieder freundlicher, wenn auch mit herablassendem Beigeschmack. »Solange ich mit dir glücklich bin, bleibe ich, ist doch klar …«

Milena hatte die Wohnungstür erreicht. Legte die Hand auf die Klinke.

»Solange du glücklich bist?«

»Also dann noch mal Danke fürs Frühstück, ciao.« Doch auch das hätte sie sich schenken können. Anna war offensichtlich kurz davor durchzudrehen.

»Und was ist mit mir, vielleicht bin ich jetzt schon nicht mehr glücklich, wenn du so daherredest …«

»Also dann echt jetzt … tschüss.« Milena öffnete die Tür.

»Ich sag nur die Wahrheit. Soll ich dir was vormachen?«

»Du sollst bleiben.«

»Aber ich bin doch da.«

Milena zog die Tür hinter sich zu. Blieb stehen, presste das Ohr an die Tür.

»Und wie lange noch?«

»Nicht mehr lange, wenn du so weiternervst.«

»Ich brauche endlich eine Perspektive, Frank.«

»Du willst mir Handschellen anlegen, Anna, das ist es …«

»Du bist ein Idiot!«

»Mir reicht's.«

»Und mir schon lange!«

Anna riss die Wohnungstür auf, und Milena flog ihr direkt in die Arme. Anna war nur kurz irritiert, dann fing sie zu weinen an, wie Milena nur selten einen Menschen hatte weinen hören. »Er wird mich verlassen.«

»Das wird er nicht.«

»Er wird mich verlassen.«

»Dann fängst du halt mit jemand anderem von vorn an.«
»Nein, Milena.« Anna war mit einem Mal ganz ruhig. Auffallend ruhig. Und ihr Blick war entschieden, als sie es sagte: »Wenn Frank mich verlässt, bring ich mich um.«
Annas Worte hingen durch wie eine Leine, an der zu viel Wäsche aufgehängt worden war. Stille. Zentnerschwer. Milena sammelte sich wieder, und ihre Stimme war ruhig, als sie sagte: »Du hast eine Tochter, einen Job, eine schöne Wohnung, du und Paula seid gesund, und du willst dich umbringen, wenn dich ein Mann verlässt? Nie wieder …«, sie wurde lauter, »… nie wieder sagst du, die Menschen im Regenbogenhaus seien Psychos. Nie wieder!«
Sie drehte sich um, ging und spürte Annas fassungslosen Blick im Rücken, als wolle sie ihr einen Stempel aufdrücken: egomanische, unsensible Kuh. Ihr Blick fiel auf den Kaffeefleck, der auf der sonst blütenweißen Hose prangte. Sie seufzte. Betrat die Wohnung und zog sich um.

11

Das Saalflugzeug schwebte Milena entgegen und weckte in ihr erneut den Eindruck, einem Wesen zu begegnen, das sich aus einem Paralleluniversum in diese Welt verirrt hatte. Oder vorwitzig genug war, um bewusst herüberzuspitzen, damit es denjenigen aus der anderen Welt auch einmal etwas zu erzählen hatte. Allerdings mit dem Resultat, dass es nicht sanft neben ihr landete, sondern kopfüber seine Nase ins Erdreich bohrte. Köpfchen in den Boden, Schwänzchen in die Höhe. Milena hob das zarte Wesen behutsam auf. Das arme Ding, das seinen Ausflug in die Freiheit, seine Neugier auf das Leben mit einer Bruchlandung bezahlen musste. Sie suchte mit den Augen systematisch das Regenbogenhaus ab.

Im dritten Stock fand sie den, den sie gesucht hatte. Alphonse. Mit wild fuchtelnden Armen hing er so weit über dem Fensterbrett, dass Milena Angst um ihn bekam. Sie rief ihm zu, er solle vernünftig sein, seinen Armen fehle die Elektronik einer Fernsteuerung, und es sei ihm deshalb unmöglich, das Flugzeug auf diese Weise zurückzubeordern.

Doch er fuchtelte weiter vor sich hin. »Hallo, Milena!«, rief er. »Milena … hallooo!« Er lachte, fuchtelte und beugte sich noch weiter aus dem Fenster. Wenn er so weitermachte, sah Milena ihn schon neben seinem Saalflugzeug landen. In exakt derselben Position. Köpfchen in den Boden, Füßchen in die Höh.

»Alphonse, bitte, das ist gefährlich!«, rief sie ihm zu und sah sich um, doch da war niemand, der ihr helfen konnte.
»Irgendwann wird mein Flugzeug im Freien fliegen können«, rief Alphonse zurück. »Irgendwann …«
»Vielleicht, aber die Schwerkraft werden auch Sie nicht überwinden können.« Statt einer Antwort beugte sich Alphonse noch weiter über das Fensterbrett, als wolle er sofort demonstrieren, dass er auch das hinbekommen würde. Seine Grenzen überwinden und fliegen …
Alphonse hatte sich besonders fein gemacht. Milena nahm an, für die Tanzstunde, die seit einer Woche in bunten Lettern auf dem schwarzen Brett angekündigt wurde. Er trug ein schwarzes Sakko, ein blütenweißes Hemd, hatte sich eine knallrote Fliege umgebunden und sein Haar mit viel Gel bearbeitet. Für den Bruchteil einer Sekunde stieg ein Bild vor ihrem geistigen Auge auf. Alphonse, wie er den Anzug sorgfältig auswählte, nicht, um zu tanzen, sondern für einen einzigen und letzten Flug. Ihr wurde flau.
»Gehen Sie zwei Schritte zurück, Alphonse«, schrie sie. »Alphoooonse!« Und noch immer keiner da, der ihr half. Wo waren sie denn alle, verdammt noch mal? Friedmann, seine Schwester Lilly, Christopher, Strickliesel und all die anderen, die Pfleger und Pflegerinnen. Sie hatten sich doch nicht schon alle in der zum Tanzsaal umfunktionierten Sporthalle versammelt? »Hilfe«, rief sie erneut. »Hilfe!«
»Jetzt hören Sie schon auf damit. Es sind Ihre Gedanken, die Sie gerade denken, nicht meine.« Alphonse lachte. »Sie sind alt genug, um das endlich mal zu unterscheiden.«
Milena glaubte schon, er beuge sich noch weiter vor, doch er zog sich zurück. War in Sicherheit. Endlich. Milena atmete auf, aber erst langsam gaben die in sich verkeilten Muskeln

nach. Entkrampften sich. Sie hatte die Verkrampfung gar nicht gespürt. Atmen. Ganz ruhig. Atmen. Wenigstens keine Schlinge um den Hals. Auch die Luft war nicht mehr knapp. Atmen, weiteratmen. Verdammte Panik, die sie in letzter Zeit immer wieder wie aus dem Hinterhalt überfiel und sie schwach machte. Diesmal nicht, diesmal blieb sie stark, möglicherweise, weil sie wieder gebraucht wurde. Ein Mensch mit klarem Verstand und gesundem Körper, der nicht mehr gebraucht wurde, war weniger als nichts. Allmählich löste sich auch die restliche Verspannung.

Sie wurde leichter. Natürlich nicht so leicht wie das lädierte, nur wenige Gramm schwere Saalflugzeug in ihrer Hand. Aber leicht genug, um sich auf die Aufgabe zu freuen, die vor ihr lag. Jetzt, da Alphonse in Sicherheit war, begriff sie erst, wie begeistert er sie im Regenbogenhaus willkommen geheißen hatte. Er hatte sich wirklich gefreut, sie zu sehen. Dieses Gefühl, dass sich jemand von Herzen freute, wenn er sie sah … Sie hatte es schon so lange nicht mehr erleben dürfen, hatte fast vergessen, wie es war.

Die Kehle wurde eng. Keine Panik, pures Glück. Sie war angekommen. Was immer das auch heißen mochte. Anna irrte sich. Hier war sie richtig. Im Regenbogenhaus!

»Wie sind Sie eigentlich auf den Namen Regenbogenhaus gekommen?«, hatte Milena Phil Friedmann bei ihrem gemeinsamen Abendessen gefragt.

Friedmann antwortete selten spontan. Auch diesmal tat er es nicht. Dieser kleine Moment zwischen Frage und Antwort, in dem er offenbar genau überlegte, was er sagen wollte oder zu sagen hatte, war für Milena mit ihrem eher ungeduldigen Wesen kaum auszuhalten. Sie nippte nervös an ihrem Weinglas, rutschte auf dem Stuhl hin und her. Schlug das eine Bein über das andere und das andere über das eine, bis Friedmann sie endlich erlöste.

»Vielleicht, weil der Regenbogen nach der Sintflut für die, die überlebt hatten, ein Zeichen für Hoffnung und Zukunft war?«

»Vielleicht, was meinen Sie mit vielleicht?« Sie stellte die Beine nebeneinander, wippte mit dem rechten auf und ab.

Er zögerte erneut, als wolle er erst einmal abschätzen, ob sie für die Antwort geeignet war. »In den indigenen Prophezeiungen«, begann er schließlich, »ich meine, in den Prophezeiungen der Naturvölker …«

»Ich weiß was ›indigen‹ heißt«, unterbrach sie ihn schnippisch. Für wie ungebildet hielt er sie, dass er glaubte, »indigen« für sie übersetzen zu müssen.

»Tut mir leid …«

»… ach, zuerst halten Sie mich für blöd, und jetzt bedauern Sie mich auch noch, weil ich Ihrer Meinung nach Minderwertigkeitskomplexe hinsichtlich meiner Bildung habe?«

»So eine Aussage steht mir nicht zu.«

»Nein, Sie würden sie als Frage formulieren.« Milena ahmte ihn nach. »Warum, Milena, denken Sie, ich könnte glauben, es fehle Ihnen an Bildung? Was löst diesen Minderwertigkeitskomplex bei Ihnen aus? Vielleicht die Tatsache, dass Ihre Mutter Sie nie in den Schlaf gesungen hat oder Ihr Vater einfach nicht den Kopfstand beherrscht?«

»So schlimm?« Er schmunzelte. »Bin ich wirklich so schlimm?«

»Schlimmer.« Sie blitzte ihn wütend an. »Und damit zumindest Sie sich bestätigt fühlen. Nein, ich habe kein Abitur, aber ich habe zwischen dem Training jede freie Minute genützt, um zu lesen. Ja, mein Horizont reicht über das primitive Herumgewackel von Körperteilen hinaus. Jetzt staunen Sie. Über mich

oder sich selbst, weil Sie sich tatsächlich einmal in einem Menschen getäuscht haben, Herr Psychiater.«
Sie erwartete, dass er sich mit jedem ihrer Worte in seiner Meinung bestätigt fühlen würde, sie leide unter Minderwertigkeitskomplexen, weil sie »nur« Tänzerin war. Und da war auch dieser eine Moment der Stille, doch dann explodierte sein Lachen und fiel auf sie herab wie der Sternenregen aus einem Feuerwerkskörper.
Verblüfft sah sie ihn an. »Sie können tatsächlich über sich selbst lachen?«
»Sie nicht?« Er prustete erneut los, weil er es schon wieder getan hatte, und Milena stellte insgeheim trocken fest, dass im Grunde ihres Herzens alle Männer Kinder geblieben waren. Auch ein Psychiater.
Sie verzog leicht den Mund. »Sobald Sie sich genug amüsiert haben, Doktor Friedmann, könnten wir dann zu meiner ursprünglichen Frage zurückkommen, weshalb das Regenbogenhaus nach dem Regenbogen benannt worden ist?«
»Stimmt, das war Ihre Frage.« Friedmann wurde wieder ernst. »Die Naturvölker sprechen in ihren Prophezeiungen von den Regenbogenmenschen. Es sind besondere Menschen mit Seelen, die weiter entwickelt sind als die der anderen. Es sind sehr sensible Menschen, die wahrnehmen, was wir weder sehen noch hören. Und sie sind bunt, so wie der Regenbogen.«
»Bunt in einer Welt«, Milena war nachdenklich geworden, »die sich am liebsten nur in Schwarz oder Weiß unterteilt.«
»Sensibel in einer Welt, in der wir nicht die Seele trainieren, sondern die Muskeln, damit wir die anderen mit den Ellbogen besser von uns wegstoßen können.«
»Regenbogenhaus, das Haus der Hoffnung, in dem die besonderen, die Regenbogenmenschen wohnen. Schön.«

»Phil.«
»Phil?«
»So heiße ich, und ich hasse es, wenn man mich Friedmann nennt.«
»Also dann Phil. Ich bin Milena.«
»Ich weiß.« Und ehe sie sich versah, hatte er sie zart auf die Wange geküsst.

Milena betrat das Regenbogenhaus. Sie musste nicht klingeln. Die Tür stand einladend offen, und die Sonne zeichnete ihr goldenes Muster auf den weißen Marmor, mit dem der Boden ausgelegt worden war. Sie war gut vorbereitet, hatte im Internet alles über Tanztherapie mit psychisch kranken Menschen gelesen, was sie finden konnte.
Noch war alles ruhig, und sie nutzte die Stille, um sich auszumalen, wie sich alle für den Tanznachmittag herausputzten, die Frauen aus dem Regenbogenhaus, bei denen die Hüfthosen, die sie meist trugen, so weit nach unten rutschten, dass der Ansatz ihrer Pofalte zu sehen war. Ein Phänomen, das Milena nicht ganz verstand. Bei den Männern kam es nicht vor. Sie zogen ihre Hosen bis zur Taille hinauf und hielten sie mit einem Gürtel fest.
Milena malte sich weiter aus, wie die Frauen vor ihrem Spiegel saßen und nach langer Zeit wieder einmal Lippenstift auftrugen, die Brauen nachzogen, die Nase puderten, die Wimpern tuschten und das Haar bürsteten. Vielleicht schmückten sie es mit einer Schleife, türmten es auf, flochten es zu einem Zopf. Eine von ihnen, Milena kannte ihren Namen nicht, würde es vermutlich wie immer unter einem Handtuchturban verstecken und den Turban auch beim Tanzen stolz und aufrecht tragen wie eine afrikanische Frau den Wassertrog vom Brun-

nen nach Hause. In ihren Kleiderschränken würden sie nach dem passenden Kleid suchen, im Schuhschrank nach den richtigen Schuhen, um darin zu tanzen.

In einem Privatzimmer war Milena noch nicht gewesen, stellte sich aber vor, dass es die Miniaturausgabe der Wohnung war, in der sie früher einmal gewohnt hatten, als sie noch draußen leben konnten, ohne diesen besonderen Schutz des Regenbogenhauses. Die Männer tauchten vermutlich in Wolken von Rasierwasser ein, zogen frische Unterwäsche an und den Scheitel gerade.

Milena wusste nicht, warum sie sich die Vorbereitungen für den Tanznachmittag wie eine Momentaufnahme aus den zwanziger Jahren vorstellte, mit Puderquasten, Federboa und Männern, die sich vor ihrer Tanzpartnerin tief verneigten und sich in die Tanzkarte ihrer Angebeteten eintrugen. Dabei wusste sie nicht einmal, ob Tanzkarten damals noch üblich gewesen waren. Und sie wusste auch, dass es sich so nicht abspielen würde, aber es passte zu den tänzelnden Goldpunkten der Sonne an den Wänden und auf dem Boden.

Eine Frau kam ihr entgegen. Sie war klein, zierlich und auffallend hübsch. Sie war Anfang fünfzig, und wäre sie nicht so eigenartig angezogen gewesen, Milena hätte sie vermutlich für eine Ärztin gehalten. Aber so …

»Ich bin Frau Rose«, stellte sie sich Milena vor und schob ihr einen Kinderwagen unter die Nase. »Und das ist Moritz.«

Frau Rose mit blonder Lockenperücke, im Winterpulli, mit Leggins, Faltenrock und goldenen Pantöffelchen sah sie erwartungsvoll an. Im Kinderwagen lag nichts. Nicht einmal eine Puppe. »Ist er nicht ein süßes Baby?« Frau Rose strahlte. »Das schönste Baby, das Sie je gesehen haben?«

Milena überlegte, wie sie sich verhalten sollte. Auf das Spiel eingehen oder Frau Rose mit der bitteren Wahrheit konfrontieren, dass kein Moritz in dem Kinderwagen lag. Und selbst wenn er jemals in dem Kinderwagen gelegen hatte, war er in Anbetracht von Frau Roses Alter bestimmt schon zu einem jungen Mann herangewachsen.

»Das Problem der Menschen ist«, auch darüber hatten sie und Friedmann, pardon, Phil, gesprochen, »dass schon bei den Kindern die Gefühle im Widerspruch zu dem stehen, was die Erwachsenen zu ihnen sagen.«

»Wie meinen Sie das?«, führte Milena ihr stummes Zwiegespräch mit Phil fort.

»Nun, wenn zum Beispiel der Vater herumschreit und die Mutter zum Weinen bringt, wird der noch gesunde Instinkt des Kindes sagen, dass nicht in Ordnung ist, was der Vater da tut. Die Mutter aber, die ihre Ehe idealisiert, den Konflikt scheut, vielleicht weiß, dass sie sich trennen muss, wenn sie genau hinschaut, wird dem Kind sagen: ›Das ist nicht so schlimm, was der Papa macht. Er hat uns lieb.‹«

»Und dann ist das Kind verwirrt. Wem soll es trauen, den eigenen Gefühlen oder dem, was die Mutter sagt?«

»Es vertraut der Mutter und beginnt zu lernen, was wir Erwachsenen perfekt beherrschen. Die innere Stimme zu bekämpfen, bis sie verstummt, und sich dann die Welt zu einem eigenen Ideal zusammenzubasteln. Wir leiden alle darunter.«

»Und wie äußert sich das?«

»Indem wir nicht mehr nein sagen, wenn jemand zu weit geht. Weil wir zueinander nicht mehr ehrlich sind.«

»Frau Rose«, Milena entschied sich, ehrlich zu sein, »ich seh kein Kind.«

»Natürlich sehen Sie kein Kind, weil da kein Kind ist!« Christopher mit seinem Kaktus, wie aus dem Boden geschossen, stand vor ihr: »Rosi soll endlich mit dem Babykram aufhören.« Er

hatte offenbar kein Problem damit, die Dinge zu sehen, wie sie waren, und das auch auszusprechen. »Kapieren soll sie endlich, dass ihr Leben nichts wert ist.« Milena wollte ihn noch stoppen, doch da hatte er sich Frau Rose schon zugewandt: »Dein Leben ist nichts wert, Rosi, du bist nichts wert.« Frau Rose begann ein Kinderlied zu summen, schuckelte den Kinderwagen, als wolle sie das Baby beruhigen, und wirkte dabei selbst wie ein Kind, das sich aus Kummer und Stress hin und her wiegt.
Christopher fuhr gnadenlos fort: »Ohne Fortpflanzung ist das Leben nichts wert. Es ist ein Ausschussleben. Rosi hat ein Ausschussleben.« Frau Rose schluchzte auf und schob den Kinderwagen weinend davon. Liesel, die wie aus dem Nichts auftauchte, folgte ihr aufgeregt: »Rosi, ich strick dir einen Schal. Nicht weinen. Bitte nicht weinen, Rosi. Ich strick dir einen Schal, ganz bestimmt, und du hast ein hübsches Baby, ein so hübsches Baby …«
Christopher setzte sich mit seinem Kaktus auf einen Stuhl, blickte starr vor sich hin, und Milena hätte ihm in diesem Moment die Luftwurzeln um den Hals schlingen und ihn erwürgen können.

»Man hat mir schon erzählt«, hinter Milena wurde eine weibliche Stimme laut, »dass Sie dazu neigen, den Betrieb hier durcheinanderzubringen.«
Milena drehte sich rasch um und stand vor einer Frau, die durch Milena hindurchzusehen schien.
Milena gab ihr die Hand: »Milena, ich gebe heute meine erste Tanzstunde, machen Sie mit?«
Die Frau ignorierte ihre Hand. Der ironische Unterton in ihrer Stimme verstärkte sich noch: »Doktor Friedmann hat mir schon zugetragen …«, – was für eine Wortwahl, ›zugetragen‹ –,

»… dass Sie, nun ja, so etwas noch nie gemacht haben. Aber dass Sie sich über unser Haus informieren, hätte ich schon erwartet.«
Unser Haus. Etwas stimmte nicht. Milena tastete sich vor: »Sie sind keine Patientin?«
»Kathrin Müller-Arndt, ich bin hier die Psychologin.« Kathrin Müller-Arndt beachtete Milenas Hand noch immer nicht. Milena wusste nicht, wohin damit, steckte sie in die rechte Hosentasche, damit sie sich vor der Kälte schützen konnte, die ihr von Kathrin Müller-Arndt entgegenschlug. »Ich wünsche Ihnen viel Erfolg.« Die Psychologin nickte ihr zu und ging, Milena mit dem Gefühl zurücklassend, mit ihr einer Feindin begegnet zu sein.
»Denken Sie sich nichts, Kathrin ist halt so.« Ein junger Mann schlenderte auf sie zu. Milena sagte lieber nichts, und er machte es ihr leicht, indem er sich vorstellte. »Basti, ich bin hier Pfleger, und da drüben«, eine Frau mittleren Alters, die gerade einem jungen Mädchen bei einer Bastelarbeit half, winkte ihr zu, »das ist Sylvie. Sie ist Pflegerin.«
»Milena.« Die Hand kroch wieder vorsichtig aus der Hosentasche und wurde diesmal warm in Empfang genommen.
»Ich freu mich aufs Tanzen.« Basti nickte ihr zu. »Wenn ich irgendwann mal Zeit habe, mache ich mit.«
Milena atmete tief durch und hatte das unbestimmte Gefühl, dass es nicht Friedmanns »Menschen« sein würden, die es ihr schwermachten, sondern Kathrin Müller-Arndt, die sie offenbar von der ersten Sekunde an ablehnte. Dann jedoch streifte sie das Gefühl ab, damit es sie nicht an der Leichtigkeit hindern konnte, die sie fürs Tanzen brauchte. Sie sah sich nach Friedmann um, fand ihn nicht und betrat den Raum, in dem der Tanzkurs stattfinden sollte.

Der Raum erinnerte sie an den Turnsaal ihrer alten Schule. Links und rechts je ein Basketballkorb und eine Sprossenwand, mehrere Bänke, Bodenmatten, Medizinbälle, Gymnastikbänder, -keulen und -reifen. Kein deckenhoher Spiegel, um die einzelnen Figuren zu kontrollieren, keine Stange, nicht einmal ein federnder Boden, der zum Tanzen geeignet war. Nun gut, sie würde das Beste daraus machen. Sie sammelte die Bälle ein, schleppte und zog die Bodenmatten an den Rand der Halle, ordnete die Bänke so, dass diejenigen, die pausieren wollten, sich setzen und zuschauen konnten.

Milena hatte einen alten CD-Player mitgebracht und die Musik sehr sorgfältig ausgesucht. Tango Argentino. Sie hatte gelesen, dass ein Krankenhaus in Buenos Aires bei unter Schizophrenie, sozialen Phobien und an Depressionen leidenden Menschen auf Tango-Therapie setzte. Beim Tango wurde die Konzentration des Stresshormons Cortisol verringert, während der Testosteronspiegel stieg. Für die Stressverminderung war die Musik zuständig, für die Ausschüttung des Testosterons der Kontakt und die Bewegung mit dem Partner. Friedmann, nein, Phil – offenbar reichte der Kuss auf die Wange nicht aus, um sich an das vertraute Du zu gewöhnen –, jedenfalls schien er Milena für den Tango gut geeignet. Denn der Tango verlangte nach einem Mann, der abwarten und sich ganz der Stille hingeben konnte.

Sie liebte den Tango. Allein schon der Moment, in dem das Stehen zum Tanz wurde. Dieser kleine Atemzug des Innehaltens, des spannungsgeladenen Abwartens, in dem der Musiker sich ganz plötzlich inmitten seiner Melodie über jeglichen Takt und jegliche Tempi hinwegsetzte und den Ton bis ins Unendliche ausdehnte. Meist war es das Bandoneon, das kleine Knopfakkordeon, das zunächst mit sanftem Druck und dann

auf den letzten Millimetern mit roher Gewalt zusammengedrückt wurde, um ihm noch ein allerletztes Seufzen und Ächzen zu entlocken.
Milena hatte oft Tango getanzt. In venezianischen Hinterhöfen, in leeren Fabrikhallen in Buenos Aires. Auf der ganzen Welt bewegten sich Menschen Abend für Abend mit scheinbar traumwandlerischer Sicherheit zu dieser Musik über das Parkett, und sie liebte die Pausen, in denen die Musik erst langsamer wurde – und dann für einige Sekunden vielleicht sogar ganz schwieg. Die Gelegenheit, um den letzten Schritten nachzuspüren und einen Augenblick zu fühlen, dass es nicht nur irgendeine Floskel war, dass die Zeit tatsächlich stehenbleiben konnte. Phil war für den Tango geeignet, Nikola war dafür viel zu ungeduldig gewesen.
Und jetzt würde sie den Tango weitergeben, erst einmal die einfachen Schritte lehren und Alphonse, Lilly, Frau Rose, Strickliesel und alle anderen auffordern, nur auf ihr Gefühl zu hören. Sich fallen zu lassen. Einfach nur zu sein.
Falls Phil recht hatte und das Hauptproblem des Menschen war, dass man ihm schon als Kind den gesunden Instinkt abtrainierte und damit die innere Tür zum Gefühl versperrte, dann war der Tango der Schlüssel, um die Tür wieder zu öffnen.
Sie durfte nicht therapeutisch arbeiten. Der Tango würde es für sie tun. Phil und Kathrin Müller-Arndt würden staunen, und sie, Milena, würde endlich wieder jemand sein.
Im Nebenraum zog sie sich um. Schwarze Leggins, orangefarbenes Hemd. Sie würde nicht sofort mit dem Tango beginnen. Sie würde erst alle bitten, sich mit ihr sanft im Rhythmus zu Trommelklängen hin und her zu bewegen, damit sie locker wurden: »Schließt die Augen, lasst euch von der Musik und

euren inneren Impulsen leiten und glaubt ganz fest an die Heilkraft des Tanzes.«

Sie setzte sich auf die Bank. Das Herz klopfte ihr bis zum Hals. Sie war gespannt, wer von den Bewohnern des Regenbogenhauses kommen würde. Ihr Herz wurde ruhiger. Allmählich entspannte sie sich … Ein Blick auf die Uhr. Zehn Minuten hatte sie noch Zeit … Atmen, ganz ruhig sein, tief in dich hineinatmen, atme, Milena, atme …

12

Milena stürzte aus dem Regenbogenhaus. Die Blumen flüsterten: »Versagerin«, die Bäume wiegten sich ihr voller Hohn entgegen: »Kriegst du überhaupt noch was zustande?« Das Gras, der Wind und der Himmel schienen sich mit Kathrin Müller-Arndt, Frau Rose, Liesel, Marie, Alphonse, Christopher und all den anderen zu einem gemeinsamen Flüstern und gegen sie verschworen zu haben: »Was auch immer du tust oder anpackst – du bist nichts, Milena, du kannst nichts, wirst nie wieder jemand sein.«

Wie hatte sie sich auf diese erste Tanzstunde gefreut. Herzklopfen, Beine, als habe sie hoch dosiert ein Muskelentspannungsmittel genommen. Klar, Lampenfieber gehörte dazu, auch um das Beste aus sich herauszuholen.

Bisher war sie von einem Choreographen angeleitet worden, jetzt war sie selbst die Lehrerin. Noch dazu mit Schülern, die weder für das Tanzen brannten, noch waren deren Körper besonders gut koordiniert. Allein schon der Psychopharmaka wegen, die sie nehmen mussten. Dazu kam, dass ihr Geist etwas von einem Schmetterling hatte, hauchzart und wunderschön, aber stets umherflatternd, von einem Gedanken zum anderen, von einem Gefühl zum anderen. Sehr schwer einzufangen. Sogar die Erkrankten liefen, bildlich gesprochen, oft vergeblich mit dem Schmetterlingsnetz hinter sich selbst her.

Milena hatte sich auf das gefreut, was sie ihnen hoffentlich geben konnte, und erst jetzt so richtig verstanden, was Alphonse bei ihrem letzten Besuch gemeint hatte, als er ihr zu erklären versuchte, wie wichtig Vorfreude für ihn war.

»Kommen Sie wieder?«, hatte er sie gefragt. »Kommen Sie bald wieder?«

»Selbstverständlich«, hatte sie erwidert und gedacht, damit sei die Frage zur Genüge beantwortet.

Jedoch beileibe nicht für Alphonse. Er hatte sein betrübtes Vögelchengesicht aufgesetzt, überlegt und schließlich gemeint: »›Selbstverständlich‹ sagt nur aus, dass sich Ihr nächster Besuch von selbst versteht, aber auch nicht mehr. Ich kenne weder den genauen Tag noch die genaue Uhrzeit.«

»Lassen Sie sich überraschen.«

»Die Überraschung ist eine Diebin.«

»Eine Diebin? Überraschung ist doch etwas Schönes.« Verblüfft sah sie ihn an.

»Überraschung ist nur für den gut, der die Überraschung hergibt, nicht für den, der sie bekommt.«

»Das stimmt nicht, Alphonse. Ich werde gern überrascht.«

»Mir stiehlt die Überraschung die Vorfreude. Die Überraschung ist ein Vorfreudedieb, weil die Zeit, in der man sich auf etwas freuen kann, viel länger ist, als wenn man nur eine Überraschung bekommt. Überraschung da … schwupp …«, er schnippte mit den Fingern, »… ist sie auch schon wieder weg. Kenne ich aber den Tag und die Stunde Ihres nächsten Besuchs, kann ich mich darauf freuen. Viele Tage, viele Stunden, viele Minuten und viele Sekunden …«

Alphonse glaubte, Milena nur den Begriff der Vorfreude zu erklären, aber er tat so viel mehr. Es war, als poliere er das, was an ihr matt geworden war, mit dem Ärmel seiner Wolljacke und brach-

te es damit wieder zum Glänzen. Alphonse freute sich auf sie. »Ein Gedanke ist ein Stoffwechselprozess«, hatte Phil ihr erklärt. »Jeder Stoffwechselprozess verändert dein Gehirn. Denkst du denselben Gedanken öfter, bilden sich neue Strukturen im Gehirn. So funktioniert auch das Lernen durch ständige Wiederholung.« Wie zart, wie behutsam sich der Gedanke an Alphonse' Vorfreude in ihrem Kopf formte. Die Vorfreude des anderen war also auch verantwortlich für die eigenen positiven Gehirnstrukturen. Ursache und Wirkung, alles war miteinander verbunden.
Vor einiger Zeit noch war es für Milena ganz normal gewesen, dass sich jemand auf sie freute, aber jetzt erging es ihr wie jemandem, der lange nichts mehr getrunken hatte und der die ersten Tropfen frischen Quellwassers auf den Lippen schmeckte. Durch Alphonse kam sie wieder bei den Menschen an. Hing nicht mehr nur leer und einsam in der Luft. Er hatte aus ihr wieder einen Menschen gemacht, auf den man sich freute. Eine Überdosis Glück. Sie schrieb ihm auf, wann und wo die erste Tanzstunde stattfinden würde. Aber auch er war nicht gekommen. Keiner von ihnen hatte sich auch nur eine Sekunde für sie und das Tanzen interessiert. Bis auf Christopher. Er aber hatte alles nur schlimmer gemacht.
Wut stieg in Milena auf. Auf Frau Rose, die mit ihrer blonden Perücke, goldenen Pantöffelchen und Wintermantel ihren Kinderwagen ohne Kind selig durch den Sommersonnenpark schob. Am liebsten hätte sie Frau Roses Kopf zwischen beide Hände genommen und sie gezwungen, genau hinzusehen: »Da ist kein Kind. Und es wird auch nie wieder dein Kind darin liegen. Weil du zu alt bist dafür. Du kannst kein Kind mehr kriegen. Was vorbei ist, ist vorbei.« Oh, wie gern hätte Milena Frau Roses Kopf in beide Hände genommen und ihn in das weiche Kopfkissen mit dem bunten Clownsüberzug gedrückt.

Immer und immer wieder. Zum Teufel mit den positiven Gehirnstrukturen. Wenn sie negativ war, dann war sie es eben. Und immer weiter rein mit Frau Roses Kopf in das Clownskissen. »Hör auf, hinter etwas herzulaufen, Rosi, was nicht mehr ist. Lebe und ...«, Kopf rein ins Kissen, »tanze!« Und immer und immer wieder ... rein.

Milena bewegte sich nicht vom Fleck. Frau Rose schob ihren Kinderwagen weiterhin zwischen allen durch, die umherspazierten, Spalier standen, lachten, miteinander und ohne einander, redeten, zusammen oder aneinander vorbei schwiegen oder nur ganz für sich waren.

Jeder kämpfte gegen den eigenen, höchstpersönlichen Dämon. Dennoch schienen sie zumindest eins miteinander zu teilen: anders zu sein als die anderen, und damit schlossen sie Milena aus ihrer Welt der Ausgeschlossenen aus. Aber in der anderen Welt, der Welt der Dazugehörenden, fand sich Milena auch nicht mehr wieder. *Leer und einsam. Einsam und leer.*

»Ist wohl nicht ganz so gelaufen, wie Sie es sich vorgestellt haben.« Ausgerechnet Kathrin Müller-Arndt trat neben Milena auf die Veranda und bot ihr nicht nur ihre Gesellschaft, sondern auch eine Zigarette an.

»Danke, aber ich rauche nicht.« Die Hoffnung, Kathrin Müller-Arndt habe begriffen, dass Milena damit nicht nur die Zigarette ablehnte, wurde enttäuscht.

Kathrin Müller-Arndt zog nur die Brauen hoch, als habe Milena gerade etwas Außerordentliches von sich gegeben. »Ich dachte, alle Tänzerinnen rauchen.«

»Ich habe vor vier Wochen damit aufgehört.«

»Respekt.« Kathrin Müller-Arndt zündete sich eine Zigarette an, inhalierte und wickelte eine Strähne ihres rötlich getönten, halblangen Haares um ihren Zeigefinger. »Das werde ich wohl nie schaffen.«

»Mir bleibt nichts anderes übrig. Ich hab keinen richtigen Job. Ich kann mir das Rauchen nicht mehr leisten«, antwortete Milena und versuchte noch, einen schnippischen Unterton zu verhindern, doch an Kathrin Müller-Arndts Gesichtsausdruck merkte sie, dass es ihr nicht gelungen war.

»Dann ist das hier für Sie kein richtiger Job?« Milena wollte das schnell korrigieren, damit Phil keinen falschen Eindruck bekam, doch Kathrin Müller-Arndt war schneller. »Mit dieser Einstellung jedenfalls hat das, was Sie als keinen richtigen Job bezeichnen, tatsächlich wenig Sinn.« Kathrin Müller-Arndt nickte ihr freundlich zu und ging.

»Danke, dass Sie mir Mut machen!«, rief Milena ihr hinterher. »Eine verdammt gute Psychologin sind Sie.«

Kathrin Müller-Arndt hob nur leicht die Hand und winkte ihr zu, ohne sich umzudrehen.

Mit dieser Einstellung hat das, was Sie als keinen richtigen Job bezeichnen, keinen Sinn? Dumme Kuh! Wer hatte denn gewartet? Sie, Milena! Die große Uhr über der Eingangstür der Sporthalle immer fest im Blick. Hatte beobachtet, wie der kleine Zeiger der Uhr Minute um Minute weiterrückte. Geduldig, hoffend, auch noch die letzten Reste der Vorfreude in sich zusammenkratzend, sich daran festhaltend: Der eine oder der andere wird schon kommen. Du musst nur Geduld haben.

Aber sie kamen nicht, und Milena fühlte sich wie einst der große Star, der jetzt von seiner Bühne aus auf die leeren Stühle starrte und nur allmählich begriff, dass es niemanden mehr gab, der ihn sehen wollte. Die Musik im Kopf verklang. Die fröhlich vibrierenden Bilder verblassten.

Milena hatte schon aufstehen und gehen wollen, doch da bemerkte sie, dass die Tür sich leicht bewegte. Kaum wahrnehmbar, aber – sie öffnete sich. Zunächst nur einen Spalt, ging sie langsam auf, so weit, dass sich jemand vorsichtig hindurchzwängen konnte. Zuerst kam der Kopf, dann der Kaktus, dann der Rest von Christopher.

»Hi, Christopher.« Milena freute sich so, ihn zu sehen, dass sie am liebsten auf ihn zugelaufen wäre und ihn umarmt hätte. Nur dann wäre sie auch ihn noch los gewesen. Also nicht erschrecken und schon gar nicht berühren.

Christopher indessen stellte den Kaktus sehr behutsam auf der Bank ab, setzte sich neben ihn. Die Beine eng zusammengepresst, die Hände gefaltet, blickte er an ihr vorbei und wartete. Okay, jetzt war ihr erster Tanzschüler da, ausgerechnet Christopher, und sie hatte keine Ahnung, was sie tun sollte. Berühren durfte sie ihn nicht. Tangotanzen war erst einmal keine Option. Sie lächelte Christopher an. Er sah weiter an ihr vorbei. Sie ging zum CD-Player, schob die CD mit den rhythmischen Trommeln hinein. Doch schon beim ersten Trommelsound hielt sich Christopher panisch die Ohren zu. Gut, keine Trommeln. Dann vielleicht doch Tango. Ohne sich zu berühren. Einen Versuch war es wert, wenn es stimmte, dass der Tango bei an Schizophrenie erkrankten Menschen etwas Positives bewirken konnte.

»Tango, Christopher?« Sein Blick streifte ihre Augen, einem Windhauch ähnlich, den man mehr ahnte als fühlte. Doch er machte ihr Mut. Der Umgang mit Christopher erforderte sehr viel Mut. »Okay, dann probieren wir es mit Tango.« Keine Reaktion.

Das Orchester setzte ein, weich und melodisch, und genauso waren die ersten Schritte, mit denen sie sich im Rhythmus des

Tangos auf Christopher zubewegte. Jetzt dieser winzige Atemzug des Innehaltens, den sie so liebte, dieses Abwarten, die vollkommene Stille, die ihr und Christopher die Zeit ließ, die sie beide brauchten, um die Angst voreinander zu verlieren.
In einiger Entfernung von ihm blieb sie stehen, versuchte, ihn allein mit den Augen in das Zwiegespräch des Tango Argentino, in dieses besondere Zwiegespräch zwischen Mann und Frau zu verwickeln.
Bist du bereit, Christopher, mir zu folgen? Dich auf mich einzulassen, hineinfallen zu lassen in meine verführerische Weiblichkeit? Hab keine Scheu. Ich berühre dich nicht. Nicht mit meinem Körper, aber doch mit den Augen. Nur meine Augen spielen das verführerische Spiel des Tangos, den Körper des anderen mit Haut und Händen zu erahnen, ohne ihn zu besitzen. Herz und Seele. Nähe und Distanz.
Christopher hielt stand. Das Orchester setzte wieder ein, Milena nahm allen Mut zusammen und ging noch einen Schritt auf ihn zu. Aber dieser eine Schritt veränderte alles. Veränderte Christophers Augenausdruck, veränderte die Haltung seines Körpers. Alles in und an ihm drückte nur noch eins aus: Flucht! In der letzten Sekunde, ehe Christopher tatsächlich aufsprang und davonlief, wandte sich Milena von ihm ab, ging mehrere Schritte zurück. Christopher blieb sitzen, entspannte sich.
Milena nahm ihren ganzen Mut zusammen, um es noch einmal zu versuchen. Ihm nahe zu kommen, zu erfühlen, wann es ihm zu viel wurde, sich rechtzeitig abwenden und ihm dadurch zu zeigen, dass er ihr vertrauen konnte. Dass sie seine Grenze respektierte.
Und – es schien ihr zu gelingen. Keine Andeutung mehr, dass Christopher davonlaufen wollte, wenn sie sich ihm näherte.

Er machte zwar noch immer nicht mit, saß da, ohne sich zu bewegen, doch in seinem Blick glaubte sie einen Funken Neugier, einen Hauch von Interesse zu entdecken. Egal, ob die anderen gekommen waren oder nicht. Diese Stunde war nicht vergeblich gewesen. Zumindest Christopher hatte sie, zumindest irgendwie, erreicht. Und sie war sicher, da würde noch mehr kommen, und vielleicht …
Die letzten Töne des Tangos verklangen. Stille. Dann stand Christopher auf, nahm seinen Kaktus, blieb dicht vor ihr stehen. Sie hatte nicht erwartet, dass er sich bei ihr bedankte oder sagen würde, dass ihm das Tanzen gefallen habe. Sie wünschte sich nur ein kleines Zeichen der Anerkennung. Und wenn es nur eine winziges Nachobenrutschen der Mundwinkel war. Doch sie blieben ebenso starr wie seine ganze Haltung.
»Du bist ein Zu-nichts-nütze-Mensch.« Klirrende Kälte. »Ausschussware. Wie Rosi. Warum stirbst du nicht einfach?«
Er war aufgestanden und hatte mit seinem Kaktus die Sporthalle verlassen.

Die Schlinge. Sie kam von oben, legte sich ihr um den Hals. *Falsch. Alles falsch. Kapier's doch endlich, du liegst auf dem Boden, und du wirst nie wieder aufstehen. Du, dein Leben, alles falsch. Ausschussware. Zu-nichts-nütze-Mensch.* Christopher hatte recht. Warum starb sie nicht. Die Schlinge zog sich zu.
Sie röchelte. Sie versuchte es, sie versuchte es wirklich, aber der Sauerstoff gelangte nicht mehr in ihre Lungen. Jetzt war es so weit. Sie erstickte. Fast war sie erleichtert darüber. Es war diese Art von Erleichterung, wenn endlich das eintrat, vor dem man sich am meisten gefürchtet hatte. Nie war das, was kam, so schlimm wie die Angst vor dem, was kommen könnte. Also warum nicht einfach umkippen? Hier auf der Veranda,

auf der sie noch immer stand. Ganz allmählich hineingleiten ins Nichts. Das Nichts verlangte nichts, tat nicht weh, war einfach nur nichts …
Jemand hielt sie fest. »Atmen … Milena, ruhig atmen …« *Weg, weg, weg,* sie schlug um sich, *ich will das nicht.* »Es ist nur eine Panikattacke. Sie sterben nicht.« *Und wenn ich genau das will – sterben?* »Weiteratmen, gut so.« Verdammt, ihr Körper war offenbar stärker als ihr Wille. »Ganz ruhig weiteratmen. Sie machen das phantastisch, Milena, ganz phantastisch.«
Milena erholte sich diesmal schneller als auf der Brücke, als sie nach Alphonse gesucht hatte, doch das machte es nicht besser. Sie fing jetzt tatsächlich vor Phil zu heulen an. Wie ein Wolfsrudel in der kanadischen Wildnis. *Nie den Humor verlieren.* Frau Rose, Alphonse, Lilly und all die anderen, die vor ihr fröhlich im Park herumspazierten, schraken auf. Nahmen sie wahr. Endlich. Auch wenn sie es nicht gewesen waren, die sie so verletzt hatten. Christophers Worte waren es gewesen. Das begriff sie – jetzt.
»Ich bin eine Versagerin«, heulte Milena.
»Wegen der Panikattacke?«
»Christopher hat recht. Ich bin ein Zu-nichts-nütze-Mensch.« Sie schluchzte.
»Wegen der Panikattacke?«
Oh, Gott, musste er sich ständig wiederholen? Was war er? Ein Papagei? Sie war das Wolfsrudel! Wenn er nicht aufpasste, war er derjenige und nicht sie, der Federn ließ. »Schauen Sie sich doch um«, fauchte sie. »Nicht hier in Ihrem Park … draußen … in der Welt. Jeder kriegt es hin!«
»… nur Sie nicht.«
»Richtig … nur ich nicht.« Wenn Phil sie weiter so ansah … »Ich bemitleide mich nicht selbst!« Sie fluchte. »Es ist so.«

Statt einer Antwort nur ein weiterer Blick, dann ging Phil zum Fahrradständer, holte sein Rad und schob es auf Milena zu.

»Noch immer Probleme mit dem Steißbein oder Beschäftigungstherapie? Okay, was brauchen Sie aus dem Bioladen?«

»Rauf auf die Stange.«

»Was?«

»Setzen Sie sich auf die Fahrradstange, und dann geht's los.«

»Ist das Ihre neue Medikation gegen Panikattacken? Mich schnell mal durch die Gegend kutschieren? Ich würde dabei allerdings eine Limousine vorziehen.«

»Nicht quatschen. Rauf aufs Rad …«

»Junge, sind Sie autoritär.« Neugierig geworden, tat Milena das, was Phil von ihr forderte, setzte sich auf die Fahrradstange wie eine Reiterin im Damensitz aufs Pferd, maulte weiter. »Alles wieder heil … da unten?«

»Über mein ›da unten‹ müssen Sie da oben sich keine Sorgen machen.« Phil setzte auch den linken Fuß aufs Pedal und fuhr los.

Milena bedauerte, dass sie nicht mehr Kilos auf den Rippen hatte. Sie hätte gern gehört, wie Phil keuchte. Er strampelte jedoch nur schneller, und eine halbe Stunde später stoppte er vor einem italienischen Lokal in der Innenstadt, ganz in der Nähe des Prinzregententheaters.

13

Es war ein Nobelitaliener, wie Milena sie noch aus der Zeit kannte, als wohlhabende Männer sie zum Essen ausgeführt hatten. Nicht unbedingt um ihretwillen. Es war ihr Körper, der sie anzog. Tänzerinnen wecken Männerphantasien.

»Das Leben, das wir auf der Bühne versprühen, macht sie an«, hatte Christine gesagt. »Unsere Hingabe an den Körper. Dieses innere Brennen, das lebendigste aller Lebensgefühle, aus dem heraus alles Tanz wird. Die Männer täuschen sich. Alles nur Illusion. Sie wissen nicht, dass wir unbrauchbar sind … vor allem für uns selbst.«

Manchmal war Milena mitgegangen, hatte ihrem Körper gegeben, was er zumindest gelegentlich benötigte. Meist aber hatte sie nur die Blumen genommen und den Mann stehengelassen.

Da war sie also wieder einmal. In einem teuren Restaurant. Allerdings mit einem Mann, der nicht einmal passend dafür angezogen war; sie im Übrigen auch nicht. Doch der Italiener hatte offensichtlich Stil. Kein missbilligender Blick der Ober, sondern ein herzliches Willkommen des Besitzers, der sich ihr als Antonio vorstellte.

Verwundert wandte sie sich an Phil. »Sie sind öfter hier?«

»Gelegentlich.«

Antonio ging vor. Sie folgten ihm. Milena sah sich um.

Die Einrichtung des Lokals war geschmackvoll, aber einfach. Schwarze Tische. Hohe weiße Wände. Eine lange Bar mit einer Theke aus weißem Marmor. Vereinzelt Spiegel und ein Bild, das ihr besonders ins Auge stach. Darauf waren nur Weingläser zu sehen, graphisch gut gestaltet, hintereinander versetzt, aber in Reih und Glied, nur ein einziges war rot eingefärbt. Antonio führte sie zu einem Zweiertisch hinter der Bar. Milena setzte sich mit dem Rücken zu den Tischen, konnte aber durch den großen, rechteckigen Spiegel gegenüber die anderen Gäste beobachten, ihr Kommen, Sitzenbleiben und Gehen – ohne von ihnen bemerkt zu werden. Antonio brachte die Speisekarten, Milena warf einen Blick hinein, sah die Preise, zuckte zurück.

Phil lächelte. »Ich lade Sie ein.«

»Dann eine Minestrone …« Sie klappte ihre Speisekarte zu, während sich Phil so in das Angebot von Speisen und Getränken vertiefte, dass Milena schon fürchtete, er werde die nächsten Stunden nicht mehr hinter seiner Speisekarte auftauchen. Also vertrieb sie sich die Zeit mit dem Spiegel und mit dem, was sich darin abspielte.

Da war zum Beispiel dieses auf jung und faltenfrei gespritzte Ehepaar jenseits der sechzig. Er trug einen schwarzen Hut mit breiter Krempe, sie hatte auffallend glatte Haut, zu volle Lippen und viel, vermutlich echten Schmuck. Sie hatten ein Hündchen dabei, dem in regelmäßigen Abständen aus der einen oder der anderen sehr gepflegten Hand ein Happen zufiel. Das nächste Spiegelmotiv schien von einem Agatha-Christie-Krimi inspiriert: Sechs Frauen mittleren Alters, alle hellblond getönt und mit einer Happy-Birthday-Partykrone im Haar, saßen an einem Tisch. Am Kopf thronte eine gepflegte alte Dame. Milena schätzte sie auf weit über neunzig. Sie wirkte *very British* in ihrem Blümchentapetenmusterkleid, den knallroten Lippen und den blonden Löckchen. Nur die bläulich verfärbte Haut um ihr rechtes Auge fiel etwas aus dem vornehmen Rahmen, und Milena fragte sich unwillkürlich, wer sie verprügelt hatte, der Pfleger oder eine der Damen, die jetzt fröhlich *He's a jolly good fellow* trällerten. Wahrscheinlich war die alte Dame nur gestürzt. Ein Ober wirbelte unentwegt um das flötende Geburtstagskränzchen herum: *Which nobody can deny, which nobody can deny* … Die alte Dame wippte fröhlich mit, und der Ober schenkte Champagner ein. Zwei Gockelmänner kamen mit vorgeschoben breiter Brust aus der Toilette, so mancher weibliche Gast behielt die Sonnenbrille auf, alles roch und schmeckte nach zu viel Geld. Milena bemerkte erst, als Phil Antonio die Speisekarte zurückgab, dass er auch schon bestellt hatte. Und zwar so ziemlich alles außer einer Minestrone.

»Sie können nicht einfach über mich bestimmen.« Milena protestierte.

»Ich bestimme nicht über Sie, ich sorge nur dafür, dass Sie etwas Richtiges in den Magen bekommen.«

»Sie sind weder mein Hausarzt noch mein Psychiater.«

»Einigen wir uns auf guter Freund?« Er probierte den Weißwein, den Antonio ihm einschenkte. Er nickte, und Antonio schenkte nun auch Milena ein Glas ein.

»Freund ist ein großes Wort, das müssen Sie sich erst verdienen.« Er grinste. Sie machte eine Pause, fuhr fort: »Das hier passt eigentlich gar nicht zu Ihnen.«

»Was passt denn Ihrer Meinung nach zu mir?«

»Eine griechische Strandkneipe mit viel Knoblauch, gegrilltem Lamm, Ouzo und Retsina.«

»So schätzen Sie mich ein?«

»Dann nehmen Sie wenigstens die Fahrradklammer aus der Hose.«

Phil lachte, tat, wozu Milena ihn aufgefordert hatte. Wenig später servierte ihnen ein alter Mann, der wirkte, als sei er eine Figur aus einem Fellini-Film, *Burrata* mit Paprikagemüse. Milena kostete: »Hm, köstlich.« Sie hatte noch nicht ganz ausgesprochen, da fing Phil plötzlich an zu röcheln.

Milena erschrak: »Was ist los?«

»Valium! Ich brauch was zur Beruhigung.« Röcheln, Atemnot.

»Was haben Sie?«

»Valium. Oder Tavor!«

Milena zögerte. Irgendwie hatte die Szene etwas von Meg Ryan, die in *Harry und Sally* vor anderen Gästen einen Orgasmus vorspielte. Irgendetwas stimmte nicht. »Hören Sie auf mit dem Blödsinn, ich hab schon mal besser gelacht.«

Doch Phil röchelte, keuchte, schnappte nach Luft, fasste sich an die Kehle, presste, da Milena noch immer nicht reagierte, mit letzter Kraft heraus, ob irgendjemand im Lokal eine Valium oder Tavor dabeihabe. Milena dachte noch, so ein Affentheater, da standen schon alle um ihren Tisch. Die Junggespritzten, die Happy-Birthday-Partykronen-Girls, die Gockelmänner, Antonio und noch ein paar andere. Während Milena noch aufgeregt in ihrer Tasche nach ihrem Handy kramte, wurden Phil unzählige Medikamentenschachteln und -döschen mit Happy Pills und Beruhigungsmitteln entgegengehalten. Milena hatte indessen ihr Handy gefunden, wählte die Nummer des Notarztes und schrie fast ins Telefon: »Ein Notfall. Jemand erstickt … schnell, die Adresse ist …«

Weiter kam sie nicht. Phil nahm ihr das Handy aus der Hand und meinte ruhig: »Alles in Ordnung, danke, wir brauchen Sie nicht.« Er legte auf, und während Milena noch nicht so ganz begriff, wandte sich Phil an die Gäste: »Und Ihnen vielen

Dank. Ich bin Psychiater und habe meiner Begleiterin nur etwas demonstrieren wollen. Noch einmal vielen Dank für Ihre Hilfsbereitschaft.«

Die Gäste zogen sich verblüfft zurück. Antonio im Hintergrund grinste, und Milena konnte nicht länger an sich halten: »Sind Sie auch irgendwie durchgeknallt, oder was sollte der Quatsch?«

»Kein Quatsch.« Phil lehnte sich zufrieden in seinem Stuhl zurück. »Mir ging es um den Vorführeffekt.«

Sein zufriedener Ausdruck war es, der Milena noch wütender machte. »Vorführeffekt?«

Statt ihr zu antworten, sah sich Phil nach einem Ober um, der ihnen Wein nachschenken sollte. Auch davon fühlte Milena sich provoziert. Sie stand auf, nahm die Weinflasche von dem kleinen Beistelltisch, schenkte sich und Phil nach. »Dafür braucht man keinen Ober.«

Für den Bruchteil einer Sekunde war Phil fassungslos, dann fing er schallend an zu lachen. Wieder richteten sich alle Blicke auf ihn.

»Warum lachen Sie?«, fauchte Milena ihn an. »Noch dazu so laut. Es wird ja immer peinlicher.«

Phil schnappte nach Luft und beruhigte sich langsam zumindest so weit, dass er antworten konnte. »Sie haben das Olivenöl erwischt.«

»Oh.« Milena starrte die Flasche an. Phil hatte recht, sie hatte statt der Weinflasche Olivenöl in der Hand. Sie schluckte. Phil grinste, bat Antonio um frische Gläser, beugte sich leicht zu Milena vor und wurde ernst: »Wie würden Sie Menschen bezeichnen, die immer irgendein Beruhigungsmittel bei sich haben, selbst bei einem Restaurantbesuch? Als Versager? Oder einfach nur als Menschen?«

»Sie wollten mir beweisen, dass ich mit meinen Panikattacken nicht allein bin?« Milena war fassungslos.
Antonio brachte die beiden Weingläser. Phil entschuldigte sich für das Aufsehen, das er erregt hatte, doch Antonio machte nur eine weit ausholende Geste, Phil solle sich doch mal umschauen. Sein Ristorante sei doch prädestiniert für Erlebnisgastronomie. Damit zog sich Antonio zurück, und Phil wandte sich Milena wieder zu.
»Burnout«, begann er. »Panik und Angst stehen im Moment an zweiter Stelle der Krankheiten, die zu Ausfallzeiten im Berufsleben führen.«
»Und was kommt an erster Stelle?«
»Kaputter Rücken … kaputte Gelenke.«
»Damit kann ich auch dienen«, antwortete Milena, machte eine kleine Pause und fuhr fort. »Übrigens sind Sie ein verdammt schlechter Schauspieler. Ich habe Sie sofort durchschaut.«
»Aber es hat trotzdem gewirkt.«
Milena brauchte einen Augenblick, dann meinte sie leise: »Kriegen es wirklich so wenige hin?«
»Das Problem mit uns allen ist, Milena, wir pflanzen die Sonnenblume im Schatten und das Schattengewächs in der Sonne.«
»Sie meinen, wir tun fast immer das Verkehrte. Warum?« Milena lehnte sich zurück, als erwarte sie einen längeren Vortrag.
»Weil uns schon als Kind abtrainiert wird, so zu sein, wie wir wirklich sind.« Jetzt war Phil es, der eine Pause machte. »Es heißt zwar, wir leben in einer Gesellschaft, in der der Einzelne wichtig ist, aber das gilt nur, solange wir uns komplett anpassen.«
»Und was ist die Folge?« Wie gern hätte sie jetzt eine Zigarette geraucht. Ihretwegen auch vor dem Lokal. In der lauen Luft

des Spätnachmittags. Noch immer spürte sie den Nikotinentzug, wusste nicht, wohin mit sich selbst. Begann auf dem Stuhl hin und her zu rutschen.

»Mache ich Sie nervös?« Wieder dieser durchdringende Blick.

»Quatsch.«

»Dann ist es das, was ich Ihnen gerade erzähle.«

»Wieso fragen Sie mich das? Sie wissen doch auch sonst immer alles über mich, Herr Psychologe …«

»Psychiater …«

»Wie auch immer.«

»Erhöhte Reizbarkeit, depressive Grundstimmung, Nervosität, Konzentrationsschwierigkeiten … Ein Grund dafür ist sicher, dass Sie nicht mehr rauchen.«

»Nicht schlecht.« Gegen ihren Willen fühlte sie sich geschmeichelt. »Hätte nicht gedacht, dass Sie mir gegenüber so aufmerksam sind.«

»Ich versuche, gegenüber allen Menschen aufmerksam zu sein.« Der Blick wurde bescheiden.

Milena nahm einen Schluck Wein, um ihre Enttäuschung darüber zu verbergen, dass sie für ihn nur eine von allen war. »Eine von allen …« Sie hatte es tatsächlich laut ausgesprochen.

»Ist das der zweite Grund, weshalb Sie sich so schlecht fühlen? Dass Sie glauben, nur eine von vielen zu sein …«

»Natürlich nicht.« Empört sah sie ihn an.

Phil musterte sie, als habe er sehr viel von ihr verstanden, sagte jedoch nichts. Und verdammt noch mal, er hatte recht. Es war nicht nur das Rauchen. Sie war ein Bühnenmensch. Ihre Natur war es, etwas Besonderes zu sein, sonst hätte sie es niemals so weit geschafft. *Du bist nichts, du kannst nichts, dein Leben ist vorbei.* Während Milena noch ihr Selbstgespräch führte, kam Phil auf sein Thema zurück: »Die Folge unseres ständigen Anpassens ist, dass wir irgendwann nicht mehr wissen, was für uns möglich ist und, vor allem, was wir brauchen.«

»Und wie finden wir wieder heraus, was wir brauchen?« Konzentration!

»Indem wir leben, was gerade ist, nicht, was die anderen von uns erwarten. Und jeder will das im Grunde auch. Ganz er selbst sein, und trotzdem tun wir alles, um gerade das nicht zu sein.«

»Ich hab getanzt. Ich war ich selbst.« Während sie sprach, beobachtete sie die anderen Gäste im Spiegel. Zwei erhoben sich, ließen aber ihre Taschen da. Sie gingen bestimmt nach draußen, um zu rauchen. Seufz!

»Gut.« Er lehnte sich zurück, und Milena, durch den Klang seiner Stimme irritiert, wandte sich ihm wieder zu.

»Wieso habe ich das Gefühl, dass Sie mir nicht glauben?« Wieder war etwas in ihr gereizt wie eine Wildkatze, die noch nicht wusste, ob sie der Maus den Garaus machen sollte. Phil blieb unbeeindruckt, beugte sich leicht über den Tisch und zwang sie, nichts mehr wahrzunehmen außer ihm. »Sie kennen doch sicher die Geschichte von Narziss?«

»Er sieht sich in der Wasseroberfläche eines Sees und ist so begeistert von seinem Spiegelbild, dass er sich berühren will. In dem Moment, in dem er es tut, zerfällt das Bild.«

»Menschen, die in der Kindheit und Jugend nicht angenommen werden, erleben einen solchen Zerfall, und deshalb wollen sie später alles sein, nur nicht mehr sie selbst.«

»Selbstverleugnung aus Angst vor dem Zerfall.«

»So ist es.«

»Und wer in sich drin nichts ist, muss nach außen hin alles sein.«

Er nickte. »Mein Haus, mein Auto, meine Yacht. Geld. Karriere. Ewige Jugend ... dabei wäre es so einfach. Wir brauchten das alles nicht, hätten wir den Mut zu unserem Ich.«
Milenas Augen wanderten wieder in den Spiegel. Hin zu den Junggespritzten, dem Geburtstagskränzchen, den Gockelmännern, den Frauen, die ihre Augen verbargen. Gleichzeitig sehnte sie sich danach, die Hand nach sich selbst auszustrecken, sich zu berühren und wenigstens dieses eine Mal nicht zu zerfallen. Sie wagte es nicht.
Stattdessen leerte sie mit Phil die Flasche Wein und genoss die Fischplatte ebenso wie das Tiramisu.

Drei Stunden später saß Milena wieder auf der Fahrradstange, und Phil strampelte vorbei am beginnenden Lichtmosaik der Häuser und Straßen. Schon jetzt wusste Milena, dass dieser Abend auch Jahre später für sie noch etwas Besonderes sein würde. Die Zeit stand auf Stand-by, ging nicht vor, ging nicht zurück, war einfach nur – gerade jetzt.
Die Konturen der im Dämmerlicht Schatten werfenden Bäume und Häuser scharf, die Lichterkette der Autoscheinwerfer ein farbig leuchtendes Band auf dunklem Asphalt. Es war die Stunde, in der die Sonne im Westen verglühte und der noch junge Mond scheu über den Bäumen erschien, als sie die Innenstadt verließen und die Großhesseloher Brücke erreichten. Phil trat auf die Bremse, Milena hüpfte von der Stange. Phil stieg vom Rad, lehnte es gegen einen Baum. Nahm Milena an der Hand und zog sie an eine Stelle, von der aus man einen wunderbaren Blick über die Isarauen hatte. Sterne wie Glitzerpunkte am Himmel, und einen Moment glaubte Milena, sie auch in Phils Augen zu entdecken.
Sie hatte ihn noch nie so in sich gekehrt erlebt wie jetzt. Es war fast, als spreche nicht er, sondern etwas aus ihm heraus, als

er zu reden begann. »Als meine Schwester Lilly klein war, hat sie mich einmal gefragt, wieso die Toten nicht vom Himmel fallen. Sie sind doch so viel schwerer als die Wolken.«

»Wie kam sie denn darauf?«

»Unsere Eltern sind bei einem Unfall ums Leben gekommen. Lilly war damals sechs und ich einundzwanzig. Ich hab sie praktisch großgezogen.«

»Und parallel dazu studiert?«

Es war das erste Mal, dass Milena den Eindruck bekam, Phil habe etwas nicht im Griff. Ohne sie anzusehen, wandte er sich vom Brückengeländer ab, setzte sich auf den Steinboden, wobei er den Rücken, leicht erschöpft wirkend, an die Stahlstreben lehnte. Milena zögerte, setzte sich neben ihn. Das Wispern der Bäume und der Isar wurde von der hell erleuchteten Oberlandbahn verschluckt, die über ihre Köpfe hinwegdonnerte. Phil schien den Augenblick, in dem sie sich ohnehin nicht hätten verständigen können, genutzt zu haben, um sich zu sammeln. Als das Donnern der Bahn abschwoll, sah er Milena direkt an. »Ich werde nie verstehen, weshalb bis heute kaum akzeptiert wird, auch nicht von uns Ärzten, dass schon Kinder an Schizophrenie erkranken können.«

»Lilly ist wie Christopher?«

Phil schüttelte den Kopf. »Kein Mensch ist wie der andere. Und das ändert sich auch nicht durch eine Krankheit. Nach dem Motto, man stülpt zwei Menschen dieselbe Diagnose über den Kopf, und somit haben sie kein Gesicht und keine eigene Persönlichkeit mehr. Krankheit macht alle Menschen gleich? Genau das tut sie eben nicht.«

»Und worin unterscheiden sich Lilly und Christopher?«

»Lilly hat zum Glück immer wieder lange Perioden, in denen es ihr richtig gutgeht. Dann wohnt sie auch nicht im Regenbogenhaus, sondern kehrt zurück in ihre WG, in der immer ein Zimmer für sie frei gehalten wird.«

»Was macht sie?«

»Sie studiert. Sie will Grundschullehrerin werden.«

Milena sah ihn irritiert an, wagte jedoch nicht, die Frage zu stellen, die ihr auf den Lippen brannte. Phil antwortete dennoch – wieder einmal. »Wir werden sehen, ob sie es schafft.«

Ein winziger Käfer hatte sich Milenas Arm bemächtigt. Sie versuchte, ihn abzuschütteln, Phil beobachtete sie. »Mit Christopher ist es anders. Er ist nicht mehr in der Lage, allein zu leben. Ohne das Regenbogenhaus hätten sie ihn längst irgendwohin in ein geschlossenes Haus verfrachtet. Meist sind diese Häuser auch noch auf dem Land.« Er machte eine kleine Pause. »Okay, die Natur tut der Seele schon gut, aber es gibt Menschen, die gerade die Stadt brauchen … Durch eine psychische Krankheit verliert man ja nicht seine Persönlichkeit. Das, was man auch ist.«

Milena musste an Christopher denken. Diesen Mann, der sich hatte zuwachsen lassen, als wolle er den Zugang zu sich mit seinem Bart versperren. Dazu der Kaktus, *Rühr mich nicht an!*

»Warum wäre das so schlimm für ihn? Ich meine, er ist doch ein Naturmensch.«

»Waren Sie schon einmal in so einem Haus?«

»Natürlich nicht.«

»Dann wissen Sie auch nicht, wovon Sie sprechen.«

Einige lange Minuten sagte keiner von ihnen ein Wort. Milena, weil sie es hasste, zurechtgewiesen zu werden. Phil, weil er ahnte, wie sehr sie das hasste. Dann machte er den Anfang, stand auf, drehte ihr den Rücken zu und blickte durch die Stahlstreben auf die Isar, über die sich der Himmel zu einem dunklen Rot verfärbte. »Wie still es ist. Hören Sie das, diese Stille?«

»Wenn Sie still sind?«
»Und wie sich alles in der Oberfläche des Wassers spiegelt. Die Brücke, der Mond und jetzt auch noch die Sterne.«
»Seien Sie doch endlich mal still!«
Phil verstummte, und die Stille breitete sich aus wie im Mondlicht leuchtende Wasserkreise in der Isar, wenn man einen Stein hineingeworfen hatte. Leuchtende Stille. Dabei war Stille nie ganz still. Sie rauschte. Flüsterte. Summte. War nie ohne Geräusch. War Bewusstseinsveränderung. Wandlung. Endlich ein Augenblick der inneren Ruhe. Jedoch nur für den Bruchteil einer einzigen Sekunde. Dann hielt Milena das Zurückgeworfensein auf sich selbst nicht mehr aus. »Sie sind wegen Lilly Psychiater geworden?«
»Ich konnte es nicht länger aushalten, dass es Menschen gab, die behaupteten, Lilly sei von Dämonen besessen.« Phil löste sich aus der Stille und aus dem Farbenspiel über der Isar und ging so rasch, als könne er noch heute den Gedanken an damals nicht ertragen, zu seinem Rad, das irgendwie lässig an einem Baum lehnte. Milena trat hinzu und setzte sich auf die Fahrradstange.
Phil trat in die Pedale und lieferte Milena eine halbe Stunde später vor ihrem Haus ab. Gerade als er sich verabschieden wollte, rutschte ihr heraus, ehe ihr überhaupt klar wurde, was sie da sagte: »Ich möchte heute Nacht nicht allein sein.«
Schweigen, musternder Blick, dann: »Angst vor einer neuen Panikattacke?«
»Angst davor, dass sich bei mir mein Ich meldet.«
Wortlos stellte er sein Rad neben Paulas, das wie immer unversperrt war, in den Ständer. Wortlos folgte er ihr ins Haus.

Erst später, als sie dalagen, Milena in ihrem Bett und Phil mit einer Wolldecke auf der Couch, und sie dabei ebenso scheu miteinander umgingen wie zwei Waidwunde beim Wattepusten; erst da fragte Phil sie mit Blick auf ein gerahmtes Foto, auf dem Milena in Paris zu sehen war, wie sie das *Phantom der Oper* tanzte: »Du hast doch getan, was du wolltest.« Wie selbstverständlich ging er jetzt zum Du über, das er ihr schon lange zuvor angeboten hatte. Milena deutete mit einem leichten Nicken an, dass sie jetzt damit einverstanden war. In dieser, nun ja, wohl doch eher intimen Situation war es wohl angebracht. Phil lächelte, wurde wieder ernst und fuhr fort: »Weshalb, Milena, tust du dir mit dem Leben so schwer?«

Sie antwortete nicht.

Er beließ es dabei.

Irgendwann würde sie ihm von Kaja erzählen und von der bröckelnden Mauer, hinter die sie Kaja so viele Jahre verbannt hatte. Kaja, ihre Tochter. Milena zuckte zusammen. Zum ersten Mal hatte sie an Kaja als ihre Tochter gedacht. Phil hatte alles für Lilly getan. Sie hatte Kaja im Stich gelassen. Verdammte Mauern, warum hielten nicht einmal sie der Zeit stand, sondern fielen in sich zusammen, bis man dastand. Völlig entblößt.

Phil sah sie an. Sie nahmen einander nicht in den Arm. Aber plötzlich war da dieser Moment, in dem etwas zwischen zwei Menschen begann, die – mittlerweile schon leicht mitgenommen von Amors Pfeilen – emotional lädiert waren. Sie war dankbar, dass er sie nicht in den Arm nahm. Keinen One-Night-Stand, sondern Kennenlernen in Slow Motion. Das zumindest, sagte etwas in ihr, war gut gegen noch mehr Verschleiß.

Milena schlief lächelnd ein.

Wachte irgendwann auf.
Phil sah im Mondlicht aus wie ein kleiner Junge, der mit seinem Kissen geboxt hatte und darüber eingeschlafen war. Sie zwinkerte ihren Efeufreunden an der Garagenwand zu. Sie zwinkerten zurück. *Good luck, Milena.*
Sie brauchte kein Glück. Viel dringender brauchte sie einen Freund. Phil hatte ihr seine Freundschaft angeboten. Sie betrachtete ihn erneut. Er schmatzte, drehte sich auf den Bauch, schob die Arme unter das Kissen, bettete den Kopf darauf. Die Haare fielen wild durcheinander. Phil sorgte für seine Menschen. Auch wenn seine Schulter zum Anlehnen für Milenas Geschmack etwas zu schmal war. Sein Herz und seine Seele waren breit genug. Ja, sie würde seine Freundschaft annehmen. Mit ihm an ihrer Seite war sie nicht mehr ganz so allein.

Am nächsten Morgen bei einem Frühstück mit Kaffee, Eiern, Marmelade und frischen Croissants, die Phil vom Bäcker geholt hatte, stellte er die Frage, die Milena befürchtet hatte: »Machst du weiter?«
»Mit den Tanzstunden?«
»Womit denn sonst?«
»Sie haben kein Interesse.«
»Du bist kein Mensch, der so schnell aufgibt. Mach weiter.« Er wollte schon ihre Hand nehmen, als es läutete. Froh, einer Antwort enthoben und seiner Hand vorerst entkommen zu sein, stand Milena auf und öffnete die Tür.
Anna stand mit einer Tüte Semmeln und Brezeln vor ihr und strahlte sie an. »Frühstück. Und ein exakter Bericht, wie es gestern mit deinen an ihrer Psyche erkrankten Menschen gelaufen ist.« Sie drückte sich politisch korrekt aus, aber Milena hörte den Unterton, verschanzte sich innerlich.

»Ich hab schon gefrühstückt, Anna, aber danke.« Sie wollte die Tür rasch wieder schließen, aber Anna hatte Phil schon entdeckt.

Eine kaum wahrnehmbare Veränderung in ihren Augen. Die Pupillen wurden dunkel und weit. Was Milena jedoch vor allem registrierte, war, wie weich ihre Züge wurden. Immer mit diesem »Ich komme im Leben zu kurz«-Touch wurden sie butterweich. Für den Bruchteil einer Sekunde. Dann fiel Anna in ihr gewöhnliches Gesichtsmuster zurück, meinte trocken: »Hab ich doch gesagt, lieber Sex, als bloß in den Spiegel zu lächeln.« Sie zeigte noch einmal Zähne, drehte sich mit einem gekonnten Schwung um, wobei die Schleife auf ihrer Bluse, exakt über dem Po gebunden, kess hin und her schwang, und ging. Milena wandte sich verlegen an Phil und hatte den Eindruck, dass auch Anna ihn nicht kaltgelassen hatte.

»Sie hat einen Freund«, sagte sie schnell. »Ein sehr netter Mann.«

Phil schmunzelte, erhob sich, gab Milena einen Kuss auf die Wange und meinte: »Denk daran, meine Menschen wollten dich nicht kränken. Sie haben dich auch nicht zurückgewiesen. Sie brauchen etwas Zeit, bis sie sich an was Neues gewöhnen.«

Er nahm ihre Hand. Ihr Herz stand still. »Wir sehen uns.«

Dann fiel die Tür auch hinter ihm ins Schloss, und Milena hätte sie gleich noch einmal hinter ihm zuknallen können, so ärgerte sie sich über sich selbst. War sie bescheuert? Warum störte es sie, dass Phil Anna offenbar gut fand. Sollen sie doch miteinander *happy* sein, Herr Psychologe und »Ich rede gern und am liebsten über mich selbst«-Narziss-Frau.

Sich ausgerechnet vor Phil diese Blöße zu geben, vor Phil, der in ihrer Seele blätterte wie in einem Sachbuch über das weibliche Verhalten. Klar, sie musste ja auch noch betonen, dass Anna einen Freund hatte: *Er ist ein netter Mann!* Ausgerechnet das über Frank zu sagen, der für sie nichts weiter als ein *Babyboy* war und obendrein unerzogen, zumindest, was sein Outfit am Frühstückstisch betraf. Sie war so verdammt wütend auf sich. Wollte nichts mehr sehen und hören. Ließ das Frühstücksgeschirr stehen, fiel auf die Couch, zog sich die Decke über den Kopf und vergrub die Nase im Kissen. Es roch gut. Es roch nach Phil. Freundschaft. Nur Freundschaft.

Vor dem Fenster neigten sich ihre Efeufreunde einander zu. Sie wollte gar nicht hören, was sie sich zuflüsterten.

Sie stand auf. Holte ihren Laptop. Klappte ihn auf. Gab Nikolas Namen bei Google ein.

Schrecksekunde. Alles zog sich in ihr zusammen. Er war bei Facebook. Vermutlich mit all den Fotos, die sie auf keinen Fall sehen wollte. Sie hatte Facebook immer abgelehnt. Jetzt wusste sie, warum. Kein Nikola. Keine Kaja. Kein heiles Familienleben in Kroatien mit Ehefrau und vielleicht noch anderen Kindern. Rasch klappte sie den Laptop wieder zu. Was für ein Durcheinander!

14

»Wir sehen uns.« Phil hatte das ebenso beiläufig wie selbstverständlich gesagt, dass Milena schon bei der Erinnerung wieder sauer wurde. *Wir sehen uns.* Was bildete sich dieser Mann ein? »Wir sehen uns.« Es war noch immer allein ihre Entscheidung, wann und wo und ob überhaupt sie ihn wiedersehen und ob sie es noch einmal mit dem Tanzen versuchen wollte.

Für den Tanz war man geboren, und ihn aufgeben zu müssen war wie Sterben. Nein, Milena verlangte nicht von den Menschen im Regenbogenhaus, dass sie nur annähernd verstanden, was der Tanz für sie bedeutete. Disziplin, Selbstbeherrschung, Enthaltsamkeit, Verzicht, Schmerz – immer wieder Schmerzen. Okay, Christopher hatte sie zutiefst gekränkt. Auch wenn man seine Worte nicht auf die Goldwaage legen durfte, was ihr immer bewusster wurde. Doch von denjenigen, die sagten, dass sie tanzen wollten, forderte sie Respekt. Aber auch den hatten sie ihr verwehrt, schlimmer noch, sie hatten sie ignoriert. Nicht einmal abgesagt hatten sie. Sie waren einfach nicht gekommen. Oh nein, Phil Friedmann, mit einer narzisstischen Kränkung hatte das nichts zu tun. Sie stellte sich nur die Frage aller Fragen: Sollte sie sich das antun? Minilohn bei fehlender Anerkennung? *Was macht das mit dem Selbstwertgefühl, Phil Friedmann? Bugsierst einen damit direkt ins Jammertal des Burnouts. Nennt man wohl Patientenbeschaffungsprogramm. Oder, Phil? Nennt man doch so?*

Nicht mit ihr. Sie lag schon auf dem Boden und tat sich verdammt schwer mit dem Aufstehen. *Für deine Schwester bist du gut, aber an mir scheiterst du, Herr Psychologe-Psychiater!*

Vorsorge treffen. Während sie über ihr so armselig gewordenes Leben nachdachte, stand Milena wieder einmal vor dem Plakat des Diakonischen Hilfswerks, das ihr schon beim ersten Besuch in der Arbeitsagentur Rätsel aufgegeben hatte. Noch immer zeigte es die beiden Kopftuchfrauen in ihrer ebenfalls kläglichen Lebenssituation, irgendwo in Afghanistan oder in Ostanatolien, im gleißenden Sonnenlicht auf dem Feld ihre Fronarbeit verrichtend.

In München war die Sonne an diesem Vormittag alles andere als gleißend. Es regnete. Der erste Sommerregen nach langen, staubtrockenen Wochen. Eine willkommene Abwechslung nach einer Hitzewelle, die bis in die Knochen ging. Jeder, der es sich leisten konnte, hatte im Schwimmbad herumgelegen, an einem See oder an der Isar. Nichts mehr wollen, nichts mehr denken, ohne Vergangenheit, ohne Zukunft, völlig entspannt einfach nur sein. Auch Milena hatte es versucht. Hatte sich Paulas unversperrtes Fahrrad geschnappt und war an die Isar gefahren. An Schrebergärten mit den schmalen Wegen vorbei. In den Gärten versteckten sich Georginen hinter schützenden Zäunen, waren dick und hoch mit runden Knospen. Honigbrauner Goldlack, steife Balsaminen, schlanke Schwertlilien.

Sie hatte sich an die Isar gelegt, doch es nicht lange ausgehalten, dieses Parallelleben, das so tat, als gäbe es keine Sorgen, keine Krankheiten, keine Dramen, als wäre das Dasein ein Schlaraffenland, in dem sich jeder bedienen konnte: Lachen, Liebe, Leidenschaft, alles gibt's umsonst. Nehmt euch, was ihr braucht, alles wird gut!

Jetzt, als Milena im wohltuenden Regen, geschützt von ihrem knallroten Regenschirm, vor dem Plakat stand, stellte sie zufrieden fest, dass die Welt um sie herum wieder fluchte, gehetzt, zornig und somit vertraut war. Sie fiel nicht mehr auf. Gehörte jetzt zu den Menschen, die sich im Regen wohler fühlten als in der Sonne, für die Fröhlichkeit nicht nur Programm war, sondern zur verdammten Pflicht wurde. *Don't worry. Sun is shining bright, be*, verdammt noch mal, *happy*. Milena fühlte in sich eine ungeheure Solidarität mit diesen Frauen auf dem Diakonieplakat aufsteigen, diesen zwischen ausgedorrten steinigen Feldklumpen vor sich hin schuftenden Frauen.

Bei diesen Frauen waren die Mikroorganismen im Boden dafür verantwortlich, dass sie keine Chance hatten. Gelegentlich ließ ihr Biologieunterricht tatsächlich grüßen, dachte Milena. Bei Trockenheit fuhren die Organismen ihren Stoffwechsel zurück und wurden erst durch viel Wasser wieder aktiv. Ohne Wasser kein Leben. Weder beim Mikro- noch beim Makroorganismus Mensch. Und bei ihr selbst? Der einzige Feind, gegen den sie zu kämpfen hatte, war sie selbst.

Der Regen prasselte weiter, Milena wickelte sich noch tiefer in ihre graue Regenjacke und ging mit langsamen Schritten auf die Arbeitsagentur zu. Umtänzelte die Pfützen, in denen sich später die wiederkehrende Sonne spiegeln und spiegeln, einem Jongleur gleich, ihre Strahlen blitzschnell herumwirbeln lassen würde. Und damit fing alles wieder von vorn an. Die Luft rein. Der Feinstaub vom Regen weggeschwemmt und von unsichtbaren Scheibenwischern trockengewischt. Klare Sicht, der Geruch von frischer Erde und diese verdammte Heiterkeit.

Es war Milena nicht leichtgefallen, Frau Adamczik um einen erneuten Termin zu bitten. Doch die Vernunft hatte zumindest in diesem Fall gesiegt. Selbst wenn sie sich entschied, es noch einmal mit den Tanzstunden im Regenbogenhaus zu versuchen, reichten die vierhundertfünfzig Euro, die Phil ihr angeboten hatte, weder zum Leben noch zum Sterben und schon gar nicht, um ihre Schulden bei ihm zurückzuzahlen.

»Ich dachte, Sie haben eine Stellung als Tanztherapeutin gefunden. Was ist passiert, Frau Müller?« Frau Adamcziks Stimme hatte am Telefon neutral geklungen. Das machte es … Nein, es machte es überhaupt nicht einfacher. Im Gegenteil. Ein bisschen Verständnis, ein wenig menschliche Wärme … Das war doch sicherlich nicht zu viel verlangt von einer, die nicht von stürmischen Winden an den Rand der Gesellschaft gefegt worden war.

»Nichts, alles okay«, beeilte sich Milena zu versichern. »Das Problem ist, nun, es ist nur ein Vierhundertfünfzig-Euro-Job. Das ist natürlich zu wenig.«

»Ah, das hatten Sie mit Ihrem Arbeitgeber vorher nicht geklärt?«

Milena kam sich in diesem Moment vor wie Gregor Samsa in Kafkas Roman *Die Verwandlung*. Eines Morgens wacht man auf, schaut in den Spiegel, um sich den Tag schönzulächeln, und eine Küchenschabe stiert zurück. Milena reichte schon Frau Adamcziks Tonfall, um sich wie eine Kakerlake zu fühlen. Arbeitsagentur, Schutz der Leistungsgesellschaft durch den Kammerjäger. Drauftreten auf das arbeitlose Ungeziefer. Mit der Schuhspitze zermalmen, damit am Ende nichts übrig bleibt außer einer winzigen Blutspur. Der Tatortreiniger wird bestellt. Blutspur und der arbeitslose Mensch … einfach so … für immer weg! Auch eine Methode, um die Quoten zu senken.

»Bekomme ich nun einen Termin bei Ihnen oder nicht?« Ihren Gedanken entsprechend, nahm Milenas Stimme an Schär-

fe zu. *Du bist keine Kakerlake. Du bist eine Frau.* Ihr Kopf trommelte den dazu passenden Rhythmus. *Du bist kei…ne … Ka… ker…la…ke, du bist eine Frau, jucheee!!!* Sie würde die neue Hymne der Frauensolidarität mal bei Facebook posten oder mit einem roten Filzstift quer über das Plakat »Vorsorge treffen« schreiben. Dafür allerdings brauchte sie eine Leiter.
»Okay.« Frau Adamczik, am Telefon, war von Milenas Gedanken unbeeindruckt und somit neutral geblieben.
Sie hatten einen Termin vereinbart, nun stand Milena mit Schirm im Regen vor dem Plakat und gleich darauf mit Herzklopfen in Frau Adamcziks Büro.
»Bitte nehmen Sie doch Platz, Frau …«
»Müller …«
»Milena Müller, richtig.« Frau Adamczik scrollte in ihrem PC. »Ah ja, da haben wir Sie ja.«
»Schön.«
»Sie haben keine Ausbildung.«
»Das hatten wir auch schon.«
»Natürlich. Stage School Hamburg, richtig?«
»Richtig.« Zähne zusammenbeißen. Den Schmerz bekämpfen. Ebenso wie beim Training an der Stange. Wundgetanzte Füße. Blutendes Herz, immer wieder durchbohrt von Frau Adamcziks spitzen Wortpfeilen.
So empfand es Milena. Frau Adamcziks dagegen schien eher etwas wie Resignation zu empfinden. »Und was anderes haben Sie auch nicht gelernt … außer Tanzen und Singen?« Bis hin zur echten Frauensolidarität, das war noch ein weiter Weg. Milena seufzte.
»Warum seufzen Sie?« Frau Adamczik sah sie ratlos an.
Es war derselbe Blick, den eine Ärztin für sie gehabt hatte, nachdem sie ihr mitgeteilt hatte, dass es mit dem Tanzen für immer vorbei war. Milena hatte geweint, die Ärztin hatte sie

ratlos angesehen – »Warum weinen Sie?« – und ihr ein Papiertaschentuch in die Hand gedrückt.
»Wann hätte ich denn was anderes lernen sollen, Frau Adamczik?« Milena zwang sich, freundlich zu bleiben, auch wenn sie Frau Adamczik am liebsten ihre Rechte verpasst hätte. »Ich war erst vor drei Wochen hier.«
»Stimmt, eine Umschulung haben Sie ja abgelehnt.« Wieder dieser unzufriedene Tonfall.
Mach was Richtiges, Kind, hatte ihre Mutter sie gedrängt. Warum war sie nicht dabei geblieben! Milena wurde jetzt auch noch wütend auf ihre Mutter. Weshalb hatte sie ihre Tanzleidenschaft unterstützt? Sie hätte wissen müssen, dass man damit seine Zukunft versaute. Phil hatte recht. Es lag an den Eltern, wenn man als Erwachsener versagte.
Frau Adamczik scrollte wieder durch ihre Seiten und sprach dabei weiter: »Ich war übrigens wieder mal im Musical … War schön.«
»In welchem Musical?«
»Das mit New York … von Udo Jürgens.«
»Ich war noch niemals in New York.«
»Richtig, genauso heißt es. Mit meinem Mann war ich da. Jetzt ist er tot.«
»Ihr Mann?« Milena verstand Frau Adamczik absichtlich falsch. Sie sollte merken, wie unzulänglich sie war. Nicht einmal klar ausdrücken konnte sie sich.
»Udo Jürgens natürlich.« Sie hätte es besser wissen müssen. Frau Adamczik hatte eine Elefantenhaut. Da ging nichts durch.
»Natürlich.«
Frau Adamczik ignorierte Milenas ironischen Blick, vertiefte sich wieder in ihren PC, murmelte in sich hinein. »Rücken- und Gelenkprobleme.«

»Auch das hab ich Ihnen schon gesagt.«
»Ich kann mir nicht alles merken. Haben Sie eine Vorstellung, wie viele Arbeitssuchende tagtäglich vor mir sitzen?«
»Nein, ist auch nicht mein … ist Ihr Job.«
»Da!« Frau Adamczik stieß einen Schrei aus, als sei sie auf eine Goldmine gestoßen. »Leihfirma.«
»Leihfirma?«
»Es ist eine Chance, Frau Müller, Lagerhelferin bei einer großen Online-Firma, die Mode aller großen Designer vertreibt. Den Gabelstaplerschein bezahlen wir.«
»Für eine Leihfirma brauche ich keine Arbeitsagentur. Da kann ich selbst hingehen.«
»Sie ahnen ja nicht, wie viele Bewerbungen dort tagtäglich eingehen, über uns ist es für Sie leichter.«
»Für wie lange?«
»Sechs Wochen.«
»Sechs Wochen?«
»Aber mit der Chance auf eine Festanstellung.«
»Als Lagerhelferin mit Gabelstaplerschein.« Milenas Blick sprach Bände. »Vielen Dank, Frau Adamczik, dass Sie für mich weder Zeit noch Mühe gescheut haben, obwohl tagtäglich so wahnsinnig viele Arbeitssuchende vor Ihnen sitzen.«
Milena nickte ihr zu, ging und ignorierte das winzige Vögelchen, das auf ihre Schulter flatterte und in ihr Ohr jubilierte: »War das klug?«
»Nein«, jubilierte Milena zurück, »aber sehr befreiend.« Sie machte ein paar Tanzschritte, das Vögelchen flog davon in die Sonne, die noch etwas vorsichtig hinter den Wolken hervorlugte, und Milena überlegte, was sie als Nächstes tun konnte.

15

Milena stieg vor der Klinik, in der Anna arbeitete, aus dem Bus und brauchte einen Augenblick, um sich zu orientieren. Das Krankenhausgelände war weitläufig und die medizinischen Fachgebiete in unterschiedlichen Gebäuden untergebracht. Milena war noch nie hier gewesen und steuerte zunächst auf den Besucherparkplatz zu. Während sie ihn überquerte, wurde ihr bewusst, dass das nicht nur ein Parkplatz war, um sein Fahrzeug abzustellen. Er war viel mehr als das. Es war der Parkplatz der Gefühle, wie Alphonse sich vermutlich ausgedrückt hätte. Momentaufnahmen – und mit jedem Bild, das sich ihr bot, war ihr, als sinke sie noch tiefer auf den eigenen Grund.

Da war der junge Mann, der überschäumend vor Glück und mit roten Rosen auf das Hauptgebäude zueilte. Zwei Frauen, die sich weinend in den Armen lagen. Freude und Trauer. Da war Angst in Gesichtern und Erleichterung. Ungewissheit, aber auch Gewissheit, und die wiederum positiv, aber auch negativ. Und über alldem die Liebe, schmerzende, glückselige Liebe. Selbst wenn sie gerade fehlte, war sie doch immer da, weil der Mensch darauf hoffte, sich nach ihr sehnte, sie mied und oft genug vor ihr davonlief. Manche hatten Glück, und die Liebe holte sie ein. Andere hatten wiederum Pech, und die Liebe gab irgendwann auf, wie bei dem alten Mann, den Milena einmal nach einem Auftritt in Eisenach beobachtet hatte.

Es war ein altes Haus gewesen, Putz blätterte von den Mauern. Einige Stellen waren feucht und viele der Wohnungen längst unbewohnt. Der alte Mann hatte die vergilbte Gardine vom Fenster beiseitegeschoben und schabte sich, das Licht der Morgensonne nutzend, die weißen Bartstoppeln weg, wobei er in der linken Hand einen kleinen Spiegel hielt. Natürlich kannte Milena seine Geschichte nicht. Wusste auch nichts über seine Liebesgeschichten, doch das Bild, das er bot, war das Bild absoluter Trostlosigkeit.

Erstaunlich, dass sie ausgerechnet jetzt an diese Szene denken musste, die schon so viele Jahre zurücklag. Mit schnellen Schritten ging Milena weiter, kreuzte eine Straße, auf der gerade ein Intensivtransport, der die Schranke hatte passieren wollen, wieder umkehrte und, an Tempo zulegend, in die Richtung zurückfuhr, aus der er gekommen war.

Milena beachtete ihn nicht, studierte die Wegweiser, stieß auf die Notaufnahme, in der Anna arbeitete, folgte dem roten Pfeil, das weiße, dreistöckige rechteckige Gebäude tauchte vor ihr auf – mit dem Intensivtransport, der angehalten hatte und dessen Tür jetzt offen stand.

Während Milena weiter auf die Notaufnahme zuging, konnte sie einen kurzen Blick in den Krankenwagen werfen. Ein junger Mann lag auf einer Bahre, über einen Kehlkopfschnitt wurde er künstlich beatmet, und ein ganzes Notfallteam fieberte um ihn herum. Offenbar war er nicht transportfähig gewesen.

Milena wollte sich schon rasch abwenden, kam sich vor wie ein Voyeur der übelsten Sorte, doch da merkte sie, dass sich die Augen des jungen Mannes an dem Notarzt vorbei auf sie richteten. Sie reagierte spontan, trat näher, sagte warm: »Alles, alles Gute für Sie.«

Ein Sanitäter schob die Tür rasch zu. Es war nur die Ahnung eines Lächelns gewesen, in den Augen des jungen Mannes mit dem Kehlkopfschnitt, und vielleicht hatte sie sich auch getäuscht, aber das Lächeln begleitete Milena bis zum Empfangstresen der Notaufnahme, hinter dem eine schwarzhaarige, stark geschminkte Krankenschwester vor dem PC saß.

»Ich bin eine Freundin von Anna«, stellte sich Milena vor. »Ist sie da?«

Wortlos deutete die Krankenschwester nach rechts, Milena folgte ihrem Finger und entdeckte Anna, die offenbar damit beschäftigt war, eine alte Dame im Designerkostüm und ohne Schuhe einzufangen.

»Anna?«

»Keine Zeit!« Nur den Bruchteil einer Sekunde war Anna abgelenkt gewesen, und schon war die alte Dame verschwunden. »Verdammt!«, fluchte Anna. »Als ob ich nichts anderes zu tun hätte.«

»Nur einen Moment, dann helfe ich dir auch.«

Vier Sanitäter schoben einen Zweihundertfünfzig-Kilo-Mann an Anna und Milena vorbei.

»Beim Suchen?«

Milena reagierte nicht, folgte etwas fassungslos dem Schwersttransport. »Der kommt regelmäßig«, meinte Anna. »Muss mit dem Kran aus seiner Wohnung gehievt werden und dann reingehoben in den Schwerlast-Rettungswagen.«

»Schwerlast-Rettungswagen?«

»Da staunst du, was es alles gibt, was?«

»Kuckuck!« Die alte Dame spitzte hinter dem mittlerweile verlassenen Empfangstresen hervor.

»Frau König, da sind Sie ja!« Anna machte einen Schritt auf die alte Dame zu. Die alte Dame lief vor Vergnügen kreischend davon.

»Demenz«, vermutete Milena.
»Mir wurscht«, entgegnete Anna und rannte an dem übergewichtigen Mann vorbei hinter der alten Dame her.
Milena sah den beiden amüsiert nach, setzte sich in der Besucherecke auf einen Stuhl und wartete. Irgendwann würde Anna zurückkommen müssen. Doch sie kam nicht. Milena begann sich zu langweilen, wollte schon nach einer Zeitschrift greifen, die auf dem Beistelltisch lag, aber allein die Vorstellung der verschiedenen Virenstämme, die daran hafteten, hinderte sie daran. Während ihrer Zeit als Tänzerin hatte sie alles gemieden, was auch nur im Entferntesten als Ansteckungsgefahr identifiziert werden konnte. Aus Angst, auf der Bühne auszufallen und durch die Zweitbesetzung ersetzt zu werden, die dann möglicherweise ihren Platz nicht mehr freigab. Die Jobs waren hart umkämpft. Manchmal war Milena sogar mit Mundschutz durch die Gegend gelaufen.
Milena las also nicht, sondern wartete geduldig auf Anna, um sie zu fragen, ob der Job in der Küche noch frei war. Wie gern hätte sie jetzt eine Zigarette geraucht. Sobald sie ein geregeltes Einkommen hatte, würde sie wieder mit dem Rauchen anfangen.
»Jetzt sollen die sich beim Röntgen mit ihr rumärgern.« Milena war so in Gedanken versunken, dass sie Anna erst bemerkte, als sie vor ihr stand. Milena grinste. Annas Mimik dagegen blieb leicht genervt. »Manche Patienten halten einen auf Trab. Und … Was verschafft mir das Vergnügen deines Besuchs?«
»Ich brauch einen Job.«
Anna ging wortlos zum Tresen, kam zurück und drückte Milena einen Krankenhausplan in die Hand. »Ich hab leider keine Zeit, um dich zur Personalabteilung zu bringen. Sag aber, du

kommst von mir.« Sie übernahm eine Frau, die von zwei Sanitätern gebracht wurde, und war im nächsten Moment schon verschwunden.

Der Job in der Küche war vergeben, aber im Putzteam war noch ein Platz frei. Tausend Euro. Milenas Herz hüpfte vor Freude: Ihr zukünftiges Leben, wenn auch nur mit Scheuerlappen auf der Neurologie, nahm Gestalt an.

Ihre neuen Kolleginnen hießen Mimoza, Awina und Ulrike. Mimoza kam aus Bosnien, Awina aus Moldawien und Ulrike aus dem Bayerischen Wald. Mimoza hatte, während sie putzte, ständig ihr Handy am Ohr, weil sie unentwegt mit ihren beiden halbwüchsigen Töchtern telefonierte. Einmal, um zu verhindern, dass die beiden einander die Augen auskratzten, weil die Ältere ein Knutschfoto mit ihrem Freund ins Internet gestellt hatte und die Jüngere, die gerade komplett auf den Koran abfuhr, das total ätzend und peinlich fand. Oder aber, weil eine der beiden die Tür hatte offen stehen lassen und Mimoza fürchtete, dass der Nachbar, ein polnischer Suffkopf, sich in ihrer Wohnung breitmachen würde. Es ging aber auch um die Rettung von Straßenhunden in Bosnien – Mimoza hatte ein riesengroßes Herz, aber keinen Mann, mit dem sie es teilen konnte; oder aber auch darum, dass die bosnische Mama ein Ferienhaus in Albanien kaufen wollte, weil dort das Meer so schön und der Tourismus, wie sie glaubte, auf dem Vormarsch war. Mimoza hatte kein Geld, sollte aber für das Haus eine Bürgschaft übernehmen. Ulrike war eine Frau der kugelrunden Sorte, obwohl sie viel Sport trieb. Ihr Körper war in sich zusammengeschoben, aber sie war flink, immer fröhlich, obendrein glücklich verheiratet, ohne Kind, und gab gelegentlich Statements ab wie: »Zuerst ist man ständig auf Kindergeburtstagen, dann auf Jugendpartys, schließlich auf Hochzeiten, dann immer öfter in Krankenhäusern, und am Ende sind es vor allem Beerdigungen, zu denen man eingeladen wird.«

»Wir sind doch schon ständig im Krankenhaus, obwohl es jetzt die Zeit für Hochzeiten ist«, meinte Awina, ständig auf der Suche nach einem Ehemann. Vorzugsweise unter den Ärzten. Awina war eine sehr sinnliche Frau, und wenn sie nicht putzte, stellte sie sich im Dessous im Internet zur Verfügung. Ihr Männermotto war: Triffst du 'nen Supertypen, der glänzende Augen, feuchte Lippen und 'nen heißen Körper hat, fass ihn nicht an. Der hat bestimmt Grippe!

Prompt schob Mimoza ihren Putzwagen auf ein Krankenzimmer zu, auf dem ein großer, gelber Punkt klebte.

»Was bedeutet das?«, wollte Milena wissen.

»Infektion«, antwortete Mimoza.

»Awinas Traumtyp mit Grippe?«

»Krankenhauskeim!« Mimoza sprach's und vermummte sich mit Kittel, Mundschutz, Haube und Handschuhen, betrat das Krankenzimmer, aus dem ein Arzt völlig unvermummt herauskam. Milena sah Awina fragend an, und Awina zuckte nur mit den Schultern. »Der eine so und der andere so.«

Milena bestand das Probearbeiten, das am nächsten Tag stattfand. Bekam eine Festanstellung mit einem Nettogehalt von tausend Euro und wurde von Anna zur Feier des Tages mit einer Flasche Champagner überrascht. Milena und Anna tranken sie auf einer Trage sitzend leer, brauchten dafür nur eine halbe Stunde, stiegen dementsprechend beschwipst in den Bus. Und Anna konnte sich nicht länger die Frage verkneifen, ob Milena auf Phil stand. Wenn überhaupt, entgegnete Milena, dann nicht, weil Phil ihr Typ war, sondern weil Einsamkeit bedürftig machte. »Wenn man tagelang nichts zu essen kriegt, ist man auch mit einem Stück trockenem Brot zufrieden.«

»Phil ist für dich ein Stück trockenes Brot?«

»Siehst du mehr in ihm?«

»Das richtige Alter, guter Job, nicht unattraktiv?«

Zufrieden klopfte Anna Milena auf die Schultern. Milena war nicht mit sich zufrieden. Vor allem, weil sie Anna etwas gegen sich in die Hand gegeben hatte, was sie weder Anna in die Hand hatte geben noch sich selbst hatte eingestehen wollen. Jetzt war es ausgesprochen, konnte nicht mehr zurückgenommen werden, weitere Männergeschichten aus ihrem Leben folgten, und so kicherten sie sich gemeinsam den ganzen Weg zu ihrem Zuhause zurück.

Ein älteres Ehepaar sah sich nach ihnen um. Wirkte dabei leicht verstört. Der Mann legte schützend den Arm um die Schulter seiner Frau. Die Frau lehnte wiederum den Kopf an ihn.

»Wir sollten öfter was trinken.« Milena kicherte.

»Warum?«

»Offensichtlich bringen wir damit wieder Schwung in andere Beziehungen.«

Anna sperrte die Haustür auf und grinste: »Ich bring erst einmal Schwung in meine Beziehung.«

Sie gab Milena einen Kuss auf die Wange: »Phil ist süß, an deiner Stelle würde ich ihn mir schnappen.« Milena hatte es geahnt! Fortan würde ihr Geständnis sie verfolgen wie ein Rüde, der eine läufige Hündin witterte.

»Du bist aber nicht an meiner Stelle!«, rief sie hinter Anna her, doch Anna hatte schon den oberen Treppenabsatz erreicht und reagierte nicht mehr.

Milena wartete einen Augenblick, kramte in der Tasche nach ihrem Wohnungsschlüssel, sperrte auf, trat ein und war – wie-

der einmal – allein mit sich und einer Wohnung, in der niemand auf sie wartete.
Sie machte Licht.
Das Gefühl blieb.
Sie schaltete das Radio ein.
Es änderte sich nichts.
Schaltete den Fernseher ein.
Die Einsamkeit wurde stärker. Würde sie enden wie der alte Mann in Eisenach hinter der vergilbten Gardine und sich hoffentlich nicht rasieren, aber vielleicht doch das eine oder andere Damenbarthaar herauszupfen? Sie nahm ihr Handy, wollte Phil anrufen und ihn auf ein Glas Wein einladen. Doch es meldete sich nur die Mailbox, und in diesem Moment hörte sie sich die Entscheidung treffen: »Ich hab einen Job, Phil. Du musst dir eine andere Tanzlehrerin suchen.«

16

Milena redete sich ein, dass sie keine Antwort auf ihre Absage erwartete. Dennoch ertappte sie sich dabei, wie sie immer wieder auf ihr Handy starrte, als könne sie so seinen Anruf herbeizwingen. Doch ihr Telefon schwieg. Offenbar hatte er trotz des schönen Abends und der gemeinsamen Nacht kein Interesse an ihr als Mensch und sah sich bereits nach einer anderen Tänzerin um. Möglicherweise sogar nach einer richtigen Tanztherapeutin, was Kathrin Müller-Arndt durchaus gutheißen würde. Was war nur an ihr, dass sogar Phil sie so schnell aufgab? Ein Phil, der nie aufgab, der nachts auf dem Fahrrad und bei jedem Wetter seine verlorenen Schäfchen wieder einsammelte.

Ohnehin war ihr Handy in den letzten Wochen – um genau zu sein, seit sie mit dem Tanzen aufgehört hatte – nicht sehr gesprächig gewesen. Die wenigen Male, die es in der letzten Zeit geläutet hatte, konnte Milena an zehn Fingern abzählen. Frau Adamczik. Anna. Niemand. Keiner ihrer ehemaligen Kollegen erkundigte sich nach ihr, kein Choreograph, kein Nichts. Sie war von den Brettern, die ihre Welt bedeutet hatten, verschwunden, als hätte es sie nie gegeben.

Milena warf ihr Handy in ihre Schreibtischschublade und drehte den Schlüssel gleich zweimal herum. Schluss. Aus. Vor allem mit der Hoffnung. Wer nichts erwartet, wird nicht enttäuscht!

Die achtundvierzig Stunden, in denen sie nicht erreichbar war, obwohl sie vermutlich auch niemand erreichen wollte, ähnelten den ersten Tagen des Nikotinentzugs. Dann begann sie sich ohne dieses ständige Schielen auf das Display zu entspannen, und gerade als sie so richtig entspannt war, saß Phil, eine Sporttasche neben sich, auf der dritten Treppenstufe vor ihrer Wohnungstür. Ihr Herz klopfte bis zum Hals. Sie brachte kein Wort heraus. Anna dagegen schon, die gerade die Treppe herunterkam.

»Das ist ja eine Überraschung.« Strahlend reichte sie ihm die Hand.

Milena zuckte zusammen. Hoffentlich hielt Anna zur Abwechslung mal den Mund. »Eine Überraschung, das kann man so sagen«, knurrte sie stattdessen. »Warum hast du nicht angerufen?«

»Hab ich, aber da war nur die Mailbox, und du rufst auch nicht zurück.«

»Handy liegt in ’ner Schublade, schau seit Tagen nicht drauf.«

»Und dann wundert es dich, wenn mir nichts anderes übrigbleibt, als dich zu überfallen?«

»Was kann ich für dich tun?«

»Ich will mit dir reden.«

»Dann lass den armen Mann nicht länger vor deiner Tür stehen, Milena«, stichelte Anna. »Sonst lade ich ihn zum Tee ein.«

»Er trinkt nur Kaffee.«

Doch da hatte sich Phil schon an Anna gewandt. »Gern auch Tee, wenn Sie mir helfen, Ihre Freundin zu überreden, mit den Tanzstunden weiterzumachen.«

»Keine Chance«, antwortete Milena, ehe Anna sich erneut einmischen konnte, kehrte Phil den Rücken, wollte die Wohnungstür aufsperren, hielt inne. Weshalb ärgerte sie sich überhaupt über Anna? Sie drehte sich noch einmal um, und mit einem Mal war es so, als habe Anna ihr mit dem, was sie im Bus über Phil gesagt hatte, eine Kamera in die Hand gedrückt, mit deren Objektiv sie ihn zu sich heranzoomte, so dass er für sie zur Großaufnahme geworden war. Eine Großaufnahme, die ihr gefiel. Nicht auf den ersten, jedoch auf den zweiten Blick.

Jetzt begann Anna auch noch, mit Phil zu flirten. »Ich würde Ihren Patienten sofort Tanzstunden geben, wenn ich tanzen könnte …«

Milena zog den Schlüssel wieder aus dem Schloss: »Seit wann?«, meinte sie freundlich, sehr, sehr freundlich. »Für dich sind das doch alle Psychos.« Es tat gut, Anna ganz dezent eine reinzuwürgen.

Und *touché*, es wirkte. Anna wurde rot, und der warme Ausdruck in Phils Augen wich einem Frösteln, das er zumindest bei Milena auslöste. »Psychos?« Auch seine Stimme war um einige Grad kälter.

»War nicht so gemeint«, berichtigte sich Anna schnell, »ein dummer Spruch.« Sie warf Milena einen Blick zu, als sei Milena unfähig, einen harmlosen Spaß zu verstehen, und sagte: »Ich muss jetzt sowieso los. Hab heute Spätdienst.«

»Anna ist Krankenschwester«, erklärte Milena, der es schon wieder leidtat, Anna bloßgestellt zu haben. »Es ist manchmal nicht einfach, mit psychisch Kranken umzugehen, wenn man es nicht gelernt hat.«

»Ich weiß«, antwortete Phil, ohne Anna entgegenzukommen. Anna verabschiedete sich, und Phil drückte Milena einen weißen Umschlag in die Hand. Auf dem Umschlag stand nur ihr Name. Buchstabe an Buchstabe, sehr ordentlich aneinandergereiht. Milena kannte die Schrift nicht. »Von wem?« Fragend sah sie Phil an.

»Lies«, forderte er sie auf, »dann wirst du meine Menschen vielleicht besser verstehen.« Milena reagierte nicht, und Phil wurde eindringlich. »Lies ihn, bitte.«

Normalerweise hätte sie Phil in ihre Wohnung gebeten, aber jetzt war sie zu neugierig geworden, vergaß es und begann zu lesen, was sehr ordentlich, Buchstabe an Buchstabe, aufgeschrieben worden war.

Nebel. Und aus dem Nebel kommen die Gedanken. Wie kleine rote Teufel. Aus dem Hinterhalt springen sie mich an. Lachen. Hämisch. Sie kreischen. Flüstern mir schlimme Dinge zu. Dass ich falsch bin. Alles falsch. Ich will sie abstreifen. Weiß nicht mehr, ob die Stimmen wirklich von draußen kommen. Oder in mir sind. Egal. Sie besetzen jede Windung meines Gehirns. Ich schlage um mich. Will sie vernichten, aber sie vernichten mich. Ich existiere, bin jedoch nicht mehr real. Der Nebel wird dichter. Ich erkenne nichts mehr. Keinen Menschen, nicht die Welt um mich herum. Ich sehe alles, aber ich verstehe nichts. Meine Gedanken sind nur noch ein endloser Kreislauf, ohne Ziel, voll von Misstrauen. Ich verzweifle. Es sind nicht meine Gedanken, und doch sind sie in mir verwurzelt, entspringen diesem anderen Ich, das ich nicht kenne und das dennoch irgendwo tief in mir wohnt …

Milena hielt mit dem Lesen inne. Das unbekannte Ich. Sie musste an ihren letzten Krankenhausaufenthalt ihres Rückens wegen denken. Wie allein schon wenige Tage in abgeschiedener Umgebung die Wahrnehmung verändern konnten. Innerhalb der sterilen Atmosphäre des Krankenhauses, mit seinen weißen Wänden fast ohne Schmuck, den immer gleichen Eindrücken in den endlos langen Gängen ohne jede Ablenkung, hatte sie sich auf ihr bloßes Ich reduziert gefühlt, das ihr begegnete wie eine Fremde. So musste es auch dem Verfasser des Briefes ergehen. Zumindest glaubte sie, ihn so zu verstehen. Ein rascher Blick. Kein Gruß. Keine Unterschrift.

Dieses Ich war für Milena damals zu einem winzigen schwarzen Punkt geworden. Haare, Frisur, Kleidung, ja sogar der Körper mit seinen Nerven, Muskeln, Knochen, seinem Fettgewebe war ihr vorgekommen wie reine Makulatur. Überflüssig. Nur auf diesen winzigen schwarzen Punkt kam es an, und mit nichts konnte sie sich von dieser Tatsache ablenken. Keine Zeitschriften, keine Besuche, kein Plausch mit Mitpatienten in der Cafeteria. Erst als sie das Krankenhaus verlassen hatte, war auch der Rest von ihr wieder zurückgekehrt. Sie war nicht mehr nur ein Ich, sie war auch wieder alles andere in dem Draußen mit seiner Flut von Eindrücken gewesen, mit Häusern, die danach anders aussahen als vorher, ebenso wie die Straßen, die Menschen, die Autos. Vertraut und fremd zugleich.

Sie las den letzten Satz des offenbar an sie gerichteten Briefes, auch wenn die Anrede ebenso fehlte wie die Unterschrift.

… und dann … ist es so, als verliere ich ganz allmählich den Verstand.

Den Verstand verlieren. Welch entsetzliche Kapriolen der menschliche Geist schlagen konnte.

»Was hier beschrieben wird«, sagte Phil, »kann jedem passieren. Ein Kurzschluss im Gehirn genügt.«

»Ich könnte auch an Schizophrenie erkranken?«

»Zumindest können wir alle Psychosen bekommen. Fünfzehn Prozent der Bevölkerung haben zumindest schon einmal Stimmen gehört.« Milena sah ihn erschrocken an. Phil fuhr fort: »Und es ist auch nicht so, dass ein schizophrener Mensch völlig wahnsinnig ist …« Milena dachte an Christopher und widersprach innerlich. Wenn das nicht Wahnsinn war, wie er herumlief und was er von sich gab? »Du wärst überrascht, wie viele gesunde Anteile er noch hat.« Wieder einmal schien Phil ihre Gedanken erraten zu haben. »Was an Schizophrenie erkrankte Menschen vor allem quält, ist eine Art seismographische Übersensibilität, die wie eine Allergie in krankhafte Reaktionen mündet. Sie sind …«, er überlegte, »… wie ein zerbrochener Spiegel.«

Zerbrochener Spiegel. Zerfallendes Ich, sobald man versuchte, sich selbst zu berühren. Milena bemühte sich, zu verstehen. Sie verstand es nicht.

Phil setzte sich wieder auf die Stufen. Milena überlegte, setzte sich neben ihn, dachte gar nicht mehr daran, ihn in ihre Wohnung zu bitten. Phil gönnte ihr eine kleine Pause, dann fuhr er fort: »An Schizophrenie erkrankte Menschen sind wichtig für uns. Wenn wir genau hinhören und hinsehen, dann vermitteln sie uns – wenn auch symbolisch verschlüsselt – eine neue Perspektive auf unsere Welt. Vielleicht ein wenig ver-rückt, aber durchaus interessant. Lassen wir uns auf sie ein, können wir die menschliche Tragik und die Abgründe nicht mehr ignorieren.«

Doch genau das wollte Milena. Ignorieren. Nicht mitfühlen und verstehen und sich schon gar nicht auf Gedanken einlassen, die den Stoffwechselprozess ihres Gehirns veränderten. In ihrem Kopf herrschte ohnehin schon ein Durcheinander, das sie überforderte. Ein weiterer Umbau würde nur zu weiteren Kollisionen und Auffahrunfällen ihrer Gehirnzellen führen.

»Lass dich auf Christopher und meine anderen Menschen ein.« Obwohl Phil vermutlich ahnte, was in ihr vorging, sprach er unverwandt weiter: »Du wirst etwas vom seelischen Tiefgang erfahren, wie du es sonst niemals erfahren wirst. Du wirst erkennen, wie reich und kreativ der menschliche Geist sein kann.«

Sie zögerte: »Der Brief ist von Christopher, oder?«

Phil nickte.

Sie hätte nicht fragen müssen. Sie hatte es gewusst. Was machte Phil mit ihr? Er und Christopher. Was machten sie beide mit ihr? Am liebsten hätte sie das Blatt zerknüllt und Phil als Papierkugel zurück in die Hand gedrückt. »Und wenn ich das alles gar nicht erfahren will? Ich hab genug mit mir zu tun!«

»Dann nimm wenigstens Christophers Entschuldigung an.«

»Der Brief ist eine Entschuldigung?«

»Und der Versuch einer Erklärung.« Wieder dieser prüfende Blick. »Wovor hast du Angst, Milena?«

»Angst? Ich hab keine Angst.« Tatsächlich hätte ihre Stimme empörter klingen müssen. Denn etwas löste ja dieses Unbehagen in ihr aus. Aber was? Vielleicht diese innere Stimme, die sich bei ihrer ersten Zusage, im Regenbogenhaus Tanzstunden zu geben, noch nicht gemeldet hatte, weil sie keine Ahnung gehabt hatte, worauf sie sich einließ. Bis sie mit Christopher auf diese ganz spezielle Art Tango getanzt hatte. Es war etwas Besonderes gewesen. Ein Leben mit Tiefgang? Brauchte sie diesen Tiefgang? Es war schon schwierig genug, sich an der Oberfläche zu halten.

Hast du schon vergessen, wie er dich danach beschimpft hat? Obwohl du ihn nicht berührt hast? Aber da war noch eine Stimme, und sie kam auch aus ihrem Innern: *Vielleicht nur, weil es ihn berührt hat? Oder dich …* Die andere Stimme wurde energisch: *Wenn du jetzt nachgibst, kommst du aus der Nummer nie wieder raus. Dann wirst du nie wieder die sein, die du bist.* Und jetzt war es nicht mehr nur die eine, es formten sich viele Stimmen in ihr zu einem monoton-rhythmischen Sprechchor: *Du wirst nie wieder diejenige sein, die du bist!*

»Wo bist du mit deinen Gedanken?«

»Sag's mir, du bist doch derjenige, der mich lesen kann.«

»Nur die Shortstory.« Er lächelte. »Nicht den ganzen Roman in deinem Kopf.«

»Es hat keinen Sinn.«

»Keinen Sinn?« Phil sah sie verblüfft an. »Du denkst nach allem, was ich dir gesagt habe, nach diesem eindrucksvollen Brief von Christopher, mit meinen Menschen zu arbeiten habe keinen Sinn …?«

»So hab ich es nicht gesagt.« Er schaffte es immer wieder, sie wütend zu machen.

Phil blieb ruhig, mehr noch, er wurde eindringlich: »Seit ihr zusammen Tango getanzt habt, Milena, nimmt Christopher seine Medikamente wieder.«

»Schön.«

»Schön? Milena, das gibt ihm sein Leben zurück.«

»Bestimmt nur Zufall, mit dem Tanzen hat das nichts zu tun.«

»Wieso bist du so abwehrend?«

»Bin ich nicht.«

»Milena, seit ich Christopher kenne, hat er noch keinen Brief geschrieben. Seine Mutter schreibt ihm regelmäßig. Er antwortet nie. Und er hat sich auch noch nie jemandem erklärt. Und jetzt das … Also …«

»Nein.«

Sie hoffte schon, dass Phil wenigstens dieses Nein ernst nehmen würde, doch er öffnete wortlos den Reißverschluss seiner Sporttasche und hielt Milena einen knallbunten Schal entgegen: »Von Elisabeth.« Ein Saalflugzeug folgte: »Von Alphonse …« Lilly hatte für Milena gemalt, die Turbanfrau hatte für sie Plätzchen gebacken, und auch alle anderen Bewohner des Regenbogenhauses hatten sich etwas für Milena einfallen lassen. Eine Krone aus Gänseblümchen. Eine selbst bemalte Kerze, Serviettenringe und, und, und …

Phil belud Milena immer weiter, und irgendwann stand sie da, sprachlos. Mit den Armen voller Geschenke. Phil lächelte, machte ein Foto mit seinem Smartphone, nahm Milena die Geschenke wieder ab, legte alles auf die Treppe und reichte ihr ein Papierfoto. Es war das Foto eines Babys. Milena zuckte zusammen.

»Von Frau Rose.«

Das Foto fühlte sich zwischen ihren Fingern irgendwie heiß an. So als könnte sie sich daran verbrennen. Diese großen dunklen Augen. Das jetzt schon dichte, schwarze Haar. Nein, sie wollte nicht an Kaja denken, nicht jetzt. Milenas Hals wurde eng. »Wer ist das?«, fragte sie leise.

»Ihr Sohn.«

»Ihr Sohn?« Fassungslos sah sie Phil an. »Ich hab geglaubt, Rosi kann keine Kinder bekommen. Christopher macht sie deswegen doch ständig fertig.«

»Er kennt ihre Geschichte nicht. Nein, körperlich hätte Elisabeth noch lange nach Jonas viele Kinder bekommen können …«

»Jonas.«

»Kommst du?«

»Was ist mit Jonas passiert?«

»Kommst du?«
»Ja klar, du kannst nicht darüber sprechen, Arztgeheimnis.«
»Kommst du?«
»Mir reicht der ganz normale tagtägliche Wahnsinn.«

»Meine Menschen sagen, du hörst mit den Augen und siehst mit dem Herzen«, mischte sich Phil in ihre Gedanken ein.
»Alphonse.« Sie lächelte unwillkürlich.
»Christopher. Er hat gesagt, die Tänzerin hört mit den Augen und sieht mit dem Herzen. Danach hat er um sein Medikament gebeten. Morgen um fünfzehn Uhr?«
Ehe Milena noch etwas erwidern konnte, war die Haustür hinter Phil ins Schloss gefallen.

17

Bestenfalls wollen sie nur dein Mitgefühl und dein Verständnis. Aber vielleicht wanken sie auch auf dich zu wie die armseligen Gestalten der Leprakranken in dem Hollywoodschinken Das indische Grabmal *– in Fetzen gekleidet, mit sehnsuchtsvoll ausgestreckten Armen. Doch allein eine Berührung wird genügen, um dich anzustecken. Und sie werden dich berühren. Weil Berührungen fast ebenso wichtig sind wie Nahrung. Und diese Menschen sind hungrig. Hungrig nach dem, was sich normal nennt. Hungrig danach, gesund zu sein. Bist du erst einmal angesteckt, wirst du das, was du erleben wirst, möglicherweise nie wieder los. Dann brauchst du auch nicht mehr in den Spiegel zu schauen, um zu zerfallen. Das passiert dann wie von selbst … zuerst die Nase, dann die Finger, dann der Rest …*

Milena fuhr in die Höhe. Was für ein Alptraum. Die Stimme, das hämische Lachen. Wo kamen sie her? Sie sah sich um. Nichts. Sie hielt still. Lauschte. Stimmen und Lachen kamen aus ihrem Kopf. Und trotzdem – sie hatten nichts mit ihr zu tun. Hatten sich verselbständigt.

»Fünfzehn Prozent der Menschen hatten einmal im Leben eine Wahrnehmung, die sie nicht einordnen können.«

»Wie kann das passieren, Phil, dass man auf einmal Stimmen hört, die nicht real sind und trotzdem real?«

»Schlafentzug, Stress, Überforderung.«

Milena schlief schlecht in letzter Zeit. Aber vielleicht hatte sie das alles auch nur geträumt, und der Traum hatte sie über das Aufwachen hinweg bis in die Realität verfolgt. Dabei war sie fest davon überzeugt gewesen, dass sie kein Auge zugemacht hatte. Kreisende Gedanken während der ganzen Nacht. Und je höher die Drehzahl, desto weniger waren sie zu greifen gewesen, waren schließlich unsichtbar geworden wie sich immer schneller drehende Propeller. Ihre Zeit als Tänzerin. Der Saal ist voll. Unruhe. Leises Lachen. Laute Stimmen. Sessel knarzen. Sie steht noch hinter dem Vorhang. Vor Anspannung und Vorfreude vibrierend bis in die Zehenspitzen. Die Musik setzt ein. Vorhang auf. Das innere Beben nimmt zu, jeder Muskel, jeder Nerv, jede Sehne, jede Zelle beginnt zu zucken, sich in die Melodie hineinzuwiegen, der ganze Körper wird zum Schiff, das langsam Fahrt aufnimmt, das Publikum vor ihr wie die Weite des Ozeans. Füße wirbeln. Das Schiff löst sich, beginnt zu fliegen … Ihr Körper wird zur Feder im Wind.

Es war kurz nach Mitternacht gewesen, als sie sich an das alles erinnert hatte. Dann war ihr Vater plötzlich aufgetaucht und hatte alles andere abgelöst: »Ich hab deine Nabelschnur durchschnitten. Also mach was draus. Das bist du mir schuldig.« Die Mutter hatte sich neben ihn gestellt. In hohen Schuhen. Den Vater um einen halben Kopf überragend: »Du willst wissen, was Liebe ist, Milena? Sie ist wie ein wunderbarer Duft. Versuchst du aber, ihn zu analysieren und zu erforschen, löst er sich auf. So ist die Liebe.« Der Bruder, Max, in Paris. Außer sich vor Wut. »Du bist schuld, dass sich unsere Eltern getrennt haben. Du! Ich will nichts mehr mit dir zu tun haben.«

Das war um halb drei gewesen. Um vier Uhr hatte sie diesen wunderbaren Duft gerochen. Jasmin. Nachts entfaltete er seine ganze Kraft. Woher er kam, wusste sie nicht. Er war in ihrem

Kopf. In dem Teil, in dem die Erinnerungen gespeichert waren, im Erinnerungskopf, wie Alphonse ihn wohl nennen würde. Sie selbst hatte den Jasminduft dort abgelegt, gemeinsam mit Nikola. Nikola und sie zusammen nachts in einem Park. Sie waren über die Mauer geklettert, hatten sich geliebt, inmitten von Jasmin, sein Duft bis unter die Haut. Jeder Atemzug, alles Fühlen – Leidenschaft. Nie wieder war sie so präsent gewesen, so da in dieser Welt, nicht einmal beim Tanz. Der Schmerz kam augenblicklich. Schmerz, der das Herz zerreißt, einem den Atem nimmt und den Glanz. Mit Nikola war die Welt bunt gewesen, aufregend. Ohne ihn war sie lange nur noch ein Bruchteil dessen gewesen, was sie sein konnte. Farblos wie eine breite, asphaltierte Straße, immer geradeaus, rechts und links nur Wüste. Um sechs Uhr morgens war ihr noch etwas anderes klargeworden. Kaja war nicht nur ein Zufallskind, das sie geboren hatte.
Sie war ihre Tochter!
Ihre Tochter!!!
Sie kämpfte gegen die Tränen an. Heulte sie erst einmal los, würde sie nie wieder damit aufhören. Sie hasste geschwollene Augen, damit konnte sie nicht auf die Straße gehen. Und ihre letzte Sonnenbrille hatten sie ihr in einem Berliner Café gestohlen. Armseliges Leben, in dem man sich nicht einmal mehr eine Sonnenbrille leisten konnte. *Auch die dunkelste Stunde in deinem Leben hat nur sechzig Minuten.* Die Stimme ihres Vaters. Gelegentlich hatte er auch etwas Wahres gesagt. Gegen sieben Uhr morgens hatte sie versucht, ihren Gedanken ein neues Ziel zu geben, über etwas nachzudenken, was sie kontrollieren konnte. Wenn ihr sonst alles entglitt, bitte nicht auch noch die Gedanken. Doch es war sinnlos. Ihre Gedanken machten weiter, was sie wollten. *Kleine rote Teufel, sie springen dich aus dem Hinterhalt an. Fünfzehn Prozent der Menschen haben*

zumindest einmal im Leben so eine Wahrnehmung. Stimmen im Kopf. Lachen hinter der Schädeldecke. Nichts als ein biochemischer Prozess im Gehirn. So etwas kann passieren und geht auch wieder vorbei.

Hatte sie sich schon angesteckt? Wurde sie langsam verrückt?

»Denken kann dein Lebensproblem nicht lösen.« Das war zur Abwechslung mal wieder Alphonse. Sie hörte ihn klar und deutlich. »Gedanken sind angehäufte Erinnerungen.« Wann hatte er so etwas zu ihr gesagt? Er hatte es nicht zu ihr gesagt. Er hätte es nur sagen können. Und weil er es hätte sagen können, war er mit diesem Gedanken in ihrem Kopf. Ganz eindeutig, sie wurde verrückt.

Auf dem Fensterbrett, unter dem Rollo, das Milena nicht ganz heruntergelassen hatte, reihten sich knallroter Schal, Saalflugzeug, Plätzchen, Gänseblümchenkrone, deren Gänseblümchen schon zu welken begannen, bemalte Kerze, Serviettenringe und all das, was die Menschen aus dem Regenbogenhaus Phil mitgegeben hatten, aneinander. *Geh, geh, Milena,* sie flüsterten und lockten, *geh, Milena, tanz* … Neigten sich einander zu, bildeten einen Reigen. Und wieder kreisende Gedanken. Wirbelnder Propeller. Füße, die nicht stillstehen.

Sie war erneut eingenickt. Riss die Augen wieder auf. Die da auf dem Fensterbrett konnten tun und lassen, was sie wollten. Sie würde nicht kommen. Sie war nicht dafür geboren. Die Arbeit im Krankenhaus blieb ihr einziger Job, und falls sie mit der Kohle nicht klarkam, würde sie sich noch etwas anderes suchen, das schon, aber etwas Unkompliziertes. Bäckereiverkäuferin, zum Beispiel, Flaschensortiererin im Supermarkt. Ein Job im Callcenter.

Jedenfalls nichts Direktes mit Menschen. Sie würde nur etwas tun, das zum Anfassen und Weglegen war. Kaja, weggelegt, ab-

gelegt, vor sich selbst davongelaufen. Sich selbst nie wieder eingeholt. *Aber schau doch, Milena, wie viel Mühe sie sich gegeben haben, die Verrückten, Wahnsinnigen, aus der gesellschaftlichen Rolle Gefallenen … Sie haben gebastelt, gebacken, gemalt, gepflückt, gestrickt. Sie wollen dich! Und wer außer ihnen will dich noch?* Sie bohrte das Gesicht ins Kissen … Der Gedanke blieb … Wofür war sie noch da? Sie drehte sich auf den Rücken und starrte die Decke an … Der Gedanke war noch immer da. Was gab dem verdammten Mist noch irgendeinen Sinn? Er war wie festgeklebt in ihrem Kopf.
Sie stand auf, trank einen Schluck Wasser … der Gedanke blieb, und irgendwann schlief Milena mit ihm wieder ein, wie mit einem Kind, das sie noch etwas unbeholfen, aber zärtlich im Arm hielt. *Geh, geh, Milena, tanz … Wird schon nicht so schlimm werden … Vielleicht lernst du tatsächlich etwas dazu. Und wenn nicht, dann ist das vielleicht sogar das, was deinem Leben Sinn gibt.*

Irgendwo sprang ein Radiowecker an. Und in der Wohnung über ihr stand Herr Manan unter der Dusche. Das Haus war so hellhörig, dass man fast jeden einzelnen Wassertropfen hören konnte. Blupp, blupp, und Herr Manans hohe Stimme begleitete einen Song, von einer CD, wie Milena annahm. Irgendetwas Indisches, sehr Lautes und Fröhliches. Es forderte zum Mittanzen auf.
In Milena zuckte es. Zuerst die Zehen, dann die Beine, sie setzte sich auf, die Hüften, der Oberkörper. Das Körperschiff nahm Fahrt auf. Ehe sie sich versah, tanzte und sang sie sich durch die Wohnung, fühlte sich gleich viel besser, schnappte sich Paulas Fahrrad, fuhr an die Isar und tanzte dort einfach weiter. Jetzt allerdings Übungen aus dem klassischen Ballett.

»Irgendjemand klaut ständig Paulas Fahrrad und bringt es dann wieder zurück.« Erst am vergangenen Tag hatte Anna vor ihr gestanden, die Hände empört in die Taille gestützt.

Sauté, *Plié*, unter den Füßen taufrisches Gras und der Blick auf die fast ebenmäßig dahinfließende Isar. Sprung. Beine und Füße gestreckt.

»Erstens ist es dann nicht geklaut. Und zweitens: Warum sperrt ihr es nicht ab?«

Wieder weich auf dem Boden landen. Sanft, ganz sanft. Sie konnte es noch. Sie war nicht eingerostet. Glücksgefühl.

»Morgen besorg ich ein Schloss. Paula kriegt es ja wieder mal nicht hin. Nix im Kopf außer Haare, Make-up, WhatsApp und Jungs.«

Es würde also ihr letzter Ausflug mit Paulas Rad an die Isar sein. Milena machte ein paar Dehnübungen. Die ersten Spaziergänger kamen. Die meisten mit Hund. Milena trainierte weiter. Es tat ihrem Körper gut, endlich wieder gefordert zu werden. Ihr Kopf wurde klar. *Attitude*, *Cambré*, *Passé* … Und als sie wieder die Grundstellung einnahm, hatte sie sich entschieden.

18

Wie immer stand die Tür offen. So als wolle sie betonen, dass hier niemand bleiben musste. Jeder konnte kommen und gehen, wie er wollte.

»Das Regenbogenhaus ist keine geschlossene Psychiatrie«, hatte Phil erklärt. »Meine Menschen sind freiwillig hier.«

»Was immer freiwillig in ihrem Fall auch bedeuten mag.«

»Es ist ihr freier Wille.«

»Haben sie denn eine Wahl?«

»Hat man die nicht immer?« Mit dieser nicht gerade zufriedenstellenden Antwort hatte Phil sie nach ihrer kurzen Unterhaltung an jenem Tag wieder einmal stehen lassen. So, wie er sie gern stehen ließ, irgendwie mittendrin. Und so als sei ihm gerade etwas in den Kopf geschossen, das wichtiger war als sie und sofort erledigt werden musste. Manchmal hatte Milena den Eindruck, dass er ihre Anwesenheit auch einfach vergaß.

Milena trat also ein, und das Erste, was sie hörte, war ein energisches »Nur die da!«. Milena sah sich irritiert um, auf der Suche nach »der da …«, aber da war keine »die da« außer – jetzt erst bemerkte sie Christopher, der auf einem Hocker im Gemeinschaftsbad saß und durch die offene Tür mit dem Finger auf sie zeigte. »Du wirst mir die Haare schneiden, Milena …«

Sie begriff nicht sofort: »Was?«

»Und rasieren wirst du mich auch.«

»Deswegen, Christopher«, sie sprach geduldig, fast nachsichtig, »bin ich nicht gekommen.«
»Das Ich-Zentrum ist die Ursache allen Missverstehens.«
»Ich verstehe nicht.«
»Du kannst nur wachsen, wenn weiter Raum in dir ist.«
»Was Christopher meint, ist«, jetzt stand auch Phil neben ihr und hielt ihr Rasierschaum und Rasiermesser entgegen, »wenn du ihn rasierst und ihm die Haare schneidest, lernst du was dazu.«
»Und was bitte?«
»Wer sich selbst kennt, sucht nicht mehr.« Christopher fixierte sie, als wolle er herausfinden, ob sie auch nur ein Wort von dem verstand, was er sagte.
»Ach so, und du meinst, dich zu rasieren und dir die Haare zu schneiden bedeutet, dass mein Ich-Zentrum wächst, falls genug Raum dafür da ist?«
Christopher nickte Phil zufrieden zu: »Ich sag's ja, sie ist die Richtige.«
»Ich hab nicht vor, mich bei euch als Bader und Friseurin zu bewerben.« Milenas Mundwinkel flutschten nach oben, als habe sie einen Schalter betätigt. Senkten sich jedoch sofort wieder. Sie wandte sich an Phil: »Ich wollte noch einmal wegen der Tanzstunden mit dir sprechen.«
»Nachher!« Mit diesen Worten drückte Phil ihr das Rasiermesser in die Hand. »Christopher hat recht.« Er grinste. »Um sein Bewusstsein zu erweitern, sollte man alles einmal ausprobiert haben.«

Milena hatte noch nie einen Mann rasiert, und schon gar nicht einen Mann, den sie nicht berühren durfte. Doch es gab kein Entkommen. Phil hatte sich zwischen sie und die Tür geschoben, als wolle er genau das demonstrieren. Zumindest war er so nett, ihr eine gewisse Anleitung zu geben.

»Mach erst mal den Bart richtig nass und kämm ihn dann ganz vorsichtig durch.«

Milena tauchte den Kamm ins warme Wasser, wobei sie feststellte, dass Christopher offenbar geduscht hatte. Zum ersten Mal roch er gut. Aber auch, wenn er neue Duftmarken setzte – wie sollte es ihr jemals gelingen, das Gestrüpp, das eher einem Dschungel als einem Bart ähnelte, so geschmeidig zu machen, dass sie es kämmen konnte, ohne Christopher weh zu tun. Sie fürchtete sich davor, ihm weh zu tun. Was war, wenn er komplett durchdrehte und nicht mehr zu schreien aufhörte? Sie würde es nicht ertragen. Nicht an diesem Tag.

Normalerweise hätte Milena Strähne für Strähne zwischen die Finger genommen und ganz behutsam einen Knoten nach dem anderen gelöst, aber so … Sie versuchte, erst einmal die richtige Stellung zu finden, um den Kamm ansetzen zu können.

»Den Bart darfst du anfassen.« Christopher sah sie mit diesem Blick an, den sie schon an ihm gewöhnt war. Sehr direkt. Klar. Ohne das kleinste Zucken der Lider. Aber auch mit einer Prise Wohlwollen gewürzt. Das kannte sie noch nicht an ihm.

»Okay?« Ihr Schweigen machte ihn ungeduldig.

»Okay!« Milena setzte den Kamm an. Weder Christophers Augen noch die von Phil ließen sie los. So unter Beobachtung stehend, begann sie, an einem Knoten herumzuzupfen, fragte fast nebenbei, nur um sich abzulenken: »Wie habt ihr beiden euch eigentlich kennengelernt? In der Psychiatrie?«

»An der Isar«, antwortete Phil. Christopher sagte nichts.

Milena nahm die Schere. »An der Isar?« Begann den Bart erst einmal zu stutzen. »Bei einem Spaziergang?«

»Phil hat dort gelebt.«

»An der Isar? In einem dieser schönen Häuser?« Sie hatte ja einiges erwartet. Das nicht. Strähne um Strähne fiel zu Boden.
»Draußen.« Noch konnte man wenig über sein Gesicht sagen, außer dass die Bartreste, mal kürzer, mal länger, ihm einen noch verwegeneren Ausdruck verliehen.
»So mit Zelt und Lagerfeuer? Oder wie kann ich mir das vorstellen?«
»In einer Höhle.«
»Ganz in der Nähe des Tierparks«, ergänzte Phil.
»Am Tag konnte ich die Elefanten hören und nachts … da ist es wie nachts im Regenwald …«
Neugierig geworden, hielt Milena inne. »Warst du schon mal im Regenwald …«
Christophers Gesichtsausdruck veränderte sich, und Milena kam es vor, als rutschte er aus der Gegenwart an die Stelle im Kopf, in der die Erinnerung saß und mit ihr die Vergangenheit. Eine Vergangenheit, die offenbar anders gewesen war als das Jetzt. Ohne Krankheit oder noch unbemerkt vor sich hin schlummernd, ehe sie ausgebrochen war. Wie brachen seelische Krankheiten aus? Mit Urknall wie ein Herzinfarkt oder eher langsam und tückisch wie Krebs? Seelenkrebs.
»Die Sprache der Pirahã, Apaitsiiso«, brach Christopher in ihre Gedanken ein, und sie musste kurz überlegen, worüber sie gerade gesprochen hatten. »Sie ist aus dem Kopf geboren.«
»Pirahã? Was ist das?«
»Amazonasindianer …« Christopher schüttelte nachsichtig den Kopf, als sei es ungewöhnlich, dass Milena nicht wusste, wer die Pirahã waren. »Sie haben keine Worte für Zahlen«, fuhr er fort. »Und keine für Farbe. Wissen Sie …« Wieder dieser ihm eigene Blick, den Milena noch bei keinem anderen Menschen so wahrgenommen hatte. Und dieser für ihn typi-

sche Wechsel zwischen Sie und Du. »Weißt du, dass jeder Mensch Farbe anders sieht und dass Blau die Wahrnehmung der Zeit verkürzt und Rot sie verlängert …«

»Nein, das wusste ich nicht.« Milena suchte mit den Augen nach Phil. Je öfter sie das Rasiermesser ansetzte und je weiter sie Christopher von seinem Dschungelbart befreite, desto mehr Mensch kam zum Vorschein. Nicht nur, was sein Gesicht, auch was seine Persönlichkeit betraf. Auch seine Ausdrucksweise wurde klarer. Phil nickte leicht, lächelte. Christopher setzte seine Erklärung fort: »Apaitsiiso ist eine Sprache, in der man nur singt, pfeift und summt. Sehr interessant.«

Phil ergänzte. »Christopher hat zwei Jahre mit ihnen gelebt.«

»War er so etwas wie ein Forscher?« Milena wandte sich an Phil, nicht an Christopher, so, wie sich die meisten an den jungen Menschen neben dem alten wenden oder an den Stehenden neben dem Rollstuhlfahrer, selbst wenn es um Angelegenheiten des Alten oder des Rollstuhlfahrers geht. Vollwertiges Mitglied der Gesellschaft? Aberkannt! Wahrnehmung des Alten oder Behinderten, im schlimmsten Fall sogar beides, auf Augenhöhe? Passé. Ab sofort unter Betreuung gestellt, und das mit nicht offiziellem, aber dennoch von der Gesellschaft autorisiertem Stempel drauf!

»Ich bin Professor der Linguistik.« Christopher betonte vor allem das *bin*.

Milena erinnerte sich. Neben der Erkrankung, hatte Phil gesagt, gibt es noch viele gesunde Anteile. Vergiss das nie.

»Es tut mir leid, ich meine nicht, dass Sie Professor der Linguistik sind«, automatisch wechselte sie wieder zum Sie, »sondern …« Sie wusste nicht weiter, und es war auch schon zu spät. Christopher hatte den kleinen Spalt wieder verschlossen, durch den Milena hätte zu demjenigen gelangen können, der

er auch, vielleicht sogar vor allem, aber ganz sicher einmal ganz gewesen war. Er hatte sich ihr wie ein Geschenk überreicht, und sie hatte es versaut.
Phil machte eine beruhigende Geste. Wird schon. Milena kehrte zum Ausgangspunkt ihrer Unterhaltung zurück: »Aber die Höhlen am Isarhang, die sind doch … Ich meine, die sind viel zu klein, um darin zu leben.«
»Drei mal vier Meter und eineinhalb Meter hoch«, erklärte Phil, »und so geschützt, dass sie vom Isarweg nicht zu erkennen ist.«
»So was gibt's?« Sie band Christopher mit Blick wieder in das Gespräch mit ein, aber Christopher presste die Lippen zusammen, schwieg. »Romantisch!«
»Bis zu dem Tag«, antwortete Phil trocken, »an dem Christopher mit einer Machete den Spaziergänger bedroht hat, der die Höhle untersuchen wollte.«
Die Schere fiel klirrend zu Boden. Milena starrte Christopher an, legte das Rasierwasser blitzschnell aus seiner Reichweite.
»Er hat mich angefasst!« Christophers Stimme klang vorwurfsvoll. Und seine Augen waren jetzt groß wie die eines entsetzten Kindes.
»Er wollte dir helfen.« Phil hob die Schere gelassen auf, reichte sie Milena. »Es hatte Minusgrade. Du wärst erfroren.«
Es ist eine Sache, einen Menschen zu rasieren, der nicht berührt werden wollte. Eine andere Sache war allerdings, sich einem Menschen mit Schere und Rasiermesser zu nähern, der, sobald er berührt wurde, mit einer Machete auf jemanden losging, der ihm das Leben retten wollte.
»Ich tu dir nichts«, sagte Christopher beruhigend. »Du machst das bis jetzt gut.«
Bis jetzt!

»Sehr gut sogar«, lobte auch Phil.

Milena sagte nichts, biss die Zähne zusammen, verfluchte Phil und vor allem sich selbst, dass sie sich darauf eingelassen hatte. Ein einfaches Wörtchen hätte genügt: »Nein!«

Sie zitterte.

»Du kannst Christopher mittendrin nicht einfach so sitzen lassen.« Phil hatte leicht reden. Ihm würde Christopher die Schere nicht in den Bauch rammen. »Jetzt mach weiter.«

Milena sah von Christopher zu Phil und wieder zu Christopher. Er wirkte ziemlich lächerlich mit den unterschiedlichen Bartlängen. Also gut. Sie atmete tief durch. Was sollte schon passieren. Ihre Hand musste nur ruhig bleiben, sehr ruhig. Kein Ausrutschen, keine kurze Berührung seiner Wange mit vielleicht nur einer Fingerspitze und schon gar nicht mit dem Handrücken …

Bisher hatte sie geglaubt, das einzig Beunruhigende an dieser Krankheit wären die Stimmen; Gedanken, die sich durch eine zu hohe Dopaminzufuhr verselbständigten, bis sie ein Eigenleben zu führen begannen. Manchmal bösartig und bissig wie Nachbarschaftsklatsch im Hausflur. Doch Schizophrenie machte offenbar auch gefährlich, und prompt fielen Milena die passenden Schlagzeilen dazu ein: *Vater tötet Sohn mit fünf Messerstichen. Diagnose – Schizophrenie. Tochter lebt monatelang neben ihrer skelettierten Mutter. Diagnose – Psychose. Nachbarn ignorieren den Verwesungsgeruch. Diagnose – Gleichgültigkeit.* Ein flehender Blick zu Phil. Stopp das Ganze. Bitte. Ein beruhigender Blick zurück: Alles gut, Christopher ist okay!

»Ich hatte einfach nur Angst vor diesem Schatten, der auf einmal in der Höhle war, ein riesengroßer Schatten. Ich hab gedacht, es sei ein Dämon. Die Stimmen haben mir gesagt, es sei ein Dämon.«

»Aber es war kein Dämon, Christopher«, entgegnete sie leise. »Es war ein Mensch.«

»Ich weiß.«

Christopher zerfiel. Vor ihren Augen. Noch nie hatte Milena einen Menschen so verloren gesehen. Sie hätte ihn so gern berührt, ihm etwas Gutes getan. Sie hielt sich zurück, sagte nur: »Okay, dann geht's jetzt weiter.«

Allein diese Worte genügten, Worte, die ihr Vertrauen in ihn ausdrückten, um ihn langsam wieder aufzurichten. Er saß gerade, und – Milena setzte das Rasiermesser an.

Und dann lag sein Gesicht frei. Ein Gesicht so voller Unschuld, fast wie das eines Babys, das geboren worden war, um keinem anderen jemals auch nur das geringste Leid zuzufügen. Zumindest so lange nicht, bis es dem Leben begegnete und von ihm lernte …

Irgendwann schaffte es Milena, sich von Christophers Anblick zu lösen, tauschte sich mit Phil nur über die Augen aus, und es war nicht nur ein Tausch, sie waren auf besondere Weise miteinander verbunden in dem Erstaunen über das, was sie sahen und – beide – nicht erwartet hatten.

Diese feinen Züge, so sensibel, sie stürmten auf Milena ein. Alles andere um sie herum verblasste, auch Phil. Sie starrte Christopher an. Etwas in ihr begann erneut zu zittern, es war ein anderes, inneres Zittern; sie hatte nicht einmal gewusst, wie viele Zittersorten es gab … aber dieses Gesicht … Liebe? Natürlich nicht. Anziehung. Vielleicht. Und selbst wenn da auch nur ein Hauch von diesem Gefühl war, das man im Allgemeinen Liebe nannte, sie würde den Duft in sämtliche Bestandteile zerlegen, ihn zerpflücken, bis nichts mehr von ihm übrig war. Christopher war kein Mann zum Verlieben. Würde das auch nie sein.

Dann bleibt die Liebe deiner Meinung nach seelisch erkrankten Menschen verwehrt? Schon wieder fing in ihr drin ein Gedanke eine Diskussion an, um die sie nicht gebeten hatte. Sie wollte ihn schon in seine Schranken weisen, da meldete sich ein anderer Gedanke. *Blödsinn. Jeder Mensch, ob krank oder nicht, hat ein Anrecht auf Liebe. Ja klar, und dann geht er, nur weil ihm jemand das Leben retten will, mit einer Machete auf denjenigen los.* Das war ein neuer Gedanke, ein Anklägergedanke. *Er war untermedikamentiert, er konnte nichts dafür, hatte vermutlich nur Angst* – der Verteidiger unter den Gedanken. *Na und? Jeder Diabetiker muss sich regelmäßig Insulin spritzen, damit er nicht untergeht. Das ist etwas anderes! Und warum? Krank ist krank. Okay*, das war wieder Mr. Zyniker. *Soll sie sich einen solchen Seelenkrüppel tatsächlich antun?* Ein ziemlich fieser Geselle unter ihren Gedanken. *Quatsch, ich meine nicht Milena, ich rede nur – generell.* Das war offenbar derjenige, der drei Schritte vor und zwei wieder zurück machte. *Aber wenn nicht sie, wer dann?* Was für eine gefährliche Idee. Geradezu provokant. *Alberne Diskussion, ist sowieso alles Schicksal.* Dieser Gedanke frönte dem Fatalismus oder war jung und unerfahren. *Dann soll das ihr Schicksal sein – nie eine Umarmung, nie wieder Sex? Vergiss es.* Der fatalistische Gedanke zuckte mit den Schultern: *Okay, schon vergessen.*

Andere litten unter einer multiplen Persönlichkeit, Milena offenbar an einer multiplen Gedankenstruktur. Wie dem auch sei. Sie ahnte – und in diesem Moment wurden alle anderen Gedanken mucksmäuschenstill, weil sie gegen wahres Gefühl ohnehin nicht ankamen – nein, Milena wusste sogar noch in demselben Augenblick, in dem sie in Christophers wunderschönes, reines und doch sehr männliches Gesicht sah, diesem Mann würde sie nicht mehr entkommen können. Auf eine ihr noch unbekannte Art und Weise würde er genau das werden, was der kleine, unreife Gedanke geäußert hatte: ihr Schicksal.

»Wie konnte es nur so weit kommen?« Sie sprach es nicht aus. Sie flüsterte es. Dennoch hatte Christopher es verstanden.

»Weil ihnen jemand gesagt hat, dass ich mich für Gott halte.« Er lächelte, und der Sommerhimmel draußen vor dem großen Badezimmerfenster wurde weit. »Sie mögen es nicht, wenn sich jemand für Gott hält, weil sie sich selbst für Gott halten.«

»Sie halten Doktor Friedmann für einen Gott?« Die Stimme war, als habe jemand in einem von duftenden Blumen überfüllten Raum eine, wenn auch natürliche, aber dennoch nicht eben wohlriechende Geruchsnote hinterlassen, und diese Geruchsnote gehörte zu Kathrin Müller-Arndt. Energisch schob sie sich an Phil vorbei ins Bad, baute sich mit in die Taille gestützten Händen vor Christopher auf.

Christopher hielt ihrem leicht ironischen Blick stand. »Nicht Phil, Kathrin. Friedmann ist ein Wohltäter, der seine Schutzbefohlenen respektiert, kein Ausbeuter, der dem eigenen Leben Sinn verleiht, indem er seinen Schützling erniedrigt.«

»Und was bin dann ich?« Von seinem schönen Gesicht offenbar unbeeindruckt, lächelte Müller-Arndt leicht spöttisch.

»Sie sind eine Wohltäterin.«

Kathrin Müller-Arndt nickte zufrieden, da fuhr Christopher, an Phil gewandt, fort. »Wie kann man den Schützling vor Zwangsmaßnahmen des Wohltäters bewahren, die ja angeblich nur zum Besten des Empfängers erfolgen? Wer hütet uns vor den Hütern?«

Kathrin Müller-Arndt wandte sich an Milena: »Sie haben einiges vor sich. Allein die Beine sehr hochzuwerfen genügt nicht. Am besten erarbeiten wir gemeinsam mit der Physiotherapeutin ein gezieltes Atem-, Bewegungs- und Entspannungskonzept. Melden Sie sich bei mir.« Sie ging, und Phil meinte nur trocken: »Ich sag's ja, Christopher nimmt seine Medikamente wieder.«

Und da erst bemerkte es auch Milena. Kein Kaktus. Christopher hatte ihn zum ersten Mal nicht mitgebracht.

19

Drei Tage später setzte Milena ihre Unterschrift unter den Vertrag, den Phil ihr in seinem Büro vorlegte. Es blieb bei dem Minijob für vierhundertfünfzig Euro, und zweimal pro Woche, so sprachen sie es ab, würde Milena mit Phils Menschen in der Sporthalle tanzen.

»Aber ohne ein von der Müller-Arndt festgeschnürtes Konzept.«

»Du denkst wirklich, du kriegst das allein hin?«

Überrascht, dass er diese Frage überhaupt stellte, sah sie Phil an, der hinter seinem Schreibtisch saß.

Einem Schreibtisch, auf dem sich Papierberge stapelten. Nicht ordentlich aufeinandergeschichtet. Kreuz und quer. Unauffällig sah sie sich weiter um. Wo hatte er die Lawinenschnur zum Durchkommen versteckt? Dann beantwortete sie seine Frage: »Selbstverständlich krieg ich das allein hin. Nicht sie, ich hab Tanz studiert.« Milena saß vor Phil, wie sie immer auf Stühlen saß. Rücken gerade, Schulter locker nach unten fallend. Kein Hohlkreuz. Bauch, Rücken kontrolliert. Sie versuchte, einen Blick auf den Papierkram zu erhaschen. Dokumentationen, Zeitungsausschnitte, Bogen zum Ausfüllen.

»Du magst sie nicht.«

»Stimmt.« In einer Ecke standen zwei leere Kisten. »Magst du sie?« Es gab eine Couch. Auf einem Regal neben einer ganzen Reihe psychologischer Bücher lagen Boxhandschuhe. Milena warf ihm einen verwunderten Blick zu.

»Du boxt?«
»Meine Art von Supervision.«
»Der Boxsack als Supervisor?«
»Er und mein Sparringpartner. Der Grad meiner Aggression verrät mehr über meinen inneren Zustand als jedes Wort.«
»Aha.« In einer Ecke standen Schuhe zum Wechseln und Wanderschuhe. »Und wandern gehst du auch.«
»Gibt es etwas Schöneres, als oben auf einem Gipfel zu stehen? Die Gebirgslandschaft um einen herum und dem Himmel ganz nah?«
»Und der Elefant?« Sie deutete auf den Elefanten aus Stein, der zentnerschwer in einer Ecke thronte. »Und nach dem Boxen und Wandern Bewusstseinserweiterung in Indien!«
Phil lehnte sich zurück, und diesmal dauerte es einen Augenblick, bis er antwortete. »Es gibt da diese Geschichte von dem Elefanten, den man nachts in ein Naturkundemuseum transportiert hatte …« Wieder machte er eine Pause. Milena gab, ohne sich dessen bewusst zu sein, etwas von ihrer kontrollierten Körperhaltung auf, lockerte sich. Darauf schien Phil gewartet zu haben: »Es war so etwas wie ein Test. Die Besucher, die zu dem Ereignis eingeladen worden waren, sollten feststellen, was sich in diesem Raum befand, ohne zu wissen, dass es sich um einen Elefanten handelte.«
»Und wozu der Test?«
»Warte! Sie fingen also an, den Gegenstand zu betasten. Einer glaubte, als er das Bein des Elefanten befühlte, es handle sich um eine starke Säule. Ein anderer erwischte einen Stoßzahn und war sicher, es sei irgendein spitzer Gegenstand. Den Rücken des Elefanten hielten sie für eine flache Liege und sein Ohr für so etwas wie einen Fächer. Und wer hatte nun recht?«
»Irgendwie alle und auch wieder nicht.«

»Richtig. Im Einzelnen lag jeder richtig, nicht aber im Gesamtbild. Wir begreifen das Wesen eines Elefanten nicht, wenn wir uns nur Einzelheiten herausgreifen.«
»Ah ja …« Sie verstand noch immer nicht.
»So ergeht es uns auch mit einem Menschen. Wir müssen ihn ganz sehen.«
Das Chaos auf dem Schreibtisch, die Boxhandschuhe, die Wanderschuhe und der Elefant. Die Enten auf seinem Balkon. Lilly, das Regenbogenhaus, dass er nur Fahrrad fuhr und niemals Auto. Vermutlich hatte Phil nicht einmal einen Führerschein.
»Du willst mir also damit sagen, dass ich die Müller-Arndt nicht in eine Schublade stecken soll.«
»Du hast nach dem Elefanten gefragt …«
»… und mir damit die Antwort praktisch selbst gegeben.«
Phil beugte sich zu ihr vor: »Sie ist eine gute Psychologin.«
Milena nahm wieder ihre kontrollierte Haltung ein. »Mag sein, Phil, trotzdem, auf meine Weise oder gar nicht.«
»Unter meinen Menschen, Milena, sind Patienten, die sind durch die Medikation so unkoordiniert, dass es schon ein Erfolg wäre, wenn sie sich wieder allein eine Zigarette anzünden könnten.«
»Vertrau mir.« Milena wusste selbst nicht, woher sie mit einem Mal dieses Selbstbewusstsein nahm.
»Schraub deine Erwartungen nicht zu hoch.«
»Ich hab doch gerade gesagt, dass ich das hinkriege.« Sie würde es allen zeigen. Und sie würde sich vorbereiten. Sie hatte sich vorbereitet. Das Szenario mehrfach vor dem Einschlafen visualisiert. So, wie Skifahrer vor dem Rennen mit geschlossenen Augen noch einmal die Slalomstrecke oder die Abfahrtspiste durchgingen. Oder Querschnittgelähmte ihre Muskula-

tur nur durch Vorstellung trainierten und damit durchaus Erfolge hatten.
Zuerst würde sie jeden Teilnehmer bitten, sich einen Platz zu suchen, an dem er sich wohl fühlte, und ihn dann bitten, auf seine ganz besondere Weise zu schildern, wie es ihm gerade ging, was er empfand. »Ich will keine typische und festgelegte Tanzstunde«, fuhr Milena fort. »Und ich will auch keine Sportstunde. Ich möchte den Dialog.«
»Ich fürchte, das wird nicht einfach sein. Mit echtem Dialog tun sich die meisten schwer.«
»Den Dialog zwischen Gefühl und Körper will ich. Und wenn jemand darüber sprechen möchte, dann darf er das auch.« Milena konnte sich nur mühsam beherrschen. »Hast du mich nicht gerade deswegen ausgesucht, weil ich unvoreingenommen an deine Patienten herangehe und eben nicht therapeutisch?«
»Unvoreingenommen?« Das Schmunzeln in seinen Augen ärgerte sie. Ihr fiel die Zigarettenschachtel auf seinem Schreibtisch ins Auge. Vermutlich von Kathrin Müller-Arndt. »Darf ich?« Ehe er antworten konnte, hatte sie sich schon eine Zigarette genommen.
»Nicht im Büro«, sagte Phil.
Seinen Protest ignorierend, zündete sich Milena die Zigarette an. Sog das Nikotin tief in die Lungen. Was für ein Gefühl. Nach so vielen Tagen Abstinenz. Zum ersten Mal fühlte sie sich wieder richtig entspannt. Phil ließ sie gewähren. Erstaunlich. Nachdem sie lange genug gewartet hatte, ob er noch weitere Einwände hatte, fuhr sie in versöhnlicherem Ton fort: »Okay, klar muss ich mich erst an psychisch kranke Menschen gewöhnen, ich hatte ja noch nie was mit ihnen zu tun.« Sie ließ den Rauch langsam durch Mund und Nase entweichen. »Aber ich kann sie nehmen, wie sie sind, und hab nicht den

Impuls, sie in Schablonen zu pressen oder in bestimmte Schubladen zu stopfen.

»Elefant …«

Sie lächelte. »Elefant.« Er schien zufrieden.

»Obwohl …«

Na klar, es musste ja noch etwas kommen.

»… mit einem hast du nicht recht.«

»Und womit, bitte, habe ich nicht recht?«

»Ich bin mir sicher, dass du schon mit psychisch Kranken zu tun hattest. Sie begegnen uns jeden Tag. Nur – wir bemerken es nicht. Sie haben keinen Stempel auf der Stirn.«

Sie musste an die junge Tänzerin denken, die sich geschnitten und geritzt hatte, um irgendwo unter Sehnen, Muskulatur und Haut sich selbst zu finden. Und an die Frau mit den kurzen grauen Haaren, die nur in eine Decke wie in ein Badetuch gewickelt, Schultern und Beine bloß, und mit Pantoffeln ihre beiden Hunde Gassi geführt hatte. Nicht jetzt im Sommer, es war Winter gewesen. Ein junger, der Kälte entsprechend gekleideter Mann hatte sie begleitet, und sie hatten sich völlig normal miteinander unterhalten. Oder die alte Frau in der S-Bahn, ganz in Schwarz gekleidet und geschminkt wie ein Clown. Die Frau um die vierzig, die in einem Café laut gelacht und dann wie auf Knopfdruck noch lauter vor sich hingeschluchzt hatte, der Autofahrer, der sie vor der Arbeitsagentur so unflätig beschimpft und für den sie Cancan getanzt hatte. Nein, der hatte nur keine Manieren gehabt. Vermutlich war sie diejenige, der man Verrücktheit hätte unterstellen können. Und vielleicht hatte sich die Frau mit der Decke einfach nur ausgesperrt, und die alte Frau mit dem Clownsgesicht kam vom Theater, die junge Frau im Café hatte Liebeskummer … *der Elefant!*

»Möglich … Ja, okay, du hast vermutlich recht. Vielleicht aber auch nicht. Wer kann schon in die Köpfe anderer hineinschauen.« Phil lächelte. Oh, sie mochte dieses Lächeln und kehrte dann zu ihrem Thema zurück: »Auch wenn nicht immer ein echter Dialog möglich ist, wie du sagst, sollen sie doch mit sich selbst sprechen und miteinander und mit mir. Sie sollen die Stille fühlen, die ebenso in ihnen ist wie die Bewegung. Beides gehört zusammen. Ich möchte, dass sie lernen, den Moment zu erreichen, der sie ganz ausfüllt und den sie leben. Ich möchte, dass sie achtsam sind. Und achtsam sein heißt auf sich aufpassen.« Sie warf ihm einen prüfenden Blick zu, erwartete Protest, doch Phil hatte sich zurückgelehnt, hörte interessiert zu. »Ich frage mich«, Milena nahm einen tiefen Zug, »wie viele Menschen in den Psychiatrien sind, einfach nur, weil sie nicht auf sich geachtet haben. Weil niemand auf sie geachtet hat. In dem einen extrem wichtigen Augenblick nicht für sie da war.« Phil hörte schweigend zu.
Milena stieß den Rauch aus, sprach, von seinem offenbar aufrichtigen Interesse ermutigt, weiter. »Ich höre die Musik, und dann, Phil, kommt etwas ganz tief aus mir heraus. Es ist wie ein Klangkörper, der sich öffnet, und alles purzelt heraus. Ich bin unheimlich erstaunt, was alles in mir ist. Wie viel in mir ist. Und dieses Erlebnis möchte ich mit ihnen teilen.« Sie sah ihn abwartend an. Phil schwieg. »Sie sollen spüren, dass sie – ob Stoffwechselstörung, Trauma, Überlastung, was auch immer – noch etwas Wunderbares sind.«
Schweigen. Milena drückte ihren Zigarette aus, merkte, wie ihre Hand leicht zitterte. Phil sagte noch immer nichts. Neigte sich ihr nur etwas zu. »Ja dann.« Sie wollte schon aufstehen und gehen, doch er hielt sie mit seinem Blick fest. »Ich bin froh, dass du mit meinen Menschen tanzen wirst.«

»Wirklich?« Sie war überzeugt von dem, was sie gesagt hatte, doch durch Phil, gerade durch sein Vertrauen, begann sie wieder, an sich zu zweifeln. Würde sie alldem standhalten, was sie da versprochen hatte? Sie wollte ihn nicht enttäuschen, und vor allem wollte sie sich selbst nicht enttäuschen.

»Sehr, sehr froh bin ich.«

»Ja dann«, wiederholte sie sich, stand jetzt tatsächlich auf, lächelte ihm verlegen zu, ging zur Tür, drehte sich noch einmal um. »Am besten zahlst du mir den ersten Lohn erst aus, wenn ich meine Schulden bei dir beglichen habe.« Auch das musste geregelt sein. Zumindest war Geld ein sicheres Terrain.

»Nein!«

»Nein?«

»Nein. Weil dich genau das an dem hindern könnte, was du vorhast.«

Auch diesen festen Boden unter den Füßen entzog er ihr. »Ich verstehe nicht.«

»Es liegt in der menschlichen Natur, dass man es als lästige Pflicht empfindet, wenn man das Geld abarbeitet, das man schon hat. Viel motivierender ist es, es sich erst verdienen zu müssen. Und ich möchte, dass du motiviert bleibst.«

»Und wie zahle ich dann meine Schulden zurück?« Erneutes inneres Aufbrausen. In seiner Gegenwart blieb sie einfach nicht ruhig.

»Jedenfalls nicht von diesem Geld.«

»Weißt du was?« Sie blieb ruhig.

»Was?«

»Es wäre großartig«, sie trat von der Tür weg an den Schreibtisch, stützte sich mit beiden Händen auf und sah ihm direkt ins Gesicht, »wenn du vielleicht auch nur für einen Moment den Seelenklempner in dir stecken lassen könntest.«

Nahm die Zigarettenschachtel, knallte die Tür hinter sich zu und hörte sein Lachen noch, während sie schnell und wütend den Gang entlanglief.
Erst als sie auf die Veranda trat, verstummte auch noch der Rest seines Lachens in ihrem Kopf. Sie zündete sich wieder eine Zigarette an, entdeckte Christopher, und es geschah das, auch ohne Musik, was sie bei Phils Menschen mit dem Tanzen erreichen wollte. Ihr innerer Klangkörper öffnete sich, und so vieles, was sich in ihr aufgestaut hatte, purzelte heraus.

Es gibt diesen Moment: Man betritt einen Raum und weiß, er könnte das Zuhause sein, von dem man nicht einmal ahnte, dass man es zeitlebens gesucht hat. Und so erging es ihr mit Christopher. Nicht, weil er gut aussah, das taten viele. Es war mehr. Sein Gesicht war so komponiert, dass es einen nicht nur anzog, es zog Milena mitten hinein in etwas, das sie nicht begreifen konnte.
Noch nicht begreifen konnte. Nikola hatte es einmal so ausgedrückt: »Es geht nicht darum, wie der andere aussieht, nicht, wie klug er ist, nicht darum, wie viel Geld er hat, es geht nur um eins: Ob sein Lied in dir klingt.«
Nikola war ihre erste große Liebe gewesen, und er war Kajas Vater. Phil war mitfühlend, hilfsbereit, klug, einfallsreich, und, ja, er faszinierte sie auch. Unter normalen Umständen wäre es mit ihnen vielleicht weitergegangen, aber mit Christopher … Sie wusste nicht, wie sie es hätte anders ausdrücken können, aber mit jedem Ansetzen des Rasiermessers, mit jedem Quentchen Bart, das sie aus seinem Gesicht entfernt hatte, war sie ihm näher gekommen, bis er frei vor ihr lag, so schutzlos, dass sie nur noch einen Impuls hatte – ihn zu beschützen.

»Es gibt Dualseelen«, hatte Betty, ihre esoterisch angehauchte Tanzkollegin gemeint, nachdem sie Milena beigebracht hatte, wie man seine Wünsche ans Universum schickte. »Zwei Menschen begegnen einander und wissen sofort, dass sie zwei Hälften derselben Seele sind. Die Nähe ist so intensiv, dass sämtliche Konturen verschwimmen, und du glaubst, dass du dich gleich im anderen auflösen und mit ihm verschmelzen wirst.«

Das alles war zu viel. Zu stark. Zu magisch. Ohne Christopher noch einmal anzusehen, lief sie die drei Verandastufen hinunter und wurde gestoppt. Von einem Saalflugzeug, das sich wieder einmal direkt vor ihren Füßen in den Boden bohrte. Sie hob den Blick, suchte nach Alphonse. Diesmal hing er mit dem halben Oberkörper – nicht ganz so angsteinflößend – aus dem Fenster im ersten Stock.
»Du hast doch selbst gesagt, sie fliegen nur im geschlossenen Raum«, rief sie zu ihm hinauf. »Sieh es doch endlich ein.«
»Um nicht aufzuschlagen, wenn man sich fallen lässt«, rief Alphonse und wackelte fröhlich mit seiner knallgelben Fliege, »muss man selbst das Fliegen lernen.«
Hatte das Regenbogenhaus nicht Fenster wie andere ganz gewöhnliche Häuser? War es ganz aus unsichtbarem Glas, in dem die Sonne ihre Strahlen brach, die ihre Gedanken wie Laser direkt in Alphonse' Kopf funkten? Und nicht nur in Alphonse' Kopf. Irgendwie schien keiner von ihnen sie nur im Detail wahrzunehmen – wie die nächtlichen Museumsbesucher den Elefanten. »Es sind besondere Menschen mit Seelen, die weiter entwickelt sind als die der anderen«, hatte Phil erklärt. »Es sind sehr sensible Menschen, die wahrnehmen, was wir weder sehen noch hören. Und sie sind bunt, so wie der

Regenbogen.« In diesem Moment gab Milena ihm recht. Und mit dem Bild eines bunten Regenbogens im Kopf ging sie nach Hause.

Sie begrüßte ihre Efeufreunde, auf deren grünen Blättern die Abendsonne Samba tanzte, machte sich einen Früchtetee, legte sich aufs Bett und ließ mit geschlossenen Augen und der wärmenden Tasse in beiden Händen den Tag noch einmal an sich vorüberziehen.

Sie hatte im Krankenhaus geputzt, mit ihren Kolleginnen mittags im Gras des Krankenhausparks auf einer Decke gesessen. Mimoza hatte Spezialitäten aus ihrer bosnischen Heimat mitgebracht: Lokum – türkischen Honig, Pita mit verschiedenen Gemüsesorten, Süßigkeiten wie Baklava, Halva und Burek, starken türkischen Kaffee und zum Abschluss selbstgebrannten Slivovic. Dazu Sevdalinka, die bosnische Volksmusik aus einem Retro-Kasettenrekorder, und in dieser Stunde unter der heißen bayerischen Sonne hatte sich Milena gefühlt wie damals, als sie mit Nikola am Meer gewesen war. Nur wenige Tage. Ihr einziger Urlaub, in dem vermutlich Kaja entstanden war. *Kaja!*

Am Nachmittag dann, nach ihrer Arbeit im Krankenhaus, hatte sie den Vertrag unterschrieben und ein gutes Gespräch mit Phil geführt, wobei sie Gedanken geäußert hatte, von denen sie nicht einmal gewusst hatte, dass sie in ihr waren. Und dennoch – es waren ihre Gedanken, mehr noch, es war ihre tiefste Überzeugung gewesen. Mit diesen Gedanken kam ein neues Bild. Ihr Körper hatte sie vor einigen Monaten gezwungen, das Tanzen zu beenden, sie damit verraten, und sie hatte sich gefühlt wie eine eben noch wunderschöne Blume, die von einer Sense oder einem Rasenmäher gnadenlos geköpft oder gar aus der Erde gerissen worden war. Was sie dabei jedoch vergessen hatte, war der Wind. Er hatte vorher ihren Samen weit hinaus in die Welt getragen, und aus diesem Samen wuchs jetzt ganz langsam und noch sehr behutsam etwas Neues, Blühendes …

Milena trank einen Schluck Tee und seufzte.

Es war ein guter Tag gewesen.

Ein sehr guter Tag sogar.

Ein Tag, an dem sie etwas gelernt hatte.

Es sollte keinen Tag geben, an dem man nichts lernte. Sich nicht weiterentwickelte.

Milena war nicht der Typ, der ein Dankesgebet sprach, doch als sie anfing, sich mit ihren Efeufreunden zu unterhalten, war sie einem Dankesgebet ziemlich nahe.

20

Sie tröpfelten ein. So wie die regelmäßigen Tropfen aus einem kaputten Wasserhahn. Plop. Alphonse betrat als Erster die Sporthalle, die diesmal nicht Milena, sondern andere Hände in einen Tanzsaal umfunktioniert hatten. Mit viel frischen Blumen in Vasen, die offenbar in der kleinen Werkstatt hinter dem Regenbogenhaus selbst getöpfert worden waren. In der Mitte lag ein riesengroßer, knallroter Teppich. Die Sprossenleiter war mit Girlanden geschmückt, und auf den Bänken lagen Kissen, deren Überzüge in der hauseigenen Schneiderei genäht worden waren. Die Bewohner des Regenbogenhauses hatten alles getan, um Milena willkommen zu heißen. Wärme war nur eine unzureichende Beschreibung des Gefühls, das sich von der Körpermitte aus wie Wellen in ihr ausbreitete.

Alphonse hatte sich wie immer fein gemacht. Etwas zu großer dunkler Anzug, grasgrüne Fliege, das graue Federkleid auf dem Kopf sorgfältig gescheitelt. Plop. Strickliesel trat ein, in Trainingshose, Sweatshirt, mit Sandalen, Wolle und Stricknadeln.

»Ich muss stricken … zur Beruhigung«, erklärte sie Milena.

»Aber vielleicht kannst du es doch während des Tanzens kurz beiseitelegen?« Milena hatte sich zum Du entschlossen. Es war einfacher.

»Ich weiß nicht?«, antwortete Strickliesel und strickte weiter. Plop. Lilly, sehr hübsch, sehr zart in einem weißen Sommerkleid. Hätte Milena es nicht besser gewusst, niemals hätte sie vermutet, dass Lilly unter einer psychischen Erkrankung litt. Plop, die Turbanfrau. Plop, ein junger Mann, Bill, der aus einem Ecstasyrausch nicht mehr zurück in die Realität gefunden hatte. Nur ein Signal, ob Technosound oder ein bestimmter Lichteinfall, genügte, um den Wahn erneut bei ihm auszulösen. Phil hatte sie über ihn informiert und sie gebeten, falls Bill dazukam, mit der Wahl ihrer Musikstücke besonders vorsichtig sein. Plop, der Nächste, und Plop, wieder eine … nur – Christopher kam nicht, und für den Bruchteil einer Sekunde war Milena erleichtert und – enttäuscht.

Es dauerte etwa eine halbe Stunde, bis Milena den Eindruck hatte, dass nun alle eingetroffen waren, die heute mit ihr tanzen wollten. Aber bereits diese erste halbe Stunde hatte sie etwas ratlos werden lassen. Wie sollte sie beginnen – und vor allem: wann? Dabei hatte sie ihre Einführungsrede so gut vorbereitet. »Ich möchte gern andere Menschen berühren«, hatte sie sagen wollen, »so, wie ich berührt wurde …« Sie hatte von sich als kleinem Mädchen erzählen wollen. Wie sie mit klopfendem Herzen die vielen Stufen hinauf zum Dach gerannt war, so schnell, dass sie außer Atem war, als sie auf dem Dach ankam. Und all das nur, um auf dem Dach nach einer lautlosen Melodie zu tanzen. Dem Himmel und dem großen Traum so nah.

Doch jedes Mal, wenn sie mit dem Erzählen hatte beginnen wollen, ging die Tür auf und jemand tröpfelte herein. Dazu die erwartungsvoll auf sie gerichteten Augen derjenigen, die schon anwesend waren. Voller Neugier auf das, was gleich geschehen würde.

Es wurde Zeit. Sie musste etwas tun. Sie nickte allen freundlich zu. Alle nickten freundlich zurück. Ein weiteres ermutigendes Zeichen. Milena ging zum CD-Player und legte eine

CD mit rhythmischen Trommeln ein; Djembés, Congas und Bongos. Unter anderen Umständen hätte sie den Teilnehmern erklärt, dass der menschliche Organismus überwiegend aus rhythmischen Strukturen und Mustern bestand, diese Körperrhythmen durch das Trommeln angeregt wurden und das wiederum zu einem besseren Körper- und Seelengefühl führte. Das heißt, nicht die Umstände, sondern die Teilnehmer hätten andere sein müssen. So drückte sie nur auf *Play*. Ein Blick auf Bill. Er blieb gelassen. Die Turbanfrau jedoch zuckte zusammen, hielt sich die Ohren zu und rannte über die eigenen Füße stolpernd aus der Sporthalle an Christopher vorbei, der die Halle in diesem Moment betrat.

Ruhig bleiben, Milena. Nicht irritieren lassen.

Milena war nicht ganz klar, was genau sie damit meinte, als sie so mit sich selbst sprach. Die Flucht der Turbanfrau oder dass Christopher doch noch gekommen war.

Er sah phantastisch aus. Gepflegt. Trug eine grüne Jogginghose und ein schwarzes T-Shirt. Beides stand ihm hervorragend und – seinen Kaktus hatte er wieder nicht dabei. Sie deutete es als Zeichen dafür, dass er durch die Medikamente immer weiter in die Welt der »Normalen« zurückkehrte. Christopher sah sie nicht an. Sagte nichts. Setzte sich. Indessen hatten die Tänzer, ohne dass Milena sie dazu auffordern musste, begonnen, sich im Rhythmus der Trommeln zu bewegen. Das hieß – sich irgendwie zu bewegen. Alphonse breitete die Arme aus wie ein Kind, das einen Flieger nachahmte, und meinte laut: »Wenn man den Anstellwinkel des Flügels verändert, ändert sich auch die Kräfteverteilung am Flügel. Damit verschiebt sich der Druckpunkt nach hinten oder nach vorn.«

»Wen interessiert's?«, meinte Bill und begann, sehr gekonnt, Luftgitarre zu spielen.

Alphonse warf ihm einen verächtlichen Blick zu, sprach unbeirrt weiter: »Würde man den obigen Referenzpunkt P als Angriffspunkt für die Auftriebskraft wählen, würde sich durch die Verschiebung des Druckpunkts ein Nickmoment …« Milenas Ohren verließen Alphonse, und sie wandte sich den anderen zu. Strickliesel stand einfach herum, zuckte, wenn überhaupt, nur ganz leicht mit Armen und Beinen. Ein älterer Mann, den Milena noch nie im Regenhaus gesehen hatte, schubste Lilly weg, die ihm zu nahe kam. Lilly fing an zu weinen, doch als Milena sie in den Arm nehmen wollte, schubste Lilly wiederum sie weg, lächelte und gab sich wunderbar anmutig dem Rhythmus hin.
Christopher saß einfach nur da und ließ Milena nicht aus den Augen. Hätte sie es nicht besser gewusst, hätte sie geglaubt, er flirte mit ihr. Allein die Vorstellung genügte. Ihr wurde heiß, und im nächsten Augenblick begann sie zu frösteln. *Nimm dich zusammen, Milena. Wie willst du neben ihm sein, ohne ihn auch nur einmal berühren zu dürfen. Körperkontakt ist wichtig, allein schon um Wärmehaushalt, Immunsystem und Herz-Kreislauf-System zu regulieren.*
Strickliesels Bewegungen hatten an Tempo gewonnen, sie drehte sich jetzt wie ein von einem Kind aufgezogener Kreisel. Alphonse hatte sich neben Christopher gesetzt, aus Bill, dem Luftgitarristen, war ein Schlagzeuger gewonnen. Lilly tanzte anmutig mit geschlossenen Augen, und die Turbanfrau lugte vorsichtig durch den Türspalt. Milena lächelte sie ermutigend an, die Turbanfrau lächelte zurück, und Milena ging auf sie zu und öffnete die Tür, um ihr zu zeigen, wie sehr sie willkommen war. »Ich bin Milena.« Sie reichte der Turbanfrau die Hand. »Lauren.« Lauren nickte, marschierte mit hoch erhobenem Kopf an Milena vorbei und begann zu tanzen, so ausdrucks-

stark, wie Milena es selten erlebt hatte. Sie bewegte sich kraftvoll und elegant. Lebensfreude. Energie. Der Kopf ganz leicht, die Füße tief in der Erde verwurzelt. »Sehr gut, Lauren«, lobte Milena. Lauren blieb stocksteif stehen, drehte sich auf dem Absatz um und lief wieder hinaus.

»Sie ist traumatisiert«, sagte Christopher, der während der ganzen Zeit den Blick von Milena nicht abgewandt hatte.

»Traumatisiert wovon?«

Christopher warf ihr einen Blick zu, als sei das eine unzulässige Frage. Er hatte recht. Es ging sie nichts an. Sie stellte die Musik ab, klatschte in die Hände. Teils abrupt, teils in Slow Motion blieben ihre Tanzschüler stehen.

»Also, Leute«, begann Milena, wobei sie sich darauf konzentrierte, jedem wenigstens einmal in die Augen zu sehen, »ganz wichtig, wenn ihr tanzt: Dann denkt einfach nur, ich bin okay. So, wie ich bin, bin ich okay!« Alle nickten brav, keiner signalisierte Milena, dass er sie verstanden hatte. Milena ließ es vorerst dabei, merkte, wie unsicher sie war. Phil hatte recht. Sie hätte mit Kathrin Müller-Arndt ein Konzept erarbeiten sollen. Allerdings nur über ihre Leiche. Sie rückte sich energisch zurecht und fuhr fort: »Alles, was da ist, in euch, um euch herum, all das darf auch da sein.«

»Kapiert.« Strickliesel nickte und strickte. Bill machte das Victory-Zeichen, Alphonse stand zumindest wieder auf, Christopher blieb sitzen und sah sie weiterhin unverwandt an. Er war es, der sie nervös machte. Milena warf ihm dennoch einen aufmunternden Blick zu, er schaute starr zurück. Sie hielt ihm nicht stand, wandte sich ab, sprach weiter: »Wenn ihr tanzt, gebt euch ganz dem Gefühl hin. Sagt euch: Auf der Basis der Musik finde ich mich in meinem Leben genau da, wo ich gerade in meinem Leben bin.« Freundliche Blicke. Erneutes Nicken. Die Augen groß. Die Ohren weit. Lauren quetschte sich durch den Türspalt zurück in die Sporthalle, stellte sich dicht vor Milena hin. Milena lächelte. Lauren lächelte nicht. Milena fuhr fort: »Wichtig ist, dass ihr euch ganz euren Bewegungsimpulsen hingebt … Lasst euch fallen … Und vergesst nicht: Zusammen tanzen ist ein Geschenk. Es ist gesund und macht Freude. Los geht's.«

»Los geht's!« Alphonse nickte.

Strickliesel klatschte, die Wolle unter die rechte Achsel geklemmt und mit den Stricknadeln in der Hand. Bill tanzte zwei, drei Hip-Hop-Figuren, wobei er eine erstaunliche Akrobatik bewies. Lilly stand bereit, Lauren ebenso, und auch die anderen schienen sich auf das zu freuen, was jetzt gleich kommen sollte.

Milena wählte eine andere CD, auch mit Trommeln, jedoch mit einem neuen Rhythmus. »Macht jetzt bitte einfach nach, was ich euch vormache.« Sie drückte auf Play. Sprach etwas lauter, um die Trommeln zu übertönen. »Zuerst bewegen wir nur die Beine. So, als ob wir auf der Stelle liefen. Die Arme bleiben dabei locker hängen. Die Beine aber werden schneller und schneller.«

Sie überprüfte erneut, ob sie verstanden worden war. Die Tänzer folgten ihren Anweisungen, Milena drehte ihnen den Rücken zu und fuhr fort, ganz einfach und locker im Stand zu laufen. Dabei sprach sie weiter. »Wie komme ich von einer motorischen Unrast zur Ruhe? Nun, ich lade die Unrast einfach ein. So lange, bis ich ausgepowert bin. Das Gefühl habe, bis obenhin satt zu sein.« Die Beine schneller und schneller. Die Knie höher und höher. »Ich habe es buchstäblich satt, so herumzurasen, bis obenhin satt. Ich will Ruhe.« Milena wurde in ihren Bewegungen langsamer. »Dabei schlaffe ich nicht ab, sondern komme immer mehr zu mir. Ich spüre die Energie, aber nicht mehr wie eine Fremde von außen, sondern wie die Freundin in mir. Ich lass mich fallen, bin ganz locker.«

Milena drehte sich um und sah acht ratlose Gesichter vor sich und Körper, die ebenfalls ratlos herumstanden. Zumindest die Arme waren locker.

Ehe Milena reagieren konnte, ging die Tür auf, zuerst schob sich Rosis Kinderwagen herein, dann erst folgte Rosi. Sie hatte sich besonders hübsch gemacht. Trug eine pinkfarbene Schleife im Haar. Einen roten Glockenrock, beim Drehen würde er ganz wunderbar schwingen, falls sie überhaupt in der Lage war, sich zu drehen. *Du solltest schon als Erfolg werten, wenn sich einer meiner Menschen wieder allein eine Zigarette anzünden kann, obwohl er bis dahin nicht mehr dazu imstande gewesen ist.* Unter dem Glockenrock trug Rosi Leggins und zu Milenas Überraschung zum ersten Mal keine goldenen Pantöffelchen. Sie trug Tanzschuhe.

»Du bist Tänzerin?« Milena war überrascht.

»Ich war sogar deutsche Meisterin im Standardtanz … mit meinem Mann.« Rosi lächelte schüchtern.

Auch bei ihr gab es offenbar ein Vorher und Nachher, und die große Frage war, was mittendrin geschehen war. Wann und wodurch hatten sich ihre Gedankengänge und Verhaltensweisen so verändert, dass sie für die anderen rätselhaft geworden waren? Wann war sie so wie die anderen mit so brutaler Urgewalt aus sich selbst herausgeschleudert worden, dass sie von allein nicht mehr zu sich selbst zurückfand?

Depression, Psychose, Borderline, Trauma, Erziehung, Lebenskrise, genetische Vorbelastung, Reizüberflutung? Und wann und wieso wurde ein zunächst einmaliges Ereignis chronisch, so dass Menschen nicht mehr allein existieren konnten?

Milena kehrte zu Rosi zurück. »Ein Profi, wie schön.« Milena lächelte. Rosi lächelte zurück, bis sich Christopher zwischen ihr Lächeln schob.

»Lass den Kinderwagen draußen, Rosi. Den brauchen wir hier nicht.«

»Eine Mutter lässt ihr Kind nie allein.« Rosi widersprach, lächelte noch immer.

»Du hast aber kein Kind, Rosi, und du wirst auch nie eins haben.«

Milena wusste nicht, was sie so wütend machte. Christophers selbstgefälliges Lächeln oder diese andere, diese grausame Seite in ihm, die so gar nicht zu dem Mann zu passen schien, den sie Schicht um Schicht freigelegt hatte. Sie hatte ihn gefunden. Einer Archäologin ähnlich hatte sie ihn ausgegraben. Dieses Kostbare, irgendwann Verschüttgegangene. Und jetzt sprach er so mit der armen Rosi. »Und ob Rosi Kinder bekommen kann«, fauchte Milena ihn an. »Sie hat einen Buben … Jonas. Sie hat mir sein Foto geschenkt.« Sie wandte sich Rosi zu. »Danke, Rosi, für das Foto. Er ist so süß, dein Kleiner.«

»Jonas?« Nicht Christopher sah Milena verwundert an. Rosi wirkte verwundert.

»Ja, Rosi, du hast einen Sohn.« Milena strich ihr sanft über den Arm. »Erinnerst du dich nicht, das Foto, du hast es mir geschenkt.«

»Ja?« Rosis Gesicht leuchtete auf, nahm das Kissen mit dem bunten Clownsüberzug aus dem Kinderwagen und begann, sich mit ihm zur Musik zu wiegen, die schon leise im Hintergrund spielte. Zärtlich summte Rosi in das Kissen hinein.

»Du bist lächerlich, Rosi«, fuhr Christopher gnadenlos fort. »Und wenn du ein Kind hast, weshalb besucht es dich nicht? Weshalb besucht dich niemand?«

»Und du hörst jetzt auf damit!« Milena hätte ihm eine scheuern können.
»Ich glaube nicht, dass der Bub auf dem Foto dein Kind ist. Und wenn, dann ist es bestimmt tot. So, wie du das Kissen quetschst, hast du es umgebracht.«
»Es reicht.« Milena wollte Christopher schon am Ärmel packen und aus der Sporthalle werfen, da fiel ihr ein, dass sie ihn nicht berühren durfte. Und – es war auch schon zu spät. Rosi hatte aufgehört, das Kissen zu wiegen. Stand stockstarr. Das Gesicht bleich. Sie ließ das Kissen fallen, sah ungläubig von Milena zu Christopher, drehte sich blitzschnell um und stolperte aus der Sporthalle. Die Gliedmaßen unkoordiniert. Vielleicht, wenn sie geschrien hätte, getobt, Milena wäre es weniger unheimlich gewesen. Aber Rosi blieb stumm, so als habe ihr Christopher mit seinen Worten die Stimmbänder durchschnitten. Milena wollte ihr folgen, doch Alphonse hielt sie zurück.
»Eine schmerzliche Wahrheit ist besser als eine Lüge. Es ist gut, wenn sich Rosi nicht länger belügt. Gut für sie und gut für uns.«
»Wie belügt, Alphonse?«
»Dass ein Kissen ein Kind ist.«
»Ich kann sie jetzt nicht allein lassen.«
»Wir haben Tanzstunde, du kannst uns nicht allein lassen.«
Die anderen sahen einander an. Es ist nichts passiert, sagte eine innere Stimme, und die andere fügte hinzu: Du bist nicht Rosis Therapeutin. Wenn es Rosi schlechtgeht, sind Phil und Kathrin Müller-Arndt da, um sich um sie zu kümmern. Milena zögerte noch kurz, straffte sich, ihr Entschluss war gefasst, sie klatschte in die Hände und rief: »Weitermachen, Leute, überlasst euch ganz der Musik, macht damit, was ihr wollt.«

Später hätte sie nicht zu sagen gewusst, wann sie dieses seltsame Gefühl beschlich, war es Intuition? Ehe ihr noch so richtig bewusst wurde, was sie tat, rief sie mitten in das Trommeln und den Versuch, Phils Menschen doch noch irgendwie in Gleichklang zu bringen: »Fertig für heute!« Verließ die Sporthalle und machte sich auf die Suche nach Rosi. Sie musste wissen, wie es ihr ging, ob sie okay war. Sie fand sie nicht.
»Vielleicht ist sie in ihrem Zimmer.« Ohne dass sie es bemerkt hatte, war Christopher ihr gefolgt.
»Wo ist ihr Zimmer?«
»Oben.«
»Wo oben?«
Statt einer Antwort überholte Christopher Milena, stieg vor ihr die Treppe hinauf, bog im zweiten Stock nach rechts ab, ging einen Flur entlang, der Milena endlos erschien, und blieb vor einer Tür stehen. »Das ist Rosis Zimmer.«
»Dann geh rein!« Milena wusste nicht genau, weshalb sie Christopher vorschicken wollte.
»Ich geh in kein fremdes Zimmer.« Christopher blieb stocksteif stehen.
Milena seufzte. Klopfte. Keine Antwort.
»Sie ist nicht da«, meinte Christopher. »Sie ist wahrscheinlich im Garten mit einem neuen Kissen.«
Milena glaubte es nicht, da war dieses Gefühl … *Geh, geh, geh, Milena, lauf weg, so schnell du kannst* … Hätte das Gefühl sie eingeladen, Rosis Zimmer zu betreten, vielleicht wäre sie tatsächlich gegangen, doch gerade weil der Impuls, wegzulaufen, so stark war, hielt sie ihm stand. Vorsichtig drückte sie die Klinke nach unten, Trommelwirbel in Herz, Kopf und Seele … Die Tür war unversperrt. Christopher blieb zurück, aber Milena betrat Rosis Zimmer …

21

In der nächsten Sekunde sah sie Rosi. Es ist seltsam, was das Auge alles wahrnimmt, um das zu vermeiden, worum es tatsächlich geht. Weil es zu bedrohlich ist. Zu schrecklich. Wie das Bild, das Rosi bot. Zunächst klammerte Milena nur die Beine aus, die in ihren pinkfarbigen Leggins seltsam in der Luft baumelten. Der Glockenrock, der den Eindruck erweckte, als schwinge er zu einer lautlosen Melodie, die nur Rosi hören konnte. Die Tanzschuhe hatte sie verloren. Sie lagen unbeachtet auf dem Boden. Zwischen dem Rand der schwarzen Socken und dem Rand der Leggins waren ein paar Zentimeter fahle Haut zu sehen. Die rechte Socke hatte ein Loch. Milena unterdrückte den Impuls, die Tanzschuhe ordentlich nebeneinanderzustellen, so, wie sie jahrelang ihre Tanzschuhe ordentlich nebeneinandergestellt hatte, egal wo und in welchem Hotelzimmer sie sich gerade aufhielt. Die Tanzschuhe immer ordentlich nebeneinander, ordentlich, Ordnung … Immer alles so, wie es sein sollte. Hier war nichts, wie es sein sollte. Nichts war in Ordnung.

Nicht Rosis Tanzschuhe, nicht die baumelnden Beine, der schwingende Glockenrock und auch nicht, dass sich Rosi ausgerechnet den knallbunten Schal, von Liesel liebevoll für sie gestrickt, ausgewählt hatte, um sich an dem Lüsterhaken zu erhängen, der ähnlich einem Fleischerhaken an der Decke angebracht worden war.

Das Fenster hinter Rosi stand weit offen, damit Staub und Wärme davongetragen werden konnten, die sich über Monate in dem Raum mit den nackten Wänden aufgestaut hatten. Tränen. Schmerz. Hoffnung. Einsamkeit. Vielleicht hatte sich auch nichts in ihr aufgestaut. Ohne Gefühle zu sein war das Schlimmste.

In Rosis Zimmer hing kein einziges Bild, auch das registrierte Milena in diesen Wahrnehmungsblitzlichtern, die nicht einmal ein oder zwei Sekunden dauerten und ihr dennoch wie eine Ewigkeit vorkamen, in der sie dastand, nicht begriff, was passiert war. Es war zu unerbittlich für ihren Verstand. Zu unerklärlich. Und dieses Pochen im Kopf. *Was du hier siehst, hat auch mit dir zu tun. Mit dir. Deine Tanzstunde – zum zweiten Mal versagt. Versagt.* Es pochte und pochte, und ihr Gehirn nahm weiter die Eindrücke auf, ohne dass sich Milena auch nur einen Millimeter bewegte. Die leeren Wände ebenso wie die stilvolle Einrichtung. Weiße Ledercouch. Bücherwand. Moderner Esstisch. Sie dachte noch, wie blöd von Phil, einer depressiven oder wie auch immer gestörten Frau einen Haken an der Decke zu erlauben, und dass das Fenster vermutlich offen stand, damit der Wind nicht nur Schmerz, Trauer, Wut, Hoffnungslosigkeit, sondern auch Rosis Seele mitnehmen konnte. An diesen geheimnisvollen Ort ohne Schmerz, Trauer, Wut und Hoffnungslosigkeit. Falls es diesen Ort, falls es diese Gefühle überhaupt gab.

Rosi atmete, und jetzt endlich funkte Milenas Gehirn »Notfall« und rief ab, was Milena darüber gespeichert hatte. Sie musste zwei Dinge gleichzeitig tun. Rosi an den Beinen packen und um Hilfe schreien.

»Hilfe!« Sie fasste Rosi an den Beinen, hob sie an, so dass sich der Schal etwas lockern konnte und sich nicht fester um ihre

Kehle zuzog. »Hilfe!« Und in diesem Moment – ein Stich wie ein Messer in ihrem kaputten Rücken. Milena ließ Rosi los. So abrupt, dass sich der Strick noch einmal enger um ihren Hals zog. Rosi röchelte. Milena drückte Schmerz und Rücken weg, packte sie erneut an den Beinen, wusste, lange konnte sie das nicht durchhalten. »Christopher!!!!« Verdammt, wo war er? Warum hörte er sie nicht. »Christopher! Hilfe!« Tränen der Verzweiflung, brechender Rücken. Egal, was aus ihm wurde und damit aus ihr, sie durfte, sie konnte Rosi nicht loslassen. Sie durfte nicht zulassen, dass sie in ihrer Gegenwart starb. »Halt durch, Rosi, halt durch, Schatz … Wir schaffen das … Hiiilfe!« Sie war es, die schrie. Ihre Stimme klang fremd.

Stille. Vor der Tür kein Geräusch.

»Christopher!!!« Sie schrie nicht, sie brüllte.

»Ja?« Seine Stimme, ruhig und unbeteiligt.

»Verdammt, wo warst du?«

»Vor der Tür.«

»Du warst die ganze Zeit …« ›Nicht jetzt‹, funkte ihr Rücken SOS. Milena stöhnte. »Ich kann sie nicht länger halten.« Rosi röchelte.

»Du musst …«

»Nein!«

»Nein?«

»Ich fasse sie nicht an.«

»Christopher, sie stirbt!«

»Ich fasse niemanden an.« Er stand da, als ginge ihn das alles nichts an.

»Christopher, nur dieses eine Mal. Ich kann sie nicht länger halten.«

»Ich hol Hilfe.«

»Christopher, verdammt …«

Er drehte sich um, wollte gehen, doch Milena keuchte. »Du bleibst da!« Etwas in ihrem Keuchen ließ ihn innehalten. »Du steigst jetzt sofort auf den Stuhl und schneidest sie ab.« Wie sie Rosi bis dahin halten sollte und erst recht, wenn der ganze Körper schwer in ihren Armen landete, sie wusste es nicht. Sie würden beide zu Boden stürzen, und Rosi würde ihr das Rückgrat brechen. Rosi am Leben. Milena tot.

»Ich steig auf keinen Stuhl.«

»Christopher …« Das war kein Keuchen mehr und auch kein Schrei, der aus ihrem Mund kam, das war … Egal, auf einmal waren sie alle im Zimmer. Alphonse, Liesel, Phil, Kathrin Müller-Arndt. Phil packte Rosi an den Beinen, hob sie noch weiter hoch, als es Milena möglich gewesen war, Kathrin Müller-Arndt schnappte sich einen Stuhl und eine Schere, säbelte an dem Schal herum, bis er sich endlich löste. Liesel heulte auf, sie werde nie wieder stricken, Phil legte Rosi sanft auf den Boden, fühlte an der Halsschlagader ihren Puls. »Sie lebt!«

Rosi röchelte, Milena atmete auf. Kathrin Müller-Arndt wählte die Nummer des Rettungsdienstes. Phil schob alle, die sich in und vor Rosis Zimmer versammelt hatten, hinaus und weg, Milenas Beine gaben nach, sie sackte auf einem Stuhl zusammen. Was danach kam, erlebte sie nur noch wie durch einen dichten Nebel. Arzt und Sanitäter, die Rosi auf einer Trage hinausbrachten, gefolgt von Phil und Kathrin Müller-Arndt. Phils Menschen, die sich betroffen zurückzogen, und Christopher, der immer noch tat, als gehe ihn das alles nichts an.

Im Schlendergang zog er sich zurück.

Milena brauchte noch einen Augenblick, dann lichtete sich der Nebel, und in ihr stieg eine Wut auf, wie sie sie zuletzt an jenem Tag in Paris gefühlt hatte. Als ihr Bruder Max sie beschuldigt hatte, für die Trennung ihrer Eltern verantwortlich

zu sein, weil sie Kaja dem Vater überlassen hatte, statt mit dem Tanzen aufzuhören und selbst für ihr Kind zu sorgen.
»Er haut mit dem Baby nach Kroatien ab, und was dann?« Das war ihr Vater gewesen.
»Bitte, Milena, überleg es dir noch einmal.« Im Gegensatz zu ihrem Vater hatte ihre Mutter nichts gegen Ausländer, ihr ging es nur um das Kind.
»Sie überlegt nicht.« Wieder ihr Vater. »Das hat sie noch nie. Du hast sie zu einer verdammten Egomanin erzogen, die durchs Leben tingelt wie durch 'ne Show in Las Vegas.« Mit diesen Worten hatte ihr Vater vermutlich die Trennung von ihrer Mutter eingeleitet, von der sie erst so viel später erfahren hatte.
»Irgendwann wird es Las Vegas sein, und du sitzt nicht in der ersten Reihe!« Milena hatte zurückgetobt, die Tür der elterlichen Wohnung hinter sich zugeknallt und sie nie wieder geöffnet.
Seltsam, was ihr alles durch den Kopf ging, als sie jetzt auf der Suche nach Christopher durch das Regenbogenhaus lief und ihn schließlich in seinem Zimmer fand.
Die Tür stand offen.
Irgendwie standen im Regenbogenhaus immer alle Türen offen.

Milena hatte schon Menschen gesehen, die völlig in sich zusammengesunken waren. Bei Christopher war da noch etwas anderes. Er war wie ein einsamer Tag vor dem Fenster, ein Nagel an der Wand, an dem früher einmal ein gerahmtes Familienfoto gehangen hatten, eine Erinnerung, die man mit niemandem mehr teilen konnte, weil alle gegangen waren.
Milena stand vor der offenen Tür, zögerte. Wusste nicht, ob sie eintreten durfte. Sollte. Christopher spürte ihre Anwesenheit,

hob den Kopf. Auch in seinen Augen diese alles umfassende, tief nach unten ziehende Trostlosigkeit. Wie nachts in einer fremden Stadt in einer leeren Hotelbar. Und dann zurück ins Hotelzimmer, zum Atemabschnüren eng, fröstelnd, steril oder mit abgeschabtem Plüschsofa, voller Spuren gelebten Hotelgastlebens. Fingerdick Staub und beschlagener Spiegel. Alles in Milena wurde schwer. Ein Gefühl, aus dem sie hinauslaufen wollte, einfach nur weg. Doch das Gefühl krallte sich an ihr fest, drückte sie noch weiter nach unten.

»Darf ich?« Nach außen hin wirkte sie gefasst.

Christopher nickte. Milena trat ein. Er hatte geweint. Die kleinen Lachfalten, die sich allmählich um seine Augen sammelten und ihn noch attraktiver machten, glänzten feucht. Er stand auf, gab den einzigen Stuhl frei, der sich in dem Zimmer befand, ließ sich mit dem Rücken an der Wand auf den Boden rutschen, zog an seiner Zigarette, entließ den Rauch, der langsam die Wand entlang zur Decke stieg. Milena sah sich um. Es gab ein Bett. Einen Schrank. Einen Tisch. Seinen Kaktus auf dem Fensterbrett. Sonst nichts. Doch die Wände waren ähnlich bemalt wie in Phils Büro. Allerdings hatte Christopher hier vor allem Augen gezeichnet. Von jeder Wand starrten sie Milena an. Ihr war, als stünde sie unter immerwährender Beobachtung.

»Wenn ich Stimmen höre«, Christopher sprach fast tonlos, »dann ist es, als seien die Wände um mich herum aus Glas. Nicht die Augen beobachten alles, was ich tue. Es sind die Stimmen. Sie kommen aus den Zimmern über mir, von der Straße, steigen auf aus dem Boden unter mir. Sind wie Rauchschwaden, die sich durch jede Ritze und jeden Spalt drängen. Dichter und dichter werden. Ich bekomme keine Luft mehr. Komme mit meinem Atem einfach nicht mehr durch.«

Milena schluckte. Wollte etwas sagen, doch was hätte sie dazu sagen sollen? Es wäre alles banal gewesen.
Christopher fuhr fort: »Der pokert schon wieder am Computer.« Er ahmte die Stimmen nach, die in seinem Kopf waren. Sie klangen gehässig. »So was von lächerlich, der Typ. Schämt er sich nicht vor seinen Mitbewohnern? Und jetzt tanzt der Drecksack auch noch. Lächerlich.«
»Hast du deswegen nicht getanzt? Heute?«
»Der tanzt?« Christopher fuhr mit verstellter Stimme fort, ohne auf ihre Frage einzugehen. »Dann müssen wir abwarten und ihn weiter beobachten. Greifen wir ihn an. Quatsch! Es ist die falsche Zeit für einen Großangriff. Aber mach dir keine Sorgen: Wir kriegen ihn.«
»Du tanzt nicht, weil du Angst hast, dass sie dich kriegen.«
»Sie kriegen einen immer.« Seine Stimme klang wieder normal.
»Hast du deine Medikamente genommen?«, fragte sie und beugte sich auf ihrem Stuhl etwas nach vorn.
»Wie geht es Rosi?« Mit überraschend klaren Augen sah er sie an. »Ich wollte das nicht.«
»Ich weiß. Es wird alles gut.«
»Woher weißt du das?«
»Sie war bei Bewusstsein, als sie sie abtransportiert haben.«
»Und deshalb glaubst du, es wird gut. Es wird alles schlimmer, Milena, nicht besser. Immer schlimmer. Mit uns allen. Auch mit dir. Schlimmer und schlimmer. Die Welt. Das große Ganze … Hörst du sie …«, er flüsterte nur noch, »… hörst du, wie sie konferieren, planen, uns zu vernichten?«
Er streckte die Arme aus. Erreichte den Kaktus nicht, der auf dem Fensterbrett stand. Sie legte ihn ihm in den Arm.
Das Gesicht wurde hell. »Selenicereus …«

»… grandiflorus.« Er lächelte. »Die Königin der Nacht. Reina de la noche, queen of the night, fleur de nuit.« Seine Stimme nahm einen Klang an, den sie noch nicht kannte. Weich, wie sie umschmiegender Samt. »Noch ist sie wie ein hässliches Entlein, aber eines Nachts wird sie zum Schwan, wird ihre ganze Schönheit entfalten und uns betören mit ihrem lieblichen Duft.« Warm, als lege er die Arme um sie. »Bis die Sonne aufgeht.« Ihr Körper wurde heiß. Brannte. »Im Licht der aufgehenden Sonne wird sie vergehen …« Sie hörte kaum noch zu. War erregt. Konnte eine Stimme genügen, um sie zu befriedigen? »Erblühen und vergehen …« Er verführte sie allein mit seiner Stimme, und für den Rest legte sie selbst Hand an. »Erblühen und vergehen.« Aber noch war es sein Kaktus, den er im Arm hielt. Er wiegte sich mit ihm und summte vor sich hin.

Sein Verhalten hätte sie ernüchtern, ihr womöglich Angst machen müssen, das zumindest hatte Milena von sich erwartet, doch wer kannte sich schon. Nichts von alldem war in ihr. Nur Erregung, aber auch Liebe, eine tiefe, beschützende Liebe, die sie bisher noch nie gefühlt hatte.

Sie rutschte vom Stuhl, setzte sich neben ihn, rutschte so nah an ihn heran, wie ihr Instinkt es zuließ. Er roch gut. Offenbar hatte ihm jemand ein duftendes Rasierwasser gekauft. Er lächelte. Es war gut. Sie suchte nach Worten, weil etwas in ihr sagte, dass er sie erwartete. Aber nicht er. Sie selbst war diejenige, die es von sich erwartete. Sie wollte etwas Kluges sagen. Zumindest mit Worten die Verbindung zwischen ihnen aufrechterhalten.

»Und dass die so mit dir reden … ist das den ganzen Tag?«

Er schüttelte den Kopf. »Ich verabrede mich mit den Stimmen, dann lassen sie mich den restlichen Tag in Ruhe …«

»Aber jetzt ist das mit Rosi passiert, und sie lassen dich nicht in Ruhe …«

»Phil und Kathrin sagen, das ist der Stress.« Er wiegte sich weiter mit dem Kaktus im Arm. Es schien ihn zu beruhigen. »Bei Stress schießt das Dopamin hoch, und dann werden die Stimmen so stark … sind stärker als ich.«

»Aber du kannst sie von echten Stimmen unterscheiden.«

»Jetzt schon.« Er lächelte beruhigend, als sei ihm klar, dass er jemand war, der einen anderen verängstigen konnte. »Aber sonst denke ich, sie sind ein Teil von mir. Sie lenken und beschützen mich.« Das Lächeln fiel in sich zusammen, und er wirkte so einsam und verloren, dass Milena es erst bemerkte, als es schon geschehen war. Ihre Hand lag auf seinem Arm. Sie war so erschrocken darüber, dass sie die Hand nicht bewegte. Sie lag auf seinem Arm wie von ihr losgelöst. Als habe sie nichts mit ihr zu tun. Und weil sie nichts mit ihr zu tun hatte, reagierte sie auch nicht auf die Signale, die ihr Gehirn jetzt funkte. *Rückzug. Katastrophenalarm. Rückzug. Wenn Christopher merkt, was du gerade tust, ist es mit euch beiden gleich vorbei.* Nur was war, wenn Christopher sich ihrer Hand erst durch den Rückzug bewusst wurde? Was würde er tun? Ihr den Kaktus ins Gesicht drücken, bis die Stacheln ihre Haut durchbohrten? Doch für immer so sitzen zu bleiben, war auch nicht möglich.

Ein Seitenblick auf Christopher. Noch immer keine Reaktion. Offenbar war er mit seinen Gedanken so weit weg, dass er die Berührung nicht bemerkte. So behutsam wie ein Mikadostäbchen aus dem dahingestreuten Stapel versuchte Milena, die Hand von seinem Arm zu ziehen. Und in diesem Moment geschah, wovor sie sich gefürchtet hatte. Doch nur das kurze Aufblitzen in seinen Augen verriet ihr, dass er zumindest jetzt begriff, was sie getan hatte; jetzt, da es mit ihrer Berührung schon wieder vorbei war. In diesem Aufblitzen lag dasselbe Erstaunen, das Milena empfand. Erstaunen darüber, dass es ihm nichts auszumachen schien. Dass der Impuls, der bei ihm normalerweise bei einer Berührung den Katastrophenalarm auslöste, für den Bruchteil einer Sekunde ausgeschaltet oder durch irgendetwas unterbrochen worden war.

Hoffnung. Auf mehr?

Sie musste mit Phil reden. Milena fühlte eine unbekannte Erregung. Vielleicht, wenn sie gemeinsam entdeckten, was den Impuls ausgeschaltet, weshalb Christopher die Berührung geduldet hatte, zumindest im Nachhinein. Ihr Herz klopfte bis zum Hals. Nicht darüber nachdenken, was das bedeuten mochte. Es ging um Christopher. Einzig und allein um ihn.

»Es tut mir leid«, wagte sie sich einen weiteren Schritt vor.

»Schon okay«, antwortete er, offenbar noch immer über sich selbst erstaunt. »Es ist okay.«

Sie hätte ihn in diesen kostbaren Sekunden, die einem Wunder glichen, so gern gefragt, weshalb man ihn nicht berühren durfte. Jetzt, in diesem Moment, in dem sie einander so nah waren. Sie wagte es nicht. Fürchtete, den Augenblick der Annäherung zu zerstören. Umarmte jedoch diesen Hauch von Ahnung, dass es sein konnte, vielleicht eines Tages, mit sehr viel Geduld und nachdem viel Zeit vergangen war.

Christopher stand auf. »Ich habe Kathrin vorhin gefragt, was mit Rosis Kind ist.«

»Und hat sie dir geantwortet?« Milena stand ebenfalls auf.

Christopher schüttelte den Kopf, stellte den Kaktus wieder auf das Fensterbrett. »Die Tür zu Phils Büro stand offen, als ich vorhin vorbeigegangen bin, während ihr draußen wart. Ich hab ihre Krankenakte gleich gefunden.«

Wieder hatte Milena das Gefühl, verbotenes Terrain zu betreten. Es ging sie nichts an. Aber die Neugier war stärker. »Du hast sie gelesen.«
Christopher nickte. »Der Vater hat das Kind geschüttelt, dann war es tot …«
»Und Rosi …?« Milenas Hals wurde eng. Zentnerschwer – Blei auf ihrer Brust.
»Sie war nicht da.« Christopher sah sie mit dem eigenartig starren Blick an, der ihr trotz allem fremd bleiben würde. »Eine Mutter, die nicht für ihr Kind da ist, ist keine Mutter.« Er ging und ließ Milena mit diesen Worten zurück.
Einsamkeit vor dem Fenster.
Leerer Nagel an der Wand.
Absolute, vollkommene Trostlosigkeit.
Milena ging nun ebenfalls zur Tür und schrak zurück. Christopher stand vor ihr. Groß. Breit. Schön. War ihm die Berührung erst jetzt bewusst geworden … würde er …
»Versprich es mir.« Er sah sie an.
»Was soll ich dir versprechen?«
»Dass du bei mir sein wirst, wenn die Königin der Nacht blüht.«
Der Raum der Stille. Milena hatte ihn in Berlin besucht. Diesen kleinen, schmucklosen Raum im Nordflügel des Brandenburger Tors, der zum Verweilen einlud. Der einzige Schmuck ein handgewebter Wandteppich zum Thema – Licht, das die Finsternis durchdringt. Damals hatte sie die Stille nicht ertragen, war förmlich aus dem Raum geflüchtet und beinahe in den Armen einer jungen Frau gelandet, die vor dem Brandenburger Tor Flugblätter verteilte. Milena hatte den Zettel nicht nehmen wollen, die junge Frau hatte darauf bestanden, und da sie Milena irgendwie eigenartig vorgekommen war, hatte sie

ihn schließlich in ihre Jackentasche gesteckt und sich schnell von dieser seltsamen jungen Frau entfernt. Eigenartig, dass sie ausgerechnet jetzt daran denken musste.
»Versprichst du's mir?« Christopher war noch da.
Ein kurzes Zögern, dann nickte Milena. »Ja, ich versprech's dir.« Während sie die Worte bewusst wählte, war es, als beobachtete sie sich selbst dabei. Wie sie es sagte – und was die Worte in ihr auslösten. Was sie Christopher gerade gegeben hatte, war mehr als ein Versprechen. Wobei ein aufrichtig gemeintes Versprechen schon viel war. Manchmal zu viel. Denn man übergab es dem anderen in einem Augenblick, in dem man sicher war, es auch halten zu können. Weil man in diesem Augenblick stark war. Aber was war mit den anderen Augenblicken? Augenblicken, in denen man nicht einmal mehr wusste, wie man sich selbst über den Tag retten sollte. Und gerade dann der andere einen brauchte.
Deshalb hatte sie bisher keine echten Freunde gehabt. Keine Versprechen gegeben. Allein der Tanz hätte verhindert, auch nur eins von ihnen zu halten.
Und jetzt? Sie hatte Christopher nicht nur etwas versprochen. Sie hatte eine Entscheidung getroffen, ohne Rücktrittsrecht innerhalb von vierzehn Tagen. Weil ein Mensch kein Kaufvertrag war. Es war eine Entscheidung, von der bisher nur sie wusste. Christopher hatte keine Ahnung. Und dennoch würde sie sich daran halten. An das Versprechen und ihren Entschluss, von nun an, wie auch immer, für Christopher da zu sein.
Milena schloss die Augen.
Horchte in sich hinein, ob da etwas war, das sie vor dem Entschluss warnte.
Kein Zeichen.

Kein Geräusch.
Nur Stille.
»Ich sehe dich.« Sie öffnete die Augen wieder. Christopher stand so dicht vor ihr, dass sie seinen Atem spüren konnte.
»Du siehst mich?«
»So haben die Indianer, bei denen ich gelebt habe, einander begrüßt und verabschiedet.«
»Und was davon tust du gerade?« Sie lächelte.
»Ich verabschiede und ich begrüße dich.« Er trat noch näher an sie heran. So nah, wie es nur möglich war, ohne einander zu berühren. Der Ausdruck seiner Augen hatte sich verändert. Waren Augen das Fenster zu Seele und Körper, so standen sie zum ersten Mal weit offen. Keine heruntergezogenen Jalousien, kein Vorhang, der die Sicht versperrte. Milena vergaß zu atmen. Zum ersten Mal erlaubte Christopher ihr, in ihn hineinzublicken.
»Ich sehe dich«, sagte sie leise.
»Ich weiß.« Er nickte. Zog den Vorhang wieder zu. Wandte sich ab und ging schnell davon, als habe er sich in einem Anflug von Leichtsinn viel zu weit vorgewagt.
Dennoch, es war ein Anfang.
Und ihre Entscheidung für ihn richtig.
Ich sehe dich, Christopher. Milena lächelte. Und ich werde nie wieder damit aufhören, dich zu sehen.

22

Milena machte sich auf die Suche nach Phil. Sie musste wissen, ob es stimmte, was Christopher ihr erzählt hatte. Sie fand Phil vor dem Regenbogenhaus, als er gerade auf sein Rad steigen wollte. »Phil, warte bitte.« Sie stand vor ihm, ohne auf ihre Körperhaltung zu achten, was nur sehr selten vorkam.

»Was ist?« Einen Augenblick schien er verärgert, dass sie ihn aufhielt.

»Wegen Rosi … Was passiert jetzt mit ihr?«

»Krankenhaus und dann Psychiatrie. Muss jetzt zu ihr.«

»Ich fühl mich so schuldig, Phil.«

»Musst du nicht, diese Dinge passieren.« Hätte seine Stimme weniger genervt geklungen, wäre sie sicherer gewesen, dass er es tatsächlich so meinte.

»Aber ich hab es provoziert. Ich habe Christopher von dem Foto erzählt, das sie mir geschenkt hat.«

»Es ist in Ordnung«, wiederholte Phil und stieg aufs Rad. »Ich muss zu ihr, und …« Erst jetzt schien ihm bewusst zu werden, wie er mit Milena umging. Er wurde sanfter. Eindringlicher. »Milena, es war nicht das erste Mal.«

»Es war nicht ihr erster Suizidversuch?«

»Sie versucht es immer wieder.«

»Sie fühlt sich schuldig. Sie denkt, sie hat Jonas im Stich gelassen.«

»Ich rede nicht darüber, das weißt du.« Seine Stimme nahm erneut einen ärgerlichen Tonfall an. »Also hör auf damit.«
Sie hörte nicht auf. Christopher hatte ihr die Information auf den Tisch geknallt. Einfach so. Sie musste wissen, was Phil darüber dachte. Wie es wirklich gewesen war und was er von Rosis Verhalten damals hielt. »Christopher meint, Jonas' Vater habe ihn zu Tode geschüttelt, Rosi war nicht da, und …«
»Woher weiß er das?« Die Stimme war messerscharf.
»Dein Büro stand offen, sei nicht sauer … Ich glaube, Christopher wollte nur verstehen … Er macht sich Vorwürfe, weil er sie nicht berühren konnte.« Sie wurde leiser. »Ich mache mir auch Vorwürfe.«
»Du hast ihr das Leben gerettet.«
»Bitte, Phil …« Ihr Rücken brach. Sie konnte nicht länger stehen. Sie biss die Zähne zusammen und hielt es aus.
Es dauerte einen Augenblick, bis Phil reagierte: »Rosi hat damals ein schweres Trauma erlitten und den Tod ihres Kindes nie verarbeitet.«
»Und da ist …«
»Sie hat im Wahnsinn Zuflucht gesucht. Und seitdem ist er ihr Begleiter, der ihr hilft, das Grauen einzudämmen, das nicht kleiner, sondern größer wird.«
»Ihr Zustand schützt sie vor der Wahrheit?«
»Nur so lange, bis die Wahrheit aus dem Verlies ausbricht, in das ihr Gehirn sie gesperrt hat. Wenn sie ausbricht, dann mit voller Wucht.«
»Und dann will sie nur noch sterben.«
»Sie will nicht tot sein. Sie will nur zu ihrem Kind.«
»Und was jetzt?« Milena wusste nicht, was sie anderes hätte sagen können, und Phil antwortete entsprechend.

»Jetzt werde ich darauf achten, dass mein Büro immer abgesperrt ist. Das geht nicht, dass jemand einfach …« Phil stellte die Füße auf die Pedale. »So etwas darf nicht passieren.« Fuhr los.
»Ich habe ihn berührt, und es war okay«, rief sie Phil spontan hinterher.
Milena hatte gewusst, dass sie bei Christopher etwas Außergewöhnliches erreicht hatte, doch wie außergewöhnlich es gewesen war, wurde ihr erst klar, als Phil abrupt abbremste, eine Kehrtwendung machte, auf sie zufuhr und vor ihr stehen blieb.
»Wie hat er reagiert?«
»Gar nicht!«
»Er hat es nicht bemerkt.« Die Enttäuschung war Phil anzumerken.
»Zuerst nicht, erst als ich die Hand weggezogen habe, ich hab's in seinen Augen gesehen, da ist ihm klargeworden, was gerade passiert ist.« Sie trat so dicht an Phil heran, dass er ihr nicht mehr ausweichen konnte. »Warum, Phil, ist es für Christopher so unerträglich, wenn man ihn anfasst? Ein frühkindliches Erlebnis kann doch nicht allein die Ursache für so ein körperfeindliches Verhalten sein.«
»Ich denke, ich hab es dir schon mal zu erklären versucht«, antwortete Phil. »Bei Menschen mit Christophers Krankheitsbild kann es durchaus vorkommen, dass sie jede Form von intimer Nähe meiden.«
»Ich weiß. Und dass ein bedrohliches Ereignis in früher Kindheit zu der Schlussfolgerung führen kann – ich sterbe, wenn mich jemand anfasst. Aber Phil, das kann doch nicht alles sein …«
»Milena, mach nicht den Fehler …«
»Welchen Fehler?«

»Du kannst Christopher nicht retten, nur weil er einmal zugelassen hat, dass du ihn berührst. Das war eine Ausnahmesituation. Es wird nicht wieder vorkommen.«
»Und wo ist das in Stein gemeißelt?« Milena wurde wütend. »Diagnose, Stempel drauf, irreversibel? Ich hab gedacht, du willst deinen Menschen helfen, und jetzt nimmst du einfach hin, dass ein Mensch wie Christopher in seiner selbst gewählten Isolation zugrunde geht?«
Phil blieb ruhig. »Noch mal. In Christopher sitzt eine tiefe Angst, dass seine Existenz bedroht ist, wenn er sein Bedürfnis nach Nähe ausdrückt. Er kann nur existieren, solange er keine Intimität braucht.«
»Er braucht sie aber. Heute, als es ihm total schlechtging, hat er sie gebraucht.«
»Hat er am Ende dich oder hat er seinen Kaktus umarmt?«
»Du bist zynisch.«
»Hat er oder hat er nicht …« Sie musste nicht antworten. Ihr Gesichtsausdruck genügte, und Milena wünschte, sie wäre ihm nicht ganz so nah gekommen oder hätte sich zumindest schon eine Sonnenbrille gekauft. Jetzt hatte sie nur zwei Möglichkeiten: seinem intensiven Blick auszuweichen und damit Schwäche zu zeigen oder ihm standzuhalten. Hätte sie geahnt, was er gleich zu ihr sagen würde, sie hätte sich für das Schwachsein entschieden. »Du hast Christopher anfassen dürfen, Milena, das bedeutet jedoch nicht, dass du es noch einmal darfst.« In seiner Stimme lag Mitgefühl.
»Aber …«
»Du glaubst wirklich, erreichen zu können, was bisher noch niemand erreicht hat?«
»Natürlich nicht … Aber du hast doch selbst gesagt, durch mich nimmt er seine Medikamente wieder …«

»Illusion hat die Eigenschaft, immer stärker zu werden. Auf diese Weise drängt sie auf Erfüllung und bringt den Einzelnen zwangsläufig in einen Konflikt mit der Realität, der schließlich zu verzweifeltem Verhalten führt.«
»Lass dein Psychogequatsche. Sag mir einfach, was du sagen willst.«
»Deine Liebe kann ihn nicht heilen.«
»Liebe? Spinnst du?«
»Verlieb dich einfach nicht in ihn, okay?« Das Mitgefühl in seiner Stimme war verschwunden. Phil stieg auf sein Rad und fuhr davon. Milena schaute ihm entgeistert hinterher. Bewegte sich nicht. Etwas in ihr sagte, bleib, wo du bist, für immer, genau an dieser Stelle, dann wird dir auch nichts geschehen. Dir nicht und auch nicht anderen.
Nichts würde geschehen. Nie wieder. Einfach nur dastehen und schauen und warten. Den Wind spüren. Die Sonne fühlen. Den Vögeln lauschen, den Blättern, den Stimmen, von irgendwoher, dem Lachen von irgendwoher, dem Weinen von irgendwoher. Das Leben hatte sie erneut als Samen in die Erde gepflanzt, aus der sie wuchs. Vielleicht größer und schöner als zuvor – hatte sie gehofft. Und jetzt war sie irgendetwas Mickriges, das über den Boden kroch. *Verlieb dich nicht in ihn*. Leben kam in sie. Sie war auf einmal so zornig, so schrecklich zornig.
»Du verdammter Seelenklempner!«, schrie sie Phil Friedmann nach. Am liebsten hätte sie ihm noch irgendeinen Gegenstand hinterhergeworfen.
Doch er war schon außer Reich- und Hörweite, und den passenden Ziegelstein hatte sie auch nicht zur Hand.
Liebe kann ihn nicht heilen. Verlieb dich nicht in ihn. Frau Rose wollte sich erhängen. Und es war nicht das erste Mal. Es ist nicht deine Schuld, nicht deine große, große Schuld. Sie

hatte ihr das Leben gerettet. Dein Rücken wäre fast daran zerbrochen, aber du bist stark geblieben. Sie hatte Christopher berührt. Und für den Bruchteil einer Sekunde hast du ihn gespürt, diesen winzigen Impuls unter der Haut, dass es ihm guttut, und – was absolut außergewöhnlich ist – er hat es zugelassen. Phil war ein guter Psychiater, aber gegenüber dem, was offensichtlich nicht in seinen Büchern stand, war er möglicherweise blind. Dass es Ausnahmen gab und manchmal sogar ein – Wunder.

Erneut fiel ihr das Flugblatt ein, das ihr die junge Frau vor dem Raum der Stille gegeben hatte. Es war noch nicht so lange her. Es konnte noch in der Jackentasche sein. Plötzlich wollte sie wissen, weshalb sich jemand die Mühe machte, sich vor das Brandenburger Tor zu stellen und Zettel zu verteilen, die offenbar fein säuberlich mit der Hand beschrieben worden waren und die trotzdem niemand wollte. Milena hatte geglaubt, die junge Frau sei nicht ganz dicht. Aber vielleicht waren es die anderen, die nicht ganz dicht waren. Die Ignoranten, Weitereilenden, immer weiter und weiter, egal wohin, nur fort von dem Ort, an dem sie gerade waren, und hin zum nächsten, an dem sie auch nicht sein wollten.
Milena erinnerte sich daran, welche Jacke sie an dem Tag getragen hatte. Suchte den Zettel sofort, als sie nach Hause kam, fand ihn tatsächlich in der rechten Tasche, achtlos zusammengeknüllt. Sie glättete ihn fein säuberlich und las:

Herr, unsere Erde ist nur ein kleines Gestirn im großen Weltall. An uns liegt es, daraus einen Planeten zu machen, dessen Geschöpfe nicht mehr vom Krieg gepeinigt, nicht mehr von Hunger und Furcht gequält, nicht sinnlos nach Rasse, Haut-

farbe und Weltanschauung getrennt werden. Gib uns Mut und Kraft, schon heute mit diesem Werk zu beginnen, damit unsere Kinder und Kindeskinder einst mit Stolz den Namen ›Mensch‹ tragen. – Gebet der Vereinten Nationen

Milena entschuldigte sich innerlich bei der jungen Frau, fügte aber noch etwas hinzu. Es ging nicht nur um unterschiedliche Rassen, Hautfarben und Weltanschauungen. Nein, auch die Gesunden sollten nicht von den Nichtgesunden getrennt werden. Die Behinderten nicht von jenen, die nicht behindert waren. Und die seelisch Erkrankten nicht von denjenigen, die so verdammt davon überzeugt waren, es nicht zu sein.

Milena konnte nicht schlafen. Wieder einmal! Gedanken, Erinnerungen, Phantasien und die Ereignisse dieses Tages stürmten, schlugen regelrecht auf sie ein. Sie stand auf, zog sich mit fliegenden Fingern an. Atemnot. Sie musste raus. Lief aus der Wohnung. Ohne Schlüssel. Ohne die Tür zuzuziehen. Im Hausflur war es dunkel und still. Sie machte kein Licht. Die Dunkelheit tat ihr gut. Wenn sie nichts sah, wurde auch sie nicht gesehen. Sie wollte nicht gesehen werden. Nicht von anderen, nicht von ihrem Spiegel, nicht einmal von sich selbst.

Sie schnappte sich Paulas Fahrrad, das noch immer ohne Schloss vor dem Haus stand. Fuhr ziellos durch die Straßen. Fuhr gegen den Wind. Schrie ihre Wut, ihre Verwirrtheit, schrie ihre Verzweiflung und Sehnsucht hinaus, die nicht nur mit diesem Tag, Frau Rose und Christopher zu tun hatte. Der Schrei kam aus einer Tiefe, von der sie bisher nicht einmal geahnt hatte, dass sie in ihr war. Sie schrie, bis sich ihre Kehle verkrampfte und ihr Körper sich so steif anfühlte, dass sie vom Fahrrad steigen musste. Sie schob das Fahrrad die letzten Meter bis hinauf zur Großhesseloher Brücke. Blickte auf die Isar hinunter. Ein schwarzes, fließendes Band unter einem Himmel voller Sterne. Die Bäume am Ufer wie lautlose Nachtschattengewächse. Sie stellte sich vor, wie ihre Blätter sanft vom Wind bewegt wurden. Geschaukelt wie ein Kind auf dem Schoß der Großmutter. Kaja! Sie presste die Sehnsucht durch eine Kehle, die sich nur langsam entkrampfte. Schluckte sie hinunter, ganz tief in den Bereich ihres Körpers, zu dem sie keinen Zugang hatte, in dem all die unterdrückten Gefühle aufbewahrt wurden, bis er randvoll war und überzulaufen drohte. Vermutlich war das bei jedem Menschen der Augenblick, in dem die Gefühle explodierten. Frau Rose war verrückt geworden. Andere machten nach dem Verrücktwerden einfach weiter. Gefährdeten Unbeteiligte mit ihrer Raserei auf der Autobahn. Holten sich auf dem Dealerstrich das nötige Heroin, um den Arbeitsdruck zu ertragen. Banker spritzten. Börsianer schnupften. Geld war der Götze, zu dem sie beteten. Das Geld war aller Gott, und jeder hatte seine Methode, um sich zu betäuben. Religion, Sex, Karriere, Erfolg.

Was war nur mit ihr los? Sie versuchte, im Wind die Zukunft zu schmecken. Doch die Zukunft schmeckte nach nichts. Absolute Leere. Der Wind, die Isar, die Brücke, alles leer. Nur diese Sehnsucht. Nach ihrem Kind. Nach ihrer Tochter. Beklemmung stieg in ihr auf. Sie atmete sie stoßweise aus. In ihrem Bereich der unterdrückten Gefühle war kein Platz mehr. Ein einziges Gefühl noch, und sie würde explodieren. Das fühlte sie genau. Und dann? Sie wusste nicht, ob sie danach noch weitermachen konnte oder zur Abteilung »traumatisiert und durchgedreht« gehören würde.

In dieser Nacht versackte Milena in einer Bar nicht weit von ihrer Wohnung. Sie hing an der Theke, trank zuerst Weinschorle, die anderen nur schemenhaft wahrnehmend wie Blinklichter auf See oder Lichtinseln in tiefer Dunkelheit. Kam gerade beim Wodka an, als Annas Freund Frank die Bar betrat und sich neben sie setzte.

»Hi, Milena.«

»Frank?« Sie schnorrte eine Zigarette von ihm. Er zündete sich auch eine an. Sie rauchten schweigend. Raum der Stille inmitten von Lärm.

»Wo ist Anna?«

»Zu Hause.« Er deutete dem Barkeeper an, dass er die Wodkaflasche gleich stehen lassen sollte.

»Wollte sie nicht?«

»Ich will nicht.«

»Was willst du nicht?«

»Ich weiß nicht.«

»Du weißt nicht, was du willst? Oder ob du sie noch willst?«

»Ich krieg neben ihr keine Luft mehr.«

»Sie liebt dich.«

»Sie besitzt mich.«

»Miteinander reden ... nicht allein saufen.« Sie legte zwanzig Euro auf die Theke, verließ die Bar. Wankte mit Paulas Fahrrad nach Hause, weil sie nicht mehr fahren konnte, stellte das Rad auch nicht ordentlich ab, sondern schief in den Fahrradständer, so dass es umfiel. Sie ließ es liegen und kippte angezogen ins Bett. Zum zweiten Mal in dieser Nacht versuchte Milena zu schlafen. Sie konnte es nicht. Christophers Worte klangen wie ein nicht enden wollendes Echo in ihr nach. *Rosi ist schuld am Tod ihres Kindes. Sie war nicht da, als der Vater es so lange geschüttelt hatte, bis es bewusstlos war. Rosi war nicht da. Sie war für ihr Kind nicht da.* Milena stand auf, trat ans Fenster. Der Himmel über der Garage war schwarz, nur irgendwo weit hinten blinkte ein Stern. Sie hielt den Stern mit den Augen fest, während sich Christophers Stimme weiter in ihrem Kopf festfraß: *Rosi ist nicht für ihr Kind da gewesen. Sie ist eine schlechte Mutter. Sie war nicht für ihr Kind da. Du warst nicht für dein Kind da.* Du … bist … nicht … da!!!

Sie stand wieder auf, klappte den Laptop auf, meldete sich bei Facebook an. Ein Foto. Nur sehen, dass es Kaja gutging. Doch der Nikola, von dem sie gedacht hatte, es sei *er*, war ein anderer. Auch Kaja war nicht zu finden. Sie hatten sie aus ihrem Leben entfernt …

Milena warf sich aufs Bett, diesmal schlief sie ein, schlief einen tiefen, traumlosen Schlaf, bis sie von einem Dauerklingeln geweckt wurde. Offensichtlich war Annas Daumen wieder einmal an der Klingel kleben geblieben.

Milena kroch aus dem Bett. Kopfschmerzen! Schlurfte zur Tür. Erinnerte sich vage daran, dass sie sie am vergangenen Abend offen stehen gelassen hatte. Nach ihrer Rückkehr hatte sie sie offenbar zugezogen. Zum Glück. Sonst stünde Anna jetzt mit dieser »Ich bring jeden um, der sich mir in den Weg stellt«-Miene vor ihrem Bett und nicht nur im Türrahmen.

»Jetzt klaut derjenige nicht nur Paulas Rad, jetzt wirft er es auch noch um.«

»Besorg endlich ein Schloss.«

»Das ist unheimlich. Vielleicht hat sie einen Stalker. Oder ich … Und irgendwann … Ich geh zur Polizei.« Sie drängte sich an Milena vorbei in die Wohnung.

»Wegen eines Fahrrads, das sich jemand ausleiht und das irgendwie umgefallen ist?« Milena brauchte einen Kaffee. Sie ging zum Herd, setzte Wasser auf.

»Es geht nicht darum, dass es umgefallen ist, sondern *wie* es umgefallen ist. Und dass er es wieder zurückbringt. Milena, das ist eine Machtdemonstration. Da will einer zeigen, dass er Macht über uns hat.«

Milena zählte acht Kaffeelöffel in den Filter. »Du spinnst.«

»Du wirst schon sehen, was als Nächstes kommt. Ein totes Kaninchen. Berge von Bestellungen, die wir nicht aufgegeben haben, Drohbriefe. Schweigen am Telefon.«

Frau Rose hatte sich aufgehängt, sie hatte Christopher berühren dürfen, Frank hatte sich bei ihr über Anna ausgekotzt, sie hatte Kaja und Nikola vergeblich im Internet gesucht und Anna phantasierte wegen Paulas unverschlossenem Fahrrad einen ganzen Psychothriller zusammen. »Stell es in den Fahrradkeller.«

»Sag ich Paula immer. Sie tut es nie.« Anna saß schon am Esstisch und tippte etwas in ihr Handy.

»Paula?«, fragte Milena.

»Frank. Er ist gestern in einer Bar versackt. Ich will wissen, was da war.«

»Nichts!«

»Woher willst du das wissen?«

»Stell das Fahrrad in den Keller.« Milena wich aus.

»Bloß nicht, solange der Stalker sich nur daran abreagiert, ist es noch okay …« Sie sah von ihrem Smartphone auf. »Nachbar Manan meinte, er habe mal die Silhouette einer Frau gesehen. Er hat schon gedacht, das seist du gewesen, aber du würdest ja nicht Paulas Rad klauen … So ein Quatsch …« Jetzt sah sie Milena an, als habe sie nicht einen Schluck Kaffee getrunken, sondern vom Apfel der Erkenntnis abgebissen. »Kein Stalker. Eine Stalkerin. Frank hat eine Affäre, und die macht mir jetzt das Leben schwer, um mich loszuwerden.«

»Manan hat recht.« Milena hielt es nicht mehr aus. »Ich hab mir Paulas Rad ab und zu ausgeliehen. Tut mir leid, ich mach es wieder gut.«
»Du?« Im nächsten Augenblick schrie Anna auf. Sie hatte die Kaffeetasse so heftig abgesetzt, dass sie sich die Finger verbrannt hatte.
»Und ich war mit Frank in der Bar. Wir haben geredet, und es ist spät geworden.«
»Du warst mit meinem Frank in der Bar.«
»Wir haben uns zufällig getroffen.«
»Zufällig. Zufällig, na klar, deshalb wirfst du auch Paulas Fahrrad in den Dreck, weil alles so zufällig und harmlos ist.«
»Was willst du mir unterstellen?«
»Was ist es, Milena? Die Einsamkeit nach dem Erfolg? Die Stille nach dem Applaus? Die Dunkelheit nach dem Scheinwerferlicht? Die Angst, dass sich das Leben jetzt zurückholt, was du dir von ihm genommen hast?«
»Was meinst du damit?«
»Dass dir offenbar jedes Mittel recht ist, damit du im Mittelpunkt stehst. Aber Frank gehört mir, verstehst du?« Anna stand auf, rauschte zur Tür. »Mir!«
»Und genau das ist das Problem, über das wir geredet haben, Anna … Er liebt dich, aber du nimmst ihm die Luft zum Atmen.«
Statt einer Antwort knallte die Tür hinter Anna ins Schloss.
Milena stellte sich unter die Dusche. Nahm denselben Bus wie Anna. Milena setzte sich nach hinten, Anna setzte sich so weit wie möglich von ihr entfernt nach vorn. Den Weg in die Klinik gingen sie ebenfalls getrennt. Anna lief schnell, und Milena ließ ihr bewusst den Vorsprung, den sie offenbar brauchte. Der Streit mit Anna machte ihr mehr zu schaffen als

erwartet. Der erste Versuch seit ihrer Kindheit, eine Freundschaft aufzubauen, war kolossal gescheitert. Sie hätte sich nicht einmischen dürfen. Aber gehörte das nicht auch zu einer echten Freundschaft, dass man offen sein durfte? Und sie hatte nichts anderes getan, als Anna zu warnen. Dass sie Frank verlor, wenn sie so weitermachte. Wusste sie einfach nicht, wie Freundschaft funktionierte, weil sie es nicht gelernt hatte, sich nicht einmal bemüht hatte, es zu lernen? Außer Christine, Christine, diese wunderbare Tänzerin, war etwas Besonderes gewesen. Sie fehlte ihr. Sie fehlte ihr sehr.

Es würde einige Zeit dauern, und Anna und sie würden viel miteinander reden müssen, bis alles wieder gut war. Falls Anna überhaupt noch bereit war, mit ihr zu reden. Die Spielregeln zur Rettung einer Freundschaft kannte Milena ebenfalls nicht. Wie so vieles, das sie versäumt hatte zu lernen.

Ihr Blick fiel auf ein Plakat, das vor der Klinik gerade auf eine Litfaßsäule geklebt wurde. Eine Mutter mit ihrem Baby auf dem Schoß und das Smartphone am Ohr. Dazu der Text: Sprechen Sie lieber mit Ihrem Kind! Offenbar war sie mit dem Viel-lernen-Müssen nicht allein.

Ermutigt und etwas gestärkt, trat sie durch die Glastür, die hinter einem kleinen Warteraum mit vier an der Wand angebrachten Klappstühlen nach innen aufging.

23

In der Notaufnahme ging es an diesem Morgen verhältnismäßig ruhig zu. In der Hoffnung, vielleicht schon jetzt ein paar Worte mit Anna wechseln zu können, blieb Milena vor dem Schaukasten stehen, der an der dem Empfangtresen gegenüberliegenden Wand angebracht worden war.
Eindrucksvoll stellte er aus, was Menschen so alles schluckten, das anschließend in Notoperationen aus Magen und Darm wieder entfernt werden musste. Und nicht nur, weil das Verdauungssystem streikte. Da gab es Messer, Gabel, Schere, sogar einen Korkenzieher hatte offenbar jemand verschluckt. Milena schmunzelte bei der Vorstellung, wie jemand den Korken mit den Zähnen aus der Weinflasche hatte ziehen wollen und dabei den Korkenzieher übersehen hatte. Der kalte Schauer, der ihr Rückgrat entlanglief, wies sie jedoch darauf hin, dass der wahre Grund, weshalb Menschen sich so etwas antaten, selten ein Versehen, sondern fast immer ernst war.
Anna tauchte auf. Ein kurzer Blickwechsel. Milena wollte auf sie zugehen, aber Anna versteifte sich, und die Art, wie sie Milenas Blick auswich, zog so etwas wie einen unsichtbaren Kreidestrich zwischen sie und Anna. Übertreten verboten. Komm mir nicht zu nah! Anna streifte sich jetzt sogar die Hände an ihrem Schwesternkittel ab, als hafte tatsächlich Kreide daran. Eine unbewusste Geste. Als wolle sie etwas loswerden, das Milena in ihr ausgelöst hatte. Vielleicht war es auch Milena, die sie loswerden wollte.

Milena verzog sich mit Putzwagen und Schrubber auf die Innere und fragte sich wohl zum hundertsten Mal, was sie hier eigentlich tat. Spot aus, willkommen im richtigen Leben, das weniger hell war als die von allen Seiten auf sie gerichteten Scheinwerfer. Eben echt. Nicht künstlich. Und mit wenig Zeit zum Träumen.
Zeit, die sich verlief in den Krankenhausfluren und Krankenzimmern. Milena wischte und atmete. Das war alles. Verlorene Zeit, wie ausgeknipst, und erst dann zu ihr zurückkehrend, wenn Milena Stunden später das, was nun auch ihr Leben war, zurück in den Raum mit den Putzutensilien schob. Die Zeit war wieder da, als sie sich umzog, ihren Spind versperrte und sich auf den Weg zur psychiatrischen Station des Krankenhauses machte, um Frau Rose zu besuchen.
Die psychiatrische Station war in einem Nebengebäude untergebracht, das nur über einen langen Gang durch den Keller erreicht werden konnte. Die Entbindungsstation lag dem Gebäude gegenüber. Erster Stock Entbindungsstation. Zweiter Stock Onkologie und gegenüber die Psychiatrie mit fünf Stationen und jeweils zweiundzwanzig Planbetten. Milena fragte sich, ob man die Neugeborenen auf diese Weise gleich einmal dezent darauf hinweisen wollte, dass das Leben nicht nur saftigsüß wie rote Tomaten, sondern auch sauer war wie Zitronensaft ohne Zucker.
Bisher hatte Milena nur einmal auf der Onkologie geputzt und geglaubt, die Schreie, die sie in regelmäßigen Abständen hörte, kämen aus der Psychiatrie. Mitleidig hatte sie die beiden Patientinnen angesehen, in deren Zimmern sie sich gerade aufhielt: »Und außer Chemo müssen Sie jetzt auch noch die Schreie aus der Psychiatrie aushalten.«
Die Patientinnen hatten sie ausgelacht. »Das kommt nicht aus der Psychiatrie, das sind die Frauen, die gerade ihre Kinder

kriegen.« Es war seltsam, auf der Onkologie wurde tatsächlich öfter gelacht als auf anderen Stationen. Auch etwas, das Milena so nie gedacht hätte. Immerhin – sie lernte dazu. Es war gut, dazuzulernen. Es machte einen weniger angreifbar. Aber es gab auch dieses Erkennen. Anfang und Ende. Geboren werden und durch Diagnose die eigene Sterblichkeit nicht länger verdrängen können. Beides nur durch eine Treppe mit fünfzehn Stufen voneinander entfernt.

»Alter spielt keine Rolle!« Wieder Worte ihrer Mutter in Milenas Kopf. Ganz plötzlich. Als wollten sie ihr erst jetzt begreiflich machen, wie viel sie von zu Hause mitbekommen hatte. »Alter spielt keine Rolle, weil Lebenszeit für jeden eine andere ist. Stirbt man mit vierzig, hat man die Hälfte seines Lebens schon mit zwanzig erreicht. Wird man hundert, ist es erst mit fünfzig so weit.« Kluge Worte. Sie hatte sie nicht zu schätzen gewusst.

Mit dem Lift fuhr Milena nach unten, durchquerte den endlos langen Kellerschlauch, vorbei an Labors, in denen ohne Tageslicht die MTAs unentwegt vor dem PC saßen, Blutproben auswerteten, Kreuzproben machten, Laborergebnisse weiterschickten. Sie ging vorbei an der Bettenzentrale, der Wäscherei und an zahlreichen Räumen, in denen die Technik untergebracht war, erreichte den nächsten Lift, fuhr damit in den dritten Stock des Nebengebäudes, stieg aus und stand vor einer Glastür mit der Aufschrift: Psychiatrie. Geschlossene Abteilung.

Jedes Mal, wenn sie das Regenbogenhaus betrat, hatte sie das Gefühl, eine Grenze zu überschreiten. Doch im Regenbogenhaus hob sich die Schranke von selbst, so dass einem der Grenzübertritt leicht gemacht wurde. Hier hob sich keine Schranke. Hier blieb der Zugang in die andere Welt versperrt.

Eine verborgene Welt. Mit Menschen, weggesperrt wie Hausrat, den man zwar nicht mehr brauchte, aber auch nicht wegwerfen wollte, weil man ja emotional doch noch irgendwie daran hing. Sich trotzdem für sie schämte. Familienangehörige, die nicht richtig tickten, stellten bloß. Störten das Bild, das den Nachbarn neidisch machen sollte. Mein Auto. Mein Haus. Meine perfekte Familie. Neid war der Bonus auf erbrachte Lebensleistung. Mitgefühl machte klein. War wie das beruhigende Tätscheln der Großmutter auf den Hinterkopf, wenn man eine schlechte Note nach Hause gebracht hatte. Tickte jemand nicht richtig, fiel es auf einen selbst zurück.
Die Klingel rechts an der Wand forderte den Besucher auf zu läuten. Milena läutete. Ein Pfleger kam aus dem Zimmer, das der Glastür gegenüberlag und hinter dessen großem Glasfenster andere Pfleger und Schwestern zu sehen waren.
Der junge Mann begutachtete Milena. Lange. Bis Milena jeden Muskel spürte, weil sie sich unter seinem Blick so versteifte. Sie wurde unsicher, und gerade in dem Augenblick, in dem es ihr zu dumm wurde und sie auf dem Absatz kehrtmachen wollte, surrte der Türöffner. Milena zögerte, wusste jetzt, da sie eintreten durfte, nicht mehr, ob sie es überhaupt wollte.
Sie dachte an Frau Rose. Wie sie sie auf der Trage weggebracht hatten. Die mit wirr ausgebreiteten Haaren aussah wie ein vom Himmel gefallener Engel. Die Augenlider schwer wie zu schnell heruntergelassene Rollos. Spontan hatte Milena ihr die Tanzschuhe mit auf die Trage gelegt. Weil das Tanzen für Rosi offenbar einmal wichtig gewesen war. Vielleicht halfen sie ihr durch die Dunkelheit. *Tanz, Rosi, tanz, tanz zurück ins Licht*.
Der Pfleger winkte ungeduldig, und Milena stieß die Tür auf, ehe sie sich wieder vor ihr verschloss. Dabei hätte sie den Pfle-

ger am liebsten angefaucht. Was erwartete er von ihr? Einen Amoklauf? Aber da sie oft genug in Filmen gesehen hatte, wie schnell ein Wutausbruch in der Psychiatrie in einer Zwangsjacke endete, ließ sie es lieber. Setzte eine freundliche Miene auf, trat durch die Tür und sah sich um.
Es war ihr erstes Mal auf einer psychiatrischen Station, die so ganz anders war als das Regenbogenhaus. Dabei hatte man sich auch hier durchaus Mühe gegeben, damit sich die Menschen einigermaßen wohl fühlten. Es gab einen Tisch mit einer Eckcouch, auf der ein Mann lag. Als Milena an ihm vorbeiging, hob er den Kopf, und sein Gesichtsausdruck erinnerte sie an den eines Menschen, der nach einem Unfall aus seinem Schrottauto gekrochen kam. Traumatisiert. Nur für den Bruchteil einer Sekunde gab er das Gesicht frei, dann presste er sich die Handballen auf die Augen und rollte sich auf den Bauch. Eine Frau saß auf dem Boden, die Arme um die Knöchel geschlungen, den Kopf auf den Knien. Zitternd. Auf einem Wagen stand eine Kanne mit Kaffee, eine andere mit heißem Wasser für Tee. Die verschiedenen Teesorten konnte man aus einem weißen Körbchen wählen. Vermutlich das Übliche, Früchte- und Jasmintee, grüner und schwarzer Tee. Die Wände waren mit bunten Bildern geschmückt, die vermutlich von Patienten gemalt worden waren. Ein Bild zeigte einen Traum, ungeheuer groß, und den Träumer darunter unbedeutend klein. In den Ecken standen große Topfpflanzen. Und dennoch – die Atmosphäre auf der Station konnte man mit alldem nicht einfach wegwischen. Sie hatte etwas Bedrückendes, wie die Stunden kurz vor dem Ausbruch eines Gewitters. Die Luft und auch der eigene Körper werden bleischwer. Plötzlich hat man nah am Wasser gebaut, und es ist, als legte sich mit dem dunkel verfärbten Himmel auch ein Schleier über die

Seele. Die Melancholie eines alten Mannes, einsam an einer Bushaltestelle. Höllenatem, so hatte ihre Mutter dieses niederdrückende Gefühl genannt.

Der Pfleger, der von einem Patienten abgelenkt worden war, kam auf Milena zu. Seine Brille wurde von einem Tesafilm zusammengehalten. »Zu wem wollen Sie?«

In diesem Moment fiel Milena auf, dass sie Rosi nur unter Frau Rose kannte. »Frau Rose«, sagte sie daher. »Sie ist gestern eingeliefert worden, aus dem Regenbogenhaus.«

»Sie liegt im Überwachungsraum.« Der Pfleger deutete auf das Zimmer neben dem Schwesternzimmer und wandte sich an einen Mann mit offensichtlich teurem Brillengestell, der selig vor sich hin lächelte und durchschnittlich gewirkt hätte ohne diese zwei riesigen Löcher in seiner Jeans, die nicht nur eine verschmutzte Unterhose, sondern auch einen Teil seines Geschlechts freigaben. Milena wandte sich rasch ab, hörte nur noch, wie der Mann den Pfleger um eine Zigarette aus seinem Zigarettenfundus bat, der offensichtlich im Schwesternzimmer verwahrt wurde.

Ein anderer Mann ging stumm mit Eimer und Schrubber an ihr vorbei. »Ich putze die Fenster«, murmelte er vor sich hin. »Ich putze die Fenster.« Eine junge Frau fragte freundlich: »Wollen Sie mich besuchen? Mich besucht niemand. Wäre schön, wenn Sie mich besuchen.« Eine andere hing am Telefon und wiederholte immer wieder, dass die schwarzen Geister sie auch bis hierher verfolgten, die Familie sich aber keine Sorgen um sie machen müsse. Sie sollten sie nur so schnell wie möglich hier rausholen, weil es hier vor den schwarzen Geistern wegen der verschlossenen Fenster keine Fluchtmöglichkeit gab.

Es war der Moment, in dem Milena endgültig begriff, dass es noch schlimmer als schlimm sein konnte und dass es einen großen Unterschied gab zwischen einer geschlossenen Psychiatrie und dem Regenbogenhaus. Auch in Anbetracht der schwarzen Tafel, die neben dem Schwesternzimmer hing und die Privilegien der Patienten bekanntgab. A darf zum Rauchen ins Freie. B darf mit Verwandten in den Park, C steht rund um die Uhr unter Beobachtung.

»Waren Sie schon einmal in einem geschlossenen Haus?«, hatte Phil Milena gefragt. Jetzt bekam sie den Hauch einer Ahnung davon, wie es in einem geschlossenen Haus sein konnte. Ihr wurde bewusst, was Phil Friedmann für seine Menschen getan hatte. Er hatte ihnen nicht nur ein Haus gebaut, er hatte sie mit einem lebenswerten Leben beschenkt.

Die Tür zum Überwachungsraum stand offen. Es war ein steriler, fast kalt wirkender Raum mit je vier Betten auf jeder Seite. Eine Seite bestand aus einer großen Glasfront, durch welche die Patienten vom Schwesternzimmer aus beobachtet werden konnten. Die Fenster waren nicht vergittert, aber eine Sperre am Fensterrahmen verhinderte, dass das Fenster mehr als nur einen schmalen Spalt geöffnet werden konnte. Bis auf eins waren alle Betten leer. Milena kam näher. Die Frau in dem Bett hatte die Decke weggestrampelt und lag in grauen Jogginghosen und weißem T-Shirt von ihr abgewandt in Embryostellung mit angezogenen Beinen da. Dennoch erkannte Milena sie sofort. Frau Rose.

Das Haar fiel ihr ins Gesicht. Milena sprach sie vorsichtig an: »Frau Rose? Rosi?« Rosi bewegte sich nicht. Milena berührte sanft ihre Schulter. Unter größter Anstrengung schlug sie die Augen auf, hob den Kopf, nur ganz leicht, und gähnte mit weit aufgerissenem Mund.

Milena zog einen Stuhl an den Bettrand. »Wie geht es dir?«

»Die halten mich für verrückt.« Vermutlich sollte ihre Stimme empört klingen, aber sie blieb schwach. »Hast du ihnen gesagt, dass ich verrückt bin?« Ohne eine Antwort abzuwarten, sank ihr Kopf wieder auf die Matratze, und sie rollte sich noch mehr ein. Milena musste an das denken, was ein Freund Robert Schumanns beschrieben hatte, nachdem er Schumann beim Klavierspielen in einer privaten Heilanstalt beobachtet hatte: *Er ist wie eine Maschine, deren Mechanismus zerstört wurde und die dennoch, in den wenigen Zuckungen, die ihr möglich ist, weiterzuarbeiten versucht.*

Milena hatte die Gabe von Psychopharmaka nie in Frage gestellt, aber jetzt kamen sie ihr vor wie eine chemische Zwangsjacke. Rosi war nicht nur ruhiggestellt, sie hatten ihre Persönlichkeit so stark gefesselt, dass sie sich weder in die eine noch in die andere Richtung bewegen konnte. Bequem. Zumindest für das Personal. Milenas Herz zog sich zusammen, als sie die tiefen, roten Kerben am Hals sah, die Liesels bunter Schal hinterlassen hatte. Seelennarben.

»Sie ist nicht ansprechbar. Sie hat starke Beruhigungsmittel bekommen.« Milena drehte sich um. Phil stand hinter ihr. Überrascht sah sie ihn an. »Bist du noch oder schon wieder da?«

»Ich habe heute bei ihr übernachtet. Sie sollte ein vertrautes Gesicht sehen, wenn sie zu Bewusstsein kommt.«

»Du bist großartig.« Milena konnte sich nicht erinnern, dass sie schon einmal jemand so beeindruckt hätte. Nurejew vielleicht, den sie nie persönlich gesehen hatte. Nur Filmaufnahmen von ihm. Dieser Tänzer – wie schwerelos, in der Luft schwebend mit der Aura aus Kraft, Energie und Charisma. Aber die Bewunderung für Phil war eine andere. So komplett für den anderen da zu sein, das hatte sie so noch bei keinem anderen Menschen erlebt.

»Nein, großartig bin ich nicht. Ich tu immer nur das Nächstliegende wie du auch. Du bist hier, obwohl du sie kaum kennst.«

»Kaffee?« Sie lächelte.

Phil nickte. Milena ging hinaus, holte Kaffee für sich und Phil, setzte sich neben ihn, während Frau Rose noch immer so wirkte, als sei zwar ihr Körper anwesend, nicht aber das, was sie ausmachte. Geist. Herz. Seele. Das alles hatten sie in Ketten gelegt.

»Wieso geben sie ihr so starke Mittel, dass sie nichts mehr mitkriegt?«

»Das bleibt nicht so.«

»Auf mich wirkt das überdosiert. Ich meine, sie ist doch jetzt schlechter dran als vorher.«

»Lass meine Kollegen ihre Arbeit machen, okay?«

Milena antwortete nicht, umklammerte die Tasse. Phil musterte sie, mehr noch, er schien sie zu studieren und sagte dann, für Milena zunächst völlig unvermittelt: »Als Lucia vom Tod ihres Vaters unterrichtet wurde, meinte sie: Was macht er denn da unter der Erde, der Idiot? Wann kommt er endlich wieder raus? Er beobachtet uns die ganze Zeit.«

»Wer ist Lucia?«

»Die Tochter von James Joyce. Sie war übrigens auch Tänzerin. In Paris. Mit einer sehr berühmten und innovativen Avantgardetruppe stand sie auf der Bühne.«

»Und war psychisch krank.«

»Schizophren.« Phil nickte. »Joyce hat drei Viertel seines *Ulysses*-Honorars für die Suche nach einer Heilmöglichkeit für seine Tochter ausgegeben. Er hat sich schuldig gefühlt.«

»Schuldig?«

»Er ist überzeugt gewesen, dass seine Arbeit an *Finnegans Wake* bei seiner Tochter die Schizophrenie ausgelöst hat. Es ist der

Roman einer unbewussten Nacht, in der er sich durch Wortspiele und Assoziationen der Psychose so weit angenähert hat, wie es in der Literatur nur möglich ist, ohne selbst als verrückt zu gelten. ›Jedes Fünkchen Begabung, das ich habe‹, hat James Joyce einmal verbittert gesagt, ›ist auf Lucia übergegangen und hat in ihrem Hirn ein Feuer entfacht.‹«

»Warum erzählst du mir das?« Sie hielt einen Moment inne. »Fühlst du dich Lillys wegen schuldig?«

»Ich glaube, es gibt keinen Angehörigen, der sich nicht schuldig fühlt, wenn so etwas in seiner Familie ausbricht.«

»Du solltest es besser wissen.«

»Ja, das sollte ich.« Zum ersten Mal sah Milena diesen unbestimmten Ausdruck bei ihm, dass am Ende doch alles irgendwie sinnlos war. Er konnte nicht verhindern, dass Frau Rose immer wieder versuchte, sich umzubringen, dass Lilly von Zeit zu Zeit ins Regenbogenhaus zurückmusste, weil ihr das Draußen zu viel wurde. Alphonse würde wohl nie verstehen, warum sein Saalflugzeug abstürzte, sobald es mit bewegter Luft in Berührung kam, die Turbanfrau behielt ihr Trauma, bei Bill kamen die Psychosen, ausgelöst durch seinen Ecstasy-Trip, immer wieder zurück.

»Du tust das Richtige.« Ehe Milena sich bewusst war, was sie tat, hatte sie seine Hand genommen, und Phil ließ sie in ihrer Wärme liegen. »Sie sind so … zart … so ausgeliefert. Du beschützt sie vor denjenigen, die sie nur ausnützen würden. In deinem Haus geht es ihnen gut.«

»Glaubst du?« Er wirkte verloren.

Zum ersten Mal war sie die Stärkere, sie diejenige, die ihm Kraft geben konnte. »Ich weiß noch nicht viel über das alles, und trotzdem, Phil … Ich bin davon überzeugt.« Sie fühlte, wie sich seine Hand allmählich in der ihren entspannte.

Einen Moment blieben sie so sitzen. Schweigend. Rosi hatte die Augen geschlossen. Vor dem Fenster wiegte der Wind leise die Blätter der Bäume. Durch den offenen Spalt zwitscherten die Vögel fröhlich hinein in den stillen Raum. Hinter der Glasscheibe, im Schwesternzimmer, geschäftiges Treiben. Milena hätte ewig so sitzen bleiben können, doch irgendwann löste sich Phils Hand aus der ihren, und für den Bruchteil einer Sekunde fühlte sie – Verlust.

»Ich muss allmählich zurück.« Phil lächelte fast scheu. Um Entschuldigung bittend.

»Ich bleib noch ein bisschen.« Auch Milena wusste nicht, was sie sagen sollte.

»Das ist gut, und fühl du dich auch nicht schuldig.« Wieder ein Blick, den Milena noch nicht an ihm kannte. »Vertrau der Behandlung hier. Wir bekommen Rosi so zurück, wie wir sie kennen.« Zumindest sie hatte er noch nie so angesehen, mit dieser, ja, Zärtlichkeit. Phil nickte ihr erneut zu, ging. Mit der Fahrradklammer in der Hose, einem Sakko mit Hahnentrittmuster, das etwas zu weit war und mit jeder Bewegung hinter ihm herschlackerte, und den zu langen Haaren. Irgendwie war er auch nur ein großer Junge.

Milenas Herz wurde weit, bis sich ein Gesicht zwischen sie und Phil schob. Christopher. In seinen Zügen lag alles, ihre Vergangenheit, ihre Gegenwart, ihre Zukunft, so weich, so schön, so geliebt, so vertraut, so scheu und verletzlich. Es war, als könne sie in ihn hineinblicken, bis hin zu der Stelle, in der seine Seele saß. Sie nahm sie in Gedanken zärtlich in den Arm. Hielt sie. Wiegte sie. Phil war vergessen. Christopher nahm zu viel Raum ein. Und sie konnte nichts dagegen tun. Normalerweise heißt es: Man hat Grippe oder Krebs, ja, vielleicht sogar Aids. Wenn man jedoch über Schizophrenie spricht, heißt es:

man ist schizophren, bei Bipolarität: man ist manisch-depressiv, bei Psychosen: man ist psychotisch.
Man spricht darüber, als seien es angeborene Eigenschaften und somit ein Teil des ureigenen Wesens. Und somit ebenso wenig zu ändern wie das Temperament, das Talent oder die Augenfarbe. Und wenn es so ist, dann hieße es doch, sich selbst zu besiegen, wenn man eine Schizophrenie, eine Depression oder eine Psychose besiegt. Nur wie soll das funktionieren, sich selbst zu besiegen und trotzdem zu bleiben, wer man ist?
Konnte es einen Christopher ohne Schizophrenie geben?
Und wenn ja, wer würde er ohne diese Krankheit sein?

Milena blieb lang bei Frau Rose sitzen, die ihre Haltung um keinen Millimeter veränderte. Auch nicht, als sie die Augen öffnete. Es war, als sehe sie durch Milena hindurch. Nach etwa einer halben Stunde stand Milena auf. Sie verließ Rosi, ohne wirklich mit ihr gesprochen zu haben, wartete, bis der Pfleger auf den Türöffner drückte, und entfernte sich dann so schnell es ihr möglich war von diesem Ort des Leidens. Versuchte, den Höllenatem abzustreifen, alles abzuschütteln, als könne sie auf diese Weise loswerden, was die Menschen auf der Station gefangen hielt. Es half wenig. Die Bilder würden sich festsetzen, wenn sie sie nicht mit etwas Gutem überlagerte. Milena fuhr mit dem Lift wieder nach unten, ging durch das Kellerlabyrinth, vorbei an Wäscherei, Bettenkammer, Labors und den Räumen, in denen die Technik untergebracht war, nahm den anderen Lift und … Sie folgte ihrem Instinkt. Und dieser Instinkt sagte ihr, dass es jetzt sein musste. Sie drückte auf den Knopf, der sie zur Säuglingsstation führte.

24

Baby, Baby, dazu eine lebhafte Geräuschkulisse hinter der großen, rechteckigen Glasfront. Sie erinnerte Milena an einen aufgebrachten Krähenschwarm, der seine Jungen wütend, klagend oder fordernd, vor allem aber vielstimmig verteidigte. Es wurde gekräht, geschrien, geblubbert und gelallt. Dazu winzige rote Knautschgesichter, kleine, schlafende Engel mit und ohne Haare. Das Baby in dem Bettchen ganz nah am Fenster, schon jetzt selbstzufrieden wirkend mit seinen dicken Wangen und dem Daumen im Mund. Oder das Gesichtchen dort, das aussah, als habe es bei der Reinkarnation den Ausdruck des besorgten Erwachsenen nicht gänzlich abgelegt. Ein anderer Säugling schlief selig, beide Arme nach oben in die Kissen gedrückt, schicksalsergeben, bevor das Schicksal überhaupt etwas mit ihm anfangen konnte. Seliges Lächeln. Verzweifeltes Weinen, Gesichter, in denen man schon den späteren Racker, die Intelligenzbestie, den Pessimisten oder den Genießer und Hedonisten zu erkennen glaubte.

Am liebsten hätte sie Anlauf genommen und wäre mitten hineingesprungen in die rosa und himmelblaue Zuckerwattewelt der Babys.

Bisher hatte Milena die Säuglingsstation gemieden. Sicherheitshalber. Jetzt aber, da sie schon einmal da war – wenn sie auch nicht genau wusste, weshalb sie sich ausgerechnet diesen Ort ausgesucht hatte, um Frau Rose loszuwerden –, konnte sie sich nicht sattsehen an den Frischlingen in den kleinen Betten mit den Namensschildern um die zarten Fußgelenke. Verwechslung unmöglich. Umtausch sowieso völlig ausgeschlossen! Das Herz ging Milena auf.

Drei Schwestern kümmerten sich um die Neugeborenen. Väter kamen. Väter gingen. Mütter, Mütter, Mütter. Ein Baby spuckte, sofort war eine Säuglingsschwester, die gerade einige Strampler gefaltet hatte, bei ihm, kümmerte sich liebevoll.

»Ach wie süß.« Zunächst sah Milena nur den Wischmopp, der vor ihren Füßen stoppte, als sei eine unsichtbare Ampel auf Rot gesprungen. Dann erst sah sie Mimoza.

Milena hatte einmal gelesen, das Lächeln eines Babys wirke auf seine Mutter wie eine Droge, da es das Belohnungszentrum im Gehirn aktiviere. Mimoza war zwar nicht die Mutter dieser Babys, aber dennoch sah sie aus, als habe sie von der Droge Babylächeln eine Nase geschnieft. Ihre Augen glänzten, und sie war völlig entrückt, praktisch nicht mehr von dieser Welt. Und das machte Milena klar, dass jeder andere Ort besser gewesen wäre, um sich von Rosi zu erholen, als dieser.

Vor sechzehn Jahren wäre Milena mit diesem Superflash an Gefühl richtig gewesen. Jetzt aber löste er eine innere Stampede in ihr aus. Fluchtbewegung jeder einzelnen Zelle. Empfindungen – SOS – nicht mehr kontrollierbar. Und kein Cowboy mit bloßem Oberkörper, Sixpack und muskulösen Armen auf seinem Hengst, der imstande gewesen wäre, ihre Panik mit dem Lasso einzufangen und zu zähmen.

Wo zum Teufel war Phil! Phil, der sie wieder zurechtrückte. Sie auf durchwachte Nächte, Zähnchenkriegen, kleine Rotzlöffel, Schulprobleme und vor allem diese noch nicht ganz ausgewachsenen *Pubertierenden* hinwies, die von einem Tag zum anderen über das gemütliche Heim herfielen und alles raubten, vor allem den Eltern den Verstand!

Doch da war nur Mimoza, lieblich vor sich hin zwitschernd und damit auch keine Hilfe.

»Schau mal, Milena. Die Händchen und die Füßchen. Und dann«, ihre Stimme rutschte ab ins Moll, »haben sie auf einmal eine 46er Schuhgröße und heißen Murat und sind der Freund deiner Tochter.«

»Murat?« Panikattacke durch Erstaunen gestoppt. Milena war daran gewöhnt, dass Mimoza das Thema wechselte wie der Hip-Hop den Beat. *Fette Reime, coole Moves, stylishe Outfits, ey, ey, ey …*

»Er ist Türke.«

»Dachte ich mir schon, aber was hat Murat mit den Säuglingen hier zu tun?«

»Er ist achtzehn und weiß nicht, was er will«, erwiderte Mimoza und fuhr energisch mit dem Bodenwischen fort.

»Wäre von Neugeborenen vielleicht auch ein bisschen zu viel verlangt.«

»Aber nicht von Murat.«

»Hm …« Milena hoppelte weiter hinter Mimozas Gedankensprüngen her.

»Und mit Drogen hat er auch noch rumgemacht. Aber seine … ich sag dir … seine Mutter … ha!!!! Macht kurzen Prozess. Richtig so. Kauft ein One-Way-Ticket, setzt ihn ins Flugzeug – und ab mit ihm nach Istanbul zu einem Onkel. Für ein Jahr.«

»Und dann?« Oh, Gott, dieser Strampler mit einer Micky Maus drauf … So süß …

»Ist er zurückgekommen.« Mimozas Stimmlage wurde tief.

»Und?« Das Baby ganz vorn. Am liebsten hätte Milena einen Hechtsprung durch die Glasscheibe gemacht, das Kleine aus

seinem Bettchen gerissen und fest an sich gedrückt. Was für schwarze Haare es jetzt schon hatte. Und gaaanz lange Wimpern.
»Nix mehr mit Drogen.«
Sie hielt sich zurück. »Gut!« Sammelte sich.
»Gut?« Mimoza drückte den Wischlappen aus, als wollte sie Murat noch nachträglich erwürgen. »Nix war gut. Er hatte lange Haare, einen langen Bart und hat sechsmal am Tag gebetet. Sogar im Lieferwagen von DHL, den er gefahren hat. Die Mutter aber hat aufgeschrien, Allah angefleht: Warum kann ihr Junge nicht einfach normal sein. Waaaaruuuum? Ein ganz normaler Junge. Nicht religiös fanatisch, nicht ausgeflippt mit Drogen, einfach nur *normal!!!* Wieder One-Way-Ticket gekauft, ihn ins Flugzeug gesetzt – und ab mit ihm, diesmal zu einem Onkel aufs Land. Alle haben sie gewarnt, weil der Onkel mal wegen Drogen abgeschoben worden ist. Aber alles okay mit dem Onkel«, fügte Mimoza hinzu, als müsse sie Milena beruhigen und nicht sich selbst. »Er hat jetzt Familie und könnte auch wieder nach Deutschland zurück, wenn er wollte. Aber er will nicht.«
»Und wie kam Murat diesmal zurück?« Milena gab auf, wandte sich von den Babys ab und Mimoza zu.
»Ganz okay. Er arbeitet jetzt im Hotel und ist ziemlich fleißig.«
»Dann gibt's also kein Problem mehr.«
»Kein Problem?« Mimoza schrie Milena an, als sei sie die Ursache für das ganze Drama. »Er macht meine Tochter verrückt. Er will sie heiraten. Sie ist sechzehn.«
»One-Way-Ticket in die Türkei«, schlug Milena trocken vor.
»Auf den Mond, Milena, One-Way-Ticket auf den Mond …« Urgewalt Mimoza lachte ihr lautes, herzliches Lachen und marschierte mit ihrem Putzwagen davon.

Milena blieb.
Sie wäre auch gern gegangen, aber sie konnte nicht anders, wandte sich wieder den Säuglingen zu. Konnte sich nicht lösen. Diese kleinen Wesen. Gerade geschlüpft und schon so vollkommen. *Kaja!* Die Sehnsucht kam so unvermittelt, dass Milena die Luft wegblieb. Und zum ersten Mal verstand sie, wenn eine Mutter sagte, sie würde für ihr Kind ihr Leben geben.

»Mama, glaubst du, irgendwo auf der Welt gibt es noch eine Mutter und ein Kind, die zusammen am Fluss liegen und dem Wasser beim Tanzen zuschauen?« Wie so oft im Sommer hatten Milena und ihre Mutter in der Isar gebadet. Ihre Mutter liebte die Isar, und noch mehr liebte sie es, tief braun zu sein.
»Ich glaube schon, mein Liebling.« Sie drehte und wendete sich wie der Grillmeister sein Steak. »Oder sie tun andere Dinge.«
»Was zum Beispiel?«
»Sie backen zusammen einen Kuchen oder spielen gemeinsam ein Spiel.« Milena bemerkte die Männerblicke. Wurde wütend. Ihre Mutter gehörte ihr, nur ihr! Und vielleicht auch noch ein bisschen ihrem Bruder Max.
»Und glaubst du, sie haben sich so lieb, wie wir uns liebhaben? Bis in alle Ewigkeit. So wie im Märchen. Halten sich an der Hand, bis das Kind eingeschlafen ist? Und wenn die Mutter geht, lässt sie die Tür einen kleinen Spalt offen, weil das Kind Angst vor der Dunkelheit hat?«
»Ja, mein Schatz. Das tun alle Mütter. Weil das zwischen Mutter und Kind etwas ganz Besonderes ist.«
»Und du verlässt mich nicht.«
»Es sind die Kinder, die die Mutter verlassen.«

»Ich verlass dich nie, Mama.«
»Oh doch, Milena, eines Tages wirst du das tun.«
»Und komme ich zurück?«
»Das hoffe ich.« Ein Schatten legte sich über das Gesicht der Mutter. »Das hoffe ich sehr.« Milena sah zum Himmel, aber da war keine Wolke über der Sonne. Es war die Traurigkeit, die das Gesicht ihrer Mutter verdunkelt hatte.

Die Sehnsucht kam von hinten. Von vorn. Von allen Seiten. Schlug auf Milena ein, schlüpfte in sie hinein, sie konnte nicht mehr atmen, nur fühlen. Die Arme ihrer Mutter. Wo waren sie? Wann hatte sie sie verloren? *Ich verlass dich nie, Mama. Oh doch, das wirst du. Du wirst mich verlassen. Und das ist richtig so.* Alles in Milena wollte in diesem Moment wieder Kind sein. Geborgen und beschützt. Aber sie wollte auch Mutter sein. Das kleine Mädchen mit dem dichten, schwarzen Haar, so süß in seinem Bettchen, gleich hinter der Glasfront. Milena wollte es tragen, halten, einatmen, aufsaugen.
Es sah aus wie Kaja. So, wie sie Kaja in Erinnerung hatte. Nie wieder loslassen. Tränen. Sie spürte sie nicht, bemerkte nur den Tropfen auf ihrem hellen Shirt. Der Tropfen löste sich auf. So wie der Rest. Das Babyweinen. Das Babyglucksen. Das Babygeschrei. Strampelndes Füßchen mit Namensschild. Arme, Händchen. Geschlossene und offene Augen. Und all das überlappt von anderen Erinnerungsbildern. Glasfront Säuglingsstation überlappte Glasfront Überwachungsraum auf der Psychiatrischen. Glas auf Glas. Glas hinter Glas. Dreidimensionales in den Raum projiziert sich in sich selbst, spiegelndes Bild wie in einem Hologramm. Ein interaktiver Lageplan, Leben auf Leben. Schicksal schiebt sich vor Schicksal. Weitere Erinnerungstropfen. Einbruch des Gedankengrauens. Kein

Sortieren im Kopf mehr möglich. Gedanken wie Dominosteine. Sie fallen um. Ein Gedanke beginnt, die anderen machen mit. Entkommen unmöglich.
Milena fing an zu rennen. »Ich hab Angst vor der Dunkelheit, Mama.« Sie rannte an Mimoza vorbei, die in letzter Sekunde zur Seite sprang. »Ich lass die Tür einen Spalt offen, mein Liebling.« Sie schob eine Mutter mit Baby beiseite. Erreichte die Tür. »Und wenn die Tür zufällt.« Entkommen. Sie musste dieser Situation entkommen. Sie war falsch. »Hab keine Angst.« Ihren Gefühlen entkommen. »Mamaaaaa!« Sich selbst entkommen. Wieder einmal weg, weg, weg von sich selbst.

Milena wusste nicht, wen sie alles beinahe umgerannt hätte oder vielleicht sogar hatte. Wen sie bedrängt, belästigt oder sogar gefährdet hatte. Raus aus der Klinik. Fort von diesem Ort.
Vermutlich wäre sie sogar durch die geschlossene Glastür gerast wie als Kind im Haus ihrer Großmutter durch die Milchglasscheibe der Flurtür. Und nur, weil sie vor dem Haus die Stimme ihrer Mutter gehört hatte, die im Kino gewesen war. Keine Schramme hatte sie davongetragen. So schnell war sie gewesen.
Auch jetzt hatte sie Glück. Zwei Besucher betraten die Notaufnahme in dem Augenblick, in dem Milena hinausstürmte. Die Tür fiel hinter ihr zu. Sie sah Anna beim kurzen Schwatz mit einer Kollegin, und Anna zu sehen hatte auf Milena eine ähnliche Wirkung wie eine aufblasbare Rettungsinsel für den Ertrinkenden auf hoher See.
Ehe Milena noch überlegen, an ihren Streit denken konnte, fiel sie Anna um den Hals. Die Kollegin zog sich zurück. Milena aber klammerte und klammerte …

… bis ihr bewusst wurde, dass zwei Hände offenbar schon seit längerer Zeit versuchten, sie behutsam wegzuschieben.
»So schlimm war doch unser Streit auch wieder nicht«, versuchte Anna Milena zu beruhigen.
»Streit?« Irritiert zog sich Milena zurück.
»Unser Streit … wegen Paulas Fahrrad und wegen Frank?« Oh, Gott, ja, der Streit, er schien Lichtjahre von dem entfernt, was Milena eben empfand. Sie hatte nie geglaubt, dass Haare nach einem schlimmen Ereignis grau werden konnten. Jetzt wusste sie, dass zehn Minuten auf der Säuglingsstation den Menschen Milena auseinandernehmen und wieder neu zusammensetzen konnten. Auch wenn noch nichts passte. Alles in ihr irgendwie schief war.
»Es ist nicht der Streit?« Annas Stimme blieb sanft.
»Ich war auf der Säuglingsstation«, presste Milena hervor, während sie sich mit dem Handrücken über die Augen ohne Tränen fuhr. »Und bin dort fast umgekippt.« Anna reichte ihr ein Papiertaschentuch. »Danke.«
Milena schneuzte sich, wollte Anna das Taschentuch zurückgeben und merkte an ihrem Gesichtsausdruck, dass Anna darauf keinen allzu großen Wert legte. »Sorry.« Milena warf das Papiertaschentuch in den nächsten Abfalleimer. Fuhr sich durchs Haar.
»Ist dir schlecht geworden oder so?« Anna war ihr gefolgt.
»Ich weiß nicht.« Umkippen. Umfallen. Kollabieren. Umsinken. Es gab jede Menge Ausdrücke, die beschrieben, was ihr offenbar zur zweiten Natur geworden war. Luft weg. Beine weg. Milena weg. Abflug in Zwischenwelten, bis jemand kam und sie einfing.
»Säuglingsstation«, murmelte Anna vor sich hin. Dann wurde ihr Gesicht hell. »Du bist schwanger.«

»Ich war schwanger.« Milena lehnte sich müde gegen den Abfalleimer und beobachtete zwei Kätzchen, die draußen auf einem Mäuerchen saßen und sich gegenseitig belauerten.
»Du hast abgetrieben.« Annas Lächeln schwand.
»Ich hab es aufgegeben.« Das eine Kätzchen versuchte sich jetzt im Rückwärtsgang an dem anderen vorbeizudrücken.
»Was hast du aufgegeben?«
»Mein Kind.«
»Dein Kind?« Anna ließ sich rücklings auf das Mäuerchen fallen. Die Kätzchen kreischten auf und sausten davon. Anna sprach betont jedes weitere Wort aus. »Du hast ein Kind? Und hast es aufgegeben?«

Der Krankenhauspark war wie alle Krankenhausparks. Nicht viel mehr als gute Absicht. Ein paar Bänke, die herumstanden, als wüssten sie nichts Besseres mit sich anzufangen. Ein paar Bäume, Alibibeete, viel Sauerstoff. Und allein darauf kam es ja an, dass die Patienten frische Luft schnappten. Allerdings lag die Klinik an einer vielbefahrenen Straße. Statt der nötigen Ruhe das unentwegte Summen von Motoren. Abgase statt Sauerstoff.
Milena hätte nicht zu sagen vermocht, warum sie Anna all das erzählte. Nur weil sie im richtigen Moment da gewesen war und sie festgehalten hatte. Aber sie vertraute Anna alles an, wie man auch seiner besten Freundin alles anvertraut. Sie berichtete von ihrer großen Liebe zu Nikola, in welche innere Katastrophe die Schwangerschaft sie gestürzt hatte und wie sie fast ohne zu zögern die Entscheidung getroffen hatte, Kaja Nikola zu überlassen, weil sie nur eins wollte: tanzen.
Sie schilderte Anna weiter, wie sich daraufhin ihre Familie zerstritten und sich von ihr losgesagt hatte. Dass sie weder Kontakt zu Nikola noch zu Kaja noch zu ihren Eltern hatte.

Anna hörte ihr zu. Zum ersten Mal. Obwohl es nicht um sie ging. Eine neue Seite an ihr. »Diese Gefühle …«, tastete sie sich an Milena heran, »sie müssen doch irgendwohin. Konntest du sie durch das Tanzen verarbeiten? Das sagt man doch so, Künstler verarbeiten ihre Gefühle durch das, was sie tun, und nach tiefgreifenden Erlebnissen werden sie sogar oft noch besser. Weil sie sich besser ausdrücken können.«
Milena, mehr Ausdruck! Milena, so kommst du nicht in die erste Reihe. Milena, mehr Gefühl! Was ist los mit dir? Milenaaaa! Sie war nicht besser, sie war schlechter geworden. Unterdrückte Gefühle verdrängen die Lebendigkeit aus dem Körper, lassen ihn erstarren. *Du bist wie ein Klumpen Eis. Leg dich mal wieder in die Sonne. Tau auf, Milena.* Sie hatte die Sonne gemieden.
»Okay, das alles ist jetzt vorbei«, brach Anna das Schweigen. »Nachholen kannst du nichts mehr, aber dafür sorgen, dass du nicht noch mehr Zeit versäumst.«
»Ich soll mit Kaja in Kontakt treten?«
»Schreib ihr einen Brief. Natürlich. Warum nicht?«
Brief. Das klang einfach. Viel zu einfach. »Einen Brief?«
»Ja, so ein Blatt Papier, auf das man Buchstabe an Buchstabe setzt und damit ausdrückt, was man fühlt oder weshalb man etwas genau so tun musste, wie man es getan hat. Schreib deiner Tochter einen Brief.«
Milena stand da. Starr.
Noch Minuten später, nachdem Anna gegangen war.
Anna, von der sie bisher nicht einmal gewusst hatte, ob sie sie mochte, und die im richtigen Moment für sie da gewesen war. Ist es nicht das Einzige, was zählt, im richtigen Moment für den anderen da zu sein? War jetzt der Moment, um für Kaja da zu sein? Wäre es früher zu früh gewesen, würde es später zu spät sein?

Milena schrieb. Wort auf Wort. Zerknüllte die Worte, warf sie weg zu den anderen, die auf dem Linoleumboden ihres Apartments wild durcheinanderlagen. Milena schrieb an ihrem Tisch, der vor dem Fenster stand, mit ihren Efeufreunden als in der Sonne glänzendes Publikum. Sie setzte Buchstabe an Buchstabe. Sie ergaben Wörter ohne Inhalt, einfach nur zusammengefügt, so zumindest kam es ihr vor. Sie hatte eine Stimme, doch sie hatte Kaja nichts zu sagen. Wie auch sollte man einem Kind erklären, warum man es nicht gewollt hatte. Entscheidend war doch, dass sie Kaja nicht gewollt hatte.

Als Milena kein Papier mehr zum Schreiben und Zerknüllen hatte, verließ sie die Wohnung, ging in das nächste Schreibwarengeschäft, kaufte neues Briefpapier. Von besserer Qualität und auch optisch ansprechender. Dazu einen Kugelschreiber mit weicher Mine, damit auch ihre Schrift klarer und schöner wurde. Mit diesen Errungenschaften setzte sie sich in den Bus, stieg in Thalkirchen in Tierparknähe aus und ging den steilen Serpentinenweg hinunter, vorbei an der Marienklause, einer kleinen Kapelle, die in den Steilhang des Isarufers gesetzt worden war.

Schon als Kind hatte Milena die Marienklause geliebt mit ihrer Jakobsquelle, die unterhalb des Baus aus Nagelfluhgestein, Fichten- und Birkenholz entsprang. Die Kapelle war immer mit frischen Blumen und Kerzen geschmückt. Auch Milena und ihre Mutter hatten jedes Mal, wenn sie zum Baden an die Isar gegangen waren, eine Kerze angezündet, und dann war Milena weiter den steinernen Weg mit seinen Kreuzwegstationen entlanggehüpft, hatte vor dem Freiluftaltar einen Knicks und rasch das Kreuzzeichen gemacht.

So viele Jahre. Ein Wimpernschlag, und sie waren vorbei. Nichts konnte nachgeholt werden. Wie gern hätte Milena auch jetzt eine Kerze angezündet und ihre Wünsche mit der Flamme dorthin geschickt, wo man die Wünsche auffing, ohne sich dabei die Finger zu verbrennen. Doch sie hatte keine Kerze dabei. Wählte stattdessen den Weg entlang der Kreuzwegstationen, kniete vor dem Freiluftaltar nieder und schickte ihre Wünsche mit gefalteten Händen nach oben. In der Hoffnung, dass sie ohne Rauch und Feuer nicht unter den Millionen und Abermillionen Wünschen übersehen wurden, die minütlich ankamen.

Sie wollte ja gar nicht, dass Kaja ihr verzieh, das musste sie schon ohne fremde Hilfe hinkriegen. Sie betete, dass sie die richtigen Worte fand.

Milena fand sie nicht.

Auch nicht am Isarufer.

Sie schrieb, Wortreihen, keine Sätze, sie zerknüllte, schrieb Sätze, denen wiederum fehlte, was nicht der Verstand, sondern ihr Herz ausdrücken wollte. Sie kam sich vor wie ein Eindringling in eine Welt, zu der sie keinen Zutritt hatte. Sie war nichts weiter gewesen als eine Gebärende, so, wie man Väter oft nur als den Erzeuger bezeichnete. Nicht viel mehr als eine Leihmutter war sie gewesen, hatte Kaja für das Leben nichts mitgegeben außer ihren Genen. Und auch das nur unter Protest. Keine Liebe. Keine Fürsorge. Es tat so weh. Und jetzt Kontakt mit ihr aufnehmen? Das war der pure Egoismus. Ein Pflaster auf ihre plötzlich aufbrechende Wunde, auf diese Weise würde es nicht halten.

Milena schrieb, zerknüllte, schrieb, bis der nächste Abfalleimer voll war.

Milena stieg die Serpentinen wieder hinauf, wobei sie einer älteren Frau den Liegestuhl trug. Sie hatte sich an der Isar gesonnt, nichts getrunken und fühlte sich schwach. Sie sei Taxifahrerin in Australien gewesen, erzählte die Frau, habe keine Kinder, dafür so manches Abenteuer erlebt. Jetzt allerdings gab es keinen mehr, der sich um sie kümmerte. Selbst nach einem Krankenhausaufenthalt war sie tagelang ohne Essen gewesen und hatte nur Wasser aus der Leitung getrunken.

»Das tut mir leid.« Milena bedauerte die Frau aufrichtig, wobei sie sich auch irgendwie selbst bedauerte. Brachte die Frau zu ihrem Auto, und die Frau fragte, ob sie etwas für Milena tun könne.

»Könnten Sie mich mitnehmen?« Die Frage kam spontan.

Die alte Frau nickte und setzte Milena eine halbe Stunde später vor dem Regenbogenhaus ab.

25

Es gibt Orte, an denen man sich sicherer fühlt als an anderen. Beschützende Orte. Orte, an denen man geborgen ist. Wie frühmorgens, mit nur den eigenen Schritten auf dem Kopfsteinpflaster, weil alles noch ruhig ist, umnebelt von Duftschwaden frisch gebackenen Brots aus der Bäckerei. Oder in eine Decke gewickelt, vor dem Kamin auf einem Bärenfell liegend, während es draußen schneit, oder in der heißen Badewanne mit einer Tasse Kakao und einem Buch. Spazieren gehen, wenn sich die Welt mit ihren Ecken und Kanten im Nebel verliert und man zurückgeworfen wird auf das Urvertrauen. Schritt vor Schritt, bis das Leben wieder die bekannten Konturen annimmt.

Etwas Ähnliches hatte Milena einmal mit Nikola in Kroatien erlebt. Hand in Hand hatten sie sich durch einen stillgelegten Eisenbahntunnel getastet. Die Wände steinig und feucht. Nicht einmal eine Ahnung von Licht. Auch da Schritt vor Schritt. Nikola ging voraus, und Milena fühlte sich hinter ihm, fest an seiner Hand, unendlich sicher. Bis zum ersten Sonnenstrahl, der sich noch befangen, als wisse er nicht, ob er willkommen sei, in den Tunnel tastete und dem feuchten Stein ein leuchtendes Muster verlieh. Sie liefen aus dem Tunnel, nein, sie sprangen, übermütig wie zwei Fohlen. Dann hatte Nikola Milena gepackt, sie einmal herumgewirbelt, sie waren lachend ins Gras gefallen und hatten sich geliebt.

Nein, Kaja war kein Unfall gewesen. Sie war das Kind einer großen Liebe, auch das wollte sie ihr schreiben …

… im oder vor dem Regenbogenhaus, diesem ebenfalls beschützenden Ort. Es umarmte Milena, sobald sie durch das schmiedeeiserne Tor trat. Gemeinsam mit all den über Jahre gesammelten Wohlgefühlen, gespeichert in Körpernischen, Zellen, Erinnerungsschubladen. Das tat gut.
Es war schon spät. Abendessenszeit. Und der Park menschenleer. Zwei Eichhörnchen, ein schwarzes und ein braunes, jagten einander schnatternd und schimpfend um den Baumstamm. Eine Kohlmeise jubilierte. Bienen summten, und Schmetterlinge tänzelten flügelleicht um das Blütenmeer in den sorgsam angelegten Beeten.
Milena zog die Schuhe aus, vergrub die Zehen in dem noch sonnenwarmen, weichen Gras und ging barfuß auf den Pavillon zu. Im Licht der späten Sonne wirkte er wie etwas, das aus dem vorletzten Jahrhundert in die Gegenwart geplumpst war. Ebenso zauberhaft und filigran wie die Schmetterlinge. Oder eines von Alphonse' Saalflugzeugen. Wie vom Himmel gefallen. In eine Milena ebenfalls umarmende Stille.
Milena war überzeugt, in dem Pavillon werde sie endlich den Brief an ihre Tochter schreiben können; auf dem letzten Blatt Briefpapier, das sie vor ihren falschen Worten bewahrt hatte.
Weiß und jungfräulich lag es mit der gedruckten Sonnenblume rechts oben auf dem aus Stein gehauenen Tisch. Milena hatte die Sonnenblume gewählt, weil Sonnenblumen auf sie den Eindruck machten, als lächelten sie den ganzen Tag. Sonnenblume war gleich Wärme, und in der Sprache der Blumen bedeutete sie: »Ich mag dich.«

Milena setzte sich auf die Steinbank, zog ein Kissen unter sich, damit das Sitzen nicht ganz so hart war. Nahm den Kugelschreiber, setzte an und dann … Wieder Leere im Kopf, im Herzen und in der Seele. Über »Liebe Kaja« kam sie offenbar auch hier nicht hinaus.

»Das Wesentliche ist immer einfach. Nur das Drumherum ist kompliziert.« Alphonse! Als sei er wie sein Saalflugzeug ohne jedes Geräusch zu ihr gesegelt, stand er jetzt so nah neben ihr, dass ihr Herz kurz aussetzte, weil sie tief in Gedanken gewesen war. Blaue Fliege etwas zu schief. Anzug zu groß. Federhaar wie zarte Silberstriche vor abendblauem Himmel. »Es ist immer nur der erste Satz, Milena«, fuhr er fort. »Der erste Satz ist der schwerste. Ich glaube, so mancher Brief wurde nicht geschrieben, weil der, der ihn schreiben wollte, nicht wusste, wie er anfangen soll.«

»Stimmt.« Jetzt kam Lauren, die Turbanfrau, näher. Offenbar war das Abendessen zu Ende. »Es heißt, am Anfang war das Wort, aber es steht nicht da, welches Wort es war.« Sie setzte sich rechts von Milena auf die Bank, rückte ihren Turban zurecht und schlug ihre schönen Beine übereinander. Sie trug einen kurzen bunten Wickelrock und offenbar neue Sandalen. Auf der rechten klebte noch das Preisschild.

»Sobald ich vor den Schöpfer trete, frage ich ihn.« Das kam von Strickliesel, ohne Strickzeug. Seit Rosis Selbstmordversuch strickte sie nicht mehr. Sie setzte sich Milena gegenüber. Nach und nach flogen sie offenbar alle ein. Jetzt schlenderten auch noch Bill und Lilly Arm in Arm heran und gaben ihren Senf dazu. »Warum schreibst du den ersten Satz nicht mittendrin, dann ist es vielleicht leichter«, schlug Bill vor, wobei er Strickliesel ein wenig nach rechts schob, um Platz für Lilly und sich zu schaffen.

»Quatschkopf«, widersprach Lilly, die wie immer bezaubernd aussah mit ihrem frechen Kurzhaarschnitt, lässig in Jeans und T-Shirt. »Der erste Satz ist der erste Satz, weil er an erster Stelle steht. Würde er in der Mitte stehen, wäre er nicht der erste Satz, sondern der Satz, der in der Mitte steht, und daher vermutlich etwas weniger bedeutend. Vielleicht aber würde er dadurch auch an Bedeutung gewinnen. Es kommt auf die Dramaturgie an. Milena, hast du dir für den Brief schon eine Dramaturgie überlegt?« Es war das erste Mal, dass sich Milena Lilly vor einer Schulklasse vorstellen konnte.

»Nein, hab ich nicht. Ich weiß nicht mal, was ich schreiben soll.«

»Warum willst du denn unbedingt einen Brief schreiben?«, mischte sich Strickliesel wieder ein. »Wenn du ihn nicht schreiben kannst.«

»Ich will ihn aber schreiben«, antwortete Milena hilflos.

»Aber du findest die Worte nicht.« Alphonse nickte verständnisvoll. »Vielleicht sind sie einfach nicht bei den Gebrauchsworten dabei.«

»Gebrauchsworte?«

»Ja, die, die wir jeden Tag gebrauchen. Sehr oft, ohne darüber nachzudenken. Dabei gibt es so viele wunderbare Worte. Verlorene Worte. Sommerfrische, zum Beispiel, ein schönes Wort, oder blümerant, Backfisch, Brimborium …«

»Hagestolz«, fügte Liesel hinzu.

»Ich liebe heiliger Bimbam.« Bill grinste. »Hat meine Oma immer gesagt.» ›Heiliger Bimbam, was soll bloß aus dem Jungen werden?‹ Ist was aus ihm geworden, Oma.« Er grinste. »Groß ist er geworden.«

»Vermaledeit. Spießgeselle. Zipperlein. Herzallerliebst.« Liesel jubelte: »Hippopotomonstrosesquippedaliophobie.« Liesel jubelte noch lauter. Lauren schwieg.

Milena spürte, wie die Spannung in ihren Menschen abfiel. Sie stockte. Hatte sie etwa von ihnen als ›ihren Menschen‹ gesprochen? Zum ersten Mal. Tatsächlich. Sie hatte. Ihre Menschen! Wie schön das klang. Wie warm.
»Sobald Milena ihren Brief geschrieben hat, sollten wir eine Bibliothek gründen.« Alphonse überlegte laut. »Die Bibliothek der verlorenen Worte. Gleich neben dem Gedankenflohmarkt.«
»Ich steh auf retro.« Lilly nickte.
»Oh ja«, rief Liesel vergnügt. »Fangen wir doch gleich an, noch mehr von diesen Rückwärtsworten und Rückwärtsgedanken zu suchen.«
»Aber wo sollen wir damit anfangen?«, erkundigte sich Lauren etwas ratlos. »Worte sind doch keine Ostereier.«
»In unseren Köpfen, Dummerchen«, antwortete Liesel. »Da sind sie alle irgendwo versteckt.«
Mit einer Geste brachte Alphonse sie zum Schweigen. »Jetzt ist erst mal wichtig, dass Milena ihre Worte findet.«
»Vielleicht findest du sie nicht in der Mitte«, schlug Liesel erneut vor. »Vielleicht findest du sie zwischen den Zeilen.«
»Zwischen die Zeilen kann man nichts schreiben«, meldete sich Lauren und fügte bissig hinzu: »Dummerchen.«
»Auch so ein Retrowort«, mischte sich Lilly wieder ein. »Dummerchen, schon ewig nicht mehr gehört.«
»Zwischen den Zeilen steht das, was wirklich wichtig ist«, sagte Alphonse würdevoll. »Es ist die Botschaft hinter dem Text.«
»Ihr seid alle ganz wunderbar«, sagte Milena, noch immer gerührt über so viel Zuwendung und Interesse. »Nur, so komme ich mit dem Brief an meine Tochter leider nicht weiter.«
»Tochter!« Der Aufschrei kam von allen Seiten. »Du hast eine Tochter?« Und dann wollten sie alles von Milena wissen.

Wie der Name ihrer Tochter war und wie alt sie sei, ob Milena ihre Tochter einmal mitbringen wolle … Bei jeder Frage zuckte Milena fast wie unter einem Peitschenhieb zusammen.

»Jetzt lasst sie doch mal in Ruhe.« Es war nicht Phil, der ihr zu Hilfe kam. Es war Christopher. Und hatte Alphonse, als er die anderen zur Ordnung rief, schon Würde ausgestrahlt, so war Christopher jetzt von einer Autorität, die Milena an ihm noch nie wahrgenommen hatte. Sehr gerade stand er da, umgeben von einer Aura, die charismatischen Menschen zu eigen ist. Ein Kraftfeld. Hätte man es in Farben beschreiben müssen, hätte Milena Rot gewählt. Aber nicht ein einfaches Rot, sondern ein Rot aus den tausendfachen Schattierungen eines Sonnenuntergangs. Dieser intensive Blick, dieses Absolut-in-der-Gegenwart-Sein. Christopher nahm seine Medikamente, und – er war wieder da. So, wie er vermutlich da gewesen war, ehe er den Amazonas mit der Isar und das Indianerdorf mit einer Höhle getauscht hatte. »Lasst sie in Ruhe«, wiederholte er. »Geht nach Hause.«

Und tatsächlich taten alle, was er ihnen sagte. Alphonse, Lilly, Bill, Liesel und Lauren. Wie Musterschüler, die von ihrem Lehrer zurechtgewiesen worden waren, kehrten sie ins Regenbogenhaus zurück. Christopher sah ihnen zufrieden nach. Nahm Milena gegenüber Platz.

»Was ist dein Problem?« Wieder dieser intensive Blick. Anders jedoch als bei Phil. Jetzt, da Christopher rasiert war und so ganz bei sich, strahlte er eine Erotik aus, die in Anbetracht dessen, dass er sich nicht berühren lassen wollte, fast zum Folterinstrument wurde.

Sie nahm sich zusammen. »Meine Tochter«, antwortete sie. »Seit dem Tag ihrer Geburt habe ich sie nicht mehr gesehen.«

Sie hatte vieles erwartet, dass Christopher sie beschimpfte –

sie sei eines Kindes nicht würdig, eine Ausschussmutter, sie solle sich gleich erhängen wie Rosi –, aber nichts von alldem kam. Christopher sah sie nur weiter sehr ruhig an. »Du brauchst nur ein Wort, Milena. Ein einziges.«

»Wie heißt dieses Wort, Christopher?« Fast flehend sah sie ihn an.

»Ist das wirklich so schwer?« Verblüfft sah er sie an. »Liebe, Milena, es heißt Liebe.« Damit stand er auf, folgte den anderen ins Haus, sah sich nicht mehr nach ihr um. Die Tür fiel hinter ihm ins Schloss. Nach und nach gingen im Regenbogenhaus die Lichter an. Liebe. Christopher hatte recht, nur dieses eine Wort war wichtig. Im flackernden Licht einer Laterne begann Milena zu schreiben.

Kaja, mein Kind. Du bist überall. Und für mich so wirklich wie die Luft. Auch sie sehe ich nicht, aber ich atme sie. Unsere gemeinsame Geschichte begann in einer Nebelnacht. Auch wenn sie vorerst nur neun Monate hielt. Ich schlenderte die Straße entlang. Ohne die Laternen wäre es mir etwas unheimlich gewesen. Und da war auch noch eine kleine Bäckerei. Sie war erleuchtet, obwohl sie längst geschlossen hatte. Das Schaufenster, ein heimeliges Viereck in dem feuchtkalten Herbstwetter. Ich erinnere mich an all das, als wäre es gestern gewesen.

Es heißt ja, die wirklich wichtigen Momente graben sich in unser Gedächtnis ein, während die anderen, die nicht so wichtigen, ihre Farben verlieren und in den Erinnerungsschubladen zu einer grauen Masse verschmelzen. Ohne Konturen. Dieser Moment aber, in dem ich zum ersten Mal die Veränderung in meinem Körper spürte, ohne zu wissen, dass du es warst, die diese Veränderung hervorrief, hat bis heute seine

Farbe behalten. Auch wenn ich dir keinen Platz in meinem Leben einräumen konnte. Ich sage nicht, dass ich es bereue, und auch nicht, dass es falsch war. Denn ich will das, was vielleicht einmal unsere Gegenwart sein wird, nicht mit einer Lüge beginnen. Damals habe ich mich nicht für dich entscheiden können, Kaja ... Weil wir nun einmal nur die in diesem einen Augenblick sind und nicht die, die wir vielleicht irgendwann später einmal sein werden ...

Milena schrieb und schrieb. Schrieb über Liebe, ohne das Wort auch nur ein einziges Mal zu verwenden. Irgendwann hielt sie inne, überlegte, ob sie Kaja nicht einfach nur ihre Handynummer schicken sollte, entschied sich dagegen, faltete den Brief, sehr behutsam, als könne sie dadurch verhindern, dass auch nur ein einziges Wort verlorenging. Fuhr mit der Zunge über den Rand des Kuverts. Sie stellte sich vor, wie Kaja den Brief öffnete, vielleicht gerade da, wo ihre Mutter ihren Speichel hinterlassen hatte. Stillstand Herz. Kehle zu. SOS. Schlucken für den Bruchteil einer Sekunde nicht möglich. Milena hob den Kopf, damit sie besser atmen konnte. Ihr Blick glitt über die erleuchteten Fenster, und da stand sie: die Königin der Nacht. Gerade, unbeugsam, ihre Triebe vermutlich auf dem Fensterbrett weit verzweigt, jeder Ablenkung widerstehend. Wie eine der beiden Wachen vor dem Buckingham Palast. Und dahinter – irgendwo in seinem Zimmer der gemalten Augen – Christopher. Nein, nicht irgendwo. Auch er stand am Fenster. Etwas versteckt. Beobachtete sie. Und es war, als nehme er sie mit den Augen in den Arm. *Oh Zeit, halt an. Zumindest bis einer von uns beiden so weit ist, sich von dem anderen zu lösen.*
Christopher löste sich zuerst. Nur eine Sekunde verlor sie ihn, weil hinter ihr eine Krähe so heftig mit den Flügeln schlug,

dass sie erschrak. Dann aber suchten ihre Augen sofort wieder nach ihm. Doch er hatte sich zurückgezogen, und etwas in ihr, zumindest erschien es ihr so, stürzte ab ins Leere. Sie schüttelte sich leicht, klebte den Brief ganz zu, und erst jetzt wurde es ihr bewusst – sie konnte den Brief nicht abschicken. Sie hatte keine Adresse. Vor allem aber hatte sie nicht den Hauch einer Ahnung, wie sie die Adresse herausfinden sollte.

Sie legte den Brief neben ihr Bett, so dass er das Erste war, was sie am Morgen sah, und das Letzte, ehe sie einschlief. Und fast war es so, als sei Kaja dadurch ein klein wenig schon bei ihr. Sonst machte sie einfach weiter. Putzte im Krankenhaus, gab zweimal die Woche weiter ihre Tanzstunden im Regenbogenhaus, und ganz allmählich konnte sie die ersten Erfolge verbuchen. Bis auf Christopher tanzten alle. Auch Christopher kam, sah aber immer nur zu, den Blick weiterhin unverwandt auf Milena gerichtet. Die Bewegungen der anderen wurden koordinierter – und gelegentlich hörten sie sogar auf das, was Milena zu ihnen sagte. Die einen mehr, die anderen weniger. Katastrophen gab es keine mehr. Nur gelegentlich Streit, wenn der eine dem anderen wieder einmal auf die Füße getreten war oder ihn schubste, einfach so, aus dem Nichts. Egal. Phils Menschen waren mittlerweile auch zu ihren Menschen geworden, und ihr Leben nahm nach und nach Gestalt an, bis – auf diesen Brief neben ihrem Bett. Der Brief, der darauf zu warten schien, dass sie ihn endlich abschickte.

»Warum fragst du nicht deine Eltern?«, sagte Anna, als Milena ihr sehr viel später bei einem Glas Rotwein gegenübersaß. »Die wissen doch bestimmt was über ihr Enkelkind. Meine Eltern jedenfalls sind ganz wild auf Paula. Haben ihr eben erst das neueste iPhone geschenkt, bloß weil im alten ein Kratzer war.«

»Wir haben keinen Kontakt mehr.« Trauer stieg in Milena auf.
»Dann fang damit an.« Anna schenkte Milena nach. »Es muss immer einer damit anfangen …«
Sie prosteten einander zu, und Milena wurden zwei Dinge bewusst. Anna war tatsächlich dabei, eine Freundin zu werden, und im gerahmten Liebesaltar über der Couch hatte Paula Einzug genommen. Sie klebte jetzt zwischen den vielen Fotos von Anna und Frank. Ein Anfang. Immerhin.
»Ein Fahrradschloss hat sie jetzt auch.« Anna hatte Milenas zufriedenen Blick bemerkt und lächelte. »Aber wenn du das Fahrrad brauchst, kannst du es jederzeit haben.«
»Morgen, wenn ich zu meiner Mutter fahre?«
»Morgen, wenn du zu deiner Mutter fährst.«

26

Milena fand ihre Mutter im Telefonbuch unter ihrer alten Adresse. Es war ein Sonntag, als sie zu ihr fuhr, ohne sich vorher angemeldet zu haben. Am Telefon hätte sie weder die richtigen Worte gefunden, noch hatte sie ein »Ich will dich nicht sehen« riskieren wollen.

Das Wetter war durchwachsen, so als wisse es noch nicht genau, was es von diesem Tag wollte. Milena hoffte, dass ihre Mutter freihatte, falls sie überhaupt noch in der ambulanten Pflege arbeitete. Sie war nicht mehr jung. Und die immer extremer werdende Anforderung an die Pflegekräfte, diejenigen, die gepflegt werden mussten, durch den vom Medizinischen Dienst geforderten Minutentakt zu peitschen, war ein Knochenjob.

Auch darüber hatte sich Milena nie Gedanken gemacht. Wie und ob ihre Mutter damit zurechtkam. Ihre Mutter, die so gern sorgte und umsorgte.

Hoffentlich ging es ihrer Mutter gut.

Hoffentlich hatte sie noch etwas vom Leben.

Hoffentlich hatte das Leben noch etwas von ihr.

So viele Jahre, und jetzt konnte sie nicht mehr erwarten, ihre Mutter zu sehen. Milena trat in die Pedale. Übersah eine rote Ampel und dann auch noch fast einen Fußgänger. *Ruhig, ganz ruhig, Milena, sonst gibt es für deine Zukunft nur noch drei Alternativen. Krankenhaus. Knast. Friedhof. Ruhig, ganz ruhig. Und das wäre schade, dein neues Leben fängt gerade an, dir zu gefallen.*

Weil du endlich aufräumst. In dir Ordnung schaffst. Milena wurde langsamer. Die Anspannung ließ nach. Mit jedem Tritt ins Pedal nahm sie jetzt alles sehr bewusst wahr.

Den Tag, der eine andere Farbe trug als in den vergangenen Wochen. Er hatte sich für ein dunkles Grau entschieden, das sich wie eine ebenso graue Folie über Häuser, Natur und Straßen, ja sogar über die Gesichter der Menschen legte. Wolken, schwer von Regen, schoben sich endgültig vor die Sonne, die offensichtlich zu schwach war, um sich gegen die Wolken durchzusetzen. Leichter Wind setzte ein und trug mit seiner Brise auch den Geruch von Feuchtigkeit herbei, obwohl noch kein Tropfen gefallen war. Milena fuhr schneller. Erreichte ihr Elternhaus. Es hatte sich nichts verändert. Noch immer derselbe Ring aus Beton ohne Grün. Ein eigenartiges Gefühl. Als sei die Zeit stehengeblieben und sie noch immer das Kind, das so schnell es nur konnte Stufe um Stufe hinauf in den achten Stock hinauflief, bis es die schwere Eisentür erreichte. Sein Tor zur Freiheit.

Auch das Klingelschild war noch dasselbe. Derselbe kleine Schmutzfleck oben rechts, für den sie verantwortlich war, weil sie beim Einzug in die Wohnung mit ihren Fingern darauf herumgetappt war. Ihr Vater hatte geschimpft, und Milena fragte sich nicht zum ersten Mal, ob sie fürs Leben noch etwas anderes von ihm mitbekommen hatte außer dem Familiennamen – Müller.

Die Haustür öffnete sich, eine Frau mittleren Alters verließ das Haus, und Milena schlüpfte rasch hinein. Der Fahrstuhl war neu, und einen Moment hatte Milena das Gefühl, mit dem alten Fahrstuhl einen Freund verloren zu haben. Was war aus ihren Träumen geworden, die sie ihm anvertraut hatte, ihren Sorgen und ihren Tränen.

Der Fahrstuhl – ausgedient, stillgelegt, abtransportiert, entsorgt. Sie fühlte den Verlust fast körperlich. Nahm den neuen

Lift, der auch schon nicht mehr neu und von Kinder- und Teenagerhand beschmiert worden war. Fuhr an der Wohnung ihrer Eltern vorbei, fuhr in den achten Stock, stieg aus, stieß die Eisentür auf, die für sie als Kind das Tor zur Freiheit gewesen war, und trat hinaus aufs Dach.

Der Regen hatte begonnen. Sie spürte ihn nicht. Klangbilder im Kopf. Wie damals. Ihr Puls schlug den Takt. Wie damals. Ihr Körper begann zu musizieren. Wie damals …

»Milena!« Sie zuckte zusammen. Stand still. »Milena!« Noch tastend. Fragend. Aber unendlich vertraut. »Milena!« Jetzt konnte Milena nicht länger an sich halten. Sie drehte sich um und stand vor ihrer Mutter.

Sie sah so … sie sah so aus … wie … fast immer. Milenas Knie wurden weich: »Woher weißt du, dass ich …«

Ihre Mutter war älter geworden, aber nicht alt. Die dunklen Haare von feinen, grauen Strähnen durchzogen, die Haut noch glatt bis auf wenige Fältchen um Augen und Mundwinkel. Eine noch immer schöne, stolze Frau.

»Ich hab dich gesehen, Milena.« Ein kurzes Lächeln, über das sie selbst überrascht schien. In der Stimme ein Gefühl, das in ihrem Gesicht noch nicht zu erkennen war. »Ich hab dich oft gesehen.« Das Gefühl in der Stimme blieb. In den Augen kam es nicht an. »Immer wieder, wenn ich aus dem Fenster geschaut habe. Ich hab oft aus dem Fenster geschaut. Eigentlich immer, seit du …« Sie brach ab. Als habe sie sich beim Sprechen verlaufen und brauche eine Sekunde, um die Orientierung wiederzufinden. »Diesmal jedoch …« Ihre Hände, als traue sie ihren Augen nicht, tasteten nach ihr, regenfeucht legten sie sich auf Milenas nasse Wangen. »Diesmal bist du es wirklich.« Sie sprach sehr präzise, so als sei es die Betonung eines jeden Wortes, das für den Unterschied von Traum und Wirklichkeit verantwortlich war.

»Ja, ich bin es, Mama.« Milena nahm die feuchten Hände von ihren Wangen, nahm sie mit unter ihre Jacke, als wäre es äußerst wichtig, sie zu trocknen, während der Rest von ihnen im Regen blieb und allmählich klatschnass wurde.
»Ich hab mir oft vorgestellt, dass du hier oben stehst ... und im Traum habe ich dich tanzen sehen.«
»Wollen wir nach unten gehen, Mama?«
»Ja, Milena, gehen wir nach Hause.«

Marmorkuchen und Tee. Stunden schwer von Erinnerungen. Verstummen. Tränen. Leicht durch gemeinsames Lachen. Seufzen und Geschichten, die sie einander unter dem Versprechen absoluten Stillschweigens anvertrauten. Milena überlegte noch, wie sie die Frage stellen wollte, vor der sie sich fürchtete, da stand ihre Mutter auf und kam mit einem Fotoalbum zurück, auf dessen Deckel ein rosiges Baby mit dichtem, schwarzem Haar und blauen Augen in die Kamera strampelte.
»Kaja!«
Die Mutter antwortete nicht, blätterte Seite um Seite um, und es war, als breite sich Kajas Leben vor Milena aus. Für alle anderen wären es nur die Fotos eines heranwachsenden Mädchens gewesen. Nichts unterschied es groß von anderen heranwachsenden Mädchen, die heutzutage alle irgendwie hübsch waren. Sich vor Kameras auslebten, um sich erst durch die Bewunderung anderer zu entdecken. Und dennoch – es war Kaja. Ihre Tochter Kaja, ein Stich ins Herz. Wäre Kaja ihr unter anderen gleichaltrigen Mädchen begegnet, sie hätte sie nicht erkannt. Es war ein Gefühl, als triebe sie in einem Boot ohne Ruder aufs offene Meer heraus.
»Sie sieht Nikola ähnlich, findest du nicht?« Die Mutter musterte Milena prüfend.

Milena schüttelte stumm den Kopf. »Es sind nur die Augen. Seine Augen.« Sie blätterte weiter. »Hast du kein Foto, wo die beiden zusammen drauf sind?«
In dem Gesicht ihrer Mutter blitzte etwas auf, das auf Milena den Eindruck machte, als sei sie besorgt. »Was ist mit Nikola?« Milenas Herz klopfte bis zum Hals. »Kaja lebt doch noch bei ihm?«
»Ja.« Die Mutter stand auf, öffnete eine Schublade der Kommode, die Milena noch kannte, der Rest der Einrichtung war für sie neu, und zog ein Foto heraus. »Wieso ist es dadrin?«, fragte Milena. »Wieso nicht im Album?« Sie begriff. »Du hast es vor mir versteckt? Warum?« Sie beantwortete die Frage gleich selbst. »Du hast gewusst, dass ich irgendwann wiederkomme.«
Wortlos legte die Mutter das Foto auf den Tisch, und es bildete ab, was auch Milenas Leben hätte sein können. Es zeigte eine glückliche Familie vor einem Haus am Meer. Nikola neben einer sehr hübschen Frau, die ein Baby im Arm hielt. Ein etwa fünfjähriger Junge wickelte sich um Nikolas Bein, und daneben Kaja, etwa dreizehn Jahre alt, mit leicht mürrischem Gesichtsausdruck. Ein weiterer Stich ins Herz.
»Es geht ihr doch gut da … Ich meine … Sie sieht irgendwie unglücklich aus … Sie ist doch nicht …«
»Es geht ihr gut, Milena. Sie wird sehr geliebt.« Wieder dieser prüfende Blick. »Wieso bist du gekommen, Milena?«

Wenig später warfen sie den Brief an Kaja gemeinsam ein.
»Ich hab Angst, Mama.«
»Hab Vertrauen, Milena.«
Sie versprachen einander, sich von jetzt an regelmäßig zu sehen.

27

Warten auf Antwort, während Milena und ihre Mutter, wie versprochen, einander nun regelmäßig sahen. Wie früher stöberten sie in den kleinen Läden rund um den Viktualienmarkt. Immer auf der Suche nach etwas Besonderem. Nach Stoffen, Gewürzen, Süßigkeiten, ungewöhnlichem Design. Sie rochen, schmeckten, befühlten, kauften jedoch so gut wie nie. »Man muss nicht alles haben«, pflegte ihre Mutter, wenn auch mit bedauerndem Lächeln, zu sagen. »Aber es ist schön zu wissen, dass es diese wunderbaren Dinge gibt.«
Dann zogen sie weiter. Manchmal eingehakt, gelegentlich Arm in Arm, meistens schlenderten sie jede für sich allein. Sich jedoch immer der Nähe der anderen bewusst. Auch liebten sie es, außergewöhnliche Cafés in versteckten Ecken zu finden. Die *Puppenstube* zum Beispiel. Rosa und weißes Dekor, viel Schnörkel und in der Vitrine hausgemachte Torten und Kuchen. Oder sie kuschelten sich in eins der purpurroten Plüschsofas des Cafés *Orchidee*, in dem alles auf goldumrahmten Tellern nicht serviert, sondern kredenzt wurde. *Kredenzt*, Milena schmunzelte. Ein Wort für Alphonse' Bibliothek der verlorenen Worte. Sie würde es sich hübsch verpacken lassen und ihm dann als Geschenk überreichen, damit er es unter »K« einordnen konnte, neben *Kaltmamsell*, *Kasserolle*, *Kaldaune* und *Kummerbund*. Am liebsten aber mochten Milena und ihre Mutter das *Café ohne Zeit*. Mit einer wunderschönen gro-

ßen, kunterbunten Wanduhr, die nicht funktionierte. »Ein gutes Café«, sagte Anton, dem das Café gehörte, »ist immer ohne Zeit.«

Am schönsten waren ihre abendlichen Spaziergänge an der Isar im Licht des aufgehenden Mondes. Sanft kräuselnde Wellen. Weit weg von Grillfeuern, Alkohol und Lachen, dort, wo die Wege schmal wurden, auf der immerwährenden Suche nach Tagen und Erinnerungen ohneeinander. Vor allem ihre Mutter wollte alles wissen. Sie wühlte in Milena wie in einer Schublade, vollgestopft mit Briefen, Aufzeichnungen und Fotos. Sie suchte, kratzte an der Oberfläche, aber niemals so, dass sie Milena verletzte, grub sich ganz tief in ihr Innerstes, wie es Müttern vorbehalten blieb. Milena erzählte ihr von ihrem Tänzerinnendasein in der engen, beschützenden Welt des Balletts. Von ihrem vom verräterischen Körper erzwungenen Ausstieg, dass sie dabei war, sich neu zu orientieren, und vom Regenbogenhaus und seinen Bewohnern.

»Dieser Phil Friedmann ist Psychiater?« Milena nickte. »Und wer ist …?«

»Christopher?«

Die Mutter nickte.

»Christopher ist ein weites, dunkles, steiniges Feld.«

»Dann pass auf, dass du nicht über ihn stolperst.« Der Blick ihrer Mutter wurde besorgt.

Milena lächelte. »In seiner Nähe habe ich immer die Taschenlampe dabei.«

Ihre Mutter wiederum erzählte von der Muppet Show im Pflegeheim. Die Muppets, drei alte italienische Männer, die ständig zusammenhockten. Der eine redete unentwegt und meist vom Krieg, der Zweite redete wenig, aber wenn er etwas sagte, war es auf dem Punkt, und der Dritte schwieg. Und das immer.

»Eines Tages hab ich den, der es auf den Punkt bringt, gefragt, weshalb der Dritte immer schweigt.«
»Und?«
»Weil er bei der Mafia war und jetzt dement ist und fürchtet, vergessen zu haben, was er nicht sagen soll.« Die Mutter lachte. Milena liebte ihr Lachen. Es fand nicht nur um Mund und in den Augen statt. Wenn ihre Mutter lachte, dann tat sie es mit dem ganzen Körper.

Ob Kaja nach ihrer Großmutter kam? Sie hatte sich noch nicht gemeldet. Stattdessen stand eines Abends Milenas Vater vor Milenas Tür. Gemeinsam mit der Mutter, einen halben Kopf kleiner als sie, da die Mutter wieder hohe Absätze trug, mit einem Ordner unter dem Arm. Milena wusste nicht, was sie mehr überraschte, der Vater oder der Ordner, der genauso aussah wie die Ordner in seinem schmucklosen Büro mit Gummibaum und Filzfußboden, aufgehübscht allein durch die Landkarte, die seinem Schreibtisch gegenüber hing. Ein Symbol seiner Träume und Sehnsüchte? Milena hatte ihren Vater nie für einen Menschen gehalten, dem solche Gefühle vertraut waren. Er war ein Mann, der zum ersten Besuch bei seiner Tochter nach vielen Jahren einen Leitz-Ordner mitbrachte.
»Dürfen wir reinkommen?«, fragte ihre Mutter. Ihr Vater wirkte unsicher. Wich Milenas Blick aus. Er sprach auch nicht. Ehe Milena »natürlich« sagen konnte, trat er schon wortlos ein. Sah sich nicht um. Legte nur den Ordner auf Milenas Tisch.
Milena wusste nicht, warum, aber ihre Hände wurden feucht. Sie hatte fliegen wollen, war abgestürzt und zurück in diesem engen Leben, verkörpert von diesem verdammten Ordner, einem Leben, das sie nie wieder hatte leben wollen. Kapitulati-

on auf ganzer Linie. Noch nie war es ihr so bewusst gewesen wie jetzt, als ihr Vater in ihrem Apartment stand.

»Mein Gott, ihr beiden. Stocksteif, als ob ihr ’nen Besen verschluckt hättet.« Wie früher gab sich die Mutter alle Mühe, die Atmosphäre zwischen Vater und Tochter zu lockern. »Milena, jetzt schau schon nach, was in dem Ordner ist.«

»Irgendwelche Papiere, die ich unterschreiben soll, damit ihr aus der Nummer raus seid, wenn ich in Privatinsolvenz gehe.«

Das Gesicht ihres Vaters veränderte sich, als habe ein Zeichner seine Konturen mit ein paar flüchtigen Strichen noch besser herausgearbeitet. Dadurch wurde es streng und hart, und Milenas Brustkorb fühlte sich wieder so an, als sei er ein Handtuch, das jemand mit zu starken Händen auswrang. Alles in ihr war eng und verdreht. Und ihr wurde bewusst, dass sie vor ihrem Vater noch immer Angst hatte.

»Ich mach ja schon.« Sie schlug den Ordner auf. Konnte einen Moment nicht fassen, was sie da sah. Keine Papiere, die sie unterschreiben sollte. Keine Dokumente. Keine Vorwürfe.

Sein Inhalt war wie eine Zeitreise durch die vergangenen Jahre. Ihr Vater hatte tatsächlich alle Zeitungsartikel gesammelt, die er über sie und über die Musicals hatte finden können, in denen sie getanzt hatte. Fein säuberlich ausgeschnitten, auf weißes Papier geklebt, mit detaillierter Notiz, wo und wann der Auftritt stattgefunden hatte.

»Das ist … das ist …« Milena brach ab, nahm erneut Anlauf. »Ich bin in Zeitungsartikeln kaum mal erwähnt worden, woher hat er …« Automatisch wandte sie sich an ihre Mutter, drehte sich rasch zu ihrem Vater um. »Woher hattest du …«

»Er hat angerufen«, antwortete ihre Mutter wie gewohnt an seiner Stelle. »Jedes Mal, wenn ein Musical Premiere hatte –

und nicht nur in Deutschland –, hat er angerufen und nach dir gefragt, ob du im Ensemble bist …« Sie lächelte. »Haben sie dir nie von deinem hartnäckigsten Verehrer erzählt?«

Milena schüttelte den Kopf, brachte kein Wort heraus. Ihre Mutter blätterte um, und jetzt verstummte in Milena auch noch der Rest dessen, was sie nicht gesagt hatte. Keine Zeitungsartikel. Eintrittskarten. Eine ordentlich neben der anderen. Diesmal wandte Milena sich direkt an ihren Vater: »Du warst bei meinen Auftritten?« War sie vorher überrascht gewesen, war sie jetzt fassungslos. »Du warst all die Jahre da … du hast mich tanzen sehen …?«

»Ein Vater lässt sein Kind nie allein.« Das waren die ersten Worte, die ihr Vater sprach.

Tränen suchten ihren Weg, vorbei an inneren Blockaden, drängten sich in den Augen nach vorn, vertrockneten oder verschwanden auf den letzten Millimetern, als würde etwas in ihr sie vorher gierig aufsaugen. Sie wollte ihren Vater umarmen, wenigstens dieses eine Mal, doch da hatte er sich schon abgewandt. Die Tür fiel hinter ihm zu.

Du brauchst nur ein Wort, Milena. Ein einziges.

Und wie heißt dieses Wort, Christopher?

Liebe, Milena. Es heißt Liebe.

»Er will nicht, dass du ihn weinen siehst«, sagte die Mutter.

Das mit der Liebe ist eine seltsame Sache, Christopher. Warum, Milena? Weil man sie nicht sehen, nicht hören und nicht anfassen kann! Stimmt, Milena, es wäre einfacher, wenn man nur diejenigen sehen könnte, die einen lieben, und umgekehrt. Dann wüsste man gleich Bescheid. Ja, das wäre gut, Christopher, gleich Bescheid zu wissen, aber jetzt erkenne ich, dass es auch andere Möglichkeiten gibt, sie zu sehen, die Liebe, meine ich. Zum Beispiel in einem hässlichen, alten Leitzordner, voll von ordentlich ausgeschnittener und sorgfältig aufgeklebter – Liebe ... und den Tränen eines Vaters, die er nicht vor seiner Tochter weint, sondern seit Jahren ganz für sich allein.

Auch ihren Vater würde Milena von nun an regelmäßig sehen, das versprach ihr zumindest die Mutter. An den Sonntagen, wenn er zu ihrer Mutter zum Kaffeetrinken kam. Warum Geld ausgeben, wenn es bei ihr so gemütlich war. Ihr Bruder Max dagegen verweigerte konsequent ein Treffen mit Milena. »Bloß weil's mit deinem Rumgehopse nicht mehr klappt, kriechst du in den Schoß deiner Familie zurück«, erklärte er ihr am Telefon.

»Wovor hast du Angst, Max, dass du jetzt das Erbe mit mir teilen musst, das es gar nicht gibt?«

»Nein, Milena, ich habe Angst, dass du unseren Eltern wieder so weh tust, wie du es schon einmal getan hast.« Mit diesen Worten legte er auf.

28

Milena wartete weiter auf eine Antwort, eine Nachricht, ein Lebenszeichen von Kaja. Und während sie wartete, rief Frau Adamczik mit einem Jobangebot an. Tanzlehrerin in einer Tanzschule. Milena lehnte ab. Entschied sich, stattdessen in dem Pflegeheim, in dem ihre Mutter arbeitete, einmal pro Woche mit den Senioren zu tanzen. Der Briefkasten blieb weiter leer, kein Anruf, dafür kamen Christopher und sie einander näher, obwohl es Phil war, der sie zum Abschluss einer Tanzstunde im Regenbogenhaus zu ihrer großen Überraschung aufforderte – zum Tango Argentino.

Und wie sie es erwartet hatte, beherrschte er das, was der Tango von ihm verlangte: abwarten und sich ganz der Stille hingeben. Während die anderen sich im Tango-Freestyle übten und amüsierten, war es zwischen ihr und Phil perfekt. Dieser kleine Atemzug des Innehaltens, wenn sie kurz stehen blieben. Des spannungsgeladenen Abwartens, in dem der Musiker sich plötzlich inmitten seiner Melodie über jeglichen Takt und jegliche Tempi hinwegsetzte und den Ton bis ins Unendliche ausdehnte. Gemeinsam spürten sie den letzten Schritten nach und dem Gefühl, dass es keine Floskel war, wenn es hieß, die Zeit bleibe stehen. Zumindest im Tango. Für einen langen Augenblick.

»Ich entdecke immer neue Seiten an dir«, flüsterte Milena Phil zu. »Ich staune.«

»Denk an den Elefanten …« Phils Haltung blieb stolz und gerade. Seine Mimik unbewegt.
»Du bist kein Gesamtbild«, sagte Milena leise. »Du bist durch und durch Detail.« Dann setzten sie es fort. Das Zwiegespräch des Tango Argentino, mit Augen und Körper. Irgendwann tanzten nur noch sie beide, und die anderen sahen zu. Auch Kathrin Müller-Arndt, zwei Pfleger und – Christopher, der wie immer auf seinem Platz auf der Bank saß.
Eine ganze Weile sah er zu. Ohne die geringste Regung in Körper, Augen und Gesicht. Jetzt sprang er auf, schob den Zuschauerring beiseite, der sich um Phil und Milena gebildet hatte, baute sich vor ihnen auf und forderte. »Wir gehen jetzt spazieren!« Dabei war sein Blick nicht auf Phil, er war auf Milena gerichtet.
Phil und Milena blieben abrupt stehen. »Du willst das Regenbogenhaus verlassen?« Phil war überrascht.
»Wir sind hier in keiner geschlossenen Psychiatrie«, antwortete Christopher mit einem leicht aggressiven Unterton, der Milena nervös machte. »Ich kann gehen und kommen, wann ich will.«
Phil blieb ruhig. »Es ist nur das erste Mal, dass du rausgehen willst. Soll nicht lieber ich oder Kathrin …«
»Die da«, forderte Christopher weiter in einem ähnlich energischen Tonfall wie an dem Tag, als er von Milena verlangt hatte, ihn zu rasieren. »Sie begleitet mich.«
Seit Christopher regelmäßig seine Medikamente nahm, war er in der Lage, seine Vorstellungen und seine Sprache so zu organisieren, dass er sich wie jeder andere auch verständlich machen konnte. Allerdings gab es für ihn, wenn er etwas wollte oder vielmehr forderte, nicht erst ein vorsichtiges Herantasten, ein Abchecken des anderen und erst recht nicht den Um-

weg irgendwelcher Höflichkeitsfloskeln. Was er sagte, war klar, einfach und präzise. *Die da! Sie begleitet mich.* Da war nicht einmal die Überlegung, ob Milena ihn überhaupt begleiten wollte.

Auch Phil schien gar nicht der Gedanke zu kommen, dass Milena Christopher nicht begleiten wollte. Er hatte nur die eine Frage an Milena: »Traust du dir das zu?«

Milena traute es sich nicht zu, trotzdem sagte sie, allein schon Kathrin Müller-Arndts spöttischem Augenausdrucks wegen: »Klar tu ich das. Wo ist das Problem.«

Und tatsächlich – es wurde ein wunderschöner Nachmittag. Fast war es so wie mit einem Kind, mit dem man alles neu entdeckte. Manchmal wurde ihr beim Entdecken ebenso schwindlig wie nach zu oft Karussellfahren. Christopher wollte alles. Und das gleichzeitig und auf einmal. »Komm, Milena, komm.« All das, was er so lange nicht mehr getan hatte. »Schau, Milena, schau doch.« Er zog und zerrte, nicht mit der Hand, aber mit Augen, Stimme und dem ganzen Ausdruck seines Körpers: »Beeil dich, Milena. Steh nicht einfach so rum.« Und dann stand er herum, stopfte am Imbissstand die Bratwurst förmlich in sich hinein, die er bezahlte, so, wie er an diesem Tag alles bezahlte von dem Geld, das ihm seine Mutter regelmäßig schickte. Dazu ein kühles Bier. »Zu viel darf ich davon nicht trinken. Wegen der Medikamente, aber eins geht schon noch.« Dann rauf auf den Olympiaturm und die Stadt als Ganzes sehen, weil ein Nachmittag nicht ausreichte, um alles zu Fuß abzulaufen. »Ist München nicht schön, Milena, ist diese Stadt nicht einfach großartig?« Sein Gesicht leuchtete, und hätte Milena einen glücklichen Menschen beschreiben müssen, so hätte sie Christopher beschrieben. So, wie er war.

Jetzt, in diesem Moment. Seine Energie steckte an und seine Art, neu zu sehen, was sie schon tausend-, ja millionenfach gesehen hatte und kaum noch wahrnahm. Achtsamkeit, auch das war ein Wort, das an diesem Tag zu ihm passte.

Im Englischen Garten setzte er sich zu den Straßenmusikern, hörte zu, bis er einem plötzlich die Gitarre aus den Händen riss, ein paar Akkorde spielte, ihm die Gitarre wieder in die Hand drückte, ohne ein Wort zu verlieren, und so schnell weiterrannte, dass Milena kaum hinterherkam.

Christopher eroberte sich das Leben zurück. Ohne dabei viel zu reden. Immer wieder nur: »Komm, Milena, komm.« Video im Schnelldurchlauf. »Schau, Milena, schau.« Stippvisite in der Neuen und in der Alten Pinakothek. Eisessen in Schwabing. Kopfstand in Haidhausen. König Ludwig II. im Nymphenburger Schloss. Über den Marienplatz steppen. In der Frauenkirche kurz zum Gebet verweilen. »Vater unser, der du bist ..., aber hör jetzt auf mit deinem Willen, von nun an ist mein Wille wieder dran.« Christopher lachte so spontan und laut ganz tief aus sich heraus, dass die wenigen Betenden ihn vorwurfsvoll ansahen. Milenas erster Impuls war, so zu tun, als gehöre sie nicht zu ihm. Dann korrigierte sie sich. Christopher war Christopher, und sie würde ihn so nehmen, wie er war. Jawohl! Am Ende des Münchner Schnelldurchlaufs hatte sie keine Puste mehr, doch erst an der Isar kam Christopher zur Ruhe. »Komm, Milena, komm ...« Aber diesmal war sein Tonfall nicht gehetzt, sondern es klang, als habe er eine Überraschung für sie.

Es war die Höhle, die er ihr hatte zeigen wollen, die Höhle, in der er gehaust hatte, doch sie war mit Brettern versperrt. Vermutlich, um spielende Kinder zu schützen. Er war nicht allzu enttäuscht, bestand aber darauf, vor der Marienklause eine Kerze anzuzünden. Da weder Milena noch er eine Kerze hatten, ging er auf eine junge Frau zu und schwatzte ihr ihre Kerze ab, mit einem Charme, den Milena bei ihm niemals für möglich gehalten hätte.

»Ich bin gern im Wald«, erklärte er Milena, nachdem sich die junge Frau entfernt hatte. Er zündete die Kerze an und fuhr fort: »Manchmal denke ich sogar, ich bin der Wald.« Er richtete sich wieder auf. Jetzt erst hatte er offenbar auch die innere Muße, um zu reden. »Ich beobachte die Bäume, seit ich denken kann.« Ging weiter. Milena folgte. »Die Menschen glauben, dass sich Bäume nicht bewegen, weil man ihnen nicht ansieht, wie sie wachsen. Und sie denken, dass Bäume keine Stimme haben, weil sie sie nicht hören können ...«

Sie standen auf dem Marienklausensteg, einer kleinen Brücke, die über den Isarkanal führte, blickten auf das Wehr mit seinem Wasserfall. »Sie haben eine Stimme?«, hakte Milena nach.

»Natürlich.« Christopher sah sie an, als habe er nicht erwartet, dass auch Milena zum Kreis der Ungläubigen gehörte. »Ihre Sprache besteht nicht aus Tönen. Sie besteht aus Düften.« Er hielt die Nase in den Wind wie ein Hund, der ein Kaninchen zum Jagen ausgemacht hatte. »Riechst du es?«

Milena roch den frischen Geruch von Wasser und Wind. Vielleicht auch das Gras, vor allem aber den Rauch, der von den Feuern mit ihrem Grillfleisch herüberwehte. Bäume roch sie nicht. Sie schüttelte den Kopf. Christopher lächelte, als habe er von ihr nichts anderes erwartet als die Unfähigkeit, Bäume zu riechen.

»Sie schicken ihre Düfte aus, um Bienen anzulocken«, erzählte er weiter. »Und dann verführen sie sie damit zum Bestäuben. Bäume können einander aber auch warnen. Greift ein Pflanzenfresser an, schickt der Baum mit dem Wind eine Warnung an den Nachbarbaum, und schon werden dessen Blätter ungenießbar.« Seine Stimme war randvoll von Begeisterung. »Wie ungeheuer lebendig so ein Baum ist. Eine Verkettung unendlich vieler Welten, die bis ins Unendliche reichen.«

Etwas später saßen sie bei Kaffee und frisch gebackenem Apfelstrudel im Biergarten eines Gasthauses an der Isar. Milena fragte nicht danach, aber irgendwann erzählte Christopher von seinem ersten psychotischen Schub, den er bewusst wahrgenommen hatte.

»Es war bei der Beerdigung meiner Mutter. Ich war sechsundzwanzig und allein mit all den unbeantworteten Fragen.«

»Welche Fragen, Christopher?«

Christophers Augen, die an diesem Tag ständig in Bewegung waren, stoppten. »Fragen halt.« Er zuckte hilflos mit den Schultern. »Viele Fragen … Sie sind in mir, aber ich krieg sie nicht zu fassen, kann sie nicht packen, nicht schnappen, ich erwisch sie einfach nicht …« Seine Stimme verklang.

Stille. Zwischen ihnen. Um sie herum blieb es laut. Milena zögerte. Nahm ihren Mut zusammen. »Haben diese Fragen was damit zu tun …«, sie zögerte erneut, »… dass du dich nicht gern berühren lässt?«

»Berühren …« Stimme und Gestik wurden mechanisch. »Berühren wie Kontakt, Nähe, Brückenschlag, Tuchfühlung, Gemeinsamkeit, Klammer, Verbindung …«

»Berühren wie …« Klopfendes Herz. Der Magen drehte sich um. Sie war durch und durch verspannt, doch sie brachte den Mut auf, legte ihre Hand auf seine. Behutsam, jedoch so, dass er sich gewahr wurde, was sie gerade tat. Seine Augen tauchten in ihre Augen. Seine Hand begann unter ihrer Hand zu zittern, aber er schrie nicht, zog sie nicht fort. Stattdessen

sprach er wie im Fieber: »Ich will eine Rose ins Grab werfen, aber ich kann nicht. Weil da sind Wellen. Aus dem Grab. Sie überrollen mich. Ziehen mich in die Tiefe. Eine Stimme sagt mir, wenn ich die Rose loslasse, bin ich gerettet. Aber ich kann nicht. Ich kann die Rose nicht loslassen. Ich weiß, dass die Stimme lügt. Ich weiß, wenn ich die Rose loslasse, sterbe ich. Und dann ist auf einmal auch noch die Stimme meiner Mutter da. Sie bedrängt mich. Ich soll dorthin kommen, wo sie schon ist. Weil es da schön ist. Wunderschön. Irgendwie hab ich da auf einmal alles verstanden. Das ganze Gesamte, als ob ich schon tot bin und von oben herunterschaue, wie vom Olympiaturm auf die Stadt. Und ich hab verstanden, dass alle Dinge ihre Richtigkeit haben, dass ich die Fragen, die in mir sind, gar nicht kennen muss, weil es auch so richtig ist.« Er senkte den Blick, seine Wimpern warfen fast zu lange Schatten für einen Mann. Milena hätte ihn so gern in den Arm genommen. Das jedoch wagte sie nicht. Nach einer Weile fuhr Christopher fort: »Die anderen aber haben mich nicht verstanden. Und wer nicht verstanden wird, wird weggesperrt …«
Die Hand unter ihrer bewegte sich noch immer nicht. Milena überlegte gerade, ob sie sich langsam wieder zurückziehen sollte, sie wollte Christopher nicht überfordern. Doch da packte er sie, als habe er ihren Gedanken gelesen, mit der anderen Hand am Handgelenk. Hielt es fest.
»Du tust mir weh, Christopher.«
Er hielt sie noch fester. Sah sie beschwörend an. »Tu du mir nicht weh«, sagte er, und es klang fast bedrohlich. »Niemals!« Er ließ sie los, stand auf, sah sie mit schmalen Augen an: »Die Königin der Nacht wird bald blühen. Vergiss nicht, du wirst dabei sein. Das hast du versprochen.« Er drehte sich um und ging mit schnellen Schritten davon.

Milena winkte der Bedienung, zahlte hastig, lief hinter ihm her.

Wer ist Christopher? Ein weites, dunkles, steiniges Feld, Mama. Pass auf, dass du nicht stolperst.

Sie stolperte nicht.

Brachte Christopher sicher ins Regenbogenhaus zurück.

Kam nach Hause und fand – ihr stockte der Atem – in ihrem Briefkasten den Brief, auf den sie so lange gewartet hatte. Doch dann erkannte sie die eigene Handschrift und las den Vermerk. *Zurück an den Absender.* Kaja hatte den Brief ihrer Mutter nicht einmal geöffnet. Sie hatte ihn postwendend zurückgeschickt.

29

Milena konnte nicht schlafen. Schon seit Tagen. Und wenn sie doch einmal kurz einnickte, jagten sie Gedanken und Träume die Stufen im Hausflur ihres Elternhauses hinauf in den achten Stock. Wie den Nachbarsjungen aus ihrer Kindheit mit seiner Angst vor Luftballons. Wie bösartig sie auf einmal sein konnten, sie, die gerade noch ihre Freunde gewesen waren. Entwickelten eine Häme, einen niederträchtigen Spaß an dieser Jagd, mit der sie den Nachbarsjungen bis zu den Speichern verfolgten. Mehr noch – ihn mit ihren aufgeblasenen bunten Luftballons bis an den Rand des Daches trieben. Bis er keinen einzigen Schritt mehr machen konnte, ohne zu fallen. Mit angsterfüllten Augen stand er da, zitterte am ganzen Leib, und die Kinder ließen einen Luftballon nach dem anderen an seinen Ohren platzen. Keines von ihnen zeigte auch nur einen Funken Mitgefühl. Sein Flehen, sein Betteln, seine Tränen, sie waren ihnen gleichgültig. Im Gegenteil, seine Schwäche stachelte sie noch an. Ob seine Mutter je geahnt hatte, was sie ihm mit dieser Art, ihn zu strafen, antat? Einen Luftballon an seinem Ohr zerplatzen zu lassen, jedes Mal, wenn er nicht artig gewesen war? Milena hatte nicht mitgemacht. Aber eines hatte sie das Ganze gelehrt: Wer Schwäche zeigt, wird zum Opfer.

Manchmal, in diesen seltenen Momenten, in denen das Schlafbedürfnis stärker war als die Gedanken, stand Milena in ihren Träumen ebenfalls am Dachrand. Nur noch einen Schritt, und sie flog mit weit ausgebreiteten Armen über das Mittelmeer hin zu Kaja. Doch jedes Mal, wenn sie glaubte, gleich bei ihr zu sein, wurde aus ihr ein Saalflugzeug, und sie stürzte ab.

Etwas läutete. Hörte nicht auf. Anna. Wieder einmal mit dem Daumen auf der Klingel. Irgendwann würde er dort kleben bleiben. Milena schoss hoch, kurz erleichtert, den Alptraum im Kissen zurücklassen zu können, das feucht war von ihren Tränen und schwarz von der Wimperntusche, die sie wieder einmal nicht entfernt hatte, weil sie zu müde, zu erschöpft gewesen war. Zu traurig, um diese alltäglichen Dinge bewältigen zu können. Zu rat- und zu hilflos, um sich um ihr Äußeres zu kümmern.

Sie floh förmlich aus dem Bett, riss die Tür auf in der Hoffnung auf ein Lächeln und Annas obligatorische Frage – *Kaffee?* –, doch der Hausflur war dunkel und leer.

Es dauerte einen weiteren Augenblick, bis sie begriff, dass kein Daumen an der Klingel klebte und auch Anna weit und breit nicht zu sehen war. Ihr Handy läutete. Der nächste Gedanke war *Kaja*. Atemnot. Ihr Gehirn pumpte und pumpte. Erstes Anzeichen einer Panikattacke. *Nicht jetzt. Bitte nicht jetzt. Ruhig bleiben, Milena, rangehen, verdammt, sei eine Mutter, reiß dich zusammen. Ruhig. Ganz ruhig. Sei zur Abwechslung endlich mal eine Mutter.*

Sie hob ab. War gefasst. Sagte: »Kaja?«

»Christopher!« Er klang erstaunt, dass sie noch jemand anderen erwartet hatte außer ihm.

Christopher! All das, was man mit dem Ausdruck Enttäuschung verband, war nur ein Abklatsch dessen, was Milena jetzt empfand. Gerade noch war sie wie die Luftballons der

Nachbarskinder mit Sauerstoff vollgepumpt gewesen. Dann der Knall – Christopher –, und von ihr war nichts mehr übrig außer einer armselig herumhängenden, zerfetzten Hülle. Sie wurde ruhig. »Ist was passiert, Christopher? Es ist schon spät.«

»Die Knospen sind da.« Seine Stimme hatte einen Klang, den sie bei ihm noch nie gehört hatte. Zart. Wie Finger, die sanft über die Haut der Geliebten gleiten und sie damit in höchste Erregung versetzen. Seine Stimme versetzte sie in Erregung. »Komm!« Das war keine Bitte, das war ein Befehl.

»Es ist mitten in der Nacht, Christopher. Ich bin todmüde.«

»Es ist halb zehn Uhr abends. In einer halben Stunde bist du da!« Milena musste an Phil denken, wie er ihr von dem Tag erzählt hatte, als er Lilly zum ersten Mal in die Psychiatrie bringen musste. Den ganzen Tag hatte sie unter Wahnvorstellungen gelitten und war nicht zu beruhigen gewesen. Kaum stand die behandelnde Ärztin im Raum, war Lilly ruhig, klar und sehr charmant, Phil dagegen war noch immer so aufgelöst gewesen, dass die Ärztin ihn für den Patienten und Lilly für diejenige gehalten hatte, die ihren psychotischen Bruder ablieferte. Und so kam sich Milena gerade vor. Christopher haushoch unterlegen. »Du hast es versprochen«, mahnte er. »Und ein Versprechen, Milena, das bricht man nicht.«

München leuchtete. Straßenlaternen, Neonleuchtreklamen, Autoscheinwerfer und Milena. Nicht nur mit dem Vorder- und Rücklicht an Paulas Fahrrad, sie hatte sich auch Leuchtbänder besorgt, die um die Fußgelenke befestigt wurden und unentwegt rot und blau blinkten. Milena wollte nicht übersehen werden. Zumindest nicht vom Verkehr, der sich jetzt in Schwabing vor den Straßencafés staute. Mittlerweile liebte sie das Fahrradfahren. Es verlieh ihr ein Gefühl von Freiheit. So

wie damals, als sie mit ihrem Bruder Max und ein paar Freunden in einem alten VW-Bus durch Griechenland gefahren war. Den Kopf aus dem Seitenfenster mitten hinein in den von Rosmarin und Ginster durchsetzten Wind. Sie hatten gehalten, wo immer es ihnen gefiel.
Sobald sie Phil alles zurückgezahlt hatte, würde sie für ein eigenes Fahrrad sparen. Der kühle Nachtwind. Ohne Ginster und Rosmarin, jedoch mit diesem besonderen Duft von Sommer. Das gleichmäßige, fast meditative Treten der Pedale auf den kleinen Schleichwegen, die man sonst nur zu Fuß entdeckte. Stadtviertel, die unter parkenden Autos beinahe begraben wurden. Hinterhof, Vorderhaus, Neubau, Luxuswohnung, Galerie, Tante-Emma-Laden und immer wieder Cafés und Kneipen.
Gelegentlich stellte sich ihr die Einsamkeit in den Weg, sprang sie aus einer Kneipe an, vor der bei lauen Temperaturen gefeiert und gelacht wurde. Doch Milena ließ die Einsamkeit nicht aufsitzen, trat schneller in die Pedale und war froh, als sie das Regenbogenhaus erreicht hatte.

Monatelang war die Königin der Nacht das eher hässliche Entlein gewesen, das Christopher stets zuerst in einem Blumentopf und dann in einem Kübel mit sich herumgeschleppt hatte, weil in den letzten Juliwochen ihre Triebe fast zu schnell gewachsen waren. Jetzt hatte er sie offenbar nur noch im Schubkarren zu dem einzigen großen Auftritt bringen können, der ihr vergönnt war. Einer Diva ähnlich, die ihrem Publikum dieses eine Mal die Schönheit ihres Antlitzes preisgeben würde, ehe sie sich wieder hinter den Vorhang zurückzog, um dort zu zerfallen und zu sterben. *Blühen und Vergehen*. Der Kreislauf des Lebens in nur einer Nacht.

Milena nahm neben den anderen Platz, die Christopher zu diesem großen Ereignis geladen hatte. Die Königin der Nacht thronte inmitten des Pavillons, um den Christopher Stühle aufgestellt hatte. Inmitten vom Feuerschein brennender Kerzen und Fackeln breitete sie ihre Triebe aus, an denen sich unzählige Knospen auf den großen Moment vorbereiteten. Auf diesen einen Moment Leben. War das die Aufgabe der Königin der Nacht? Die Vergänglichkeit bewusst zu machen?
Langsam würde sie die wunderbaren großen, cremeweißen Blüten öffnen, ihren Duft nach Vanille verströmen und nicht nur die Zuschauer betören, sondern auch die zirpenden Grillen, die schweigenden Vögel, das auf mögliche Gefahren lauschende Eichhörnchen, die Glühwürmchen, die wie aus einer anderen Dimension herüberblitzten und blinkten.
Phil war gekommen, Kathrin Müller-Arndt, die beiden Pfleger, die Nachtdienst hatten, Alphonse, Lilly, die Turbanfrau Lauren, Strickliesel, Bill und auch die Menschen aus dem Regenbogenhaus, denen Milena noch nicht nahegekommen war. Dazu die leisen, ja fast meditativen Klänge von Tschaikowskis *Sérénade mélancolique*.
Christopher saß neben ihr. Sie spürte seine Anspannung. Wie gern hätte sie erneut seine Hand genommen. Sie wagte es nicht. Nicht noch einmal. Nicht in diesem Augenblick. Und dann war es so weit.

Die Königin der Nacht begann ihre Blüten zu öffnen, und Milena hielt den Atem an, nicht des Schauspiels, sondern Christophers wegen. Er war es, der nach Milenas Hand tastete. Zunächst dachte sie, der Flügel eines vom Licht angezogenen Insekts habe sie gestreift, und sie zuckte erschrocken zurück, aber dann bemerkte sie Christophers angestrengten Blick, der zwar geradeaus auf den Kaktus gerichtet war, aber auch noch etwas anderes ausdrückte. Sie wandte leicht die Augen nach links und sah seine Fingerspitzen dicht vor den Fingerspitzen ihrer linken, auf der Bank ruhenden Hand. Langsam schob er sich auf sie zu, und dann ging alles sehr schnell …

Hinterher hätte keiner sagen können, woher Liesel das Beil hatte, das sie plötzlich in der Hand hielt. Vermutlich hatte sie es schon am Nachmittag in dem dicht am Pavillon stehenden Busch versteckt. Sie hielt es wie eine Amazone im Kampf gegen einen feindlichen Indiostamm und schrie: »Christopher ist schuld, dass ich nicht mehr stricken kann …« Daraufhin hieb sie, immer wieder denselben Satz wiederholend, auf die Königin der Nacht ein.

Phil löste sich als Erster aus der Erstarrung, die alle für einen Sekundenbruchteil lahmgelegt hatte. Mit einem Satz war er bei Liesel, entwand ihr das erhobene Beil, das sie sich auch ohne weiteres abnehmen ließ, doch es war zu spät. Die Königin der Nacht lag in Stücke geschlagen im Schein der flackernden Kerzen und Fackeln auf dem Boden.

Stille. Nur das hilflos verzweifelte Schluchzen von Liesel. Christopher bewegte sich nicht. Die anderen bewegten sich nicht. Phil legte den Arm um Liesel, führte sie weg. Kathrin Müller-Arndt deutete den beiden Pflegern an, sich um Christopher zu kümmern, folgte den beiden.

Milena wandte sich an Christopher, wollte etwas sagen, doch er schob sie ebenso weg wie einen der Pfleger, der ihn ruhig aufforderte, mit ihm ins Haus zu gehen. Stattdessen kniete er sich neben der erschlagenen Königin nieder. Begann leise mit ihr zu sprechen. »Du und ich, wir sind gleich.« Zart nahm er eine im Aufblühen gewesene Knospe auf. »Nicht in der Erde verwurzelt, wir sind Luftleben …« Lauren schüttelte den Kopf über so viel Blödsinn und ging. Bill legte den Arm um Lilly, führte sie vom Pavillon fort. Alphonse blieb, ebenso wie Milena. Christopher fuhr fort: »… an Felsen, Wänden und Mauern, da können wir uns festhalten. Denn die lassen sich nicht verrücken in einer ver-rückten Welt.«

Milena und Alphonse tauschten einen Blick. Milena wollte schon behutsam die Hand auf Christophers Schulter legen, doch Alphonse schüttelte entsetzt den Kopf, denn er sah, was Milena entgangen war. Den Wandel in Christophers schönem und so unendlich traurigem Gesicht. Es war jetzt von unglaublichem Zorn entstellt. Er brüllte auf. Das ist kein menschlicher Laut, dachte Milena noch, dann war Christopher schon aufgesprungen, stieß Milena so heftig von sich fort, dass sie stürzte, brüllte noch einmal auf wie ein verletztes Raubtier und stürmte mit Riesenschritten auf das Regenbogenhaus zu.

»Schon gut. Alles gut.« Mit einem Lächeln reichte Alphonse ihr die Hand, half ihr beim Aufstehen. Erst jetzt bemerkte sie, dass sie offenbar mit der linken Hand versucht hatte, den Sturz aufzufangen, vom kleinen Finger an bis zum Knöchel war alles aufgeschrammt. Alphonse nahm seine Fliege ab, zur Feier des Tages hatte er eine kornblumenblaue gewählt, mit gelben Punkten. Er ließ Milena ein-, zweimal auf die Fliege spucken, etwas, das ihr Vater immer getan hatte, wenn sie oder Max sich verletzt hatten, und säuberte behutsam die Wunde.

»Danke, Alphonse.« Selten hatte sie für einen Menschen so große Zuneigung empfunden wie für Alphonse – in diesem Moment.

»Gottlob«, verbesserte er sie freundlich, aber bestimmt.

»Gottlob?« Sie verstand nicht.

»Gottlob Espenlaub, der Miterfinder des Segelflugzeugs.«

»Du baust jetzt Segelflugzeuge?« Alphonse nickte, und Milena, froh, abgelenkt zu werden, verstand. »Sie stürzen nicht ab.« Alphonse sah sie zufrieden an. »Richtig, meine Segelflugzeuge stürzen nicht ab.«

Während sie auf das Regenbogenhaus zugingen, erzählte er mehr von sich. Dass er und sein Segelflugzeugmiterfinder Alexander Lippisch die sogenannten Rhönindianer gewesen waren. Das ganze Jahr hatten sie auf einem Berg gewohnt, zunächst in einem Kleiderschrank gehaust, der wiederum in einem Zelt stand, in dem sie dann auch die Flugzeugapparate bastelten. Für Körperpflege nahmen sie sich nicht die Zeit, aßen nur Erbswurst und tranken Quellwasser.

»Großartig, was du für deine Ziele alles auf dich nimmst, Al…« Sie brach ab, verbesserte sich schnell: »Gottlieb.«

»Gottlob.«

»Gottlob.« Er blieb nachsichtig. Legte seine Fliege wieder an und meinte: »Erreichst du ein Ziel, so setz dir das nächste. Denn wenn nicht, bist du nur da und lebst nicht.«

Mit diesen Worten ging er auf das Regenbogenhaus zu. Irgendwann würde sie Phil fragen, was Alfons, sie einigte sich mit sich selbst auf seinen Geburtsnamen, nun tatsächlich fehlte. Oder auch nicht. Was würde der Stempel, den sie ihm damit aufdrückte, an ihm verändern? Er war, wie er war. Und er war gut und richtig so, wie er war – ein ganz besonderer Mensch.

Sie blies die Kerzen aus, bettete jeden einzelnen Trieb behutsam in den Schubkarren. Vielleicht konnte sie Christopher zu einem Abschiedszeremoniell überreden. Oder vielleicht konnte man aus einem Trieb eine neue Königin der Nacht heranziehen. Mit einem Lächeln und dem Gefühl, dass am Ende alles gut sein würde, folgte sie Alfons/Alphonse/Gottlob nun ebenfalls zum Regenbogenhaus.

30

Und das nennst du deinen Menschen helfen.« Wutentbrannt stand Milena in Phils Büro. »Jede menschliche Regung in Christopher wegzuspritzen …?« Noch immer hatte sie nicht wirklich realisiert, wie sie Christopher vor wenigen Minuten in seinem Zimmer vorgefunden hatte. Er lag da wie Rosi, völlig apathisch. Nur noch die Hülle dessen, wer er in den letzten Tagen und Wochen gewesen war. »Weißt du was«, sie tobte weiter, »dein Regenbogenhaus ist nichts weiter als eine Farce, eine einzige Heuchelei, mehr noch, es ist eine riesengroße Lüge.«

»Du hast doch selbst gesehen, in welchem Zustand er war.« Phil trat mit einer beruhigenden Geste auf sie zu. »Jetzt säubere ich erst einmal die Wunde an deiner Hand.«

Doch Milena wollte sich weder beruhigen, noch wollte sie, dass Phil sie anfasste. Mit einer Heftigkeit, die sie nicht von sich kannte, stieß sie ihn von sich fort. »Ja, er war unbeherrscht«, fuhr sie ihn weiter an. »Aber ist das ein Wunder? Seit fünf Jahren zieht er liebevoll seinen Kaktus auf. Sein Halt in einer für ihn, wie sagst du immer, schwer zu durchschauenden Welt. Ahnst du überhaupt, wie sehr er sich auf diesen Moment gefreut hat, wenn seine Königin der Nacht aufblüht? Verdammt, Phil, es war das Einzige, was er sich noch vom Leben wünscht, und dann …« Sie machte eine Pause, holte neuen Atem: »Habt ihr Liesel auch zum Zombie gespritzt?«

»Das war nicht nötig.«
»Das war nicht nötig?« Milena traute ihren Ohren kaum. »Bei Liesel war es nicht nötig, bei Christopher aber schon?«
Mit welcher Langsamkeit seines Seins Phil den Schreibtisch umrundete, um sich dann bequem in seinen Schreibtischsessel zu setzen. Am liebsten hätte Milena ihm eine gescheuert. Und wie lange es dauerte, bis er ihre Frage beantwortete. Ihm nicht nur eine Ohrfeige verpassen, ihn gleich am Hals packen und würgen. Diese innere Ohnmacht. Wie eine riesige Welle türmte sie sich in ihr auf, blieb stehen, überrollte sie nicht. Noch nicht, als wolle sie den köstlichen Moment auskosten, in dem sie Milena ihre Macht demonstrierte.
»Liesel hat sich wieder beruhigt.«
Milena nahm sich zusammen. Setzte sich, legte die Ellbogen auf dem Schreibtisch ab, schob den Oberkörper so weit vor, dass sie Phil direkt in die Augen sehen konnten. Saugte Phils Blick auf. Phil wich nicht von der Stelle, auch seine Augen wichen ihr nicht aus. Milena fauchte ihn an: »Weißt du, was ich gerade am liebsten getan hätte?«
»Mir eine gescheuert und mich erwürgt.« Oh, wie sehr sie dieses herablassende Lächeln hasste.
»Und – wirst du mich jetzt auch zum Zombie spritzen?«
»Hast du es getan?« Er war nicht herablassend. Er blieb nur gelassen. Sie antwortete nicht. »Eben. Und das ist der Unterschied. Du kannst dich beherrschen.«
»Das hätte Christopher vermutlich auch. Aber ihr habt ihm ja nicht einmal eine Chance gegeben.«
Phil beugte sich nun auch weiter vor, fast konnte sie seinen Atem spüren. »Ein Mensch, der an Schizophrenie erkrankt ist, kann, wenn er aggressiv wird, so ungeheure Kräfte entwickeln, Milena, dass er andere wie Bälle durch die Luft schleudert. Wir

konnten nicht abwarten und auch nicht vermuten … wir mussten schnell handeln.«
Milena antwortete nicht, stand auf. War jetzt diejenige, die auf Phil hinuntersah. »Christopher hat recht, wenn er euch für Götter hält. Für Götter, die sich, warum auch immer, das Recht nehmen, darüber zu entscheiden, was ein Mensch fühlen darf und was nicht. Wer gemeingefährlich ist und wer nicht … Die Wahrheit aber ist, Phil, keiner von euch Psychiatern und Psychologen kann in die Köpfe anderer hineinschauen. Die Natur dieser Krankheiten ist euch ebenso unbekannt wie mir. Im Gegensatz zu euch hab ich eins kapiert: Jeder Mensch ist anders, und ihr habt kein Recht, ihn mit Zwang und mit Medikamenten eurer Vorstellung zu unterwerfen, wie er zu sein hat.«
»Stimmt, das haben wir nicht. Solange er sich nicht selbst oder andere gefährdet.«
»Wer bist du, Phil, dass du allein die Situation beurteilst. Liesel hatte das Beil, nicht er …« Sie machte eine Pause, nicht um ihm die Zeit für eine Antwort zu lassen, sondern nur, um zum nächsten verbalen Schlag auszuholen. »Was hast du noch zu mir gesagt? Berührungen machen Christopher krank. Ich hab seine Hand gehalten.«
»Ein Mal …«
»Okay.« Kein weiterer Angriff. Diesmal zog sie das Ass fast genießerisch aus dem Ärmel. »Dann spielt es ja auch keine Rolle, dass er gerade meine Hand nehmen wollte, als das ganze Theater mit Liesel losgegangen ist …«
Die Verblüffung in Phils Blick genügte ihr. Leise und innerlich triumphierend zog sie die Tür hinter sich zu und nahm sich vor, dass sie nie wieder eine Situation hinnehmen würde, in der sich jemand das Recht herausnahm, Christopher so zu behandeln.

Milena wagte den Gedanken zwar nicht zu Ende zu denken, doch irgendwo in einer stillen Ecke ihrer Gehirnwindungen, in diesem undurchschaubaren Labyrinth, hatte er sich festgesetzt. Sie würde Christopher vermutlich nicht von seiner Schizophrenie heilen können, aber sie würde ihn zu einem Mann machen, der nicht mehr auf Phil, Kathrin Müller-Arndt und das ganze verdammte Regenbogenhaus angewiesen sein würde. Und der Rest, fast lächelte sie in sich hinein, als sie durch die Nacht zurück nach Hause fuhr, der Rest, das, was sie zwischen ihm und sich spürte, würde sich dann wie von selbst ergeben.

So wie die Verrücktheit, in einem höheren Sinn, der Anfang aller Weisheit ist, so ist die Schizophrenie der Anfang aller Kunst, aller Phantasie. Hermann Hesse, *Der Steppenwolf*

Milena recherchierte. Im Internet fand sie eine ganze Liste von Namen berühmter Leute, außergewöhnlicher Persönlichkeiten, die an psychischen Krankheiten gelitten und dennoch Großes geleistet hatten: *Robert Schumann, schizoaffektiv. Vincent van Gogh, schizoaffektiv, bipolar. Edvard Munch, paranoide Schizophrenie. Friedrich Hölderlin, schizophren. Friedrich Nietzsche, paranoide Schizophrenie. Jean-Jacques Rousseau, paranoischer Verfolgungswahn. Sokrates, Stimmenhören. Rudolf Steiner, Schizophrenie. Jean-Paul Sartre, Drogenpsychose. Christoph Kolumbus, paranoischer Größenwahn. Isaac Newton, Spätschizophrenie. Guy de Maupassant, Drogenpsychose. Rainer Maria Rilke, schizoide Persönlichkeit. Picasso, Wilhelm Busch, Charles Dickens, Franz Liszt, Churchill, Charlie Chaplin, allesamt – depressiv.*

Aus diversen Bibliotheken und Buchhandlungen schleppte Milena alles nach Hause, was sie über psychiatrische Erkrankungen finden konnte. Sie erfuhr, dass eine geschwächte Filterfunktion im Gehirn möglicherweise verantwortlich für psychische Erkrankungen war, was aber gleichzeitig für besonders inspiriertes Denken sorgen konnte. Christophers Wandmalereien unterstrichen die These. Es gab scharfe Kritiker der traditionellen Psychiatrie, die der unbedingten Meinung waren, alle Menschen müssten die Freiheit haben, auch ohne Medikamente nach ihren Vorstellungen zu leben – selbst wenn sich andere dadurch gestört fühlten. Dazu klatschte Milena innerlich Beifall.
Es gab Ärzte und Psychiater, die der Meinung waren, der Umgang mit psychisch erkrankten Menschen zeuge von einem Mitleid, das man nur als grausam bezeichnen könne, und diene vor allem der Aussonderung unerwünschter Menschen. Auch dem konnte Milena nur zustimmen. Sie fand Bücher Betroffener, die an Gesellschaft und Politik appellierten, man solle sich über das Wesen psychischer Krankheiten, oder was die Allgemeinheit dafür hielt, aufs Neue Gedanken machen. Vor allem aber interessierte Milena die Art von Fachliteratur, die konkrete Hilfestellung leistete. Die für die richtige Medikation plädierte und Beispiele nannte von Menschen, die es mit deren Hilfe geschafft hatten, ins »normale« Leben zurückzukehren. Nach dem, was sie erlebt und durch Phil und Christopher erfahren hatte, waren Medikamente der einzige Weg, um den psychisch Erkrankten zumindest die Chance zu ermöglichen, wieder so frei und selbstbestimmt zu sein, wie es die Kritiker verlangten. Viele von ihnen arbeiteten, studierten, lebten in Beziehungen, bekamen Kinder.
Selbst ein Mann, der sich für den wiedergeborenen Christus gehalten und den bevorstehenden Weltuntergang erwartet

und auf dem Münchner Hauptbahnhof getanzt und gesungen hatte, hielt heute Vorträge über seine Erkrankung, war Mitarbeiter einer Klinik und trat sogar gelegentlich im Fernsehen auf.
»Ich kippe nur noch gelegentlich aus der Welt«, beschrieb er seine Situation, »und wenn es so weit ist, gehe ich für einige Zeit in die Psychiatrie so wie andere Menschen mit chronischer Krankheit ins Krankenhaus. Danach mache ich ganz normal mit meinem Leben weiter.«
Sie erfuhr, dass Schizophrenie frei übersetzt so viel wie Seelenspaltung bedeutete und in der Umgangssprache völlig falsch verwendet wurde. Und immer und immer wieder las sie den Brief, den Christopher ihr geschrieben hatte. *Nebel. Und aus dem Nebel kommen die Gedanken. Wie kleine rote Teufel. Aus dem Hinterhalt springen sie mich an …*
Am eindrucksvollsten war die Begegnung mit dem Mann, der ihr aufgefallen war, als sie Rosi besucht hatte. Mit den vorn aufgeschlitzten Jeans, die von seinem Geschlecht mehr preisgaben als verbargen. In einer Bibliothek für Psychiatrie und Medizin traf sie ihn wieder. Er trug ein frisch gebügeltes weißes Hemd, einen grauen Anzug, und seine Schuhe hatte er auf Hochglanz poliert. Spontan ging sie auf ihn zu. »Milena Müller, wir kennen uns aus dem Krankenhaus.«
»Krankenhaus?« Er gab sich locker. »Sie meinen wohl die unsägliche psychiatrische Station, auf der ich zwar in unregelmäßigen Zyklen, aber doch immer wieder lande?«
»Sie sprechen offen darüber?«
»Warum nicht?« Er lächelte. Es war ein sympathisches Lächeln. »Die Griechen nannten den Wahnsinn ›die heilige Krankheit‹. Ich befinde mich also in ganz guter Gesellschaft.«
»Stimmt. Mit Hölderlin, Kant und Robert Schumann.«

»Dabei bin ich nur ein kleiner Professor der Mathematik, der gelegentlich einen Hammerschlag auf den Hirnkasten verpasst kriegt und dann eben wieder eine Anpassung braucht.« Er lachte erneut und verabschiedete sich.

Hatte Milena noch gezweifelt, so bestärkte die Begegnung mit dem Professor sie darin, dass es mit Christopher genauso funktionieren konnte. Er musste nur wieder lernen, sich in der Gesellschaft draußen zu bewegen und Berührungen zur Normalität werden lassen. Was die Berührungen anging, waren schon winzige Abstufungen erreicht, die man vielleicht so noch nicht ermessen konnte – wie bei einer Raupe, die eine riesige Stange hinaufkletterte. Aber sie waren da. Und – sie hatten sogar Phil verblüfft.

Noch aber war Christopher weit davon entfernt, ins richtige Leben zurückzukehren. Die Spritze, die ihm, wie sie erfahren hatte, Kathrin Müller-Arndt verpasst hatte, hatte ihre Wirkung getan. Und zwar gründlich. Tagelang befand sich Christopher in einer Art Niemandsland. Wenn Milena ihn nach dem Tanzen besuchte, konnte sie nie genau sagen, ob er schlief oder wach war. Gelegentlich rieb er sich die Augen, Milena hatte den Eindruck, dass die Mattigkeit allmählich von ihm wich, nur um festzustellen, dass er sich gleich darauf wieder in einem Abwärtssog befand. Glaubte man an Reinkarnation, schien er sich irgendwie in einer Zwischenwelt zu befinden. Gestorben und noch nicht wiedergeboren. Ein Geist ohne Körper, schwebend zwischen dem Hier und Jetzt.

Dann aber erholte er sich doch und war wieder so, wie er vor der Spritze gewesen war. Den Vorfall und auch seinen Kaktus erwähnte er mit keinem Wort.

Wie von Milena geplant, unternahmen Christopher und sie von nun an regelmäßig etwas gemeinsam. Sie kochten zusammen in Milenas Wohnung. Wobei sich herausstellte, dass Christopher nicht nur ein ausgezeichneter Koch war, sondern auch ein Kenner geheimnisvoller und wohlriechender Gewürze. Gut für Körper und Seele. Wobei gerade das Körperliche durch seine Nähe und die zunehmende Vertrautheit zwischen ihnen für Milena zum Problem wurde. Sie begehrte ihn. Bis tief unter die Haut. Sie wollte ihn einatmen, mit ihm atemlos werden, sich fallen lassen, hineinschlüpfen in seine Küsse, schmetterlingsleicht, losgelöst von Alltag und Gedanken, schwerelos werden, für diesen einen, oh ja, so besonderen Moment, schweben, verschmelzen bis zum seufzenden, unendlichen Ach. Doch sie durfte ihn nicht berühren. Nicht einmal seine Hand, wenn er ihr das Küchenmesser reichte, um Tomaten für den Salat zu schneiden. Christopher wurde nicht berührt und schien davon unberührt. Wand aus Glas. Nur ein Schritt, eine Geste, eine Bemerkung zu viel, und es würde von ihrer so hauchfeinen Beziehung nichts bleiben außer Scherben. Also tat Milena weiter so, als wäre nichts, quälte sich nachts durch ihre Sehnsuchtsträume, stellte ihn nicht nur ihren Efeufreunden, sondern auch ihrer Mutter und Anna und Frank vor, ohne ihnen zu sagen, woher sie Christopher kannte.
»Dabei hab ich immer gedacht, Phil ist derjenige, welcher«, meinte Anna augenzwinkernd.
»Er ist nur ein Freund. Genauso wie Christopher auch nur ein Freund ist …«
»Christopher ist nicht geboren zum Freund«, gab Anna trocken zurück. »Er ist geboren zum Liebhaber, so sexy, wie er ist.«
Milena zuckte zusammen, zwang sich zu einem Lächeln und – machte weiter. Davon, dass Christopher zu den Psychos gehör-

te, wie Anna Phils Menschen zu nennen pflegte, ahnte Anna nichts, und dass Christopher ihnen nicht die Hand zur Begrüßung gab und auch sonst körperlichen Abstand hielt, registrierte sie lose unter »kleiner Macke«. Dafür war es auch zu spannend, wenn er von seiner Zeit am Amazonas erzählte oder Dinge sagte wie: »Wenn ihr keine Liebe habt, könnt ihr machen, was ihr wollt, hinter allen Göttern der Welt her sein, euch in irgendwelche Ehrenämter stürzen, gegen die Armut kämpfen, in die Politik gehen, Gedichte schreiben, komponieren, ihr seid trotzdem tot. Ohne Liebe werden Probleme größer und immer mehr. Mit Liebe aber könnt ihr machen, was ihr wollt. Mit Liebe seid ihr frei.« Liebe. Damit hatte er ihr geholfen, die richtigen Worte für den Brief an ihre Tochter zu finden. Liebe. Nur über sie reden. Sie nie körperlich fühlen. Milena bemerkte, wie Frank Annas Hand nahm und sie hielt. Lautlose Tränen hinter lächelnder Maske. Einsamkeit – und niemand kann sie sehen.

Milena, Christopher, Anna und Frank waren in der kleinen Kneipe in der Nähe von Milenas Wohnung gewesen. Sie hatten gelacht, getrunken, es war ein sehr angenehmer Abend, bis Anna die Frage stellte, vor der Milena sich schon gefürchtet hatte. So als habe sie ihre Gedanken vorhin erraten.

»Hat deine Tochter eigentlich jemals auf deinen Brief reagiert?«

Während im Hintergrund Helene Fischer ohne Atem durch die Großstadtnacht scharwenzelte, pumpte Milena so viel Sauerstoff in die Lungen, dass es für ihr Herz fast zu eng wurde. Nicht Anna oder Frank bemerkten, wie sehr ihr die Frage zusetzte. Christopher legte seine Hand beruhigend auf ihre, so wie sie damals, als er ihr von seiner ersten Psychose am Grab seiner Mutter erzählt hatte. Wobei vor ihrem geistigen Auge noch ein anderes Bild aufblitzte. Phil, der ihr Christophers Brief überreicht und sagt, dir hat Christopher geschrieben, die Briefe seiner Mutter beantwortet er nie. Was war wahr und was nicht? Rasch schob Milena das Erinnerungsbild beiseite. Es beunruhigte sie. Sie wollte nicht beunruhigt werden. Nicht jetzt. Hörte stattdessen, was Christopher ihr zu sagen hatte.

»Wenn jemand dich in seinem Leben haben will, Milena, macht er Platz für dich. Du solltest nie um diesen Platz kämpfen müssen. Nie, niemals besteh auf einen Menschen, der deinen Wert nicht erkennt, auch nicht auf deine Tochter.«

»Dann hat sie nicht reagiert?«

»Nein«, antwortete Milena, und es war dank Christopher mit einem Mal nicht mehr so schwer, es auszusprechen. »Sie hat nicht reagiert.«

Eine halbe Stunde später brachen sie auf, Anna und Frank verabschiedeten sich mit einem lockeren »Bis zum nächsten Mal«, Milena wollte Christopher noch zum Bus bringen, doch da sprach Christopher die Sehnsuchtsworte: »Ich möchte heute Nacht nicht ins Regenbogenhaus zurück, Milena. Darf ich heute Nacht bei dir bleiben?«

31

Milenas Herz klopfte noch immer bis zum Hals, als Christopher und sie gemeinsam ihre Wohnung betraten. Noch wusste sie nicht, wohin mit ihm. Wie den restlichen Abend, die Nacht gestalten. Christopher ergriff wieder die Initiative. »Tanzen?«

Er hatte noch nie getanzt. War in den Tanzstunden immer nur auf der Bank gesessen und hatte sie beobachtet. Milena legte eine CD von Roy Orbison ein. *We'll Take the Night*. Ein kaum wahrnehmbares Nicken von Christopher. Er war einverstanden. Stand jedoch völlig starr.

Milena ließ ihn. Vorerst. Tanzte allein. *Baby it's hard sometimes to wake and face this life every day* … Milena wiegte sich hinein in die Musik, schloss die Augen. *Sometimes it's bad enough to stop and throw the good all away*. Öffnete die Augen wieder. Aber nur zu einem Spalt. Christopher stand noch immer starr, aber er beobachtete sie, so, wie er sie immer beobachtet hatte, und dennoch – etwas zwischen ihnen hatte sich verändert … *tonight let's put the world aside* … Sie waren einander nicht mehr fremd … *and let go together* … Sie ersetzten einander den Spiegel. In seinem Gesicht entdeckte sie sich selbst.

Und auch sie schien in Christopher etwas auszulösen, das er so noch nicht kannte. Er fasste Mut. Trat auf sie zu. Begann ebenfalls zu tanzen. Sorgsam darauf bedacht, Milena nicht zu berühren, obwohl er ihr nahe kam. Sehr nahe … *the night is one*

place we can hide, in each other's arm, dream on forever … Ganz vorsichtig, so als könne er sich noch immer an ihr verbrennen, legte Christopher seine Handflächen an ihre Handflächen, tastete sich weiter vor, berührte ihre Schultern, ließ die Hände weiter über ihren Rücken wandern, zog sie langsam zu sich heran. Er übernahm die Führung, und nun wagte auch Milena, ihn zu umarmen. Wange an Wange. Haut an Haut. »Lass uns nie die Kälte des anderen wahrnehmen«, flüsterte Christopher ihr ins Ohr, »auch wenn nach den Regeln der Zeiten einer zuerst gehen wird. Wärmen wir uns jetzt …«
Milena wollte etwas darauf erwidern. Sagte dann doch nichts. Sie flossen ineinander über, wurden das, wonach sich Milena insgeheim gesehnt hatte, seit dem Tag, an dem sie Christopher freigelegt hatte, Christopher und sie wurden eins.
Milena tanzte, wie sie noch nie getanzt hatte. Leicht, ganz leicht. Kaum dass die Füße einmal den Boden berührten. Gleich, ja gleich würde sie abheben und fliegen, weit über die Dächer hinaus. Weit … weit … Sie wusste nicht, wie lange sie so tanzten. Als die CD zu Ende war, legte sie eine andere ein. Und die nächste. Christopher nicht loslassen. Nie wieder. Einander loslassen, sie durfte nicht einmal daran denken. Und die nächste. Sie wurde müde. Die Beine taten ihr allmählich weh und der Rücken, doch Christopher hielt sie fest und tanzte.
»Lass uns aufhören, Christopher.« Milena lachte. »Nur einen Moment, ich muss was trinken.« Er hielt sie fest. »Bitte, Christopher, und aufs Klo muss ich auch.« Er klammerte sich an sie. *Nach den Regeln der Zeiten wird einer zuerst gehen*. Sanft machte sie sich von ihm los. »Ich verspreche dir, Christopher, nur eine Pause, ja? Nur eine kleine Pause.« Er reagierte nicht, ließ aber zu, dass sie sich von ihm löste. »Bin gleich wieder da.« Er tanzte, und er tanzte noch immer, als sie von der Toilette zurück-

kam. Sie schenkte sich und Christopher ein Glas Wasser ein. Christopher tanzte. Sie reichte ihm das Glas. Christopher nahm es nicht, er tanzte. »Bitte, Christopher, lass uns was anderes machen. Reden. Schauen, was in der Glotze ist …« Christopher tanzte weiter. Milena machte die Musik aus. Er tanzte weiter. Ganz allmählich wurden seine Bewegungen unkoordiniert. Milena stellte ihr leeres Glas ab, wollte ihn behutsam daran hindern, weiterzutanzen, doch damit erreichte sie nur, dass er völlig außer Kontrolle geriet.

Er tanzte schneller. Seine Bewegungen wurden noch unkoordinierter. Er tanzte wilder. Milena bekam Angst, schrie ihn an. »Christopher! Schluss jetzt!«

Die Stimmen, sie kreischen. Lachen. Hämisch. Was tanzt er denn da? Macht sich lächerlich. Frontalangriff? Er tanzte. *Jetzt ist der richtige Zeitpunkt. Jetzt machen wir ihn fertig.* Er tanzte.

All das, was er Milena über seine Psychosen erzählt hatte, sog sie jetzt mit auf. Im Geiste las sie wieder den Brief. *Sie kreischen. Flüstern mir schlimme Dinge zu. Dass ich falsch bin. Alles falsch. Ich will sie abstreifen. Weiß nicht mehr, ob die Stimmen wirklich von draußen kommen. Oder in mir sind. Egal. Sie besetzen jede Windung meines Gehirns. Ich schlage um mich. Will sie vernichten, aber sie vernichten mich. Ich existiere, bin jedoch nicht mehr real …* In diesem Moment fing Christopher an zu schreien. Brach von Weinkrämpfen geschüttelt zusammen. Als Milena einen hilflosen Versuch machte, ihn zu berühren, schlug er um sich, als verkörpere sie die roten Gedankenteufel, die von allen Seiten auf ihn einsprangen. *Der Nebel wird dichter. Ich erkenne nichts mehr. Keinen Menschen, nicht die Welt um mich herum. Ich sehe alles, aber ich verstehe nichts.* Meine Gedanken *sind nur noch ein endloser Kreislauf, ohne Ziel, voll von Misstrauen. Ich verzweifle.* Es sind nicht meine Gedanken, *und doch sind sie in mir verwurzelt, entspringen diesem anderen Ich, das ich nicht kenne und das dennoch irgendwo tief in mir wohnt …*

»Bitte, Christopher …«

Doch er hielt nur seine Arme schützend vors Gesicht, robbte rückwärts nach hinten, bis ihm die Wand jede weitere Fluchtmöglichkeit verwehrte. Am ganzen Leib zitternd, saß er da. Milena nickte. Verstand. War jetzt ruhig. Griff zum Telefon, rief Phil an.

Minuten später waren sie alle da, Polizei und Notarzt. Zwei Polizeibeamten packten Christopher, der sich mit aller Kraft wehrte, und es waren noch zwei Sanitäter nötig, um ihn mit dem Gesicht nach unten auf die Trage zu zwingen und ihn mit den Armen auf dem Rücken festzuschnallen. Der Notarzt gab ihm die Spritze, von der Milena so sehr gehofft hatte, sie in Zukunft verhindern zu können.

Phil kam gerade, als sie Christopher in den Krankenwagen schoben.

»Ich hab alles falsch gemacht, Phil.«

Ein Sanitäter schob die Tür des Krankenwagens zu.

»Bei dieser Krankheit gibt es kein richtig oder falsch.« Er legte kurz den Arm um sie. »Da gibt es nur ein niemals aufgeben.«

Erst eine Woche später hatte Milena den Mut, Christopher in der Psychiatrie zu besuchen. Milena kam nicht allein. Sie hatte einen Kaktus dabei. Noch klein und ohne Triebe, doch sobald Christopher sich kümmern konnte, würde sie zu wachsen beginnen, die Selenicereus grandiflorus, die Königin der Nacht. Mit dem Kaktus unter dem Arm betrat sie die geschlossene Station, tastete sich an der endlos langen Glasscheibe entlang, hinter der die neu eingelieferten Patienten zu beobachten waren wie Fische im Aquarium.

Apathisch kauerte Christopher in einer Ecke, den Blick Richtung Fenster wie in eine andere Welt, der Helligkeit entgegen, als ob das Licht an seinen Augen saugte. Sein Haar war etwas länger als damals, als sie es ihm geschnitten hatte, und er rasierte sich offensichtlich nicht mehr.

»Christopher?«

»Er nimmt dich nicht wahr.« Ohne dass sie ihn bemerkt hätte, war Phil hinter sie getreten. Er ließ seine Menschen nicht allein. Nicht Frau Rose und auch Christopher nicht.

»Er wächst wieder zu, Phil.«

»Andere Menschen zerbrechen an der Einsamkeit.« Zum ersten Mal, seit sie Phil kannte, klang seine Stimme mutlos. »Christopher zerbricht an der Liebe.«

»Du hast gesagt, wir geben ihn nicht auf.«

»Nein, Milena, das tun wir nicht. Niemals.«

Vorsichtig ging Milena auf Christopher zu. Ihn ja nicht erschrecken. Ihm nur ihr Geschenk geben. Ohne ihn zu berühren, legte sie ihm den Kaktus in den Schoß. Christopher reagierte nicht, sah durch sie hindurch. Doch als Milena sich noch einmal nach ihm umdrehte, bemerkte sie, wie er lächelte, kaum wahrnehmbar, aber er lächelte.

32

Wenn jemand dich in seinem Leben haben will, Milena, macht er Platz für dich. Du solltest nie um diesen Platz kämpfen müssen. Nie, niemals besteh auf einen Menschen, der deinen Wert nicht erkennt.

Hätte Milena in diesem Moment erklären sollen, was Ewigkeit ist, hätte sie nur diesen einen Begriff gewählt: das Meer. So gewaltig mit seinen auf hellem Türkis tanzenden Lichtern. Die Brandung wie Schaum vor dem Ufer. Tausend Farben. Tausend Gesichter. Tausend Geschichten. Wie viele Schiffe und Boote es schon getragen hatte. Wie viele Schiffe und Boote, bei Sturm versenkt, lagen auf dem Grund, umschwärmt vom Show Act leuchtender Fische und vom Farbentanz anderer Tiefseebewohner.

Unwillkürlich musste Milena an ihre erste Begegnung mit Alphonse, Pardon, Gottlob, denken, die ihr Leben so verändert hatte. »Die Gefühle allerdings können Sie nicht auf dem Gedankenflohmarkt kaufen. Ihre Gefühle müssen Sie schon selbst fühlen.« Milena spielte mit dem Segelflugzeug auf ihrem Schoß, das Alphonse eigens für sie gebaut hatte. »Und wenn Sie noch ganz viel Neues erleben«, auch das hatte dieser seltsame kleine Mann im Anzug und mit immer schiefer Fliege ihr damals auf der Isarbrücke erklärt, »dann sind Sie innen drin wieder voll.«

Und als säße Alphonse neben ihr, hörte sie sich im Geiste antworten: »Ich soll also die Gedanken von anderen Menschen denken, nach neuen Gefühlen und nach neuen Erlebnissen suchen, aber dann, lieber Alphonse, bin ich doch nicht mehr ich?«
»Sie sind ein neues Ich. Das nennt man Veränderung.«
»Und alles, was vorher war?«
»Das ist«, sie sah noch vor sich, wie er sich leicht auf den Hinterkopf klopfte, »die Erinnerung.«

Milena kurbelte das Seitenfenster etwas weiter hinunter. Salz auf den Lippen, Salz auf der Haut, und das Tattoo auf der Innenseite von Milenas Unterarm. *Das Glück ist eine Reise, die mit einem Lächeln beginnt.* Lilly hatte Milena, bevor sie nach Kroatien aufgebrochen war, um Kaja ihren Brief persönlich zu bringen, in ein Tattoostudio geschleppt und Milena dazu überredet, es sich stechen zu lassen.
»Es ist ein Geschenk«, hatte sie gesagt, das Tattoo bezahlt und Milenas Kopf behutsam so gedreht, dass sie ihr in die Augen schauen konnte. Milena war irritiert von ihrem prüfenden Blick.
»Suchst du was, Lilly, in meinen Augen?«
Lillys Blick wurde noch prüfender. »Die Antwort auf meine innere Frage.«
»Wie ist deine innere Frage, Lilly?«
»Ob du wiederkommst.«
»Möchtest du, dass ich wiederkomme?«
»Ich wünsche es mir ...« Lillys Blick war nicht mehr prüfend, er war beschwörend. »Ich wünsche es mir für meinen Bruder ...«
Phil! Milena wusste noch immer nicht, was sie für ihn empfand. Dafür waren ihre Gefühle für Christopher noch zu stark. Aber da war etwas, das sie beide verband. Und damit meinte sie nicht die Schulden, die sie noch bei ihm hatte.

In jener Nacht hatte es begonnen, als sie beide scheu miteinander umgegangen waren wie zwei Waidwunde, Lebensversehrte beim Wattepusten. Emotional lädiert, aber zum Liebenlernen in Slow Motion bereit. Was hatte Phil sie nicht alles gelehrt. Dass die Angst zu versagen menschlich war und ein Elefant zwar immer ein Elefant, aber in der Dunkelheit eines Museums nicht immer als solcher erkennbar.

Der VW-Bus klapperte weiter über die Adria-Magistrale. Dunkelgrüne Wacholderbüsche am Wegrand. Der Geruch von Pinien und Rosmarin, und der Blick so frei auf Hafenstädtchen, verträumte Fischerdörfer, zerklüftete Buchten, endlose Badestrände, versteckte idyllische Buchten und wieder und wieder auf das Meer.
»Kaffee?« Damit hatte ihre Freundschaft mit Anna begonnen. Anna Engel mit ihrem gerahmten Liebesmosaik über der Couch, in dem jetzt auch Paula den Platz erhalten hatte, der ihr zustand.
»Kaffee? Gern!« Milena nickte, holte die Thermoskanne aus dem Seitennetz, schenkte heißen starken Kaffee in den Becher und reichte ihn Max.
»Danke.« Er lächelte. Milena lächelte zurück.
Dass ausgerechnet ihr Bruder Max sie zu Kaja und Nikola begleiten würde, hätte Milena niemals gedacht. »Ich sorg persönlich dafür, dass du nicht wieder Dummheiten machst, wenn du vor deiner Tochter stehst«, hatte er geknurrt.
Und sie hatte mit den Zähnen zurückgefletscht. »Du fährst mich, aber sonst hältst du dich raus. Wie es mit mir und Kaja weitergeht, ist allein unsere Sache.«
Max hatte sie in die Seite geboxt, und sie hatte ihn an den kurzen Haaren gezogen. Bruder und Schwester, vielleicht so nah, wie sie einander noch nie gewesen waren.

Gemeinsam hatten sie diesen köstlichen Moment erlebt. Milena hatte ihn fast schon vergessen, so lange war sie nicht mehr am Meer gewesen. Diesen Moment, wenn das Auge zum ersten Mal auf den ersten tiefblauen Glitzerstreifen fällt und man noch einen Augenblick braucht, um zu verstehen, dass dies nicht der Himmel, sondern das Meer ist. Alles, was gerade noch eng war, öffnet sich wie ein Tor, das man mit beiden Händen und voller Kraft aufstößt. Der Atem tief. Der Blick frei. Nichts mehr ist wichtig. Alles, was quält, fällt ab.
Max schaltete den CD-Player ein. Der alte Beatles-Song. *Here Comes the Sun* … Milena begann leise mitzusummen … *here comes the sun, and I say it's all right* … Begann zu singen … *Little darling, it's been a long cold lonely winter. Little darling, it feels like years since it's been here* … Und jetzt fiel auch ihr Bruder mit ein. Laut sangen sie, während die Nachmittagssonne am Himmel noch weiter nach unten rutschte: *Here comes the sun, and I say it's all right* …
»Du willst frei sein?« Christine, ihre einzige andere Freundin außer Anna. Milena zündete sich eine Zigarette an. Mit ruhigen Bewegungen. So, wie Christine beim Zigarettenrauchen immer gelassen geblieben war. Als habe sie alle Zeit der Welt.
»Vollkommen frei?«
»Ja.« Milena blies den Rauch aus dem Fenster.
»Auch von Sonne, Licht, Kälte, Hunger, von Zeit und Raum?«
»Davon ist niemand frei.«
»Eben, die Freiheit, nach der du suchst, Milena, diese Freiheit gibt es nicht, also mach was aus dem Rest.«
»Geh, geh, tanze …« Das war Nikola. Milena schrie auf. Schleuderte die Zigarette nach draußen. Sie hatte sich verbrannt, musste kurz eingenickt sein.
»Du wirst noch einen Waldbrand auslösen«, schimpfte Max.
»Die Sonne«, gab sie zurück, »schau mal, wie sie brennt.«

Stunden später saßen Milena und Max auf den Stufen einer eleganten, sehr breiten, glänzenden Treppe, die im Meer endete und durch deren schmale Schlitze eigentümlich sphärische Klänge drangen. Eine Meeresorgel mit unter Wasser gelegenen Orgelpfeifen, die im Rhythmus der Wellen und durch in die unterschiedlich großen Orgelpfeifen gepresste Luft wundersame Melodien erzeugten. Nicht weit davon ein ebenso wundersames Lichtspiel, ausgelöst durch Glasplatten, die auf- und ineinandergeschichtet worden waren. Sie fingen das Sonnenlicht ein und produzierten zum Sonnenuntergang bunte Lichtspiele.

Milena und Max waren in Zadar angekommen. Der alten Hafenstadt im Süden Kroatiens. Die Stadt, in der Nikola ein Restaurant betrieb und mit Kaja und seiner Familie lebte.

In wenigen Minuten würden sie da sein. Nikola und Kaja. Milena hatte Angst.

»Hab Vertrauen, Milena, hab wieder Vertrauen ins Leben.« Ihre Mutter. »Du warst …« Ihr Vater. Das Wort »großartig« hatte er für sich behalten. »Nein, Papa, ich bin!«

»Du brauchst nur ein Wort, Milena. Ein einziges.« Christopher, lieber, lieber, in dir so gefangener Christopher. »Wie heißt dieses Wort, Christopher?«

»Liebe, Milena, es heißt Liebe.«

Nikola und Kaja kamen auf sie zu. Milena stand auf. Kaja blieb stehen. Voller Abwehr. Distanziert. Wand aus Glas. Wie bei Christopher. Nur ein Schritt zu viel. Eine Berührung zu früh, und die Scherben würden ihr die Füße zerschneiden, sie würde sich blutig laufen auf ihrem Weg hin zu Kaja. Neun Monate unter dem Herzen. Dieses Band war offenbar nicht zu zerstören, gleichgültig, wie lange und ausdauernd man daran herumschnipselte. Behutsam. Sie musste behutsam sein.

Kajas Gesicht blieb trotzig. Nur in ihren Augen, da blitzte für den Bruchteil etwas auf. Neugier? Vielleicht.
»Lass ihr Zeit.« Nikola hatte Kaja erreicht, begrüßte sie und Max. Beide nur mit Handschlag. Nikola, lieber, lieber Nikola. So viele Jahre, und für den Bruchteil einer Sekunde war es so, als habe sie es nie beendet. Er sah gut aus. Unverändert. Nur ein paar Falten mehr um die Augen- und Mundwinkel. Wahre Liebe, auch das begriff Milena in diesem Moment, wahre Liebe endet nie ganz.
»Zeit, natürlich. Nur, wenn Zeit nicht genügt?«
Sie hatte noch nicht ganz ausgesprochen, da wandte sich Kaja ab. Milena fürchtete schon, sie wolle wieder gehen, ehe sie nur ein Wort gesprochen hatten, doch Kaja neigte den Kopf, legte ihn in den Wind. Nein, sie legte ihn in die wundersame Melodie der Meeresorgel. Stand da wie Milena einst auf dem Dach gestanden hatte.
Zunächst noch scheu, begann sich Kaja zu bewegen. Inmitten der Farben eines immer intensiver werdenden Sonnenuntergangs, dessen Licht sich in den auf- und ineinandergeschichteten Glasstufen wieder und wieder spiegelte.
»Sie tanzt, wenn sie nicht weiterweiß«, sagte Nikola.
»Wie ich.«
»Wie du.«
Max und Nikola sahen Milena an. Milena verstand. Ging auf Kaja zu, und ganz vorsichtig, ebenfalls sehr behutsam in ihren Bewegungen, begann auch sie zu tanzen.
Vielleicht würden sie noch lange nicht miteinander reden können, ihre Körper aber hatten mit einer ersten Aussprache begonnen.

Epilog

Milena tanzte nicht mehr im Regenbogenhaus. Kathrin Müller-Arndt hatte sie nach dem »Vorfall« mit Christopher durch eine ausgebildete Tanztherapeutin ersetzt. Sie putzte auch nicht mehr im Krankenhaus, sie hatte den Job als Tanzlehrerin angenommen, den Frau Adamczik ihr angeboten hatte. Aber wenn Milena jetzt durch die Straßen fuhr, machte ihr das andere, das Unberechenbare nicht mehr Angst. Sie war stärker geworden. Durch Alfons, Liesel, die Turbanfrau und Frau Rose, die seit geraumer Zeit wieder im Regenbogenhaus wohnte, im Gegensatz zu Lilly und Bill, die ihr Glück draußen in einer gemeinsamen Wohnung versuchten. Vor allem jedoch hatte Christopher sie stark gemacht. Christopher, der noch immer in der Psychiatrie war und sich nach diesem Rückfall nur langsam erholte.

Milena kam sich jetzt oft so vor, als wäre sie ein Mitglied ihrer Efeufamilie. Die standhielt, gleichgültig, ob es Frühling, Sommer, Herbst oder Winter war. Sie veränderte nur die Farbe. Und es war gut, sich zu verändern, nicht starr immer nur eine bestimmte Schrittfolge auszuüben, sondern sich in die Musik zu legen und auf diese Weise weich zu werden. Was hatte Phil einmal gesagt? Rohr ist so biegsam, dass es jedem Sturm standhält.

Erst heute hatte sie wieder die Frau gesehen, ganz in Schwarz mit ihrem aufgemalten Clownsgesicht, oder den Alten, der vor sich hin murmelnd immer im Smoking auf derselben Bank saß und ein unsichtbares Orchester dirigierte. Sie waren nicht starr, sie gaben sich nur biegsam ihren inneren Stürmen hin. Ohne diese Menschen wäre für Milena die Welt weniger bunt, ohne sie hätte sie vieles nicht gelernt. Und niemand konnte sagen, wann es ihn selbst traf. Die Frau, die ganz in ihrer Nähe wohnte, eine Lehrerin, sie war nur für einige Wochen im Regenbogenhaus gewesen. Bilaterale Störung, niemand sah es ihr an, wenn sie jetzt jeden Morgen wieder in ihrem Golf zum Unterricht fuhr. Und wenn sie auch unzählige Wäscheleinen durch ihre fast leere Wohnung spannte, versehen mit unzähligen Post-its, damit sie ja nichts vergaß, und wenn es ihr Freude machte, mit achtjährigen Jungs auf Rollerblades um die Wette zu fahren, was sollte es … Was war schon richtig oder falsch. Wichtig war nur, dass man keinen von ihnen jemals aufgab.

»Milena!« Kaja rief nach ihr.

Sie musste los.

Ihre Tochter, die sie zum ersten Mal in den Ferien besuchte, wollte zum Tanzunterricht.

Und da war auch noch Phil, auch er rief nach ihr.

Was er von ihr wollte, wusste sie nicht.

Denn Phil war nun einmal Phil.

Immer für eine Überraschung gut.

»Ich bitte Sie um Ihren Mann.
Nicht für lange, weil … ich muss sterben.«

NICOLE WALTER

Das Leben drehen

Roman

Dieser eine Satz und die Begegnung mit der ungewöhnlichen Amelie stellen Marlenes Leben mit einem Mal auf den Kopf. War sie, die erfolgreiche Ärztin, nicht eben noch glücklich verheiratet? Mit Markus, ihrem Markus?
Marlene fasst einen Entschluss. Sie wird nicht zulassen, dass Amelie stirbt. Noch ahnt sie nicht, dass sie ausgerechnet von ihrer Rivalin mehr über das Leben lernen kann, als sie je vermutet hat. Denn das, was Amelie in ihr bewegt, lässt sich nicht mehr zurückdrehen.

Das Leben drehen – ein wunderbares Buch, das Schweres leicht erzählt und mit jeder Zeile das Leben feiert.

KNAUR